Fantasmas del pasado

Fantasmas del pasado

Nicholas Sparks

Traducción de Iolanda Rabascall

Rocaeditorial

Título original: *True Believer*
© 2005 by Nicholas Sparks

Primera edición: febrero de 2007
Segunda edición: marzo de 2007
Tercera edición: marzo de 2007

© de la traducción: Iolanda Rabascall
© de esta edición: Roca Editorial de Libros, S.L.
Marquès de l'Argentera, 17. Pral. 1.ª
08003 Barcelona.
correo@rocaeditorial.com
www.rocaeditorial.com

Impreso por Brosmac, S.L.
Carretera Villaviciosa - Móstoles, km. 1
Villaviciosa de Odón (Madrid)

ISBN 10: 84-96544-88-5
ISBN 13: 978-84-96544-88-8
Depósito legal: M. 14.891-2007

Para Rhett y Valerie Little,
grandes amigas y maravillosas personas

Capítulo 1

Sentado entre el resto de la audiencia del programa en directo, Jeremy Marsh se sentía inusualmente conspicuo. Formaba parte de la escasa media docena de hombres que integraban el público en esa tarde de mediados de diciembre. Iba vestido de negro riguroso, como siempre, con su pelo oscuro y ondulado, sus ojos de un azul rabiosamente intenso, y su barba de tres días sin afeitar —tal como dictaba la moda—; tenía el aspecto del típico neoyorquino de los pies a la cabeza. Mientras escudriñaba al convidado encaramado en el escenario, observó de reojo a una atractiva rubia sentada tres filas más arriba. A menudo su profesión exigía realizar varias tareas a la vez de forma efectiva. Era periodista, y se había especializado en la búsqueda e investigación de historias que pudieran tener gancho, o dicho de otro modo más conciso, noticias sensacionalistas. Aunque la rubia era simplemente un miembro más de la audiencia, como buen observador no se le escapó lo atractiva que era, embutida en ese top tan sexi con la espalda descubierta y esos pantalones vaqueros tan ajustados. Desde un punto de vista estrictamente periodístico, por supuesto.

Cerró los ojos e intentó centrar nuevamente toda su atención en el convidado. El personaje rezumaba patetismo por todos los costados. Bajo los focos del plató, Jeremy pensó que el espiritista tenía aspecto de andar estreñido mientras aseguraba oír voces del más allá. Había adoptado un aire de falsa camaradería, actuando como si fuera el hermano o el mejor amigo de los congregados, y parecía que la vasta mayoría de la extasiada audiencia —entre la que se encontraban la atractiva rubia y la mujer que copaba la atención del convidado— lo consideraba como una dádiva enviada desde el mismísimo cielo. Lo cual tenía sentido, se dijo Jeremy, ya que allí era donde iban a parar los seres queridos al morir. Los espíritus de ultratumba siempre estaban rodeados de una luz angelical, y arropados por un aura de paz y tranquilidad. Jeremy jamás había oído a ningún espiritista mediar con espíritus provenientes del infierno. Una persona amada que hubiera fallecido jamás mencionaba que se estaba asando en una parrilla o escaldando en una enorme marmita, por ejemplo. Llegado a ese punto, Jeremy se dio cuenta de que se estaba poniendo un poco cínico. Además, tenía que admitir que el programa despertaba su interés. Timothy Clausen era bueno, mucho mejor que la mayoría de charlatanes sobre los que Jeremy llevaba escribiendo desde hacía bastantes años.

—Sé que es duro —proclamó Clausen a través del micrófono—, pero Frank te está pidiendo que le dejes partir.

La mujer a la que él se estaba dirigiendo con cara de circunstancias parecía que se iba a desmayar de un momento a otro. Debía de rondar los cincuenta años, lucía una blusa verde a rayas y exhibía una melena roja rizada que se proyectaba en todas las direcciones posibles. Sus manos entrelazadas sobre el pecho estaban tan prietas que tenía los dedos blancos de tanta presión.

Clausen realizó una pausa, se llevó lentamente la mano a la frente y entornó los ojos en señal de que nuevamente estaba contactando con «el más allá», tal y como él lo llamaba. En el silencio de la sala, la multitud se inclinó conjuntamente hacia delante en sus asientos. Todo el mundo sabía lo que sucedería a continuación; era la tercera persona de la audiencia que Clausen había elegido ese día. No era extraño que Clausen fuera el artista invitado más destacado de ese popular programa televisivo.

—¿Recuerda la carta que le envió antes de morir? —inquirió Clausen.

La mujer lo miró con estupefacción. La azafata situada a su lado le acercó más el micrófono para que los televidentes pudieran oírla con más claridad.

—¿Cómo es posible que sepa lo de la…? —balbuceó ella.

Clausen no la dejó terminar.

—¿Recuerda lo que decía?

—Sí —respondió la mujer.

Clausen asintió con la cabeza, como si él mismo hubiera leído esa carta.

—Le pedía perdón, ¿verdad?

En el sofá emplazado en el escenario, la presentadora del programa más popular de las tardes televisivas en Estados Unidos desvió la vista hacia la mujer, luego hacia Clausen, y de nuevo hacia la mujer. Su aspecto denotaba sorpresa y satisfacción a la vez. Los espiritistas siempre ayudaban a aumentar los índices de audiencia.

Mientras la mujer asentía, Jeremy vio cómo el rímel empezaba a deslizarse lentamente por sus mejillas. Las cámaras se acercaron al objetivo para mostrar ese matiz. Sin lugar a dudas, ése debía de ser uno de los momentos más conmovedores de los programas emitidos en aquella franja horaria.

—¿Cómo es posible que...? —repitió la mujer.

—Y su esposo no sólo hablaba de él, sino también de su hermana —murmuró Clausen.

La mujer miró a Clausen visiblemente afectada.

—Su hermana Ellen —añadió Clausen, y tras esa revelación, la mujer no se pudo contener y lanzó un gemido desgarrador. Las lágrimas manaron de sus ojos como si de un surtidor se tratara. Clausen, bronceado y elegante en su traje negro y con el pelo perfectamente acicalado, continuó asintiendo con la cabeza como uno de esos perritos de caucho que saludan a los transeúntes desde las ventanas traseras de determinados coches. La audiencia observó a la mujer en medio de un silencio espectral.

—Frank le dejó algo más, algo relacionado con su pasado.

A pesar del calor sofocante que provocaban los focos del estudio, la mujer palideció repentinamente. En una de las esquinas del plató, fuera del alcance del área de visión de las cámaras, Jeremy vio cómo el productor del programa hacía rotar un dedo como si de una hélice de helicóptero se tratara. Había llegado el momento de hacer una pausa para dar paso a los anuncios. Clausen miró casi imperceptiblemente hacia esa dirección. Nadie excepto Jeremy pareció percatarse de esos movimientos tan sutiles. A menudo se preguntaba por qué los telespectadores jamás se cuestionaban cómo era posible establecer contacto con el más

9

allá con tanta precisión como para poder encajar perfectamente las pausas publicitarias.

Clausen continuó.

—Algo que nadie más sabía. Una llave, ¿no es así?

La mujer volvió a asentir en medio de sollozos.

—Usted no creía que él la hubiera guardado tanto tiempo, ¿no es cierto?

«¡Ajá! El argumento irrebatible —se dijo Jeremy—, ya la ha convencido. Ya tenemos a otra seguidora incondicional.»

—Es la llave del hotel donde pasaron su luna de miel. Su marido la incluyó en el sobre con la carta para que cuando usted la encontrara, recordara los momentos felices que habían pasado juntos. Él no quiere que le recuerde con pesar, porque la ama.

—¡Ooohhhhhhh…! —gritó la mujer.

O algo parecido. Una especie de llanto, quizá. Jeremy no estaba seguro, porque el lamento fue interrumpido por un repentino aplauso entusiasta. De pronto, el micrófono se alejó de la mujer, y las cámaras también se alejaron de ella. Su minuto de gloria había culminado, y la mujer se desmoronó en su silla completamente exhausta por tantas emociones. En el escenario, la presentadora se levantó del sofá y miró fijamente a la cámara.

—Recuerden, todo lo que ven aquí es real. Ninguna de estas personas conocía a Timothy Clausen con anterioridad. —Sonrió—. No cambien de canal; volvemos en unos minutos con otras historias tan fascinantes como la que acaban de oír.

Acto seguido, el plató se llenó con más aplausos mientras llegaba la pausa para la publicidad. Jeremy aprovechó para acomodarse en el asiento.

Como periodista con un interés específico por los temas científicos, Jeremy se había labrado una reputación escribiendo artículos sobre gente de la calaña de Clausen. Casi siempre disfrutaba con lo que hacía, y se sentía orgulloso del valioso servicio público que prestaba, en una profesión tan especial como para tener todos los derechos enumerados en la Primera Enmienda de la Constitución de Estados Unidos. Para su columna periódica en la revista *Scientific American*, había entrevistado a varios premios Nobel, explicado las teorías de Stephen Hawking y Einstein en unos términos inteligibles, y una vez había conseguido convencer a la opinión pública para que las autoridades sanitarias estadounidenses retiraran un antidepresivo peligroso del mercado. Había escrito una plétora de artículos sobre el proyecto Cassini, el espejo defectuoso en la lente de la nave espacial Hubble, y había sido uno de los primeros en criticar abiertamente el experimento fraudulento de fusión fría en Utah.

Lamentablemente, aunque todo eso sonara impresionante, su columna en la revista no le reportaba demasiado dinero. Era su trabajo como autónomo lo que le ayudaba a pagar las facturas a final de mes, y al igual que la mayoría de los trabajadores por cuenta propia, siempre estaba buscando historias que pudieran interesar a los editores de revistas o de periódicos. Su nicho se había ampliado hasta incluir «cualquier cosa que fuera inusual», y en los últimos quince años había seguido e investigado a videntes, espiritistas, curanderos que se basaban en la fe y médiums. Había expuesto fraudes, trucos y falsificaciones. Había visitado casas encantadas, perseguido criaturas místicas y rastreado los orígenes de un sinfín de leyendas urbanas. Escéptico por naturaleza, también tenía la rara habilidad de explicar conceptos científicos difíciles de un modo inteligible para que el lector medio pudiera comprenderlos, y sus artículos habían sido publicados en numerosos periódicos y revistas del mundo entero. Pensaba que desenmascarar fraudes científicos era una labor noble e importante, aunque a veces el público no supiera apreciarlo. Frecuentemente, las cartas que recibía después de publicar alguno de sus artículos estaban salpicadas de palabras tales como «idiota», «imbécil», y su favorita: «lameculos».

Después de tantos años había aprendido que el periodismo de investigación era un trabajo desagradecido.

Con el ceño fruncido como prueba de sus pensamientos, observó a la audiencia charlando animadamente y se preguntó a quién elegiría Clausen a continuación. Jeremy lanzó otra mirada furtiva hacia la rubia, que examinaba el carmín de sus labios en un espejo de bolsillo.

Jeremy sabía que las personas que Clausen elegía no formaban parte del acto oficialmente, aunque la aparición de Clausen fuera anunciada con antelación y la gente se peleara desesperadamente con el fin de obtener una entrada para el programa. Lo que significaba, claro, que la mayor parte de la audiencia la formaban personas que creían fehacientemente en la vida después de la muerte. Para ellos Clausen era legítimo. ¿Cómo si no podía saber cosas tan personales sobre seres desconocidos, a no ser que se comunicara con los espíritus? Pero del mismo modo que un mago profesional exhibía su repertorio de una forma magistral, la ilusión continuaba siendo únicamente eso: una ilusión, y justo antes de que se iniciara el espectáculo, Jeremy no sólo había adivinado los trucos de Clausen, sino que además tenía una prueba fotográfica para testificarlo.

Desenmascarar a Clausen sería el golpe de efecto más impresionante que Jeremy habría conseguido hasta la fecha, y ese tipo tendría su merecido. Clausen era un estafador de la peor calaña. Sin embargo, la vertiente pragmática de Jeremy también le indicaba que ése era el tipo de historia que difícilmente captaría la atención del lector, y él deseaba sacar el máximo partido de la ocasión. Después de todo, Clausen gozaba de una enorme celebridad, y en Estados Unidos la fama era lo más importante. A pesar de que sabía que prácticamente no tenía ninguna posibilidad, fantaseó pensando qué pasaría si Clausen lo eligiera a él a continuación. No, imposible. Salir elegido era tan difícil como ganar un premio en una tómbola; aunque eso no sucediera, Jeremy sabía que continuaba teniendo una historia de calidad entre las manos. Pero calidad y excepcionalidad eran dos conceptos que a menudo iban separados por la fuerza del destino, y mientras la pausa para la publicidad se acercaba a su fin, sintió un ligero nerviosismo ante la esperanza injustificada de que alguien como Clausen lo señalara con el dedo.

Y, como si Dios no estuviera suficientemente satisfecho con la labor que Clausen estaba llevando a cabo, eso fue exactamente lo que sucedió.

Tres semanas más tarde, la garra del invierno se cernía sobre Manhattan. Un frente frío del Canadá había irrumpido sin compasión, y las temperaturas habían descendido prácticamente hasta alcanzar los cero grados. De las rejillas de las alcantarillas emergían nubes de vapor que coronaban graciosamente las aceras heladas. Pero a nadie parecía importarle ese detalle. Los endurecidos ciudadanos de Nueva York mostraban su habitual indiferencia hacia cualquier evento relacionado con el tiempo atmosférico, y no era cuestión de malgastar un viernes por la noche con cualquier excusa irrisoria. Todo el mundo trabajaba muy duro durante la semana para desaprovechar una noche de fiesta, especialmente cuando había un motivo de celebración. Nate Johnson y Alvin Bernstein llevaban más de una hora celebrándolo, al igual que un par de docenas de amigos y periodistas —algunos de la revista *Scientific American*— que se habían reunido en honor a Jeremy. La mayoría se hallaba en la fase más animada de la noche y lo estaba pasando en grande, básicamente porque los periodistas tienden a ser muy conscientes de sus gastos y en esa ocasión las rondas iban a cargo de Nate.

Nate era el agente de Jeremy. El mejor amigo de Jeremy se llamaba Alvin y trabajaba de cámara independiente. El grupo se había congregado en un bar de moda situado en el Upper West Side de Manhattan para celebrar la intervención de Jeremy en el programa *Primetime Live* de la ABC. Durante toda la semana habían ido apareciendo anuncios de *Primetime Live* —la mayoría de ellos con un primer plano de Jeremy y la promesa de una confesión explosiva—, y a Nate no paraban de lloverle las ofertas desde todos los puntos cardinales del país para entrevistar a Jeremy. Un poco antes, esa misma tarde, había recibido una llamada de la reputada revista *People* y finalmente había concertado una entrevista para el lunes siguiente.

A nadie parecía importarle el hecho de que no se hubiera organizado una fiesta privada para celebrar la ocasión. Con la interminable barra de granito y una iluminación impresionante, el abarrotado local parecía el paraíso de los *yuppies*. Mientras los periodistas de la revista *Scientific American*, agrupados en una de las esquinas del local y concentrados en una conversación acerca de fotones, mostraban una tendencia casi enfermiza por las americanas de *tweed* con bolsillos ribeteados de piel, el resto de la concurrencia parecía que se había dejado caer por allí después de un arduo día de trabajo en Wall Street o en Madison Avenue. Con las americanas de impecables trajes italianos re-

13

posando sobre el respaldo de las sillas y corbatas Hermès afloja-
das en los cuellos, esos individuos parecían no buscar otra cosa
más que atraer la atención de las mujeres mediante una exhibición descarada de sus Rolex. Ellas, por su parte, tenían aspecto de
haber venido directamente desde la empresa de mercadotecnia o
la agencia de publicidad en la que trabajaban. Con faldas sofisti-
cadas y zapatos con tacones vertiginosamente altos, sorbían su
martini impasiblemente, simulando no prestar atención a los
hombres que copaban el local. Por su parte, Jeremy había puesto
el ojo en una llamativa pelirroja, que estaba de pie al otro extremo de la barra y parecía mirar hacia la dirección donde se hallaba él. Se preguntó si lo habría reconocido de los anuncios de la
televisión, o si simplemente estaría buscando un poco de compañía. La mujer se dio la vuelta, aparentando una absoluta falta
de interés hacia él, pero de repente volvió a girarse y miró insistentemente en la misma dirección. Esta vez mantuvo la mirada
un poco más de tiempo, y Jeremy se llevó la jarra de cerveza a los
labios.

14 　　—¡Vamos, Jeremy, presta atención! —dijo Nate al tiempo
que lo zarandeaba por el brazo—. ¡Estás saliendo por la tele!
¿No quieres ver tu magistral intervención?

　　Jeremy dio la espalda a la pelirroja. Levantó la vista y la fijó
en la pantalla, entonces se vio sentado delante de Diane Sawyer.
Qué sensación tan extraña, como estar en dos lugares a la vez.
Todavía no se lo acababa de creer. A pesar de llevar tantos años
trabajando en los medios de comunicación, nada de lo que le había pasado en las tres últimas semanas parecía real.

　　En la pantalla, Diane lo estaba presentando a la audiencia
como «el periodista científico más respetado de todo el país». La
historia a la que había dedicado varios meses no sólo había col-
mado todas sus expectativas, sino que además Nate se había
dedicado a halagar la labor periodística de Jeremy durante una
entrevista con *Primetime Live*, y el programa televisivo *Good
Morning America* había mostrado un inesperado interés por él.
Aunque muchos periodistas consideraban que la televisión era
un medio de comunicación no tan prestigioso como otras formas «más serias» de información, no por ello dejaban de ver la
tele en secreto y de apreciarla por su importancia, al menos por

los enormes beneficios económicos que reportaba. A pesar de las felicitaciones, se podía notar cierta envidia en la atmósfera cargada del local, una sensación tan desconocida para Jeremy como un viaje a la luna. Después de todo, los periodistas de su clase no gozaban de una espectacular popularidad..., al menos hasta entonces.

—¿Ha dicho «respetado»? —soltó Alvin—. ¡Pero si tú sólo escribes sobre Bigfoot y la leyenda de la Atlántida!

—¡Chis! —siseó Nate, alzando un dedo sin apartar los ojos de la televisión—. Estoy intentando escuchar la entrevista. Podría ser muy importante para el futuro laboral de Jeremy.

Como agente de Jeremy, Nate procuraba siempre promover eventos que «pudieran ser importantes para el futuro laboral de Jeremy», porque sabía que el trabajo por cuenta propia no resultaba nada lucrativo. Unos años antes, cuando Nate estaba empezando, Jeremy le había presentado una propuesta para editar un libro, y desde entonces habían continuado trabajando juntos, simplemente porque se habían convertido en buenos amigos.

—¡Anda ya! —soltó Alvin, haciendo caso omiso de la amonestación.

Mientras tanto, en la pantalla situada justo detrás de Diane Sawyer y Jeremy se podían ver los momentos estelares de la actuación de Jeremy en el espectáculo televisivo en directo, en el que fingió ser un hombre desconsolado por la trágica muerte de su hermano cuando éste todavía era un chiquillo, un niño al que Clausen proclamó estar canalizando porque deseaba enviarle un mensaje desde el más allá.

—Está aquí, conmigo —anunció Clausen—. Te pide que le dejes marchar, Thad.

La cámara cambió de plano para capturar la mueca de angustia de Jeremy, con las facciones contorsionadas. Clausen asintió nuevamente, como si sintiera pena por el invitado o como si estuviera estreñido, dependiendo de la perspectiva.

—Su madre jamás cambió la habitación, esa habitación que los dos compartían. Ella insistió en mantenerla tal y como estaba, y usted tuvo que continuar durmiendo allí, solo —continuó Clausen.

—Sí —dijo Jeremy entre jadeos.

15

—Pero a usted le aterraba esa habitación, y en un momento de ira, cogió algo que pertenecía a su hermano, algo muy personal, y lo enterró en el jardín situado en la parte posterior de su casa.

—Sí —acertó a decir Jeremy de nuevo, como si estuviera tan emocionado que no pudiera pronunciar ninguna palabra más.

—¡Sus retenedores dentales!

—¡Ooohhhhhhh…! —Jeremy soltó un grito desgarrador y se cubrió la cara con las manos.

—Quiere que sepa que no le guarda rencor, y que él está bien, en paz. No, no está enfadado con usted…

—¡Ooohhhhhhh…! —Jeremy volvió a rugir, contorsionando su rostro todavía más.

En el bar, Nate miraba las imágenes con fascinación, totalmente concentrado. Alvin, en cambio, no podía parar de reír mientras sorbía tragos de su jarra de cerveza.

—¡Dadle un Oscar a este magnífico actor! —exclamó Alvin.

—No me dirás que no fui convincente —apuntó Jeremy entre risas.

—¡Callaos de una vez! Lo digo en serio. No quiero volveros a avisar; guardaos vuestras ironías para cuando pongan los anuncios —los increpó Nate.

—¡Anda ya! —volvió a decir Alvin. Era su expresión favorita.

En *Primetime Live*, la pantalla situada detrás de la presentadora se quedó de color negro y el cámara enfocó a Diane Sawyer y a Jeremy, que estaban sentados el uno frente al otro.

—¿Así que nada de lo que Timothy Clausen dijo era verdad? —preguntó Diane.

—Nada. Ni una sola palabra —repuso Jeremy con firmeza—. Como ya le he contado, no me llamo Thad, y si bien tengo cinco hermanos, todos están vivos y gozan de muy buena salud.

Diane sostenía un bolígrafo sobre un trozo de papel, como si estuviera a punto de tomar notas.

—¿Y cómo lo hizo Clausen?

—Bueno, Diane —empezó a decir Jeremy.

En el bar, Alvin enarcó la ceja en la que lucía un pirsin. Se inclinó hacia Jeremy y comentó:

—¿Te dirigiste a ella como Diane? ¿Como si fuerais amigos de toda la vida?

—¡Callad de una puñetera vez! —dijo Nate vociferando, al tiempo que su cara reflejaba su creciente exasperación.

En la pantalla, Jeremy seguía departiendo.

—Lo que Clausen hace es simplemente una variación de lo que la gente ha estado haciendo durante siglos. Primero, es muy hábil observando a la gente, y es un experto en emitir asociaciones vagas, con una gran carga emotiva, y en responder según las reacciones de los miembros de la audiencia.

—Sí, pero Clausen fue tan concreto... No sólo con usted, sino también con los otros invitados. Incluso dio nombres. ¿Cómo lo hizo?

Jeremy sonrió magnánimamente.

—Me oyó hablar sobre mi hermano Marcus antes de que empezara el programa. Simplemente me inventé una vida imaginaria y la difundí entre el resto del público.

—¿Cómo llegó hasta los oídos de Clausen?

—Esa clase de farsantes recurre a una infinidad de trucos, como por ejemplo micrófonos y espías que circulan por el área de espera antes de que empiece el espectáculo. Antes de sentarme, procuré moverme todo lo posible por la sala y entablar conversación con tantos miembros de la audiencia como pude, observando si alguno de ellos mostraba un interés inusual en mi historia. Y ¡cómo no!, un individuo pareció particularmente interesado.

Una foto ampliada ocupó la pantalla situada justo detrás de ellos. Era la foto que Jeremy había tomado con la pequeña cámara que llevaba oculta en su reloj de pulsera, un artilugio de última tecnología que había facturado a *Scientific American* sin sentir remordimiento alguno. A Jeremy le encantaban los juguetes de última tecnología casi tanto como el hecho de facturarlos a nombre de las empresas para las que trabajaba.

—¿Puede explicarnos quién es el individuo que aparece en la foto que vemos en pantalla? —le pidió Diane.

—Es el espía de Clausen que se había mezclado con la audiencia del programa, haciéndose pasar por un invitado oriundo de Peoria. Tomé esa fotografía justo unos instantes antes de que empezara el programa, mientras charlaba con él. ¿Es posible ampliar la imagen?

Rápidamente la fotografía apareció ampliada, y Jeremy se incorporó y se acercó a la pantalla.

—¿Ve el diminuto pin con las letras «USA» que lleva en la solapa? No es un complemento decorativo. Se trata de un transmisor en miniatura que emite a un dispositivo de grabación ubicado en otra habitación.

Diane lo miró perpleja.

—¿Cómo puede estar tan seguro?

—Porque yo mismo tengo uno de esos chismes —respondió Jeremy, sonriendo burlonamente.

Acto seguido, metió la mano en el bolsillo de su americana y extrajo un pin muy similar al que lucía el individuo de la foto, conectado a un cable y a un trasmisor.

—Este modelo en particular se fabrica en Israel. —Se podía oír la voz en *off* de Jeremy mientras el cámara mostraba un primer plano del artilugio—. Es el no va más en tecnología. Por lo que he oído, incluso lo utiliza la CIA; pero claro, no puedo confirmar esa información. Lo que sí puedo decir es que se trata de una tecnología sumamente avanzada. Este diminuto micrófono puede captar conversaciones en una habitación abarrotada de gente y, con los sistemas de filtrado apropiados, incluso puede aislar la conversación deseada.

Diane inspeccionó el pin con una patente fascinación.

—¿Y está completamente seguro de que lo que ese individuo lucía era un micrófono y no un pin decorativo?

—Llevo varios meses investigando el pasado de Clausen, y una semana después del programa conseguí otras instantáneas que hablan por sí solas.

Una nueva imagen fue proyectada en la pantalla. Aunque un poco borrosa, se trataba de una foto del mismo sujeto del pin.

—Esta foto la tomé en Florida, en la entrada a la oficina de Clausen. Como se puede apreciar, el individuo se dispone a entrar. Su nombre es Rex Moore, y es uno de los empleados de Clausen. Hace dos años que trabaja para él.

—¡Ooohhhhhhh…! —exclamó Alvin, y a partir de ese momento fue imposible seguir el resto de la transmisión (que de todos modos estaba a punto de concluir), porque el resto de los reunidos, ya fuera por celos profesionales o simplemente por las enormes ganas que tenían de pasarlo bien, empezaron a silbar y a chillar como posesos. Las rondas gratis habían surtido el efecto esperado, y a Jeremy le llovieron las felicitaciones cuando el programa tocó a su fin.

—Estuviste genial —declaró Nate. A sus cuarenta y tres años, Nate se estaba quedando calvo y mostraba una tendencia a vestir trajes que le venían demasiado ajustados de cintura, lo cual era más evidente dada su corta estatura. Pero eso no importaba, porque ese hombre era la mismísima encarnación de la energía incombustible y, como la mayoría de los agentes, derrochaba pensamiento positivo con un ferviente optimismo.

—Gracias —suspiró Jeremy, apurando la cerveza que quedaba en su jarra.

—No te quepa la menor duda, tu intervención en ese programa será sumamente importante para tu futuro laboral —agregó Nate—. Es tu visado para que te inviten a participar en las tertulias televisivas de los programas con mayor audiencia del país. Se acabó matarte trabajando como un miserable reportero independiente, se acabó escribir historias sobre platillos voladores. Siempre he dicho que tienes empaque, que estás hecho para salir en la tele.

—Ya, siempre lo has dicho —apostilló Jeremy al tiempo que realizaba una mueca de cansancio, como si estuviera recitando una lección que se sabía de memoria.

—De verdad. Los productores de *Primetime Live* y *GMA* no paran de llamar; están interesados en ficharte como convidado habitual en sus tertulias. Ya sabes, «¿qué significa para usted la siguiente información científica de última hora?» y preguntas por el estilo. Un gran paso para un reportero científico.

—Soy periodista, no reportero —dijo Jeremy con voz altiva.

—Bueno, lo que sea —repuso Nate, realizando un movimiento con la mano como si espantara moscas—. Siempre he dicho que tienes presencia, que estás hecho para lucirte en la tele.

—Tengo que admitir que Nate tiene razón —añadió Alvin con un guiño—. Quiero decir, ¿cómo si no podrías ser más popular que yo entre las mujeres, con esa absoluta falta de personalidad?

Durante muchos años, Alvin y Jeremy habían frecuentado la mitad de los bares de la ciudad juntos, en busca de aventuras amorosas.

Jeremy soltó una estentórea carcajada. Alvin Bernstein, cuyo nombre evocaba a un contable con gafas de aspecto impecablemente aburrido —uno de los incontables profesionales que usaban zapatos de la marca Florsheim y que se paseaban con un maletín bajo el brazo—, no parecía un Alvin Bernstein. De adolescente había visto a Eddie Murphy en la película *Delirious* y había decidido adueñarse de ese estilo de vestir exclusivamente con prendas de piel. Su armario horrorizaba a Melvin, su progenitor, quien siempre calzaba zapatos Florsheim y se paseaba con un maletín bajo el brazo. Afortunadamente, la ropa de piel parecía no estar reñida con los tatuajes. Alvin consideraba que los tatuajes eran un reflejo de su estética tan singular, y los lucía con orgullo en ambos brazos, cubriendo cada centímetro de su piel hasta casi los hombros. Y para complementar su imagen tan estudiada, llevaba las orejas taladradas de pírsines.

—¿Todavía estás planeando realizar el viaje al sur para investigar ese cuento sobre fantasmas? —le preguntó Nate, cambiando de tema.

Jeremy se apartó el pelo oscuro de los ojos e hizo una señal al camarero para que le sirviera otra cerveza.

—Sí, creo que sí. Con o sin *Primetime*, todavía tengo facturas por pagar, y estaba pensando que podría usar esa historia como tema recurrente para el artículo de mi columna.

—Bueno, pero estaremos en contacto, ¿verdad? No harás como la vez que te esfumaste del mapa por culpa de aquella historia sobre la panda de chalados que se hacían llamar Los Siervos Sagrados, ¿no?

Se refería a un artículo de seiscientas palabras que Jeremy había preparado para *Vanity Fair* sobre una secta religiosa; en dicha ocasión, Jeremy cortó toda comunicación durante un período que se prolongó hasta tres meses.

—Estaremos en contacto —aseveró Jeremy—. Esta historia no es como aquélla. Regresaré antes de una semana, te lo prometo. Sólo son habladurías sobre unas luces misteriosas que aparecen durante la noche en un cementerio abandonado; nada excepcional.

—Vale, pero recuerda que te he concertado una entrevista con la revista *People* para el lunes que viene. No me falles, ¿eh?

—Oye, ¿no necesitarás un cámara, por casualidad? —intervino Alvin.

Jeremy lo miró con interés.

—¿Por qué? ¿Acaso quieres venir?

—¿Por qué no? No estaría mal escaparme unos cuantos días al sur durante el crudo invierno de Nueva York. Igual me encandilo de una bella sureña mientras tú realizas tus investigaciones. Me han dicho que las chicas del sur son capaces de volver loco a cualquier hombre, pero en el buen sentido, ¿eh? Sería como disfrutar de unas vacaciones exóticas.

—¿No tenías que filmar un material para *Ley y orden* la próxima semana?

A pesar de su extravagante apariencia, Alvin gozaba de una excelente reputación como cámara, y los productores solían pelearse siempre por sus servicios.

—Sí, pero es un trabajo corto. Habré terminado antes de que acabe la semana —repuso Alvin—. Y mira, si finalmente te tomas en serio lo de salir por la tele tal y como Nate te pide que hagas, podría ser interesante contar con algunas imágenes de esas misteriosas luces.

—Bueno, eso si realmente existen —apostilló Jeremy.

—Puedes ir adelantando el trabajo y mantenerme informado por teléfono. De momento no aceptaré ningún trabajo para esos días, ¿vale? —propuso Alvin.

—Pero aunque realmente existan esas luces, es una historia de poca trascendencia —lo previno Jeremy—. No creo que ningún productor muestre interés por ese tema.

—Seguramente el mes pasado no —matizó Alvin—; pero después de tu aparición en la tele esta noche, sí que estarán interesados. Ya sabes cómo funciona ese mundillo: todos los productores se matan por encontrar la noticia más sensacionalista que pueda atraer a cuanto más público mejor. Si de repente *GMA* consigue una historia intrigante, puedes estar seguro que los del

21

programa *Today* te llamarán en un santiamén, y a la mañana siguiente *Dateline* también estará llamando a tu puerta. Ningún productor quiere quedarse al margen, porque si no, los de arriba no tienen ningún reparo en ponerlos de patitas en la calle. Lo último que desean es tener que dar explicaciones a los ejecutivos sobre por qué han dejado escapar una oportunidad tan espectacular. Créeme, sé lo que me digo; trabajo en televisión, conozco a esa gente.

—Alvin tiene razón —apuntó Nate, interrumpiéndolos—. Nunca sabes qué es lo que sucederá mañana, y podría ser una buena idea planificar esa historia con antelación. Esta noche has conseguido ser el centro de atención de medio país. Juega bien tus cartas. Y si logras filmar esas luces, probablemente ese documental sea lo que haga que *GMA* o *Primetime* se decidan a ficharte.

Jeremy miró de soslayo a su agente.

—¿Hablas en serio? Pero si se trata de una historia de escasísimo interés mediático. Me he decidido a escribirla únicamente porque necesito tomarme unos días de descanso después de la absorbente investigación sobre Clausen. Esa investigación ha ocupado cuatro meses de mi vida y me siento completamente exhausto.

—Ya, pero fíjate en lo que has conseguido —prosiguió Nate, al tiempo que ponía la mano sobre el hombro de Jeremy—. Puede parecer una historia banal, pero con unas imágenes sensacionalistas y una buena redacción sobre los sucesos, ¿quién sabe lo que pensarán los productores de televisión?

Jeremy se quedó pensativo unos instantes, después se encogió de hombros.

—De acuerdo —dijo. Luego miró a Alvin—. Tengo pensado marcharme el martes por la mañana. Intenta apañártelas para estar allí el viernes. Te llamaré con más detalles.

Alvin asió la jarra de cerveza y tomó un sorbo.

—Lo que mande mi amo —dijo, imitando el tono de un trabajador sumiso—. Ah, y te prometo que esta vez no me pasaré con la factura.

Jeremy se echó a reír.

—¿Es tu primer viaje al sur?

22

—No. ¿Y el tuyo?

—He estado en Nueva Orleans y en Atlanta —reconoció Jeremy—. Pero claro, eso son ciudades, y todas las ciudades se asemejan bastante. Para esta historia realizaremos una inmersión en la América profunda. Iremos a una pequeña localidad de Carolina del Norte, un pueblecito llamado Boone Creek. Tendrías que ver la página electrónica del lugar. Habla de azaleas y cornejos que florecen en abril, y muestra con orgullo una foto del ciudadano más ilustre del pueblo: un tal Norwood Jefferson.

—¿Quién? —preguntó Alvin.

—Un político. Fue senador de Carolina del Norte desde 1907 hasta 1916.

—¿Y a quién diantre le importa eso?

—Eso mismo pensé yo —asintió Jeremy. Después desvió la vista hacia la otra punta de la barra, y su rostro mostró una visible decepción cuando constató que la chica pelirroja se había esfumado.

—¿Dónde está ese pueblo exactamente?

—Justo en medio de la nada. Y ahora me preguntarás: «¿Y dónde diantre nos alojaremos en ese lugar situado en medio de la nada?». Pues en un complejo de bungalós denominado Greenleaf Cottages, al que la Cámara de Comercio local describe como un paraje pintoresco y bucólico, rústico pero moderno a la vez. Vaya, que menos es nada.

—Pues a mí me suena como el sitio ideal para vivir una aventurilla amorosa —soltó Alvin entre risas.

—No te preocupes. Estoy seguro de que te adaptarás perfectamente.

—¿De veras?

Jeremy se fijó en la chaqueta de piel, en los tatuajes y en los pírsines de su compañero.

—Oh, no te quepa la menor duda. Seguramente los aldeanos se morirán de ganas por adoptarte.

Capítulo 2

*E*l martes al mediodía, un día después de la entrevista con la revista *People*, Jeremy llegó a Carolina del Norte. Caía aguanieve sobre Nueva York cuando abandonó la ciudad, y las previsiones apuntaban a nuevas nevadas para los siguientes días. En el sur, en cambio, el cielo que se extendía sobre su cabeza era rabiosamente azul, y el invierno parecía haber quedado lejos, muy lejos.

Según el mapa que había adquirido en un quiosco del aeropuerto, Boone Creek se hallaba en el condado de Pamlico, a ciento sesenta kilómetros al sur de Raleigh y, por lo que veía, a un billón de kilómetros de todo vestigio de civilización. A ambos lados de la carretera por la que circulaba, el paisaje era completamente monótono: llano y sin apenas vegetación. Las granjas quedaban separadas entre sí por finas líneas de pinos y, dado el reducido número de vehículos con los que se cruzaba, lo único que Jeremy podía hacer para matar el aburrimiento era apretar el acelerador.

No obstante, tenía que admitir que la situación no era tan terrible, después de todo. Bueno, al menos en lo que concernía al acto de conducir. Sabía que la leve vibración del volante, el ruido del motor y la sensación de aceleración provocaban un aumento de la producción de adrenalina, especialmente en los hombres (una vez había escrito un artículo sobre ese tema). En la ciudad, tener un coche le parecía un lujo superfluo. Además, aunque lo hubiera querido, tampoco habría sido capaz de justificar ese gasto. Por eso siempre se desplazaba de un lado a otro en metro o en taxis que parecían conducidos por kamikazes. Moverse por la ciudad resultaba estresante, con todo ese ruido infernal y, dependiendo del taxista, arriesgando incluso la vida en cada trayecto; pero puesto que Jeremy había nacido y se había criado en Nueva York, hacía tiempo que aceptaba ese contratiempo como otro aspecto inevitable del hecho de vivir en esa ciudad tan apasionante a la que él denominaba hogar.

Sus pensamientos volaron entonces hacia su ex mujer, Maria. Seguramente habría disfrutado de un viaje en coche como ése. En los primeros años de casados solían alquilar un automóvil de vez en cuando para perderse por las montañas o la playa. En dichas ocasiones solían pasar bastantes horas en la carretera. Conoció a la que se convirtió en su esposa en una fiesta organizada por una acreditada editorial. Maria era editora de la revista *Elle*. Cuando Jeremy le preguntó si podía invitarla a un café en un bar cercano, no podía ni soñar que acabaría siendo la única mujer de su vida. De entrada pensó que había cometido un grave error al invitarla, simplemente porque no parecían tener nada en común. Maria era una persona muy vital y emotiva, pero unas horas más tarde, cuando la acompañó hasta la puerta de su apartamento y la despidió con un beso, se dio cuenta de que se había enamorado de ella.

Con el tiempo llegó a apreciar su fiera personalidad, sus instintos infalibles acerca de la gente, y la forma que tenía de quererlo sin juzgarlo, ni para bien ni para mal. Un año más tarde se casaron por la iglesia, rodeados de amigos y familiares. Jeremy tenía entonces veintiséis años, y todavía no era columnista del *Scientific American*, aunque ya había empezado a labrarse su reputación como periodista intrépido. No obstante, la pareja sólo pudo permitirse alquilar un diminuto apartamento en Brooklyn. Él creía que todos sus esfuerzos valían la pena, que aunque les costara esfuerzo llegar a final de mes, eran jóvenes y su matrimonio contaba con la bendición del cielo. Ella creía, según averiguó él al cabo de un tiempo, que su matrimonio era fuerte en teoría pero estaba edificado sobre unos cimientos escasamente sólidos. Desde el principio, el punto clave del que partieron todos sus problemas fue que, mientras que ella tenía que quedarse en la ciudad a causa de su trabajo, Jeremy no paraba de viajar, siempre dispuesto a desplazarse hasta donde fuera necesario con tal de conseguir la historia más sensacionalista que uno pudiera llegar a imaginar. A veces se ausentaba durante varias semanas, y mientras que él se decía a sí mismo que ella lo soportaría, Maria debió de darse cuenta durante sus ausencias de que no era así. Justo después de su segundo aniversario de bodas, cuando Jeremy ultimaba los preparativos para otro viaje, Maria se sentó a su lado en la cama, le cogió la mano y lo miró fijamente con sus ojos castaños.

—Esto no funciona —dijo simplemente, dejando las palabras colgadas en el aire durante unos instantes—. Nunca estás en casa. Y no creo que sea justo, ni para mí ni para ti.

—¿Quieres que cambie de profesión? —preguntó él, al tiempo que sentía cómo empezaba a hincharse la burbuja de pánico que se había formado en su pecho.

—No, pero quizá podrías encontrar trabajo en algún periódico local, como por ejemplo en el *Times*, o el *Post*, o el *Daily News*.

—Mira, este ritmo tan frenético no durará siempre; es sólo transitorio —masculló él.

—Lo mismo dijiste hace seis meses. No, sé que no cambiará.

Jeremy recapacitó y se dijo que debería de haberse tomado esa conversación como lo que era: un aviso. No obstante, en esos momentos sólo le interesaba la nueva historia que estaba preparando sobre las pruebas nucleares en Los Álamos. Ella esbozó una sonrisa insegura cuando se despidió de él, y Jeremy dedicó unos segundos a pensar en esa expresión mientras estaba sentado en el avión; pero cuando regresó a casa, Maria se comportó como si nada hubiera pasado, y pasaron todo el fin de semana acurrucados cariñosamente en la cama. Fue entonces cuando ella empezó a hablar de tener un hijo, y a pesar de que Jeremy se sintió inicialmente nervioso, poco a poco se fue animando con la idea. Pensó que ella se había resignado a sus viajes; sin embargo, la armadura protectora de su relación se había resquebrajado irreparablemente, y unas imperceptibles fisuras empezaron a aflorar con cada nueva ausencia. La separación se materializó un año más tarde, justo un mes después de asistir a una cita concertada con un médico de la zona Upper East Side, quien selló el futuro de ellos irremediablemente. Las consecuencias fueron letales, incluso peor que las malas caras a causa de sus constantes viajes por trabajo. Esa visita marcó el final de su relación, y Jeremy fue plenamente consciente de ello.

—No puedo continuar así —se sinceró Maria más tarde—. Me gustaría seguir intentándolo, y una parte de mí siempre estará enamorada de ti; pero no puedo.

No fue necesario que dijera nada más, y en los duros momentos de soledad después del divorcio, Jeremy a veces se cuestionaba si alguna vez ella había llegado a amarlo. Podrían haberlo conseguido, se decía a sí mismo. Pero al final comprendió intuitivamente por qué ella lo había abandonado, y no le guardó ningún rencor. Ahora incluso hablaban de vez en cuando por teléfono, a pesar de que Jeremy no tuvo el coraje de asistir a la boda de Maria con un abogado que vivía en Chappaqua tres años más tarde de su separación.

Hacía siete años que se habían divorciado, y para ser honestos, era la única experiencia adversa que le había deparado la vida. Sabía que poca gente podía decir eso. Jamás había sufrido ningún accidente grave, tenía una vida social muy activa, y no estaba afligido por ningún trauma psicológico infantil como parecía que le pasaba a la mayoría de su generación. Sus hermanos y respectivas esposas, sus padres e incluso sus abuelos —los cuatro ya pasaban de los noventa años— gozaban de buena salud. Además, estaban muy unidos: un par de fines de semana al mes, el clan que aún continuaba aumentando en número se reunía en casa de sus padres, que todavía vivían en la casa de Queens donde se crió Jeremy. Tenía diecisiete sobrinos, y a pesar de que a veces se sentía fuera de lugar en las reuniones familiares, ya que era el único soltero en medio de una familia compuesta por parejas felizmente casadas, sus hermanos eran lo suficientemente respetuosos como para no meter las narices en los motivos que lo llevaron a divorciarse de Maria.

Y él había superado el mal trago, al menos la mayor parte del tiempo. A veces, sin embargo, cuando estaba conduciendo solo como ahora, sentía una punzada de dolor en el pecho al imaginar lo que habría podido llegar a ser, pero luego se decía que ya no tenía remedio. Afortunadamente, el divorcio no le había originado ninguna clase de resentimiento hacia el sexo opuesto.

Un par de años antes Jeremy se había interesado por un estudio sobre si la percepción de la belleza era el producto de unas normas culturales o genéticas. En dicho estudio se solicitó a unas mujeres atractivas y a otras no tan atractivas que sostuvieran a niños pequeños en brazos, y se comparó la prolongación del contacto visual entre las mujeres y los niños. El estudio, que fue ponderado por las revistas *Newsweek* y *Time*, demostró una correlación directa entre la belleza y el contacto visual: los niños miraban a las mujeres atractivas durante más rato, lo cual sugería que las percepciones de la belleza son instintivas.

Jeremy estuvo a punto de escribir una columna para criticar el citado estudio, en parte porque omitía algunas puntualizaciones que él consideraba básicas. Cierto, la belleza exterior podía atraer miradas —él era tan susceptible a los encantos de una supermodelo como cualquier otro hombre—, pero siempre había defendido que determinados rasgos como la inteligencia y la pasión eran mucho más atractivos e influyentes. Para descifrar esas cualidades, se precisaba más que un instante, y la belleza no tenía nada que ver con ello. La belleza podía ser un factor determinante a corto plazo, pero a medio y a largo plazo, las normas culturales —básicamente aquellos valores y normas inculcados por la familia— eran más importantes. Su editor, sin embargo, consideró que la idea era «demasiado subjetiva» y le sugirió que escribiera un artículo sobre el uso excesivo de antibióticos en la alimentación de los pollos, que tenía el potencial de convertir el estreptococo en la próxima plaga bubónica. Muy a su pesar, Jeremy tuvo que admitir que la sugerencia no carecía de sentido: el editor era vegetariano, y su esposa era increíblemente guapa y tan brillante como el cielo de Alaska en los meses de invierno.

Editores. Hacía tiempo que había llegado a la conclusión de que la mayoría de ellos eran una panda de hipócritas. Pero, al igual que en casi todas las profesiones, suponía, los hipócritas tendían a ser tanto personas apasionadas como duchas en política —en otras palabras, sobrevivientes corporativos—, lo cual significaba que eran ellos los que no sólo distribuían los trabajos sino los que acababan sufragando los gastos.

Pero quizá, tal y como Nate había sugerido, pronto podría librarse de ese círculo. Bueno, no completamente. Probablemente Alvin tenía razón cuando afirmaba que los productores de programas televisivos no diferían en nada de los editores, si bien al menos en televisión pagaban unos estipendios más elevados, y eso se traducía en la posibilidad de poder permitirse el lujo de elegir los proyectos, en lugar de tener que andar negociando durante casi todo el tiempo. Maria tenía razón cuando le dijo que trabajaba demasiado y que no creía que fuera capaz de cortar con ese ritmo frenético. Habían transcurrido quince años y seguía trabajando tanto como al principio. Quizá las historias que ahora tocaba eran más interesantes, o le costaba menos colocar sus artículos gracias a las relaciones que había establecido a lo largo de todos esos años, pero ninguno de esos dos motivos cambiaba el reto esencial de tener que buscar incansablemente nuevas historias que despuntaran por su originalidad. Todavía se veía obligado a redactar una docena de columnas para el *Scientific American*, una o dos investigaciones de cierta calidad, más unos quince artículos de menor importancia al año, algunos de ellos sobre temas de actualidad, según la estación del año. ¿Se acercaba Navidad? Entonces tocaba escribir una historia sobre el verdadero san Nicolás, que nació en Turquía, llegó a ser obispo de Myra, y se hizo famoso por su generosidad, su amor por los niños y su preocupación por los marineros. ¿Se acercaba el verano? Entonces, ¿por qué no escribir una historia sobre o bien (posibilidad a) el calentamiento global y el innegable aumento de 0,8 grados en la temperatura durante los últimos cien años, y el impacto negativo, similar a lo acaecido en el Sáhara, que ese cambio provocaría en Estados Unidos, o bien (posibilidad b) la aproximación de una nueva Edad de Hielo a consecuencia del calentamiento global, que convertiría el territorio de Estados Unidos en una enorme tundra helada. Para el Día de Acción de Gracias, en cambio, lo más apropiado era sacar a colación la vida de los colonizadores ingleses denominados «peregrinos», y no hablar únicamente de su gesto de amistad al invitar a cenar a los indios, sino también incluir la caza de brujas de Salem, las epidemias de la viruela, y la desagradable tendencia que tenían esos colonizadores hacia el incesto.

Las entrevistas con reputados científicos y los artículos sobre satélites o proyectos de la NASA siempre eran bien recibidos por cualquier revista durante cualquier mes del año, y la misma

29

aceptación tenían los artículos sobre drogas (legales e ilegales), sexo, prostitución, juegos de apuestas, alcohol, litigios relativos a asentamientos masivos, y cualquier cosa, absolutamente cualquier cosa, referente al mundo sobrenatural. Estos últimos casos solían tener muy poco —o nada— que ver con la ciencia y mucho que ver con farsantes como Clausen.

No podía negar que su trabajo no se asemejaba en absoluto a como había imaginado que sería la vida de periodista. En la Universidad de Columbia —Jeremy fue el único de sus hermanos que cursó estudios superiores y se convirtió en el primer miembro de su familia en obtener un título universitario, un hecho que su madre no se cansaba de referir a todo el mundo siempre que se le presentaba la ocasión—, se graduó en física y en química, con la intención de hacerse profesor. Pero una novia que trabajaba en la gaceta universitaria lo convenció para que escribiera un artículo sobre la subjetividad de los puntos del examen SAT —basándose en las estadísticas— en el proceso de admisión a las universidades del país. Cuando su artículo provocó numerosas huelgas estudiantiles, Jeremy se dio cuenta de que se le daba bien escribir. No obstante, su introducción en el mundo del periodismo no tuvo lugar hasta que su padre fue víctima de una gran estafa de casi 40.000 dólares por parte de un asesor financiero de pacotilla antes de que Jeremy se graduara. Con la casa de la familia en peligro —su padre era conductor de autobuses y trabajó para la Autoridad Portuaria hasta que se jubiló—, Jeremy se saltó la ceremonia de graduación para dar caza al timador. Investigó los archivos de los juzgados sin descanso, se entrevistó con colegas del estafador, y finalmente redactó un informe con unos datos increíblemente precisos.

Cosas del destino, en la oficina del fiscal del distrito de Nueva York estaban más interesados en pescar un pez más gordo en vez de a un mediocre timador aficionado, así que Jeremy tuvo que volver a revisar sus fuentes, condensar sus notas y escribir su primera declaración oficial. Al final logró salvar la casa, y el informe llegó a manos del editor de la revista *New York*, quien lo convenció de que la vida de profesor era muy aburrida y, con unas grandes dosis de halagos e interminables sermones acerca de la persecución del gran sueño americano, le sugirió que escribiera un artículo sobre Leffertex, un antidepresivo que se hallaba en estudios clínicos de fase III y que había suscitado una enorme polémica en los medios de comunicación.

Jeremy aceptó la sugerencia. Dedicó dos meses al proyecto, sufragando él mismo todos los gastos del trabajo. Al final su artículo consiguió que el laboratorio fabricante del medicamento tuviera que retirarlo del mercado hasta previa inspección y aprobación de las autoridades sanitarias estadounidenses. Después de eso, en lugar de matricularse en el Instituto Tecnológico de Massachusetts para cursar un máster, viajó a Escocia con un grupo de científicos que investigaban las pruebas de la existencia del monstruo del lago Ness y escribió el primero de sus artículos sensacionalistas. Estuvo presente en la confesión que realizó un reputado cirujano en su lecho de muerte, quien admitió que la fotografía que había tomado del monstruo en 1933 —la fotografía que catapultó la leyenda a la fama— había sido retocada por él y un amigo un domingo por la tarde sólo como una broma práctica. El resto, como ellos dijeron, ya era historia.

Sin embargo, quince años a la caza de historias eran quince años a la caza de historias, y ¿qué había recibido a cambio? Tenía treinta y siete años, estaba soltero y vivía en un apartamentucho de una sola habitación en el Upper West Side, y se dirigía a Boone Creek, en el estado de Carolina del Norte, para aclarar un caso sobre unas luces misteriosas que aparecían en un cementerio.

Perplejo como siempre de los extraños derroteros que había tomado su vida, sacudió varias veces la cabeza. El gran sueño americano. Todavía estaba ahí fuera, esperándolo, y todavía albergaba esperanzas de alcanzarlo. Mas sólo ahora se empezaba a cuestionar si la televisión sería el medio que lo conduciría directamente a ese sueño.

La historia de las luces misteriosas se remontaba a una carta que había recibido un mes antes. Cuando la leyó, se dijo que sería la historia ideal para Halloween. Según el ángulo desde el que encauzara la historia, ese artículo podría interesarles a los del *Southern Living* o incluso a los del *Reader's Digest* para su

31

número de octubre; si acababa siendo más literario que narrativo, quizá podría interesarle a *Harper's* o incluso al *New Yorker*. Por otro lado, si era un montaje del pueblo para atraer la atención, como en el caso de los ovnis en Roswell, Nuevo México, la historia podría ser apropiada para alguno de los diarios del sur más leídos, que incluso podría sufragar el coste del viaje. O si procuraba no extenderse demasiado, podría usar el artículo para su columna. Su editor en el *Scientific American*, a pesar del sello de seriedad que siempre intentaba imprimir en los contenidos de la revista, también estaba inmensamente interesado en incrementar el número de suscriptores y hablaba de ello sin parar. Sabía de sobra que al público le gustaban las historias sobre fantasmas. Sí, podía hacerse rogar mientras clavaba una mirada perdida en la foto de su esposa simulando evaluar los inconvenientes, pero jamás dejaba escapar una historia como ésa. A los editores les pirraban los temas sensacionalistas tanto como la miel a las abejas, ya que eran plenamente conscientes de que sin suscriptores no había negocio. Y los temas sensacionalistas, aunque resultara triste aceptarlo, se estaban convirtiendo en uno de los elementos indispensables en los medios de comunicación.

En el pasado, Jeremy había investigado siete historias sobre apariciones de fantasmas; cuatro habían acabado en sus columnas de octubre. Algunas no habían llegado a destacar —visiones espectrales que nadie podía documentar científicamente—, pero tres de ellas estaban vinculadas con *poltergeists*, o dicho de otro modo, espíritus traviesos que se dedicaban a mover objetos o a ocasionar daños. Según los investigadores de lo paranormal —el oxímoron de referencia para Jeremy—, los *poltergeists* se sentían generalmente atraídos por una persona en particular en lugar de por un lugar. En cada uno de los casos que Jeremy había investigado, incluyendo aquellos que se publicaban en algún medio de comunicación perfectamente documentados, el fraude había sido el origen de los misteriosos eventos.

Pero se suponía que las luces de Boone Creek eran una cuestión diferente. Por lo que parecía, eran lo suficientemente predecibles como para permitir que los del pueblo organizaran una «Gira por el cementerio encantado» y una «Visita guiada por las casas históricas», y en dichas salidas, según se aseguraba en el folleto, la gente no sólo vería casas que databan de mediados del siglo XVIII, si el tiempo lo permitía, sino también «a los atormentados antepasados de nuestra localidad en su marcha nocturna hacia los infiernos».

Había recibido el folleto, que se completaba con unas fotos de la localidad y un par de frases melodramáticas, junto con una carta. Mientras conducía, recordó su contenido.

Apreciado señor Marsh:

Me llamo Doris McClellan, y hace dos años leí su historia en la revista *Scientific American* acerca del *poltergeist* que azotaba la mansión de Brenton Manor en Newport, Rhode Island. Rápidamente pensé en escribirle, pero no sé por qué razón no lo hice. Supongo que simplemente cambié de parecer, pero debido al cauce por el que están discurriendo las cosas en mi pueblo en los últimos días, creo que será mejor que le cuente lo que sucede.

No sé si ha oído alguna vez hablar del cementerio de un pequeño pueblo de Carolina del Norte llamado Boone Creek, pero, según cuenta una leyenda, el cementerio está maldito, asediado por los espíritus de antiguos esclavos. En invierno —enero hasta principios de febrero—, unas luces azules parecen danzar encima de las tumbas cuando hay niebla. Algunos dicen que son como luces estroboscópicas; otros aseguran que son del tamaño de una pelota de baloncesto. Yo también las he visto, y me recordaron a las luces de colores que hace bastantes años se proyectaban en las paredes y en el techo de las discotecas. El año pasado un grupo de investigadores de la Universidad de Duke se desplazó hasta aquí; creo que eran meteorólogos o geólogos o algo por el estilo. Ellos también vieron las luces, pero no pudieron dar ninguna explicación lógica del fenómeno, y la prensa local publicó un extenso artículo acerca del misterio. Quizá le apetezca escaparse unos días al sur para intentar esclarecer este caso.

Si necesita más información, no dude en llamarme al restaurante Herbs de Boone Creek.

La remitente de la carta agregaba más información de contacto. Jeremy había examinado seguidamente el folleto, elaborado por la Sociedad Histórica local. Leyó unos fragmentos que describían algunas de las casas que se podían ver en la gira, repasó la información sobre el desfile y el baile que iba a tener lu-

33

gar el viernes por la noche en un granero del pueblo, y enarcó una ceja sorprendido ante el anuncio de que, por primera vez, se realizaría una visita al cementerio el sábado por la noche. En la parte posterior del folleto —rodeado por lo que parecían unos esbozos de la película *Casper*— se incluían el testimonio de varias personas que habían visto las luces y un extracto de lo que parecía un artículo de prensa. En el centro destacaba una fotografía borrosa de una intensa luz en lo que podía, o no, ser el cementerio (el pie de foto aseguraba que sí que lo era).

No es que el caso se asemejara al de Borely Rectory, la laberíntica rectoría victoriana situada en la ribera norte del río Stour en Essex, Inglaterra, y considerada la casa encantada más famosa de la historia, en la que se podían oír lamentos y gemidos que helaban la sangre a uno, ver a caballeros decapitados, escuchar música de órgano esperpéntica y el melancólico tañer de campanas. No obstante, la historia parecía suficientemente interesante como para despertar su interés.

No pudo encontrar el artículo que Doris mencionaba en la carta —la página electrónica del diario local no disponía de hemeroteca—, así que contactó con varios departamentos de la Universidad de Duke hasta que finalmente consiguió el proyecto original de la investigación. Lo habían redactado tres becarios que estaban realizando estudios de doctorado, y a pesar de que tenía sus nombres y números de teléfono, no vio razón para llamarlos. El informe de la investigación no aportaba ninguno de los detalles que Jeremy esperaba encontrar. En lugar de eso, se limitaba a acreditar la existencia de las luces y el correcto funcionamiento del material que habían empleado los estudiantes; en pocas palabras, ninguna información relevante. Además, si algo había aprendido en los últimos quince años, era a no fiarse del trabajo de nadie excepto del suyo propio.

Sí, ése era el vergonzoso secreto más bien guardado de aquellos que se dedicaban a escribir artículos para revistas. Mientras que todos los periodistas alegaban hacer sus propias investigaciones y la mayoría lo hacía en cierta manera, todavía confiaban demasiado en las opiniones y las verdades a medias que se habían publicado con anterioridad. Por esa razón solían cometer errores con bastante frecuencia, habitualmente pequeños errores, aunque a veces eran más que notables. Cada artículo en cada revista contenía errores, y dos años antes Jeremy había escrito un artículo precisamente sobre ese asunto, exponiendo los hábitos menos laudables de sus compañeros de profesión.

Sin embargo, su editor se negó a publicar el artículo. Y ninguna otra revista mostró el más mínimo interés por el trabajo.

Contempló por la ventana los robles que poco a poco iba dejando atrás en el camino, preguntándose si necesitaba cambiar de profesión, y súbitamente sintió deseos de haber analizado esa historia de los fantasmas de Boone Creek con más profundidad. ¿Y si no existían tales luces? ¿Y si esa mujer que le había escrito la carta lo había engañado? ¿Qué pasaría si la leyenda no diera de sí como para escribir un artículo entero? Sacudió la cabeza varias veces. No, no valía la pena perder el tiempo con esas elucubraciones; ahora ya era tarde. Prácticamente había llegado a la localidad en cuestión, y seguramente Nate debía de estar muy ocupado atendiendo llamadas telefónicas en Nueva York.

En el maletero, Jeremy llevaba todo el material necesario para cazar fantasmas (tal y como se especificaba en el libro *Ghost Busters for Real!*, un manual que había comprado únicamente por afán de divertirse después de una noche sobrecargada de cócteles). Llevaba una cámara Polaroid, una cámara de 35 mm, cuatro cámaras de vídeo y trípodes, una grabadora y micrófonos, un detector de radiación de microondas, un detector electromagnético, una brújula, gafas de visión nocturna, un ordenador portátil, y otros artilugios similares.

Después de todo, se trataba de hacerlo bien. Cazar fantasmas no era un trabajo para neófitos.

Tal y como era de esperar, su editor se había quejado del elevado coste de los trastos que había adquirido últimamente con la excusa de que eran vitales para llevar a cabo investigaciones de ese calibre. Jeremy le había explicado que la tecnología avanzaba a grandes zancadas y que los artilugios que había comprado el año anterior eran el equivalente a herramientas prehistóricas de piedra y sílex, fantaseando ante la posibilidad de no escatimar gastos y comprar esa mochila especial con rayo láser incluido que Bill Murray y Harold Ramis exhibían en la película *Los cazafantasmas*. Le habría encantado ver la cara contrariada de su

35

editor frente a ese carísimo juguete. Al final siempre acababa sucediendo lo mismo: su editor, mascando un tallo de apio excitadamente, como si se tratara de un conejo que estuviera bajo los efectos de las anfetaminas, accedía a firmar la factura. Seguramente se pondría de muy mala gaita si la historia acababa apareciendo en televisión en lugar de en su columna.

Sin borrar la sonrisa socarrona de sus labios al imaginar la expresión contrariada de su editor, Jeremy sintonizó diferentes emisoras de radio —rock, hip-hop, country, gospel— antes de decidirse finalmente por un programa en una radio local en el que estaban entrevistando a dos pescadores de platijas, que defendían apasionadamente la necesidad de disminuir el peso de los peces que se les autorizaba pescar. El entrevistador, que parecía sumamente interesado en el tema, hablaba con un marcado timbre nasal. Después de la entrevista escuchó varias cuñas publicitarias sobre las armas y las monedas que se podían admirar en la Logia Masónica de Grifton, y los cambios de última hora en los equipos de las tradicionales carreras automovilísticas NASCAR.

El tráfico se incrementó cerca de Greenville, y Jeremy dio un rodeo cerca del campus de la East Carolina University para evitar pasar por el centro de la ciudad. Cruzó las amplias y salobres aguas del río Pamlico y tomó una carretera rural. A medida que se adentraba en el campo, el pavimento se fue estrechando progresivamente, y Jeremy tuvo la sensación de estar prensado entre los áridos campos invernales, los matorrales cada vez más espesos, y alguna que otra granja que aparecía esporádicamente. Unos treinta minutos más tarde, avistó Boone Creek.

Después del primer y único semáforo, el límite de velocidad permitido se redujo a cuarenta kilómetros por hora, y al aminorar la marcha, se dedicó a contemplar el paisaje con tristeza. Aparte de la docena de casas móviles dispuestas de forma aleatoria a ambos lados de la carretera y después de cruzar un par de calles transversales, sólo distinguió dos gasolineras destartaladas y un almacén de neumáticos que se anunciaba con un rótulo, NEUMÁTICOS DE LEROY, coronando una torre de ruedas usadas que en cualquier otra jurisdicción habría sido considerada eminentemente peligrosa por la posibilidad de convertirse en una pira altamente combustible. Jeremy llegó al otro extremo de la localidad en cuestión de un minuto, y en ese punto volvió a incrementarse el límite de velocidad autorizado. Dio un golpe de volante y detuvo el coche en el arcén.

O la Cámara de Comercio había usado fotografías de otro pueblo en su página electrónica, o se le escapaba algo. Asió el mapa para volverlo a inspeccionar y sí, según su versión de Rand McNally, se hallaba en Boone Creek. Echó un vistazo por el retrovisor preguntándose dónde diantre estaba el pueblo. Las tranquilas calles bordeadas por hileras de árboles, las azaleas en flor, las bellas mujeres…

Mientras intentaba averiguar qué era lo que fallaba, divisó el campanario blanco de una iglesia que despuntaba por encima de los árboles y decidió dirigirse hacia una de las calles transversales que acababa de cruzar. Después de una curva serpentina, todo a su alrededor cambió drásticamente, y pronto se encontró conduciendo a través de un pueblo que debía de haber sido singular y pintoresco en su día, pero que ahora parecía a punto de morir de longevidad. Los porches decorados con banderas americanas y macetas colgantes ornamentadas con plantas no conseguían disimular la pintura deteriorada y las paredes enmohecidas debajo de los aleros. Los jardines quedaban ensombrecidos por enormes magnolios, pero las vallas de setos perfectamente recortados sólo lograban ocultar parcialmente las estructuras resquebrajadas de las casas. A pesar de todo, lo que vio le pareció francamente acogedor. Un par de parejas de ancianos arropados con jerséis y sentados en las mecedoras de sus porches lo saludaron con la mano.

Necesitó un poco de tiempo para percatarse de que no le saludaban porque creyeran reconocerlo, sino porque esa gente era así de genuina y saludaba a todo el que pasaba. Serpenteó por las calles hasta que finalmente llegó al pequeño embarcadero, y una vez allí constató que el pueblo se había erigido en la confluencia del afluente Boone y el río Pamlico. Mientras pasaba por la calle comercial, que sin duda había sido un próspero distrito antaño, tuvo la sensación de que el pueblo había entrado en una fase agonizante. Entre los locales vacantes y las lunas de varios escaparates cubiertas por carteles variopintos o páginas de diario, Jeremy divisó dos tiendas de antigüedades abiertas, una deslucida cafetería, un bar llamado Lookilu y una barbería. Casi todos los establecimientos exhibían nombres con reminiscencias locales, y si bien tenían aspecto de haber estado operativos durante décadas, parecía como si ahora libraran una batalla perdida contra su extinción. El único vestigio de vida moderna eran las camisetas de vivos colores con eslóganes llamativos como ¡LOS FANTASMAS DE BOONE CREEK NO HAN PODIDO CONMIGO!, que engalanaban el escaparate de lo que probablemente era la versión rural y sureña de un bazar.

Encontró sin ninguna dificultad el Herbs, el restaurante donde trabajaba Doris McClellan. Estaba al final de la calle, en un edificio victoriano de finales de siglo de color melocotón. Vio coches aparcados delante de la puerta y en el pequeño aparcamiento con el suelo de gravilla que había justo al lado del local. Distinguió varias mesas dispersas a través de las cortinas de las ventanas y también en el porche. Por lo que pudo ver, todas las mesas estaban ocupadas, así que decidió dar una vuelta por el pueblo y regresar más tarde para conversar con Doris, cuando hubiera disminuido el volumen de trabajo.

38

Se fijó en el inmueble donde se ubicaba la Cámara de Comercio, un pequeño edificio de ladrillo situado en los confines del pueblo que pasaba totalmente desapercibido, y se dirigió hacia la carretera principal. Se detuvo impulsivamente en una de las gasolineras.

Después de quitarse las gafas de sol, Jeremy bajó el cristal de la ventana. El propietario tenía el pelo cano e iba ataviado con un mono deslustrado y una vieja gorra. Se levantó lentamente de la silla que ocupaba y se dirigió con paso parsimonioso hacia el coche, mascando algo que Jeremy supuso que debía de ser tabaco.

—¿Puedo ayudarle en algo? —dijo con un acento marcadamente sureño al tiempo que exhibía unos dientes con manchas de color marrón. En la chapa de identificación que lucía se podía leer su nombre: TULLY.

Jeremy le preguntó la dirección para ir al cementerio, pero en lugar de responder, el propietario miró a Jeremy con sumo detenimiento.

—¿Quién se ha muerto? —preguntó finalmente.

Jeremy parpadeó desconcertado.

—Perdón, ¿cómo dice?

—Va a un entierro, ¿no? —inquirió el propietario.

—No, simplemente quería ver el cementerio.

El hombre asintió.

—Pues parece que vaya a un entierro.

Jeremy se fijó en su ropa: americana negra sobre un jersey de cuello de cisne también negro, pantalones tejanos negros, y zapatos Bruno Magli negros. Realmente Tully tenía razón.

—Supongo que es porque me gusta el color negro. Bueno, ¿puede indicarme cómo llegar…?

El propietario se echó la gorra hacia atrás y empezó a hablar lentamente.

—No soporto los entierros. Me recuerdan que debería ir a misa con más frecuencia para expiar todos mis pecados antes de que sea demasiado tarde. ¿A usted no le sucede lo mismo?

Jeremy no sabía qué contestar. No era la típica pregunta que le hacían a menudo, especialmente como respuesta a una petición sobre direcciones.

—No, no me ha pasado nunca —se aventuró a articular finalmente.

El propietario sacó un trapo sucio del bolsillo y empezó a limpiarse las manos grasientas.

—Me parece que usted no es de aquí. Lo digo por su acento.

—Soy de Nueva York —aclaró Jeremy.

—Ah, he oído hablar mucho de esa ciudad, pero nunca he estado allí —comentó mientras observaba el Taurus que Jeremy conducía—. ¿Es suyo ese coche?

—No, es de alquiler.

El individuo asintió con la cabeza, y no dijo nada más durante un rato.

—Siento insistir en el cementerio, pero ¿puede indicarme cómo llegar hasta allí, por favor? —lo acució Jeremy.

—Ah, sí. ¿Cuál de ellos?

—Creo que se llama Cedar Creek.

El propietario lo observó con curiosidad.

—¿Y para qué quiere ir a ese lugar? Si no hay nada interesante. Hay otros cementerios más agradables al otro lado del pueblo.

—Ya, pero es que estoy interesado precisamente en ése.

39

El hombre no pareció escucharlo.

—¿Tiene algún familiar enterrado ahí?

—No.

—Usted debe de ser uno de esos magnates de los negocios, ¿no? ¿No estarán pensando en construir un complejo turístico o unos grandes almacenes en esos terrenos?

Jeremy sacudió la cabeza decididamente.

—No, no soy un hombre de negocios. Soy periodista.

—A mi mujer le encantan los grandes almacenes. Y los complejos turísticos también. No estaría mal construir uno.

—Ah —dijo Jeremy, preguntándose cuánto tiempo más se prolongaría ese diálogo sin sentido—. Ojalá pudiera ayudarle, pero no tengo nada que ver con los promotores inmobiliarios.

—¿Necesita gasolina? —preguntó Tully, desplazándose hasta la parte posterior del coche.

—No, gracias.

Pero el hombre ya estaba desenroscando el tapón.

—¿Premium o normal?

Jeremy sacó la cabeza por la ventana y la giró para mirarlo, armándose de paciencia.

—Normal, supongo.

Después de llenar el depósito, el propietario se quitó la gorra y se pasó la mano por el pelo mientras se acercaba nuevamente a la ventanilla del conductor.

—Si tiene algún problema con el coche, no dude en venir a verme. Puedo arreglar las dos clases de coches, y por un módico precio, además.

—¿Las dos clases?

—Extranjeros y de los nuestros —replicó—. ¿A qué pensaba que me refería?

Sin esperar la respuesta, el hombre sacudió la cabeza, como si pensara que Jeremy era un poco idiota.

—Me llamo Tully, ¿y usted?

—Jeremy Marsh.

—¿Y me ha dicho que es anestesista?

—Periodista.

—No tenemos ningún anestesista en el pueblo, pero hay unos cuantos en Greenville.

—Ah —repuso Jeremy, sin preocuparse por corregirlo—. De todos modos, volviendo a lo de la dirección a Cedar Creek...

Tully se frotó la nariz y desvió la vista hacia la carretera. Luego volvió a mirar a Jeremy.

—Bueno, ahora no verá nada. Los fantasmas no aparecen hasta que se hace de noche, si es eso lo que busca.

—¿Cómo?

—Los fantasmas. Si no tiene a ningún pariente enterrado en ese cementerio, entonces seguramente está aquí por lo de los fantasmas, ¿no?

—¿Ha oído hablar de los fantasmas?

—Pues claro. Yo mismo los he visto con mis propios ojos. Pero si quiere verlos, tendrá que ir a la Cámara de Comercio y comprar una entrada.

—No me diga que es necesario pagar para verlos.

—Hombre, no se puede entrar así por las buenas en una casa ajena, ¿no le parece?

Jeremy necesitó unos instantes para comprender sus palabras.

—No, claro —convino finalmente—. Se refiere a la «Visita guiada por las casas históricas» y a la «Gira por el cementerio encantado», ¿verdad?

Tully miró fijamente a Jeremy, como si pensara que estaba hablando con la persona más obtusa sobre la faz de la Tierra.

—Pues claro que estoy hablando de la gira. ¿A qué otra cosa cree que me refería?

—No estoy seguro —balbuceó Jeremy—. Y ahora, si me hace el favor de indicarme cómo llegar hasta...

Tully sacudió la cabeza con obcecación.

—De acuerdo, de acuerdo —contestó, como si de repente hubiera decidido tirar la toalla. A continuación señaló hacia el pueblo—. Tiene que regresar por donde ha venido, atravesar el pueblo, luego seguir por la carretera principal hasta llegar a un cruce a unos seis kilómetros de donde se acaba la carretera principal. Gire a la derecha y continúe hasta que llegue a una bifurcación, y siga hasta llegar a casa de Wilson Tanner. Gire a la derecha, donde hay un coche abandonado, siga un poco más adelante, y ya verá el cementerio.

Jeremy asintió.

41

—De acuerdo.

—¿Está seguro de que me ha entendido?

—Un cruce, la casa de Wilson Tanner, un coche abandonado —repitió como un robot—. Muchas gracias por su ayuda.

—No hay de qué. Encantado de servirle. Me debe siete dólares y cuarenta y nueve céntimos por la gasolina.

—¿Acepta tarjetas de crédito?

—No. Nunca me han gustado esos cacharros. No soporto que el gobierno me controle, que sepa cada movimiento que hago. Mi vida es sólo mía y de nadie más.

—Pues eso es un problema —repuso Jeremy mientras buscaba su billetero—. He oído que el gobierno dispone de espías por todos lados.

Tully asintió como si fuera totalmente consciente de ello.

—Supongo que ustedes, los médicos, lo tienen peor. Precisamente eso me recuerda que...

Tully continuó parloteando sin parar durante los siguientes quince minutos. Jeremy aprendió bastantes cosas acerca de las inclemencias del tiempo, los ridículos edictos del gobierno, y cómo Wyatt —el propietario de la otra gasolinera del pueblo— timaría a Jeremy si a éste se le ocurría ir allí a repostar, ya que manipulaba la calibración de los surtidores de gasolina tan pronto como el camión de la compañía petrolera Unocal desaparecía de vista. Pero básicamente se dedicó a escuchar los problemas que Tully tenía con la próstata, que lo obligaba a levantarse de la cama por lo menos cinco veces cada noche para ir al baño. Le pidió la opinión a Jeremy, puesto que era médico. También se interesó por el Viagra.

Después de embutirse tabaco en la boca un par de veces más, un coche se detuvo al otro lado del surtidor de gasolina, y Tully se vio obligado a interrumpir su charla. El conductor abrió el capó, Tully echó un vistazo al interior, manoseó algunos cables, escupió a un lado y le aseguró al individuo que podía arreglarlo, pero que tendría que dejarle el coche por lo menos una semana porque en esos momentos estaba muy ocupado. Parecía como si el desconocido ya esperase esa respuesta, y un momento más tarde estaban los dos enfrascados en una charla sobre la señora Dungeness y la anécdota de una comadreja que se había colado en su cocina la noche anterior y se había comido toda la fruta del frutero.

Jeremy aprovechó la oportunidad para escabullirse. Se detuvo en el bazar para comprar un mapa y un paquete de postales con los lugares más destacados de Boone Creek, y acto seguido se dirigió hacia el cementerio por una carretera sinuosa que lo llevó hasta los confines del pueblo. Por arte de magia encontró primero el cruce y luego la bifurcación, pero lamentablemente no vio la casa de Wilson Tanner. Reculó un poco y finalmente descubrió un estrecho sendero de gravilla prácticamente oculto entre la maleza que había crecido desmesuradamente a ambos lados.

Condujo lentamente y con precaución por la superficie minada de socavones hasta que el camino empezó a despejarse. A la derecha vio un poste que anunciaba que se estaba acercando a la colina de Riker's Hill —un enclave famoso por haber sido escenario de uno de los combates de la guerra civil— y escasos momentos después se detuvo delante de la verja de la entrada del cementerio de Cedar Creek. Riker's Hill, la única colina en esa parte del estado, sobresalía como una majestuosa torre a su espalda. Cualquier cosa habría sobresalido en ese paraje totalmente plano, tan plano como las platijas de las que hablaban los pescadores en el programa de radio.

Rodeado por columnas de ladrillo y una herrumbrosa valla de hierro forjado, el cementerio de Cedar Creek se asentaba en un pequeño valle, dando la impresión de hundirse lentamente. Los terrenos estaban bañados por la sombra de una veintena de robles con los troncos revestidos de musgo, pero el enorme magnolio en la pequeña explanada central dominaba toda la escena. Las raíces se desplegaban por encima de la tierra, alejándose del tronco, como si de unos dedos artríticos se tratara.

A pesar de que el cementerio debió de haber sido un reducto cuidado y apacible antaño, en esos momentos el aspecto que ofrecía era de absoluto abandono. El sendero que nacía detrás de la verja estaba anegado de lodo, con unas acanaladuras profundas originadas por el agua de la lluvia, y finalmente desaparecía debajo de una tupida alfombra de hojarasca. Los escasos tramos parcialmente cubiertos de césped parecían estar fuera de lugar. Por todos lados se podían ver ramas caídas, y el terreno ondulado le recordó a Jeremy el romper de las olas en una playa. Las malas hierbas crecían por doquier, sin ninguna clase de concierto entre las lápidas, que estaban resquebrajadas.

Tully tenía razón. No había nada que apreciar en ese lugar. Pero para ser un cementerio maldito —especialmente uno que acabaría saliendo por televisión—, era más que perfecto. Jeremy sonrió. El lugar parecía como si hubiera estado diseñado en los mismísimos estudios de Hollywood.

Salió del coche y estiró las piernas antes de ir en busca de la cámara de fotos que guardaba en el maletero. La brisa era fría, aunque sin propiciar las dentelladas árticas de la brisa de Nueva York. Aspiró profundamente y se impregnó del aroma de los pinos y de la hierba. Por encima de su cabeza unos cúmulos se desplazaban lentamente por el cielo, y un halcón solitario planeaba en círculos a lo lejos. Las laderas de Riker's Hill aparecían moteadas de pinos, y en los campos que se extendían en la base de la colina avistó un granero de tabaco abandonado y cubierto por kudzú al que le faltaba la mitad del tejado de hojalata. Se estaba derrumbando hacia un lado, y daba la impresión de que una leve ráfaga de viento sería suficiente para derribarlo al suelo sin compasión. Aparte del ruinoso edificio, no había ningún otro vestigio de civilización.

Jeremy oyó el chirrido de la verja cuando la empujó para abrirla; a continuación empezó a andar por el sendero enlodado. Contempló las lápidas que surgían a ambos lados del camino y se preguntó cómo era posible que no incluyeran ninguna inscripción, pero entonces se dio cuenta de que las inclemencias del tiempo y el paso de los años se habían encargado de borrar los grabados originales. Las pocas que llegó a vislumbrar databan de finales de 1700. Más arriba había una cripta prácticamente destruida. El techo y las paredes se habían desmoronado, y por debajo de los escombros, en medio del camino, asomaba un monumento hecho añicos. Después descubrió otras criptas derrumbadas y más monumentos caídos. Jeremy no vio ninguna prueba de vandalismo, sino de decadencia —si bien grave— natural. Tampoco parecía que hubieran enterrado a nadie en ese lugar en los últimos treinta años, lo cual explicaría por qué tenía ese aspecto completamente abandonado de la mano de Dios.

Se detuvo debajo de la sombra del magnolio, preguntándose qué aspecto tendría ese lugar en una noche cerrada con una densa bruma. Probablemente pondría la piel de gallina a cualquiera, y eso debía de ser lo que provocaba que la gente imaginara cosas insólitas. Pero ¿de dónde provenían las luces extrañas? Dedujo que los fantasmas eran simplemente el reflejo de la luz, convertida en un prisma de un mágico color azul, de las finas gotas de agua que se formaban en la niebla, aunque no vio farolas ni ninguna otra clase de iluminación en todo el recinto. Tampoco advirtió señales de algún riachuelo en Riker's Hill que pudiera ser el posible causante del efecto luminoso. Supuso que podían proceder de la luz de los focos de los automóviles, pero sólo distinguió una única carretera cercana, y la gente se habría dado cuenta de esa simple conexión bastante tiempo atrás.

Tenía que conseguir un buen mapa topográfico del área, además del mapa de carreteras que acababa de comprar. Quizás en la biblioteca local podrían prestarle alguno. En cualquier caso, pasaría por la biblioteca para consultar la historia del cementerio y del pueblo. Necesitaba saber cuándo fue la primera vez que se detectaron las luces; eso podría aportarle alguna idea sobre su origen. Por supuesto, había pensado pasar un par de noches en el cementerio, si la niebla se dignaba a cooperar.

Durante un rato deambuló por el cementerio tomando fotos por aquí y por allá. No serían las que publicaría; le servirían como puntos de referencia en caso de que consiguiera fotos más antiguas del cementerio. Deseaba contrastar los cambios acaecidos a lo largo de los años, y de paso averiguar cuándo —o por qué— se habían desmoronado las criptas y los monumentos. También tomó una foto del magnolio. Sin lugar a dudas, era el ejemplar más grande que jamás había visto. Su tronco ennegrecido estaba totalmente arrugado, y dos de las ramas que colgaban desmayadamente lo habrían mantenido ocupado —a él y a sus hermanos— durante muchas horas en sus años infantiles. Si no hubieran estado rodeados de muertos, claro.

Mientras se dedicaba a revisar las fotos que había tomado con la cámara digital para asegurarse de que ya tenía suficientes, con el rabillo del ojo vio algo que se movía.

Apartó la cámara y vio a una mujer que avanzaba con paso decidido hacia él. Iba ataviada con unos pantalones vaqueros, unas botas y un jersey de color azul celeste que hacía conjunto con el enorme bolso que llevaba colgado del hombro. Su melena castaña le llegaba hasta los hombros, y su piel, de un ligero color aceitunado, hacía innecesario el uso de maquillaje; pero fue el color de sus ojos lo que lo cautivó: desde la distancia parecían casi violetas. Fuera quien fuese esa muchacha, había aparcado el coche justo detrás del suyo.

Por un momento imaginó que se acercaba para pedirle que se marchara de ese lugar. Quizá habían declarado ruinoso el cementerio y ahora no se podía entrar en esos terrenos por temor a que alguien resultara herido. Aunque a lo mejor su visita se debía a una simple coincidencia.

Ella continuó caminando hacia él.

Jeremy pensó que se trataba de una coincidencia atractiva. Irguió la espalda, guardó la cámara en la funda, y dibujó una amplia sonrisa en sus labios cuando ella se aproximó.

—Hola, ¿qué tal? —la saludó.

Ella aminoró el paso ligeramente, aunque no mostró señal alguna de haberlo visto. Tenía la expresión ausente, pero Jeremy supuso que se detendría; mas en lugar de eso, le pareció oír el eco de su risa cuando pasó por su lado y continuó andando.

Jeremy se quedó unos instantes inmóvil, observando cómo se alejaba de él sin darse la vuelta. De repente, movido por un impulso irrefrenable, intentó llamar su atención.

—¡Eh! —gritó.

En lugar de detenerse, ella simplemente se dio la vuelta y regresó sobre sus pasos, con la cabeza erguida inquisitivamente. Jeremy vio la misma expresión ensimismada en su rostro.

—No debería mirarme de ese modo tan descarado —replicó la muchacha súbitamente—. A las mujeres nos gustan los hombres que saben comportarse con más sutileza.

Luego se dio la vuelta, se ajustó el enorme bolso en el hombro y prosiguió la marcha. En la distancia, Jeremy volvió a oír cómo se reía. Se quedó boquiabierto, absolutamente desconcertado y sin saber qué contestar.

Así que no estaba interesada en él. Bueno, daba igual. No obstante, cualquiera habría contestado cortésmente a su saludo con otro saludo. Quizá era un hábito del sur. Quizá los hombres la habían maltratado sin tregua y ella se había cansado de ser amable. O quizá no quería que la interrumpieran mientras hacía… hacía…

¿Hacía qué?

Ése era el problema de su profesión. Cualquier situación despertaba su curiosidad. Se recordó a sí mismo que lo que hiciera esa mujer no era de su incumbencia y, además, estaba en un cementerio. Probablemente había venido a visitar la tumba de un familiar o un conocido. Eso era lo que normalmente hacía la gente, ¿no?

Jeremy enarcó una ceja. La única diferencia era que en casi todos los cementerios alguien se encargaba de recortar la hierba y de mantener los parterres más o menos pulcros, pero en cambio éste tenía el aspecto de San Francisco después del terremoto de 1906. Por unos instantes tuvo la tentación de seguirla para ver lo que pretendía hacer, pero había hablado con suficientes mujeres como para saber que el espiarlas podía incomodarlas mucho más que una simple mirada insistente. Y por lo que parecía, a ella no le gustaba que la mirasen descaradamente.

Jeremy hizo un esfuerzo por no observarla mientras desaparecía detrás de uno de los robles, zarandeando el bolso con gracia a cada paso.

Sólo después de haberla perdido de vista por completo, recordó que no había ido a ese lugar en busca de chicas monas. Tenía un trabajo que hacer, y su futuro dependía en cierta manera de eso. Dinero, fama, televisión, blablablá. Bueno, ¿qué era lo que tocaba hacer ahora? Ya había visto el cementerio… Podía echar un vistazo a los alrededores para familiarizarse con el lugar.

Regresó al coche y se alegró de haber sido capaz de no volverse ni una sola vez para ver si la muchacha lo estaba observando. Los dos podían jugar al mismo jueguecito. Eso, claro, si ella estaba interesada en averiguar lo que él estaba haciendo, y le daba la impresión de que ése no era el caso.

47

Una mirada furtiva desde el asiento del conductor corroboró su corazonada.

Puso el motor en marcha y aceleró lentamente; cuando se alejó del cementerio, notó que le era más fácil borrar de su mente la imagen de la muchacha y concentrarse en la tarea que lo ocupaba. Condujo un poco más para averiguar si había otros caminos —o bien de gravilla o bien asfaltados— que se cruzaran con la carretera por la que circulaba, e intentó distinguir, sin suerte, algún molino de viento o algún edificio con el techo de hojalata, mas ni siquiera divisó algo tan simple como una granja.

Con un golpe de volante, dio la vuelta y empezó a recorrer el trayecto en dirección opuesta, en busca de una carretera que lo llevara hasta la cima de Riker's Hill, pero finalmente abandonó la empresa sintiendo una enorme frustración. Cuando se aproximaba de nuevo al cementerio, se preguntó quién era el propietario de los terrenos que lo rodeaban y si Riker's Hill era una colina de acceso público o privado. Como avezado observador, también se fijó en que el coche de la mujer había desaparecido, lo que le provocó una inesperada sensación de contrariedad, que se esfumó tan rápido como había llegado.

Echó un vistazo a su reloj de pulsera. Pasaban unos escasos minutos de las dos, y supuso que la tanda de comidas en el Herbs estaría a punto de tocar a su fin. Quizá podría hablar con Doris. Quizá podría ver un poco la luz en ese tema.

Sonrió burlonamente para sí, preguntándose si la muchacha que había visto en el cementerio se habría reído ante ese comentario tan sutil.

Capítulo 3

En el porche todavía había algunas mesas ocupadas cuando Jeremy llegó al restaurante. Mientras subía las escaleras situadas delante de la puerta principal, notó cómo las conversaciones se silenciaban y la gente desviaba la vista hacia él. Los comensales sólo continuaron masticando, y Jeremy recordó el modo curioso en que las vacas miran a uno cuando se acerca a la valla del prado donde pacen. Jeremy asintió con la cabeza en señal de saludo, tal y como había visto hacer a los ancianos sentados en las mecedoras. Se quitó las gafas de sol y empujó suavemente la puerta. Las dos salas principales situadas a ambos lados de la planta y separadas por una escalera de obra estaban salpicadas de mesitas cuadradas. Las paredes de color melocotón, ribeteadas por una franja blanca, conferían al lugar una sensación entre familiar y campestre. En la parte posterior, detrás de unas puertas oscilantes, Jeremy pudo avistar un poco de la cocina.

De nuevo, las mismas expresiones vacunas en las caras de los que ocupaban las mesas dentro del establecimiento. Las conversaciones se acallaron. Los ojos lo siguieron. Cuando asintió para saludar, las miradas se apartaron de él y las conversaciones volvieron a fluir. Pensó que ese saludo con la cabeza era como disponer de una varita mágica.

Jeremy se quedó quieto, jugueteando con las gafas de sol, a la espera de que Doris apareciera por el local. Entonces una camarera salió parsimoniosamente de la cocina. Debía de rondar los treinta años, era alta y extremadamente delgada, con una cara radiante y muy expresiva.

—Puedes sentarte donde te apetezca, cielo. En un momento vendré a tomarte nota —dijo con desparpajo.

Después de acomodarse en una mesa cercana a la ventana, observó a la camarera que, tal y como le había prometido, vino a servirle sin demora. En su chapa de identificación ponía RACHEL. Jeremy reflexionó sobre el fenómeno de las chapas de identificación en el pueblo. ¿Cada trabajador tenía una? Se preguntó si se trataba de una especie de regla, como el hecho de saludar con la cabeza.

—¿Quieres beber algo, corazón?

—¿Tenéis capuchinos? —se aventuró a pedir él.

—No, lo siento. Sólo servimos café.

Jeremy sonrió.

—De acuerdo. Tomaré un café solo.

—Si quieres algo para comer, ahí tienes el menú, sobre la mesa...

—Lo cierto es que he venido para ver a Doris McClellan.

—Ah, está en la parte de atrás. ¿Quieres que la vaya a buscar? —repuso Rachel con una simpatía genuina.

—Si no te importa...

Ella sonrió.

—Claro que no, cielo.

Jeremy la observó mientras se alejaba en dirección a la cocina y empujaba las puertas oscilantes. Un momento más tarde apareció una mujer que debía de ser Doris. Físicamente era totalmente opuesta a Rachel: bajita y rechoncha, con un finísimo pelo canoso que debió de ser rubio en su día. Llevaba un delantal sobre una blusa con motivos florales, pero no exhibía ninguna chapa de identificación. Debía de tener unos sesenta años. Se detuvo delante de su mesa, se llevó la mano a la cadera y sonrió.

—Bueno, bueno —pronunció, alargando cada una de las sílabas—. Tú debes de ser Jeremy Marsh.

Jeremy parpadeó perplejo.

—¿Me conoces?

—Pues claro. Te vi en *Primetime Live* el viernes pasado. Supongo que recibiste mi carta.

—Ah, sí, gracias.

—Y has venido para escribir un artículo sobre los fantasmas, ¿no?

Jeremy alzó las manos.

—Eso es lo que me propongo, sí.

—Caramba, caramba. ¿Y por qué no me has avisado que venías?

—Me gusta sorprender a la gente. A veces resulta muy efectivo para obtener información precisa.

—Caramba, caramba —volvió a repetir Doris. Después de que desapareciera la mueca de sorpresa de su cara, tomó una silla y se sentó—. ¿Verdad que no te importa si me siento? Supongo que querrás que hablemos.

—No quiero que el jefe se enfade contigo; si tienes que trabajar...

Ella miró por encima del hombro y gritó:

—Eh, Rachel, ¿crees que a la jefa le importará si me siento un rato? Aquí hay un tipo que quiere hablar conmigo.

Rachel negó efusivamente con la cabeza desde detrás de las puertas oscilantes. Jeremy vio que sostenía una cafetera en las manos.

—No, no creo que le importe —respondió Rachel sonriendo—. A la jefa le encanta charlar, especialmente cuando está con un tipo tan encantador.

Doris se volvió y miró a Jeremy fijamente.

—¿Lo ves? No hay ningún problema.

Jeremy sonrió.

—Parece un sitio muy agradable para trabajar.

—Sí, lo es.

—Entonces... tú eres la jefa, ¿no?

—Así es —repuso Doris, con una chispa burlona de satisfacción en los ojos.

—¿Cuánto tiempo hace que diriges este local?

—Uf, casi treinta años. Sólo abrimos por las mañanas y por el mediodía. Me especialicé en la comida orgánica mucho antes de que se pusiera de moda, y créeme si te digo que preparamos las mejores tortillas de esta parte de Raleigh. —Se inclinó hacia delante—. ¿Tienes hambre? Deberías probar uno de nuestros bocadillos. Sólo usamos ingredientes frescos; incluso elaboramos el pan cada día. Tienes toda la pinta de estar hambriento... —Vaciló unos instantes mientras lo repasaba de la cabeza a los pies—. Me apuesto lo que quieras a que no te podrás resistir a

51

nuestro bocadillo de pollo con pesto. Lleva alfalfa germinada, tomates, pepino, y una salsa de pesto que preparo yo misma, a la que añado mi toque personal.

—Gracias, pero no tengo hambre.

Rachel se acercó con dos humeantes tazas de café.

—Bueno, para tu información, la historia que voy a contarte es bastante larga, así que la digerirás mejor con el estómago lleno. Además, pienso contártelo todo sin prisas.

Jeremy se rindió.

—De acuerdo. Acepto el bocadillo de pollo con pesto.

Doris sonrió.

—¿Puedes traernos un par de Albemarles, Rachel?

—Enseguida —contestó la camarera. Observó a Jeremy con afabilidad—. ¿Quién es tu amigo? No lo había visto antes por aquí.

—Te presento a Jeremy Marsh —anunció Doris—. Es un famoso periodista que ha venido para escribir un artículo sobre nuestra bella localidad.

—¿De veras? —exclamó Rachel, mirándolo ahora con un descarado interés.

—Sí —respondió Jeremy.

—Gracias a Dios —pronunció Rachel con un guiño—. Por un momento pensé que iba a un entierro.

Jeremy parpadeó mientras Rachel desaparecía.

Doris soltó una risotada ante la expresión perpleja de su interlocutor.

—Tully vino aquí después de que pasaras por la gasolinera a pedir la dirección para ir al cementerio —explicó—. Supongo que habrá pensado que yo tenía algo que ver con tu aparición en el pueblo, y quería cerciorarse de que no se equivocaba. Me refirió vuestro encuentro hasta el más mínimo detalle y, probablemente, Rachel no pudo resistirse y puso la oreja para escuchar la conversación.

—Ah —dijo Jeremy.

Doris volvió a inclinarse hacia delante.

—Seguro que te ha taladrado el cerebro con su inagotable verborrea.

—Más o menos.

—Habla por los codos. Si no tuviera a nadie cerca, sería capaz de entablar conversación con una caja de zapatos. Te juro que no sé cómo su esposa, Bonnie, lo soportó durante tanto tiempo. La pobre se quedó sorda hace doce años, así que ahora Tully se desahoga con los clientes de la gasolinera. Por eso es cuestión de largarte cuanto antes, cuando pares a repostar, porque si no, es posible que a la mañana siguiente todavía estés ahí. Mira, sintiéndolo mucho, al final he tenido que pedirle que se marchara, porque no se callaba y no me dejaba hacer nada.

Jeremy asió la taza de café.

—¿Y dices que su mujer está sorda?

—Creo que nuestro Dios todo misericordioso se dio cuenta de que Bonnie ya había hecho suficiente sacrificio. La pobre es una santa.

Jeremy lanzó una carcajada antes de tomar un sorbo de café.

—¿Y por qué creyó que tú eras la persona que se había puesto en contacto conmigo?

—Cada vez que pasa algo inusual en el pueblo, me echan la culpa a mí. Supongo que es irremediable, con eso de ser la vidente del lugar...

Jeremy la miró sorprendido, y Doris se limitó a sonreír.

—Me parece que no crees en videntes —observó ella.

—Has acertado —admitió Jeremy.

Doris se quitó el delantal.

—Bueno, para serte sincera, yo tampoco me fío de muchos de ellos; algunos no son más que unos simples patanes, pero te aseguro que ciertas personas están tocadas por ese don especial.

—Entonces... ¿puedes leer mis pensamientos?

—No —contestó Doris, moviendo la cabeza de lado a lado—. Bueno, casi nunca puedo. Lo que sí suelo tener es una gran intuición acerca de la gente; pero en eso de leer la mente, la que era una experta era mi madre. Nadie podía ocultarle nada. Incluso sabía lo que iba a regalarle cada año para su cumpleaños, y eso era un fastidio, porque le restaba toda la magia al momento. Mis dones son distintos. Soy adivina. También puedo saber qué sexo tendrá un bebé antes de nacer.

—Ya.

Doris lo miró fijamente.

—No me crees, ¿eh?

—Dejémoslo en que eres adivina. Eso significa que puedes encontrar agua e indicarme dónde tengo que cavar para localizar un pozo.

—Exacto.

—Y si te pidiera que hicieras una prueba científica, bajo una estricta supervisión…

—Tú mismo podrías ser quien la supervisara, y aunque tuvieras que llenarme de cables como un arbolito de Navidad, no tendría ningún reparo en hacer todas las pruebas que me pidieras.

—Ah —susurró Jeremy, acordándose de Uri Geller. Geller estaba tan seguro de sus poderes de telequinesia que se personó en un programa de la televisión británica en 1973, delante de un grupo de científicos y de una audiencia en directo. Asió una cuchara y la colocó sobre su dedo, y ésta empezó a doblarse por ambos lados hacia el suelo delante de la mirada estupefacta de los observadores. Sólo más tarde se supo que antes de que empezara el programa había doblado la cuchara una y otra vez, provocando lo que se conoce como un estado de fatiga del metal.

Doris parecía saber lo que estaba pensando.

—Mira, puedes hacerme una prueba cuando gustes, y del modo que quieras. Pero ése no es el motivo de tu visita. Tú has venido a por la historia de los fantasmas, ¿no es cierto?

—Sí —contestó Jeremy, aliviado de cambiar de tema—. ¿Te importa si grabo nuestra conversación?

—No, adelante.

Jeremy introdujo la mano en el bolsillo de la americana y extrajo una pequeña grabadora. La colocó en medio de los dos y apretó los botones apropiados. Doris tomó un sorbo de su taza de café antes de empezar su relato.

—Pues bien, la historia se remonta a 1890, más o menos. Por entonces, en el pueblo todavía había segregación racial, y la mayoría de los negros vivía en un lugar llamado Watts Landing. Por culpa del Hazel ya no queda ningún vestigio de esos días, pero por entonces…

—Perdona, ¿quién es Hazel?

—El huracán que arrasó el lugar en 1954. Alcanzó la costa

cerca de la frontera con Carolina del Sur. Prácticamente sumergió a Boone Creek bajo las aguas, y lo poco que quedaba de Watts Landing desapareció por completo.

—Vaya, qué tragedia. Sigue, por favor.

—Como te iba diciendo, ahora no queda nada del antiguo pueblo, pero a finales de siglo aquí debían de vivir unas trescientas personas. La mayor parte de ellas descendían de los esclavos que habían llegado de Carolina del Sur durante la guerra civil, o la guerra de agresión de los del norte, como la llamamos los del sur.

Doris guiñó un ojo, y Jeremy sonrió.

—Un día llegaron los de la Union Pacific para establecer la línea del ferrocarril que, cómo no, se suponía que convertiría este lugar en un área próspera y cosmopolita. Bueno, eso fue lo que prometieron. La línea que proponían atravesaba los campos del cementerio de los negros. En esa época, el pueblo estaba liderado por una mujer llamada Hettie Doubilet, que provenía de una de las islas del Caribe, no sé de cuál exactamente. Cuando se enteró de que querían desenterrar todos los cuerpos y transferirlos a otro lugar, se enfadó muchísimo y apeló a las autoridades del condado para que cambiaran la ruta, pero los mandamases no la escucharon. Ni siquiera le concedieron la oportunidad de formalizar su queja.

Rachel reapareció con los bocadillos y depositó los dos platos sobre la mesa.

—Pruébalo —lo apremió Doris—. Chico, prácticamente estás en los huesos.

Jeremy tomó uno de los bocadillos y le dio un bocado. Hizo una mueca en señal de aprobación, y Doris sonrió.

—Mejor que nada de lo que puedas encontrar en Nueva York, ¿eh?

—Sin duda. Felicita a la cocinera de mi parte.

Ella lo miró con una pizca de coquetería.

—¿Sabes que eres un encanto, mi querido señor Marsh?

Jeremy pensó que posiblemente esa mujer había roto más de un corazón en sus años mozos. Doris prosiguió relatando la historia con toda naturalidad, como si no hubiera hecho ninguna pausa.

55

—En esa época había un montón de racistas. Aún los hay, pero ahora son una minoría. Igual crees que exagero, porque tú vienes del norte, pero te aseguro que es así.

—Te creo.

—No, no me crees. Ninguna persona del norte lo cree, pero bueno, ése es otro cantar. Volviendo a la historia, Hettie Doubilet se sintió enormemente indignada por el desdeñoso trato que recibió, y según la leyenda, cuando le negaron el derecho a entrevistarse con el alcalde, lanzó una maldición sobre la raza blanca. Amenazó con que si profanaban las tumbas de sus antepasados, entonces las nuestras también serían profanadas. Los antepasados de su gente vagarían por el mundo en busca del lugar donde reposaban inicialmente y arrasarían Cedar Creek a su paso, y al final, el cementerio entero sería engullido por la tierra. Pero claro, en esos días nadie le prestó atención.

Doris mordisqueó su bocadillo.

—En resumen, los negros desenterraron a los muertos y los trasladaron uno a uno a otro cementerio, se construyó la línea del ferrocarril y, después de eso, tal y como Hettie vaticinó, las cosas empezaron a ir de mal en peor en el cementerio de Cedar Creek. Primero sólo fueron nimiedades: unas cuantas lápidas rotas y cosas por el estilo, como si se tratara de actos vandálicos. Las autoridades del condado pensaron que era la gente de Hettie la que causaba los estragos y destinaron a varios vigilantes a vigilar el cementerio. Pero por más que aumentaran el número de vigilantes, los problemas no cesaban. Y a lo largo de los años se han ido incrementando. Has estado allí, ¿verdad?

Jeremy asintió.

—Así que has visto lo que está sucediendo. Parece como si el lugar se estuviera hundiendo, tal y como Hettie predijo. Y para colmo aparecieron las dichosas luces. Y desde entonces, los habitantes del pueblo creen que son los espíritus de los esclavos que vagan por el lugar.

—¿Y el cementerio está cerrado?

—Sí. A finales de la década de los setenta se optó por abandonar definitivamente ese lugar, pero antes de eso, la mayoría de la gente ya pedía ser enterrada en los otros cementerios alternativos que tiene el pueblo a causa de lo que estaba sucediendo en el de Cedar Creek. Ahora esos terrenos pertenecen al Estado, pero llevan más de veinte años abandonados.

—¿Alguien se ha encargado de realizar un estudio para averiguar por qué parece que se hunden esas tierras?

—No estoy segura, aunque me parece que sí. Muchos tipos influyentes tienen a algún antepasado enterrado en ese lugar, y lo último que desean es ver cómo desaparecen las tumbas de sus abuelos. Seguramente quieren una explicación, y he oído historias acerca de unos tipos de Raleigh que se desplazaron hasta aquí para investigar qué estaba pasando.

—¿Te refieres a los estudiantes de la Universidad de Duke?

—Oh, no, no esos pobres, querido. Si no eran más que una pandilla de imberbes. Estuvieron aquí el año pasado. No, hablo de hace más tiempo; quizá de la época en la que aparecieron los primeros estropicios.

—¿Y sabes a qué conclusión llegaron?

—No, lo siento. —Hizo una pausa, y sus ojos adoptaron un brillo malicioso—. Pero me lo figuro.

Jeremy la miró con interés.

—¿Y bien?

—Agua —apuntó ella simplemente.

—¿Agua?

—Recuerda que soy adivina. Sé dónde está el agua. Y te puedo asegurar sin temor a equivocarme que ese terreno se está hundiendo a causa del agua que hay debajo. Lo sé con certeza.

—Ah —dijo Jeremy con tranquilidad.

Doris se echó a reír.

—Eres tan mono, señor Marsh. ¿Sabías que cuando alguien te dice algo que no quieres creer, adoptas un aire de severa gravedad?

—No, nadie me lo había dicho.

—Pues sí. Y yo lo encuentro encantador. Mi madre habría disfrutado de lo lindo contigo. Tus pensamientos son tan transparentes...

—¿Ah, sí? Pues a ver si adivinas qué estoy pensando ahora.

Doris lo miró pensativa.

—Bueno, ya te he dicho que mis dones difieren de los de mi

57

madre. Ella podría leerte el pensamiento como en un libro abierto. Y además, no quiero asustarte.

—Vamos, adelante. Asústame.

—Muy bien —aceptó ella. Lo miró fijamente—. Piensa en algo que yo no sepa. Y recuerda, mi don no es el de leer la mente. Sólo acierto de vez en cuando, y únicamente si se trata de pensamientos muy intensos.

—Vale —respondió Jeremy, encantado de jugar a las adivinanzas—. ¿Te das cuenta de que me estás contestando con evasivas?

—Chis, cállate. —Doris le cogió la mano—. ¿Verdad que no te importa si te tomo la mano?

—No, claro que no.

—Y ahora piensa en algo personal que yo no pueda saber.

—De acuerdo.

Doris le apretó la mano en señal de reprimenda.

—Vamos chico, sé serio. No juegues conmigo.

—Vale —asintió él—. Te aseguro que ahora me concentraré de verdad.

58

Jeremy cerró los ojos. Pensó en la razón por la que Maria lo había abandonado, y por un momento que pareció eterno, Doris no pronunció ni una palabra. En lugar de eso, se limitó a observarlo fijamente, como si esperara a que él dijera algo.

Jeremy ya había pasado por la misma experiencia con anterioridad, innumerables veces. Sabía que no debía decir nada, y cuando ella continuó sin romper el silencio, supo que había ganado la partida. De repente ella dio un respingo. «Ya, la clase de movimientos que forma parte de estos numeritos», se dijo Jeremy. Inmediatamente después, ella le soltó la mano.

Jeremy abrió los ojos y la miró con curiosidad.

—¿Y bien?

Doris lo observaba de un modo extraño.

—Nada —respondió.

—Ah —añadió Jeremy—. Supongo que hoy no has tenido suerte, ¿eh?

—Ya te lo he dicho, soy adivina. —Sonrió, casi como pidiendo disculpas—. Pero te puedo asegurar que no estás embarazado.

Jeremy se echó a reír a carcajadas.

—Tengo que admitir que en eso tienes razón.

Ella sonrió antes de desviar la vista hacia otra mesa, luego volvió a mirarlo fijamente.

—Lo siento. No debería de haberlo hecho. No era apropiado.

—No pasa nada —dijo él en un tono absolutamente desenfadado.

—No —insistió ella mirándolo fijamente, le agarró la mano de nuevo y se la estrujó suavemente—. Lo siento mucho.

Jeremy no sabía cómo reaccionar cuando Doris volvió a cogerle la mano, pero se quedó paralizado ante la compasión que emanaba de sus ojos.

Y Jeremy tuvo la desagradable sensación de que ella había adivinado más cosas sobre su vida personal de las que posiblemente podría saber.

Habilidades vaticinadoras, premoniciones e intuición son simplemente el producto de la conexión que se establece entre la experiencia, el sentido común y la sabiduría acumulada. La mayoría de la gente suele desestimar la gran cantidad de información que aprende durante toda la vida, y la mente humana es capaz de relacionar la información de un modo como ninguna otra especie —o máquina— es capaz de hacer.

No obstante, la mente aprende a desechar una inmensa parte de la información que recibe, ya que, por razones obvias, no es tan crítica como para recordarlo todo. Por supuesto, algunas personas tienen más memoria que otras, un hecho que a veces queda patente en algunas pruebas, y hay un sinfín de estudios sobre la habilidad de entrenar la memoria. Pero incluso los peores alumnos recuerdan el 99,99 por ciento de todo lo que les ha pasado en la vida. Sin embargo, es ese 0,01 por ciento lo que más frecuentemente distingue a una persona de otra. Para algunos, se pone de manifiesto en la habilidad de memorizar trivialidades, o de despuntar como doctores, o de interpretar datos financieros con una precisión extraordinaria. Para otros, consiste en la habilidad de leer los pensamientos de los demás. Esta clase de personas —con una habilidad innata para aprovecharse de la memoria, del sentido común y de la experiencia, y para codificarlos rápidamente y con precisión— manifiesta una habilidad que los demás definen como sobrenatural.

Pero lo que Doris había hecho era… ir mucho más lejos de lo que Jeremy suponía. Ella lo sabía. O al menos, ésa fue la impresión inmediata que tuvo Jeremy, hasta que se refugió en una explicación lógica de lo que acababa de suceder.

De hecho, se recordó a sí mismo que no había sucedido nada. Doris no había dicho nada; simplemente le pareció que esa mujer comprendía cosas desconocidas por la forma en que lo había mirado. Y esa suposición nacía de su interior, no de Doris.

Sólo la ciencia podía aportar respuestas reales. No obstante, ella parecía una persona muy afable, así que… ¿Y qué si estaba tan segura de sus habilidades? Probablemente ella pensaba que la explicación había que buscarla en algo sobrenatural.

De nuevo, Doris parecía estar leyéndole el pensamiento.

—Supongo que te acabo de confirmar que sólo soy una pobre loca.

—De ningún modo —repuso Jeremy.

Ella tomó el bocadillo.

—Bueno, puesto que se supone que tendríamos que disfrutar de nuestra primera comida juntos, quizá será mejor que nos relajemos con una charla más amena. ¿Quieres que te cuente algo en particular?

—Háblame del pueblo.

—¿Qué deseas saber?

—Oh, lo que sea. Ya que estaré aquí unos cuantos días, creo que debería ponerme al día con lo que pasa en la localidad.

Pasaron la siguiente media hora departiendo de todo y de nada en particular. Incluso más que Tully, Doris parecía saber hasta el más mínimo detalle de todo lo que sucedía en Boone Creek. Y no a causa de sus supuestas habilidades —tal como ella misma admitió—, sino porque en los pueblos pequeños la información corría más rápido que el viento.

Doris hablaba sin parar. Jeremy se enteró de quién salía con quién, con qué tipos era difícil trabajar y por qué, y que el párroco de la iglesia pentecostal de la localidad tenía una aventura amorosa con una de sus feligresas. Ah, y lo más importante, por lo menos según Doris, era que jamás llamara a Trevor's Towing si se le averiaba el coche, ya que probablemente Trevor estaría borracho, fuera la hora que fuese.

—Ese hombre es un peligro en la carretera —declaró Doris—. Todo el mundo lo sabe, pero como su padre es el sheriff, nadie hace nada al respecto. Pero claro, supongo que no debería sorprenderme. El sheriff Wanner tiene sus propios problemas, sobre todo sus enormes deudas contraídas a causa del juego.

—Ah —dijo simplemente Jeremy, como si estuviera familiarizado con todo lo que sucedía en el pueblo.

Durante unos instantes ninguno de los dos dijo nada. Jeremy aprovechó para echar un vistazo al reloj.

—Supongo que tienes que irte —musitó Doris.

Jeremy asió la pequeña grabadora y pulsó el botón STOP antes de guardarla en el bolsillo de la americana.

—Sí. Me gustaría pasar por la biblioteca antes de que cierren para buscar información.

—Muy bien. No te preocupes por la comida. Invito yo. No suelen visitarnos personas famosas como tú.

—Te aseguro que una breve aparición en *Primetime* no convierte a nadie en famoso.

—Ya lo sé, pero yo me refería a tu columna.

—Ah. ¿Has leído mis artículos?

—Lo hago cada mes. A mi esposo, que en paz descanse, lo que más le gustaba era hacer chapuzas en el garaje y leer esa revista. Cuando falleció, no tuve el coraje de cancelar la suscripción. Poco a poco me fui aficionando a tus artículos. No escribes nada mal.

—Gracias.

Doris se levantó de la mesa y lo acompañó hasta la puerta del restaurante. Los clientes que quedaban, muy pocos ya, levantaron la vista para observarlos. No hacía falta que dijeran nada para saber que habían estado pendientes de toda la conversación, y tan pronto como Jeremy y Doris salieron del local, empezaron a cuchichear sin tregua.

—¿Doris ha dicho que ese señor ha salido por la tele? —preguntó uno.

—Ya me parecía que lo había visto en uno de esos programas de entrevistas...

61

—Entonces no es médico —agregó otro—. Le he oído comentar algo sobre unos artículos de una revista.

—Me pregunto cuál es la relación entre Doris y él. ¿Alguien sabe cómo se conocieron?

—Parece un buen tipo.

—Pues yo creo que es un soñador empedernido —intervino Rachel.

Mientras tanto, Jeremy y Doris se habían detenido en el porche, sin sospechar el barullo que habían armado.

—Supongo que te alojas en el Greenleaf, ¿no? —inquirió Doris. Cuando Jeremy asintió, ella continuó—. ¿Sabes cómo llegar hasta allí? Está un poco alejado del pueblo.

—Tengo un mapa —dijo Jeremy, intentando poner un tono convincente, como si se hubiera preparado el viaje con antelación—. Estoy seguro de que lo encontraré, pero ¿puedes indicarme cómo llegar hasta la biblioteca?

—Oh, está justo a la vuelta de la esquina. —Señaló hacia la carretera—. ¿Ves ese edificio de ladrillo, el de los toldos azules?

Jeremy asintió.

—Gira a la izquierda y sigue hasta la próxima señal de stop. Gira a la derecha en la primera calle que encuentres después de la señal. La biblioteca está en la siguiente esquina. Es un enorme edificio de color blanco. Previamente se lo conocía como Middleton House; perteneció a Horace Middleton antes de que el Estado lo comprara.

—¿No construyeron una nueva biblioteca?

—Es un pueblo pequeño, señor Marsh, y además, ese edificio es lo suficientemente amplio, ya lo verás.

Jeremy extendió la mano.

—Gracias. Has sido una gran ayuda. Y la comida estaba deliciosa.

—Hago lo que puedo.

—¿Te importa si vuelvo a pasar otro día por aquí con más preguntas? Me da la impresión de que estás al corriente de todo lo que pasa en la localidad.

—Puedes venir cuando quieras. Te ayudaré en todo lo posible. Pero tengo que pedirte un favor: no escribas nada que nos deje como una panda de lunáticos. A muchos (entre los que me incluyo) nos encanta vivir aquí.

—Simplemente me limito a escribir la verdad.

—Lo sé —dijo ella—. Por eso contacté contigo. Tienes pinta de ser un tipo en el que se puede confiar, y estoy segura de que zanjarás esta leyenda de una vez por todas y de la forma más apropiada.

Jeremy esbozó una mueca de sorpresa.

—¿No crees que haya fantasmas en Cedar Creek?

—Claro que no. Sé que no hay ningún espíritu merodeando por ese lugar. Llevo años diciéndolo, pero nadie quiere escucharme.

Jeremy la miró con curiosidad.

—Entonces, ¿por qué me has pedido que venga?

—Porque la gente no sabe lo que sucede, y continuará creyendo en fantasmas hasta que encuentre una explicación fehaciente. Desde que apareció ese artículo de los estudiantes de la Universidad de Duke en la prensa, el alcalde ha estado promocionando la idea de los fantasmas como un loco, y ahora empiezan a llegar curiosos de todas partes con la esperanza de ver las luces. Según mi opinión, todo esto está provocando serios problemas; ese cementerio amenaza con hundirse, y los estropicios son cada vez mayores.

Doris hizo una pausa antes de proseguir.

—Y claro, el sheriff no hace nada para evitar que las pandillas de adolescentes o los turistas se paseen por la zona sin ninguna precaución. Él y el alcalde son los típicos buscadores de recompensas; además, casi todo el mundo aquí —excepto yo— considera que promocionar la historia de los fantasmas es una buena idea. Desde que cerraron el molino textil y la mina, el pueblo no levanta cabeza, y me parece que muchos se aferran a esa idea como una especie de salvación.

Jeremy miró hacia el coche, y después volvió a mirar a Doris, pensando en lo que le acababa de contar. Todo tenía sentido, pero...

—¿Te das cuenta de que lo que me has dicho no coincide con lo que me escribiste en la carta?

—Eso no es cierto. Lo único que dije fue que había unas lu-

63

ces misteriosas en el cementerio que muchos vinculan con una vieja leyenda, que la mayoría de la gente cree que se trata de fantasmas, y que un grupo de chicos de la Universidad de Duke no pudo hallar ninguna explicación lógica al fenómeno. Sé que no soy perfecta, señor Marsh, pero mentir no es uno de mis defectos.

—¿Y por qué quieres que desacredite la historia?

—Porque no es correcto —respondió llanamente, como si la respuesta fuera de sentido común—. La gente deambula por el cementerio, los turistas vienen y acampan en esos terrenos; hay que ser respetuosos con los muertos, aunque el cementerio esté abandonado. Los difuntos ahí enterrados merecen descansar en paz. Y ese despropósito de la «Visita guiada por las casas históricas» es simple y llanamente incorrecto. Pero todos hacen oídos sordos a mis críticas.

Jeremy reflexionó sobre lo que Doris le acababa de contar mientras hundía las manos en los bolsillos de la chaqueta.

—¿Puedo hablar con franqueza? —preguntó él.

Ella asintió, y Jeremy empezó a balancearse alternando el equilibrio de un pie al otro.

—Si crees que tu madre era vidente, y que tú puedes adivinar dónde hay agua y el sexo de los bebés, me parece extraño que...

Cuando se quedó unos momentos indeciso sobre cómo continuar, ella lo miró con interés.

—¿Que no sea la primera que crea en fantasmas?

Jeremy asintió.

—Sí que creo en fantasmas. Lo único es que no creo que estén congregados ahí, en el cementerio.

—¿Por qué no?

—Porque he estado allí y no he notado ninguna presencia sobrenatural.

—¿Así que también puedes hacer eso?

Ella se limitó a encogerse de hombros. Finalmente se decidió a romper el silencio.

—¿Puedo hablar ahora yo con franqueza?

—Adelante.

—Un día aprenderás algo que no puede ser explicado por

medio de la ciencia. Y cuando eso suceda, tu vida cambiará de una forma que no puedes ni llegar a imaginar.

Jeremy sonrió.

—¿Es eso una promesa?

—Sí —contestó ella. A continuación lo miró fijamente—. Y he de admitir que lo he pasado muy bien charlando contigo mientras comíamos. No suelo gozar de la compañía de jóvenes tan encantadores. La experiencia me ha rejuvenecido, te lo aseguro.

—Yo también lo he pasado estupendamente.

Jeremy se dio la vuelta para marcharse. Las nubes habían hecho acto de presencia mientras ellos estaban comiendo. El cielo, aunque no tenía un aspecto amenazador, parecía indicar que el invierno estaba decidido a instalarse también en el sur, y Jeremy se levantó el cuello de la americana mientras se dirigía al coche.

—¿Señor Marsh? —gritó Doris a su espalda.

—¿Sí? —respondió Jeremy al tiempo que se daba la vuelta.

—Saluda a Lex de mi parte.

—¿Lex?

—Se encarga de la biblioteca. Seguramente no tendrá ningún reparo en ayudarte en tus pesquisas.

Jeremy sonrió.

—Lo haré.

Capítulo 4

*L*a biblioteca resultó ser una imponente estructura gótica, completamente diferente al resto de los edificios de la localidad. Jeremy tuvo la impresión de que alguien había arrancado una de esas casonas de una colina de Rumania, cerca de la morada del conde Drácula, y la había dejado caer como por arte de magia en Boone Creek.

El edificio ocupaba casi la totalidad de la manzana, y sus dos plantas estaban ornamentadas con unas ventanas angostas y alargadas, un tejado terminado en punta, y una puerta principal de madera en forma de arco, en la que sobresalían unos picaportes desmesuradamente grandes. A Edgar Allan Poe le habría encantado ese lugar, pero a pesar de la apariencia de casa embrujada, parecía que los del Consistorio habían intentado darle un aire menos tétrico, más acogedor. La fachada de ladrillo —que probablemente había sido de color marrón rojizo en otro tiempo— estaba ahora pintada de blanco; las ventanas estaban enmarcadas por unas contraventanas negras, y unos parterres de pensamientos delimitaban el sendero que conducía a la entrada principal y rodeaban el mástil de la bandera. El llamativo rótulo cincelado con letra dorada y en cursiva daba la bienvenida a todo aquel que se acercaba a la biblioteca de Boone Creek. El resultado final se podía definir como chocante. A Jeremy le pareció que era como ir a una de esas elegantes mansiones señoriales de la ciudad y que, al llamar a la puerta, inesperadamente apareciera un mayordomo disfrazado de payaso, con globos y una pistola de agua en la mano.

El vestíbulo, pintado de un alegre amarillo pálido —por lo menos el edificio era consistente dentro de su inconsistencia—, estaba amueblado con un mostrador en forma de «L», cuya parte más larga se extendía hasta la parte posterior del edificio, donde Jeremy distinguió una amplia estancia con unas mamparas de vidrio dedicada a los niños. A la izquierda quedaban los lavabos, y a la derecha, detrás de otra pared de vidrio, vio lo que parecía ser el área principal. Jeremy saludó con la cabeza a la anciana que estaba sentada detrás del mostrador. La mujer sonrió y le devolvió el saludo, luego se concentró nuevamente en el libro que estaba leyendo. Jeremy empujó las pesadas puertas de vidrio que daban al área principal, y se sintió orgulloso al pensar que empezaba a comprender el modo de actuar de los lugareños.

El área principal lo decepcionó de inmediato. Debajo de la intensa luz de los fluorescentes sólo divisó seis estanterías de libros, organizadas relativamente juntas entre sí, en una estancia no mucho más grande que su piso de Nueva York. En las dos esquinas más próximas a la puerta habían instalado unos ordenadores anticuados, y al fondo a la derecha estaba el área de lectura, con una pequeña colección de periódicos. Había cuatro mesas pequeñas en la sala, y únicamente vio a tres personas consultando libros en las estanterías, entre ellas un anciano con un aparato de sordera en la oreja que estaba ordenando los libros en los estantes. A juzgar por lo que veía, Jeremy tuvo la desagradable impresión de haber comprado más libros en toda su vida de los que esa biblioteca albergaba.

Se dirigió hacia la mesa del encargado, y no le sorprendió no encontrar a nadie. Se detuvo delante de la mesa, a la espera de que apareciera Lex. Entonces pensó que Lex debía de ser el hombre de pelo cano que estaba colocando los libros en los estantes. Se fijó en él, pero el anciano siguió con su tarea sin inmutarse.

Jeremy echó un vistazo al reloj. Dos minutos más tarde, volvió a consultar la hora.

Otros dos minutos más tarde, después de que Jeremy carraspeara sonoramente, el hombre se fijó en él. Jeremy lo saludó con la cabeza y lo miró fijamente para darle a entender que necesitaba ayuda, pero en lugar de ir hacia la mesa, el anciano asintió con la cabeza y continuó ordenando los libros. Estaba claro que ese individuo superaba las expectativas sobre la legendaria

67

eficiencia sureña, pensó Jeremy. Sí, el lugar era francamente interesante.

En el diminuto y abigarrado despacho del piso superior de la biblioteca, Lexie tenía la mirada fija en la ventana. Sabía que él vendría. Doris había llamado tan pronto como Jeremy se había marchado del Herbs y le había referido un par de comentarios sobre el individuo vestido de negro procedente de Nueva York, que estaba allí para escribir un artículo sobre los fantasmas del cementerio.

Lexie sacudió lentamente la cabeza. Estaba segura de que Doris lo había convencido. Cuando a esa mujer se le metía una idea en la cabeza, podía llegar a ser muy persuasiva, sin tener en cuenta la posible reacción violenta que un artículo como ése podía suscitar. Había leído las historias del señor Marsh de antemano, y sabía exactamente cómo operaba. No tendría suficiente con demostrar que el fenómeno no estaba relacionado con fantasmas —algo de lo que no le cabía la menor duda—, no, el señor Marsh no se detendría ahí. Entrevistaría a los habitantes del lugar en esa forma tan peculiarmente encantadora, conseguiría sonsacarles toda la información que buscaba, y después elegiría los datos que más le interesaran antes de difundir la verdad del modo que le pareciera más oportuno. Cuando hubiera acabado de plasmar sus conclusiones feroces en un artículo, la gente de todo el país pensaría que Boone Creek estaba plagado de unos patéticos personajes simplones, ridículos y supersticiosos.

No, no le hacía ninguna gracia que ese periodista merodeara por el pueblo.

Cerró los ojos mientras con los dedos se dedicaba a retorcer un mechón de su negra melena abstraídamente. Tampoco le gustaba que nadie deambulara por el cementerio. Doris tenía razón: era una falta de respeto, y desde la visita de esos jóvenes de la Universidad de Duke y de la publicación del artículo en la prensa, la situación se les había escapado de las manos. ¿Por qué no lo habían mantenido en secreto? Hacía muchas décadas que aparecían esas luces, y a pesar de que todo el mundo lo sabía, a nadie le importaba. Quizá de vez en cuando alguien se dejaba caer por el cementerio para verlas, básicamente adolescentes o alguien que había bebido más de la cuenta en el Lookilu; pero ¿camisetas, tazas de café, postales cursis con emblemas sobre los fantasmas? ¡Y encima la «Visita guiada por las casas históricas»!

No llegaba a comprender los motivos que habían desatado esa locura colectiva. ¿Por qué era tan importante incrementar el turismo en la zona? Sí, claro, el dinero era un tremendo aliciente, pero los que vivían en el pueblo no lo hacían por afán de hacerse ricos. Bueno, al menos la mayoría no; aunque siempre había personas dispuestas a no dejar escapar esa clase de oportunidades, empezando por el alcalde. Mas siempre había creído que casi toda esa gente vivía en Boone Creek por la misma razón que ella: por la indescriptible alegría que sentía cada tarde cuando se ponía el sol y, súbitamente, el río Pamlico se transformaba en una impresionante cinta de color dorado, porque conocía a sus vecinos y sabía que podía confiar en ellos, porque los niños podían jugar en la calle hasta la noche tranquilamente, sin que sus padres sintieran angustia alguna por pensar que pudiera ocurrirles algo malo. En un mundo cada vez más loco y estresado, Boone Creek era un pueblecito que jamás había mostrado ningún interés en seguir los pasos del mundo moderno, y eso era lo que lo convertía en un lugar tan peculiar.

Por eso vivía allí. Le gustaba todo lo referente al pueblo: el olor a pino y a salitre por la mañana cuando llegaba la primavera, los bochornosos atardeceres de verano que le conferían a su piel ese brillo tan especial, el color intenso de las hojas en otoño… Pero por encima de todo, le gustaba la gente y no podía imaginar vivir en otro lugar. Confiaba en ellos, conversaba con ellos, sentía aprecio por ellos. Pero claro, no todos sus amigos compartían esas mismas impresiones; algunos habían aprovechado el momento de ir a estudiar a la universidad para no volver a pisar el pueblo. Ella también se había ido a vivir una temporada fuera, pero incluso en esa etapa había tenido la certeza de que regresaría; y menos mal que lo había hecho, ya que en los dos últimos años había estado muy preocupada por la salud de Doris. También sabía que acabaría siendo la bibliotecaria de Boone Creek, igual que su madre había ocupando ese puesto antes,

69

con la esperanza de hacer de la biblioteca un lugar del que el pueblo entero pudiera sentirse orgulloso.

No se trataba del trabajo más glamuroso, pero el sueldo no estaba nada mal. Aunque la primera impresión fuera decepcionante, la biblioteca iba mejorando poco a poco. La planta baja sólo albergaba la colección de ficción contemporánea, mientras que en el piso superior se podía encontrar ficción clásica y noficción, títulos adicionales de autores contemporáneos, y colecciones únicas. Supuso que el señor Marsh no se habría dado cuenta de que la biblioteca se expandía por las dos plantas, ya que el acceso a las escaleras se hallaba en la parte posterior del edificio, cerca de la sala infantil. Uno de los inconvenientes de que la biblioteca estuviera emplazada en una vieja residencia era que la arquitectura no estaba diseñada para el traqueteo del público. Pero el lugar le parecía correcto.

Casi siempre se respiraba una agradable atmósfera silenciosa en su despacho ubicado en el piso superior, y éste estaba cerca de su estancia favorita de la biblioteca, la que ella había bautizado como «La sala de los originales». Se trataba de una pequeña sala contigua al despacho que contenía los títulos más insólitos, libros que ella había ido adquiriendo en subastas del estado y en mercadillos, por donaciones y visitas a las librerías y a los distribuidores de publicaciones de todo el estado, un proyecto que había iniciado su madre. También custodiaba una creciente colección de manuscritos y mapas históricos, algunos de los cuales databan de antes de la guerra revolucionaria. Ésa era su verdadera pasión. Siempre estaba dispuesta a ir en busca de cualquier material excepcional, y no dudaba en derrochar grandes dosis de amabilidad y de astucia, o de implorar si era necesario, para conseguir lo que quería. Cuando esa táctica no funcionaba, recurría a la excusa irrefutable de la deducción de impuestos, y —puesto que había trabajado duro para conseguir buenos contactos entre los abogados especializados en materia de herencias que operaban en el sur— a menudo recibía libros y otras publicaciones antes de que el resto de las bibliotecas oyeran siquiera hablar de ellos. A pesar de que no contaba con los sustanciosos recursos de la Universidad de Duke, de la de Wake Forest, o de la de Carolina del Norte, su biblioteca estaba considerada como una de las mejores bibliotecas pequeñas no sólo del estado, sino incluso de todo el país.

Se sentía muy orgullosa de ese logro. Aquélla era su biblioteca, y del mismo modo, aquél era su pueblo. Y en esos precisos instantes, un desconocido la estaba esperando, un desconocido que ansiaba escribir una historia que podía perjudicar gravemente a su gente.

Lo había observado mientras aparcaba el coche delante del edificio. Lo había examinado de arriba abajo mientras se apeaba del auto y se dirigía a la puerta principal. Había sacudido la cabeza, porque casi inmediatamente había reconocido la forma de andar confiada y petulante de los que viven en la gran ciudad. No era más que uno de los innumerables individuos que se jactaban de provenir de un lugar más interesante; sujetos que se creían poseedores de un conocimiento más profundo sobre el mundo real, que proclamaban que la vida podía ser mucho más excitante, más gratificante en las grandes urbes que en un pueblecito remoto. Unos años antes se había enamorado de un hombre que pensaba de ese modo, y se negaba a dejarse embaucar de nuevo.

Un cardenal se posó en la repisa de la ventana. Lo observó fijamente al tiempo que intentaba despejar la cabeza de los pensamientos que la asaltaban, y luego suspiró. De acuerdo, se dijo, lo más cortés era bajar a hablar con el señor Marsh de Nueva York. Después de todo, la estaba esperando. Había recorrido un largo trayecto, y la hospitalidad del sur —así como su trabajo de bibliotecaria— la impulsaba a ayudarlo a encontrar lo que necesitara. Y lo más importante: de ese modo podría vigilarlo de cerca. También se afanaría por filtrar la información de tal modo que él viera la parte positiva de vivir en un lugar como Boone Creek.

Sonrió. Sí, se veía capaz de lidiar con el señor Marsh. Además, tenía que admitir que, aunque no se fiara de él, era muy apuesto.

Jeremy Marsh tenía toda la pinta de estar aburrido.

Se paseaba lentamente por uno de los pasillos, con los brazos cruzados, contemplando los títulos contemporáneos. De vez en cuando fruncía el ceño, como si se preguntara si podría en-

71

contrar algo de Dickens, Chaucer o Austen. Se imaginó cómo reaccionaría él si le pidiera un título de uno de esos autores y ella respondiera con un «¿Quién?». Conociéndolo —a pesar de que tenía que admitir que no lo conocía en absoluto sino que simplemente se basaba en una suposición—, probablemente se la quedaría mirando fijamente, como había hecho antes cuando la vio en el cementerio. Ah, qué predecibles eran los hombres, pensó.

Se alisó el jersey, procurando ganar tiempo antes de salir a recibirlo. Se recordó a sí misma que tenía que parecer profesional; una importante misión estaba en juego.

—Supongo que me está esperando —se presentó, esforzándose por sonreír.

Jeremy levantó la vista al escuchar la voz, y por un momento se quedó paralizado. Súbitamente la reconoció y sonrió.

«Parece afable», pensó ella. En la barbilla se le formaba uno de esos graciosos hoyuelos, aunque la sonrisa que exhibía era un poco estudiada y carecía de la fuerza necesaria para contrarrestar la mirada tan confiada.

—¿Tú eres Lex? —preguntó él.

—Sí, Lex es la abreviatura de Lexie. Soy Lexie Darnell. Pero Doris siempre me llama Lex.

—Eres la bibliotecaria.

—Sí, cuando no estoy merodeando por los cementerios y regañando a los hombres que me miran descaradamente, es lo que intento ser.

—Caramba, caramba —exclamó Jeremy, intentando imitar el tono sureño de Doris.

Ella sonrió y le dio la espalda, luego asió uno de los libros de la estantería que él había examinado.

—No intente hacerse el gracioso, señor Marsh —espetó ella—. No es tan fácil imitar nuestro acento. Le falta práctica; parece como si estuviera mascando chicle.

Jeremy se echó a reír sin amedrentarse ante el comentario mordaz.

—¿De veras?

«Vaya, el típico seductor», pensó Lexie.

—De veras. —Continuó jugueteando con los libros—. ¿En

qué puedo ayudarle, señor Marsh? Supongo que desea información del cementerio.

—Mi reputación me precede.

—Doris me llamó para avisarme que venía hacia aquí.

—Ah —dijo él—. Debería de habérmelo figurado. Es una mujer ciertamente interesante.

—Es mi abuela.

Jeremy abrió los ojos como una naranja.

«Caramba, caramba —pensó, aunque esta vez no lo dijo en voz alta—. Qué coincidencia tan interesante.»

—¿Te ha explicado que hemos comido juntos?

—No se lo he preguntado.

Ella se aderezó un mechón de pelo detrás de la oreja, al tiempo que se fijaba en que el hoyuelo que se formaba en la barbilla de su interlocutor era tan gracioso que seguramente más de un niño querría hurgarlo con el dedo. Bueno, tampoco era que le importara. Terminó de ojear el libro que sostenía entre las manos y lo miró a los ojos, manteniendo el tono firme.

—Lo crea o no, estoy bastante ocupada en estos momentos —declaró—. Tengo que terminar unos informes para esta tarde. ¿Qué clase de información le interesa?

Jeremy se encogió de hombros.

—Cualquier dato que me ayude a familiarizarme con la historia del cementerio y del pueblo: cuándo empezaron a aparecer las luces, qué estudios se han llevado a cabo sobre el fenómeno, cualquier texto donde se cite la leyenda, mapas viejos, información sobre Riker's Hill y su topografía, anales históricos y cosas por el estilo. —Realizó una pausa y se dedicó a estudiar esos ojos de color violeta. Eran increíblemente sugerentes. Y esta vez ella estaba ahí, delante de él, prestándole atención en lugar de desaparecer sin hacerle caso. Ese cambio también le parecía interesante.

—Menuda coincidencia, ¿no te parece? —comentó Jeremy, apoyándose en uno de los estantes.

Ella lo miró sin pestañear.

—¿Cómo?

—Que primero te haya visto en el cementerio y ahora aquí. Y además, está lo de la carta de tu abuela, que me trajo hasta este lugar. Vaya coincidencia, ¿no crees?

73

—La verdad es que tengo cosas más interesantes en las que pensar.

Pero Jeremy no pensaba tirar la toalla. Casi nunca lo hacía, sobre todo cuando las cosas se ponían interesantes.

—Bueno, ya que no soy de aquí, a lo mejor podrías indicarme qué es lo que hace la gente en su tiempo libre. Me refiero a si hay algún bar donde podamos tomar algo, o quizá comer juntos… —Hizo una pausa—. Quizás un poco más tarde, cuando acabes de trabajar.

Ella pestañeó varias veces seguidas, preguntándose si lo había entendido bien.

—¿Me está invitando a salir? —preguntó.

—Sólo si puedes.

—No, me parece que no, pero gracias de todos modos —contestó recuperando la compostura.

Ella mantuvo la vista fija en él hasta que finalmente Jeremy alzó las manos.

—De acuerdo —dijo con un tono cansado—, pero no puedes culparme por haberlo intentado. Bueno, ¿te parece bien si nos ponemos manos a la obra? Eso si no estás demasiado ocupada con lo de los informes, por supuesto. Puedo volver mañana, si te parece más conveniente. —Sonrió, y súbitamente volvió a aparecer el hoyuelo.

—¿Hay algún dato por el que desearía empezar en particular?

—Estaba pensando en el artículo que apareció en la prensa local. Todavía no he tenido la ocasión de consultarlo. ¿Lo tienes archivado?

Ella asintió.

—Probablemente estará en la microficha. Hemos estado colaborando con el periódico durante los dos últimos años, así que no tendrá dificultades para encontrarlo.

—Genial —exclamó él—. ¿Y un poco de información en general sobre el pueblo?

—Está en el mismo fichero.

Jeremy miró a su alrededor por un momento, preguntándose adónde tenía que ir. Ella empezó a andar hacia el vestíbulo.

—Por aquí, señor Marsh. Encontrará todo lo que necesita en el piso superior.

—¿Hay un piso superior?

Ella se dio la vuelta, hablándole por encima del hombro.

—Si hace el favor de seguirme, se lo mostraré encantada.

Jeremy tuvo que acelerar el paso para seguir a su interlocutora.

—¿Te importa si te hago una pregunta?

Ella abrió la puerta principal y pareció dudar unos instantes.

—No, adelante —consintió, sin alterar la expresión de su cara.

—Me estaba preguntando... Me ha dado la impresión de que muy poca gente se acerca a ese cementerio.

Ella no respondió, y en el silencio, Jeremy se sintió primero tremendamente curioso, y al final claramente incómodo.

—¿No piensas contestar? —volvió a insistir.

Ella sonrió y, para su sorpresa, le guiñó el ojo antes de franquear la puerta abierta.

—He dicho que podía preguntar, señor Marsh. Pero no he dicho que pensara contestar.

Mientras ella emprendía la marcha de nuevo con paso veloz, Jeremy se la quedó mirando, atónito. Vaya con esa fémina. No le faltaba nada. Era confiada, hermosa y encantadora, e incluso había sido capaz de rechazar su invitación para ir a tomar algo con él.

Quizás Alvin tenía razón. Quizá había algo en las atractivas chicas del sur capaz de volver loco a cualquier hombre.

Atravesaron el vestíbulo, recorrieron la sala infantil, y Lexie lo guió escaleras arriba. Una vez en el piso superior, Jeremy se detuvo y miró a su alrededor.

«Caramba, caramba», se dijo otra vez.

La biblioteca estaba constituida por algo más que unas desvencijadas estanterías abarrotadas de libros nuevos. Mucho más. Y además, rezumaba un ambiente absolutamente gótico, desde el penetrante olor a polvo hasta la típica atmósfera enrarecida de las bibliotecas privadas. Con las paredes revestidas de paneles de roble, el suelo de caoba y las cortinas color vino borgoña, la cavernosa estancia que se abría ante él contrastaba completamente con el área del piso inferior. Las esquinas estaban engala-

75

nadas con unas sillas barrocas y unas lámparas de diseño modernista estilo Tiffany. En la pared más alejada de la sala había una chimenea de piedra, sobre la que colgaba un cuadro, y las ventanas, angostas como eran, ofrecían suficiente luz natural como para aportar al lugar una sensación acogedora.

—Ahora comprendo —observó Jeremy—. El piso inferior es sólo para abrir el apetito. Aquí es donde está toda la acción.

Ella asintió.

—La mayoría de los que vienen aquí a diario están interesados en títulos recientes de autores conocidos, así que he habilitado el área de la planta baja de modo que se sientan a gusto. La sala del piso inferior es pequeña porque es donde estaban ubicados los despachos antes de que reorganizáramos la biblioteca.

—¿Y dónde están los despachos ahora?

—En esta planta —dijo ella, señalando hacia la estantería más alejada—, al lado de la sala de los libros originales.

—Vaya, has logrado impresionarme.

Ella sonrió.

—Por aquí. Primero le enseñaré el lugar y luego le hablaré de la biblioteca.

Durante los siguientes minutos se dedicaron a charlar al tiempo que serpenteaban por los pasillos de estanterías. Jeremy se enteró de que la casa fue construida en 1874 por Horace Middleton, un capitán que había hecho su fortuna con el comercio de madera y tabaco. Había erigido la casa para su esposa y sus siete vástagos, pero nunca llegó a habitarla. Justo antes de que finalizaran las obras, su esposa falleció, y el oficial decidió trasladarse a Wilmington con su familia. La casa estuvo desocupada durante muchos años, hasta que otra familia decidió instalarse hasta 1950, cuando finalmente fue adquirida por la Sociedad Histórica, que a su vez la vendió al Estado para que la convirtiera en una biblioteca.

Jeremy escuchaba con atención mientras ella departía. Caminaban despacio, y Lexie interrumpía su propio discurso para señalar algunos de sus libros favoritos. Ella era, tal y como pronto dedujo él, una lectora mucho más ávida que él, especialmente de los clásicos; pero claro, ahora que lo pensaba bien, tenía sentido. ¿Por qué otro motivo alguien trabajaría como bibliotecario si no fuera por amor a los libros? Como si supiera lo que estaba pensando, ella se detuvo y señaló con el dedo la placa que coronaba una de las estanterías.

—Seguramente le interesará esta sección, señor Marsh.

Él examinó la placa: SOBRENATURAL/BRUJERÍA. Aminoró la marcha, pero no se detuvo, y se dedicó a anotar algunos de los títulos, entre ellos uno referente a las profecías de Michel de Nostredame. Nostradamus, como era más conocido, publicó cien vaticinios excepcionalmente vagos en 1555 en una obra denominada *Centurias*, la primera de las diez que escribió a lo largo de toda su vida. De las mil profecías que Nostradamus publicó, únicamente unas cincuenta siguen citándose en la actualidad, lo cual constituye un estrecho margen de acierto de tan sólo el cinco por ciento.

Jeremy hundió las manos en los bolsillos.

—Si quieres, puedo recomendarte algunos libros interesantes —se ofreció él.

—Estaría encantada. Tengo que admitir que necesito ayuda con esa categoría de libros.

—¿No has leído ninguno?

—No; francamente, no me atraen los temas que tratan. Reviso esos libros cuando llegan a la biblioteca; me fijo en las imágenes y leo algunas conclusiones para decidir si son apropiados, pero nada más.

—Haces bien; es lo mejor que se puede hacer con esta clase de material —dijo Jeremy.

—Sin embargo, lo más sorprendente es que alguna gente del pueblo no desea que yo adquiera estos libros, especialmente los que tratan sobre brujería. Creen que pueden ejercer una influencia negativa en los jóvenes.

—Y es cierto; sólo cuentan mentiras.

Ella sonrió.

—Quizá tenga razón, pero no me refería a eso. Quieren que me deshaga de los libros porque creen que realmente es posible conjurar los poderes de las fuerzas malignas, y que los niños que leen esas historias pueden invocar accidentalmente a Satán y hacer que éste se dedique a cometer fechorías por el pueblo.

Jeremy asintió.

—Ya, la impresionable juventud de los estados pentecostales del cinturón de la Biblia.

—Eso es; pero por favor, no se le ocurra citar mi nombre si piensa escribir algo referente a esa cuestión, ¿de acuerdo?

Jeremy levantó la mano con porte solemne.

—¡Palabra de Scout!

Por unos breves momentos, anduvieron en silencio. El sol invernal apenas tenía fuerzas para irrumpir entre las nubes opacas, y Lexie se detuvo frente a una fila de lámparas para encenderlas. Una tenue luz amarillenta se adueñó de la sala. Mientras ella se inclinaba hacia delante, Jeremy inhaló el ligero aroma floral de su perfume.

Con movimientos distraídos, él se dirigió hacia el retrato que adornaba la chimenea.

—¿Quién es?

Lexie hizo una pausa y desvió la vista hacia donde él estaba mirando.

—Mi madre.

Jeremy la contempló con curiosidad, y Lexie suspiró.

—Después de que la biblioteca original fuera pasto de las llamas en 1964, mi madre se encargó de buscar un nuevo edificio y empezar una nueva colección, algo que todo el mundo en el pueblo daba por imposible. Entonces ella sólo tenía veintidós años, pero invirtió muchos años en hacer campaña con las autoridades del condado y del estado para obtener fondos, organizó paradas ambulantes de pastelitos, y se dedicó a visitar uno a uno todos los negocios de la localidad, sin dejarlos en paz hasta que accedían a darle dinero. Necesitó muchos años, pero al final lo consiguió.

Mientras ella hablaba, los ojos de Jeremy iban de Lexie al retrato. Existía cierta similitud, pensó, algo que debería de haber reconocido a simple vista, especialmente en los ojos. Así como el color violeta le había llamado la atención inmediatamente, ahora que estaba más cerca de ella descubrió en los ojos de Lexie una pincelada azul celeste en la parte más externa del iris que en cierto modo le confería un aire de gentileza. Aunque el retrato intentaba reflejar el color inusual, no lo conseguía.

Lexie terminó de relatar la historia y rápidamente se aderezó un mechón rebelde detrás de la oreja. Repetía ese gesto con cierta regularidad. Jeremy pensó que probablemente era un hábito nervioso, lo cual quería decir que se sentía nerviosa con él, y consideró ese detalle como una buena señal.

Jeremy carraspeó.

—Por lo que me has contado, debe de ser una mujer fascinante. Me encantaría conocerla.

Lexie sonrió complacida, pero en lugar de proseguir, sacudió la cabeza un par de veces.

—Lo siento. Supongo que no debería robarle tanto tiempo. Está aquí por cuestiones de trabajo, y le estoy entreteniendo innecesariamente. —Señaló hacia la sala de los originales con la cabeza—. Será mejor que le enseñe el lugar donde permanecerá encerrado los próximos días.

—¿Crees que será necesario que dedique varios días a la búsqueda de datos?

—Me ha pedido referencias históricas y el artículo, ¿no? Me encantaría poder anunciarle que toda la información está indexada, pero no es así. Siento decirle que le espera una búsqueda bastante tediosa.

—Pero no hay tantos libros que consultar, supongo.

—No se trata sólo de libros, aunque tenemos un sinfín de títulos que le serán muy útiles. Probablemente encontrará parte de la información que busca en los diarios. Me he dedicado a compilar todos los que he podido de la gente que vivió en esta área, y le aseguro que la colección es considerablemente voluminosa. Incluso he conseguido algunos diarios que se remontan al siglo XVII.

—No tendrás por casualidad el de Hettie Doubilet, ¿verdad?

—No, pero tengo dos que pertenecieron a personas que vivían en Watts Landing, e incluso uno de un tipo que se definía a sí mismo como un historiador aficionado local. No obstante, debo avisarle que no puede sacar nada de la biblioteca, y estoy segura de que necesitará bastante tiempo para revisar todo ese material. Prácticamente son ininteligibles.

—Me muero de ganas por empezar —apuntó Jeremy animado—. Las investigaciones tediosas me entusiasman.

Ella sonrió.

79

—Estoy segura de que se le da muy bien ese trabajo.

Él esbozó una mueca burlona.

—Pues sí, pero también se me dan bien otras cosas…

—No me cabe la menor duda, señor Marsh.

—Jeremy —dijo él—. Llámame Jeremy.

Ella lo observó fijamente.

—No creo que sea una buena idea.

—Oh, es una idea genial, confía en mí.

Ella resopló al tiempo que pensaba que era la clase de tipo que nunca daba el brazo a torcer.

—Es una oferta tentadora —repuso Lexie—. De veras, me siento agasajada, pero no obstante, no le conozco lo suficientemente bien como para confiar en usted, señor Marsh.

Jeremy la observó ensimismado cuando ella le dio la espalda, entonces pensó que no era la primera fémina que intentaba mantener vigente la línea divisoria de la formalidad. Las mujeres que recurrían a la inteligencia para mantener a los hombres a raya solían tener un punto de agresividad, pero no sabía por qué la reacción de ella le transmitía como… como una sensación agradable, carente de malicia. Quizá era su acento sureño, la sonoridad casi musical que confería a las palabras. Probablemente era capaz de convencer a un gato para que atravesara el río a nado.

No, se corrigió a sí mismo, no se trataba meramente del acento. Ni de su inteligencia, que tanto le atraía. Ni siquiera de sus fascinantes ojos y lo atractiva que estaba con esos vaqueros. De acuerdo, cada uno de esos elementos formaba parte de su encanto, pero había algo más. ¿El qué? No la conocía, no sabía nada acerca de ella. Se dio cuenta de que apenas le había contado nada sobre sí misma. Había hablado mucho sobre libros y sobre su madre, pero todavía era una absoluta desconocida.

Jeremy se sintió invadido por una repentina sensación de desasosiego al darse cuenta de que, aunque estaba allí para redactar ese dichoso artículo sobre fantasmas, preferiría pasar las siguientes horas con Lexie en lugar de ponerse a trabajar. Deseaba pasear con ella por el pueblo, o incluso mejor, cenar juntos en un romántico restaurante alejado de Boone Creek, donde pudieran estar solos para conocerse mejor. Esa mujer irradiaba un aura de misterio, y a él le encantaban los misterios. Los misterios siempre culminaban en sorpresas, y mientras la seguía hacia la sala contigua, no pudo evitar pensar que ese viaje al sur se estaba convirtiendo en una experiencia ciertamente interesante.

La sala de los originales era pequeña; probablemente había sido una de las habitaciones de la casa solariega. Estaba atravesada por un tabique de madera que dividía la estancia de un extremo al otro. Las paredes estaban pintadas del color beis del desierto, con el borde ribeteado de color blanco, y el suelo de madera estaba un poco desgastado, sin llegar a poder considerarse deteriorado. Por detrás del tabique sobresalían unas prominentes estanterías repletas de libros; en una de las esquinas descansaba una caja con tapa de vidrio que parecía el cofre de un tesoro, con un televisor y un equipo de vídeo al lado, por lo que sin duda la caja debía de contener cintas de vídeo sobre la historia de Carolina del Norte. En el extremo opuesto a la puerta descollaba un antiguo secreter de tapa deslizable emplazado debajo de una ventana. Justo a la derecha de Jeremy había una mesita con una máquina de microfichas. Lexie se dirigió hacia el secreter, abrió el cajón inferior y luego regresó con una cajita de cartón.

Depositó la caja en la mesita, hojeó rápidamente las láminas transparentes y extrajo una. Inclinándose hacia él, encendió la máquina y colocó la transparencia encima, moviéndola delicadamente hasta que la transparencia quedó totalmente centrada. Jeremy pudo oler la dulce fragancia de su perfume, y un momento después, el artículo aparecía delante de él.

—Puede empezar con esto —lo invitó ella—. Mientras tanto iré buscando más material que pueda serle útil.

—Qué rapidez —dijo él.

—No ha sido difícil. Se publicó el día en que nací.

—Así que tienes veintiséis años, ¿no?

—Más o menos. Bueno, voy a ver qué encuentro.

Lexie se dio la vuelta y se dirigió hacia la puerta.

—¿Veinticinco?

—Se acerca, señor Marsh. Pero no me apetece jugar.

Él soltó una carcajada. Definitivamente, iba a ser una semana muy interesante.

Jeremy puso toda su atención en el artículo y empezó a leer. Estaba escrito del modo que suponía: cargado de superchería y de frases sensacionalistas, con suficiente altanería como para sugerir que todo el mundo que vivía en Boone Creek era plenamente consciente de que el lugar era sumamente especial.

No obtuvo demasiada información nueva. El artículo cubría la leyenda original, narrándola prácticamente del mismo modo que Doris lo había hecho, con algunas ligeras variaciones. En el artículo, Hettie fue a ver a los comisionados del condado en lugar de al alcalde, y era oriunda de Luisiana, y no del Caribe. Lo más llamativo era que lanzó la maldición justo delante de la puerta del Ayuntamiento, lo que provocó enormes disturbios, y por ese motivo fue encarcelada. Cuando los guardias fueron a soltarla a la mañana siguiente, descubrieron que se había esfumado como por arte de magia. Después de ese incidente, el sheriff se negó a arrestarla de nuevo, porque temía que también maldijera a su familia. Pero todas las leyendas eran similares: historias que habían pasado de boca en boca y que habían sufrido ciertas alteraciones con el fin de hacerlas más sugestivas. Y tenía que admitir que la parte relativa a la desaparición de Hettie por arte de magia era interesante. Debería descubrir si realmente la habían arrestado y si se había escapado.

Jeremy echó un vistazo por encima del hombro. Todavía no había señales de Lexie.

Volvió a clavar la mirada en la pantalla y se preguntó si podría obtener más información de la que Doris le había contado acerca de Boone Creek. Movió la lámina de cristal que mantenía la microficha inmóvil, y empezó a escudriñar el nuevo artículo que acababa de aparecer ante sus ojos. Las cuatro páginas contenían las noticias de por lo menos una semana —el periódico salía cada martes—, y rápidamente se puso al día de todo lo que pasaba en el pueblo. Esos artículos locales eran francamente divertidos, a menos que uno quisiera saber lo que pasaba en el resto del mundo o deseara leer noticias con el suficiente interés como para mantener los ojos abiertos. Leyó la historia acerca de un joven que había pintado la fachada del edificio de la asociación de los Veteranos de Guerras en el Extranjero para lograr el derecho a convertirse en un Eagle Scout, un reportaje sobre la nueva tintorería que acababan de inaugurar en Main Street, y un resumen de una reunión local en la que el punto más destacado del orden del día había sido decidir si colocaban o no una señal de STOP en Leary Point Road. La portada de dos días seguidos estaba dedicada a un accidente de tráfico, en el que dos habitantes de la localidad habían sufrido heridas leves.

Se arrellanó en la silla.

Así que el pueblo era tal y como lo había imaginado: adormilado y tranquilo y especial en el sentido de las pequeñas comunidades, nada más que eso. Era la clase de lugar que continuaba existiendo más por la fuerza de la costumbre que por una cualidad específica y única, y que en las siguientes décadas empezaría a descomponerse poco a poco, cuando los jóvenes se marcharan y sólo quedara la gente mayor. Allí no había futuro, no a largo plazo.

—¿Qué tal va la lectura sobre nuestro bonito pueblo? —preguntó ella.

Jeremy dio un respingo, sorprendido al no haberla oído mientras se le acercaba por detrás, y sintiéndose extrañamente melancólico a causa de la crítica situación que atravesaba el pueblo.

—Perfecto. Y debo admitir que es francamente interesante. Hay que tener agallas para hacer lo que hizo ese Eagle Scout.

—Jimmie Telson —apuntó ella—. La verdad es que es un muchacho encantador, muy correcto y un extraordinario jugador de baloncesto. Lo pasó muy mal cuando su padre murió el año pasado; sin embargo, no dejó de realizar sus obras sociales en la comunidad, aunque ahora combina esa labor con su trabajo a media jornada en Pete's Pizza. Estamos muy orgullosos de él.

—Ese mozalbete me ha impresionado.

«Ya, seguro», pensó ella al tiempo que sonreía.

—Aquí tiene —dijo Lexie, dejando una pila de libros delante de él—. Supongo que con esto tendrá suficiente para empezar.

Jeremy examinó la docena de títulos.

—Creí que habías dicho que podría empezar por los diarios. Estos libros son sobre historia general.

83

—Lo sé, pero supongo que querrá familiarizarse con el pueblo, ¿no?

Jeremy se quedó pensativo unos instantes.

—Sí, supongo que es lo más adecuado —admitió finalmente.

—Bien. —Lexie se arremangó la manga del jersey con aire ausente—. Ah, y he encontrado un libro sobre historias de fantasmas que quizá le interese. Contiene un capítulo sobre Cedar Creek.

—Fantástico.

—Ahora lo dejaré tranquilo para que pueda empezar. Volveré de aquí a un rato para ver si necesita algo más.

—¿No te quedas conmigo?

—No, ya se lo he dicho antes, estoy bastante ocupada. Puede quedarse aquí o sentarse en una de las mesas del área principal. Aunque preferiría que no sacara los libros de esta planta. No prestamos estas obras tan singulares.

—Entiendo —repuso él.

—Y ahora, si me disculpa, señor Marsh, me voy a trabajar. Recuerde que aunque la biblioteca está abierta hasta las siete, la sala de los originales cierra a las cinco.

—¿Incluso para los amigos?

—No, mis amigos se pueden quedar todo el tiempo que quieran.

—Entonces, ¿nos vemos a las siete?

—No, señor Marsh, nos vemos a las cinco.

Jeremy se echó a reír.

—Quizá mañana me permitas quedarme hasta más tarde.

Ella enarcó una ceja sin contestar, y acto seguido se dirigió hacia la puerta.

—¿Lexie?

—¿Sí? —dijo al tiempo que se daba la vuelta.

—Gracias por tu inestimable ayuda.

Ella le ofreció una deliciosa sonrisa inocente.

—No hay de qué.

Jeremy se pasó las siguientes dos horas examinando con detenimiento la información referente al pueblo. Revisó los libros página por página, fijándose en las fotografías y leyendo las secciones que consideraba apropiadas.

Gran parte de la información cubría los primeros tiempos de la historia de la localidad, y se dedicó a anotar los comentarios que consideraba relevantes en el bloc de notas que tenía a mano. Obviamente, en ese momento no estaba seguro de qué datos eran más relevantes; todavía era demasiado pronto para saberlo, y por ese motivo pronto llenó un par de páginas con sus anotaciones.

Por su experiencia había aprendido que la mejor forma de analizar una historia como ésa era empezar por lo que sabía, así que... ¿qué era lo que sabía? Que el cementerio había estado en activo durante más de un siglo sin ninguna prueba de las luces misteriosas. Que las luces aparecieron por primera vez hacía cien años, y que desde entonces se podían ver con considerable frecuencia, pero sólo cuando había niebla. Que mucha gente las había visto, así que no era posible que fueran fruto de la imaginación de unos pocos iluminados. Y por último, que en esos momentos el cementerio se estaba hundiendo.

Después de un par de horas de trabajo intensivo, todavía no tenía claro por dónde empezar. Como en la mayoría de misterios, la historia parecía un rompecabezas con muchas piezas dispares. La leyenda, tanto si Hettie había lanzado la maldición sobre el pueblo como si no, era esencialmente un intento de unir algunas piezas con el fin de obtener una explicación comprensible. Pero puesto que la leyenda contenía en su base determinados datos falsos, eso significaba que no se estaban teniendo en consideración algunas piezas —fueran cuales fuesen—; lo cual, obviamente, quería decir que Lexie estaba en lo cierto. Tendría que leerlo todo para no perder ningún detalle importante.

De hecho, ésa era la parte que más le gustaba. La búsqueda de la verdad resultaba a menudo más divertida que el acto de escribir la conclusión definitiva, y por eso Jeremy se concentró absolutamente en la labor. Descubrió que Boone Creek fue fundado en 1729, por lo que era una de las localidades más antiguas del estado, y que durante mucho tiempo no fue nada más que una diminuta aldea mercantil asentada en la confluencia del río Pamlico y del afluente Boone. Más tarde, en ese mismo siglo, se convirtió en un puerto de pequeña envergadura dentro del sistema de transporte fluvial, y el uso de los barcos de vapor a mediados del siglo XIX aceleró el auge del pueblo. Hacia finales del siglo XIX, la fiebre del ferrocarril llegó hasta Carolina del Norte, y entonces talaron infinidad de bosques y excavaron canteras. De nuevo el pueblo sufrió cambios debido a su emplazamiento, que lo convertía en una puerta de acceso a la zona conocida como la Barrera de Islas. Después de ese período, la localidad creció en consonancia con la economía del resto del estado, aunque la población se mantuvo estable después de 1930. En los censos más recientes, la población del condado había disminuido, lo cual no sorprendió a Jeremy en absoluto.

También leyó la sección sobre el cementerio en el libro de historias de fantasmas. En esa versión, Hettie maldijo el pueblo, no porque hubieran trasladado los muertos del cementerio, sino por el percance que se originó al negarse a ceder el paso a la esposa de uno de los comisionados que se acercaba en dirección opuesta. Se escapó del arresto porque todos la consideraban una figura casi espiritual en Watts Landing, pero unos cuantos elementos racistas de la localidad decidieron tomarse la justicia por sus propias manos y provocaron grandes destrozos en el cementerio de los negros. Indignada, Hettie maldijo el cementerio de Cedar Creek y juró que sus antepasados trincharían los campos del cementerio hasta que la tierra acabara por engullirlo.

Jeremy se acomodó en la silla, pensativo. Tres versiones completamente distintas de esencialmente la misma leyenda. Se preguntó qué quería decir.

Lo más curioso era que el escritor del libro —un tal A. J. Morrison— había añadido una apostilla en cursiva afirmando que el cementerio de Cedar Creek ya había empezado a hundirse. Según los estudios realizados, el cementerio se había hundido aproximadamente unos tres palmos. El autor no ofrecía ninguna explicación del fenómeno.

Jeremy buscó la fecha de publicación. El libro había sido escrito en 1954, y por el aspecto que tenía el cementerio en la actualidad, supuso que se había hundido por lo menos otro metro desde entonces. Garabateó una nota para acordarse de buscar estudios sobre los terrenos del cementerio en ese período y también más recientes. Sin embargo, mientras iba asimilando la información, no podía evitar mirar de vez en cuando hacia la puerta por encima del hombro, para ver si Lexie regresaba.

Mientras tanto, en el campo de golf del pueblo, el alcalde se hallaba en el *fairway* del *tee* del hoyo 14, con el móvil pegado a la oreja y con un porte de estar sumamente interesado en lo que su interlocutor le estaba contando. La cobertura era francamente mala en esa parte del país, y el alcalde se preguntó si alzando su hierro cinco por encima de la cabeza canalizaría mejor el mensaje.

—¿Y dices que estaba en el Herbs? ¿Hoy al mediodía? ¿Has dicho *Primetime Live*?

Asintió, fingiendo no ver cómo su amigo, que a su vez fingía buscar dónde había ido a parar la pelota que acababa de lanzar, apartaba la pelota con el pie de detrás de un árbol hasta colocarla en una posición más conveniente.

—¡La encontré! —exclamó el sujeto, y empezó a prepararse para el siguiente lanzamiento.

El amigo del alcalde hacía esa clase de cosas todo el tiempo, lo que francamente no molestaba demasiado al alcalde, ya que él habría hecho exactamente lo mismo. De otro modo no habría sido posible mantener la holgura de sus tres hándicaps.

Entretanto, mientras su interlocutor terminaba de relatarle el chisme, su amigo lanzó la pelota entre los árboles otra vez.

—¡Maldita sea! —gritó. El alcalde no le hizo caso.

—Vaya, vaya, qué interesante —profirió el alcalde mientras empezaba a maquinar un sinfín de posibilidades—. Me alegro de que me hayas llamado. Cuídate mucho, sí, adiós.

Cerró la tapa del móvil justo en el instante en que su amigo se acercaba a él.

—Espero que tenga más suerte la próxima vez.

—Yo no me preocuparía demasiado —dijo el alcalde, todavía pensando en los últimos eventos que habían tenido lugar en la localidad—. De todos modos, seguro que acabarás colocando la pelota donde te dé la gana.

87

—¿Con quién hablabas?

—Con el destino —anunció—, y si jugamos bien esta partida, puede que sea definitivamente nuestra salvación.

Dos horas más tarde, justo cuando el sol comenzaba a ocultarse detrás de las copas de los árboles y las sombras empezaban a propagarse a través de la ventana, Lexie asomó la cabeza por la sala de los originales.

—¿Qué tal? ¿Cómo va?

Jeremy la miró por encima del hombro y sonrió. Se separó de la mesa y se pasó la mano por el pelo.

—Muy bien; estoy aprendiendo bastantes cosas.

—¿Ha dado con la respuesta mágica?

—No, pero me estoy acercando; lo presiento.

Ella entró en la estancia.

—Me alegro, pero tal y como le indiqué antes, suelo cerrar esta sección a las cinco para poder hacerme cargo del numeroso grupo de personas que viene a la biblioteca después de la jornada laboral.

Jeremy se levantó de la silla.

—No te preocupes; de todos modos empiezo a sentirme un poco cansado. Ha sido un día muy largo.

—¿Volverá mañana por la mañana?

—Sí, eso es lo que pensaba hacer. ¿Por qué?

—Bueno, normalmente coloco todos los libros en las estanterías al final del día.

—¿Te importaría hacer una excepción con esta pila de libros por el momento? Seguramente tendré que volver a consultarlos prácticamente todos.

Lexie se quedó pensativa unos instantes.

—De acuerdo, supongo que por una vez no pasa nada. Pero que conste que si no aparece mañana a primera hora, pensaré que es usted un caradura.

Jeremy alzó la cabeza con aire solemne.

—Te prometo que no te fallaré. No soy de esa clase de hombres.

Ella esbozó una mueca de fastidio al tiempo que pensaba:

«Ya. Eso es lo que dicen todos». No obstante, tenía que admitir que el tipo era perseverante.

—Estoy segura de que eso es lo que les cuenta a todas las chicas, señor Marsh.

—No —aclaró él, inclinándose hacia la mesa—. Lo cierto es que soy un hombre muy tímido, casi un ermitaño, de verdad. Apenas salgo de casa.

Ella se encogió de hombros.

—Si usted lo dice… Como periodista de la gran ciudad, suponía que debía de ser el típico mujeriego.

—¿Y eso te molesta?

—No.

—Mejor, porque, como ya debes de saber, las apariencias a veces engañan.

—Oh, ya me había dado cuenta.

—¿Ah, sí?

—Sí —repuso ella—. Cuando le vi por primera vez en el cementerio, pensé que se disponía a asistir a un entierro.

89

Capítulo 5

Quince minutos más tarde, después de conducir por una carretera asfaltada que dio paso a un camino de gravilla —por lo visto, a los del pueblo les encantaban los caminos de gravilla—, Jeremy aparcó el coche en medio de una ciénaga, justo delante de un cartel pintado a mano que anunciaba los bungalós de alquiler de Greenleaf Cottages. En esos momentos recordó que jamás debía fiarse de las promesas de las Cámaras de Comercio locales.

Definitivamente, el lugar no tenía nada de moderno. Quizá se podría haber considerado moderno treinta años atrás. En total divisó seis pequeños bungalós en fila dispuestos a lo largo del margen del río. Con la pintura ajada, las paredes erigidas con tablones de madera y el techo de hojalata, las casitas estaban conectadas entre sí a través de unos pequeños senderos descuidados que confluían en un camino más ancho que conducía a un bungaló central, el cual debía de albergar la oficina de recepción, pensó Jeremy. Tenía que admitir que el paisaje era bucólico, pero de rústico sólo debía de tener lo referente a los mosquitos y a los caimanes, y ninguno de esos dos bichos despertaba en él tanto interés como para querer pasar unos cuantos días allí encerrado.

Mientras se preguntaba si valía la pena entrar y confirmar su reserva —había pasado por delante de una cadena de hoteles en Washington, a unos cuarenta minutos de Boone Creek—, oyó el ruido del motor de un coche que se acercaba por la carretera y vio un Cadillac de color granate que se dirigía hacia el lugar donde estaba él, brincando sobre los numerosos baches. El automóvil se detuvo justo detrás de su coche, con un frenazo tan brusco que levantó una enorme nube de polvo y de gravilla.

Un tipo orondo y medio calvo salió disparado por la puerta, con semblante nervioso. Iba ataviado con unos pantalones verdes de poliéster y un jersey de cuello alto de color azul, por lo que parecía como si hubiera elegido la ropa a ciegas.

—¿Señor Marsh?

Jeremy lo miró sorprendido.

—¿Sí?

El individuo bordeó el coche y se le acercó. Todo lo referente a ese sujeto parecía estar en una moción acelerada.

—¡Qué suerte que le haya encontrado! ¡Qué ganas tenía de verle! ¡No se puede ni imaginar lo contentos que estamos con su visita!

Parecía visiblemente alterado. Extendió el brazo y le propinó un vigoroso apretón de manos.

—¿Nos conocemos? —inquirió Jeremy.

—No, no, por supuesto que no —dijo riendo el individuo—. Soy Tom Gherkin, el alcalde de Boone Creek. Pero por favor, llámeme Tom. —Volvió a reír—. Sólo quería darle personalmente la bienvenida a nuestra ilustre localidad. Perdón por mi apariencia, pero es que vengo directamente del campo de golf. Tan pronto como me he enterado de que usted estaba aquí, me he dicho: «Tom, no hay ni un minuto que perder». Aunque de haber sabido que tenía la intención de pasar por Boone Creek, lo habría organizado todo para recibirlo con todos los honores en mi despacho consistorial.

Jeremy lo observó con detenimiento, todavía aturdido. Por lo menos eso explicaba el modo en que iba vestido.

—¿Usted es el alcalde?

—Sí, señor. Desde 1994. Es una tradición familiar. Mi padre, Owen Gherkin, fue alcalde durante veinticuatro años. Mi querido padre siempre mostró un interés especial por el pueblo. Lo sabía todo sobre esta localidad. Pero claro, el trabajo de alcalde es sólo de media jornada; es más bien una posición honoraria. Yo en realidad me dedico más a mis negocios, si quiere que le diga la verdad. Soy el dueño del bazar y de la emisora de radio del pueblo, ya sabe, con los viejos temas de siempre. ¿Le gusta esa clase de música?

—Sí, claro —respondió Jeremy.

—Bien, bien; me lo figuraba. Desde el primer momento en que le he visto, me he dicho: «Aquí tenemos a un hombre que aprecia la buena música». No soporto ese ruido espantoso al que algunos se empecinan en llamar «música» estos días. Me provoca dolor de cabeza. La música debería aplacar el alma. ¿Verdad que me entiende?

—Sí, claro —repitió Jeremy, haciendo un enorme esfuerzo para no perder el hilo.

Gherkin se echó a reír.

—Sabía que me comprendería. Bueno, como le decía, no se imagina lo contentos que estamos de que haya decidido venir para escribir un artículo sobre nuestro querido pueblo. Eso es precisamente lo que necesitamos. Quiero decir, ¿a quién no le gusta una buena historia sobre fantasmas, eh? El tema nos tiene a todos excitadísimos, se lo aseguro. Primero fueron esos muchachos de la Universidad de Duke, luego la prensa local. ¡Y ahora un periodista de la gran ciudad! La historia empieza a ser conocida, y eso es bueno. Mire, justo la semana pasada recibimos una llamada de un grupo de Alabama que quería pasar unos días en el pueblo para realizar la «Visita guiada por las casas históricas» este fin de semana.

Jeremy asintió con la cabeza lentamente al tiempo que pensaba qué podía hacer para apaciguar a ese individuo tan acelerado.

—¿Cómo se ha enterado de que estaba aquí?

Gherkin depositó la mano sobre su hombro con un aire cordial, y antes de que Jeremy se diera cuenta, lo estaba conduciendo hacia la oficina de recepción de los bungalós.

—Ah, señor Marsh, las noticias en el pueblo corren como la pólvora. Siempre ha sido así; forma parte del atractivo de este lugar. Eso y la belleza natural. Tenemos algunos de los mejores parajes para pescar y cazar patos de todo el estado, ¿lo sabía? La gente viene de todas partes. ¡Incluso gente famosa! La mayoría se aloja en Greenleaf. Es como una estancia en el paraíso, sí señor. El estar a solas en un bungaló tranquilo, rodeado por la naturaleza… Imagínese, toda la noche oirá el delicioso canto de los pájaros y los grillos. Seguro que a partir de ahora pensará que todas esas cadenas hoteleras de Nueva York no son más que unos lugares insulsos.

—Es cierto —admitió Jeremy. Sin lugar a dudas, ese tipo era un político nato.

—Ah, y no se preocupe por las serpientes.

Jeremy abrió los ojos como un par de naranjas.

—¿Serpientes?

—Seguro que habrá oído ya la historia, pero ha de pensar que todo lo que pasó el año pasado fue fruto de unos desafortunados malentendidos. Algunos tipos no saben comportarse como Dios manda. Pero como ya le he dicho, no se preocupe por las serpientes. Normalmente no aparecen hasta el verano. De todos modos, será mejor que no se meta entre los arbustos para buscarlas. La mordedura de una serpiente boca de algodón puede ser muy seria.

—Ah —respondió Jeremy, buscando la respuesta apropiada mientras intentaba no pensar en esos desagradables reptiles. Odiaba a las serpientes incluso más que a los mosquitos y a los caimanes.

—La verdad es que estaba pensando en…

El alcalde soltó un bufido lo suficientemente potente como para interrumpir a su interlocutor, y luego miró a su alrededor, como si quisiera asegurarse de que Jeremy veía lo satisfecho que estaba de poder disfrutar de ese entorno tan privilegiado.

—Así que dime, Jeremy… Supongo que no te importará si te tuteo…

—No.

—Muchas gracias. Eres muy amable. Así que… Jeremy, me preguntaba si los de la tele podrían estar interesados en nuestra historia.

—No tengo ni idea.

—Es que si estuvieran interesados, los trataríamos a cuerpo de rey. Les mostraríamos la genuina hospitalidad sureña. Incluso les daríamos alojamiento en el Greenleaf gratis y, por supuesto, tendrían una primicia que contar. Mucho mejor que lo que tú hiciste en *Primetime*. Nuestra historia sí que tiene gancho.

—¿Se da cuenta de que básicamente soy sólo un columnista? Normalmente no tengo ninguna relación con la televisión…

93

—No, claro que no. —Gherkin le guiñó el ojo; obviamente no le creía—. Bueno, haz lo que tengas que hacer, y luego ya veremos qué pasa.

—Hablo en serio —aseveró Jeremy.

El alcalde volvió a guiñarle el ojo.

—Sí, sí, claro.

Jeremy no sabía qué decir para convencerlo —en cierta manera porque quizá tenía razón—, y un momento más tarde, el alcalde empujó la puerta de la oficina de recepción, si a ese espacio se le podía llamar así.

Parecía como si no lo hubieran rehabilitado en más de cien años. En la pared situada detrás de un mostrador ruinoso había un róbalo de boca grande. En cada una de las esquinas, a lo largo de las paredes, y encima del archivador y del mostrador se podían ver criaturas disecadas: castores, conejos, ardillas, comadrejas, mofetas y hasta un tejón. A diferencia de la mayoría de exposiciones similares que había visto, todos esos animales habían sido disecados en una actitud como si estuvieran acorralados e intentaran defenderse. Las bocas abiertas parecían dispuestas a gruñir de forma inquietante; los cuerpos estaban arqueados; los dientes y las garras, a la vista. Jeremy estaba todavía asimilando las imágenes cuando vio un oso en una esquina y dio un respingo del susto. Al igual que los otros animales, exhibía unas garras amenazadoras, como si estuviera a punto de atacar. El lugar era el Museo de Historia Natural transformado en una película de terror y reducido al tamaño de una caja de cerillas.

Detrás del mostrador, un enorme tipo barbudo, sentado y con las piernas levantadas, miraba la tele que tenía delante de él. Las imágenes no eran nítidas; cada dos segundos aparecían unas rayas verticales que atravesaban la pantalla de lado a lado, por lo que era prácticamente imposible ver lo que pasaba.

El individuo se levantó lentamente, y siguió irguiéndose hasta que superó a Jeremy con creces. Debía de medir más de dos metros, y sus hombros eran más fornidos que los del amenazador oso disecado que lo vigilaba desde la esquina. Iba vestido con un mono y una camisa a cuadros. Sin mediar palabra, agarró un portapapeles y lo colocó bruscamente sobre la mesa.

Con el dedo hizo una señal a Jeremy y luego al portapapeles.

No sonrió; lo cierto es que tenía toda la pinta de querer arrancarle los brazos y usarlos a modo de bate para propinarle una buena tunda, antes de colgarlo en la pared como un trofeo con el resto de los animales expuestos.

Gherkin se echó a reír, cosa nada extraña. Jeremy se fijó en que el hombretón se reía de buena gana.

—No dejes que te intimide, Jeremy —terció Gherkin rápidamente—. A Jed no le gusta demasiado hablar con desconocidos. Sólo rellena la ficha con tus datos, y seguidamente podrás instalarte en tu pequeña habitación en el paraíso.

Jeremy no podía apartar los ojos de Jed, pensando que era el tipo más temible que había visto en su vida.

—Jed no sólo es el dueño del Greenleaf, también trabaja en el Ayuntamiento y es el taxidermista local —continuó Gherkin—. ¿No te parece un trabajo increíble?

—Increíble —asintió Jeremy, esforzándose por sonreír.

—Si le pegas un tiro a cualquier bicho viviente que encuentres por aquí, tráeselo a Jed. No te defraudará.

—Intentaré no olvidarlo.

El alcalde pareció animarse súbitamente.

—Así que te gusta la caza, ¿eh?

—No mucho, lo siento.

—Bueno, quizá podamos cambiar un poco tus gustos mientras te alojas aquí. ¿Te había dicho que la caza de patos es espectacular en esta parte del estado?

Mientras Gherkin hablaba, Jed daba golpecitos impacientes en el portapapeles con uno de sus gigantescos dedos.

—Vamos, Jed, no intentes intimidar al señor —lo amonestó el alcalde—. Es de Nueva York. Es un periodista de la gran ciudad, así que trátamelo bien.

Gherkin desvió la atención hacia Jeremy otra vez.

—Ah, sólo para que lo sepas, Jeremy, será un placer pagar tu estancia en el Greenleaf.

—Gracias, pero no hace falta…

—¡No se hable más! —lo acalló moviendo nerviosamente los brazos—. La decisión ya está tomada por el jefe del Consistorio, que, por si no lo sabías, soy yo. —Le guiñó el ojo—. Es lo mínimo que podemos hacer por un huésped tan distinguido.

95

—Oh, muchas gracias.

Jeremy asió el bolígrafo. Empezó a rellenar la hoja de la reserva, sintiendo cómo Jed lo taladraba con la mirada; súbitamente tuvo miedo de lo que podría suceder si cambiaba de opinión y decidía no quedarse en el Greenleaf. Gherkin apoyó su brazo en el hombro de Jeremy con un exceso de confianza.

—¿Te he dicho lo contentos que estamos de tenerte aquí?

En una calle tranquila en la otra punta de la localidad, en un bungaló blanco con las persianas pintadas de color azul, Doris estaba salteando beicon, cebollas y ajos mientras que en el otro fogón hervía un cazo con pasta. Lexie estaba lavando tomates y zanahorias en el fregadero para luego cortarlos a dados. Después de terminar su trabajo en la biblioteca, se había dejado caer por casa de Doris, como solía hacer un par de días a la semana. A pesar de que su casa quedaba muy cerca, a menudo cenaba en casa de su abuela. Era una vieja costumbre que no se resignaba a perder.

En la repisa de la ventana la radio sonaba al ritmo de jazz, y aparte de las típicas conversaciones de familia, las dos mujeres no tenían muchas cosas que contarse. Para Doris, la razón era que estaba cansada después de un largo día de trabajo. Aunque le costara admitirlo, desde que sufrió el ataque de corazón dos años antes, se cansaba con mucha más facilidad. Para Lexie, el motivo era Jeremy Marsh, pero conocía a Doris lo suficientemente bien como para saber que era mejor no comentar nada al respecto. Su abuela siempre había mostrado una curiosidad desorbitada por su vida personal, y Lexie había aprendido que lo más indicado era evitar hablar de ciertos temas con ella siempre que fuera posible.

Sabía que Doris no lo hacía con mala intención. Simplemente no alcanzaba a comprender cómo era posible que una mujer de treinta años no hubiera sentado todavía la cabeza, y últimamente no hacía más que preguntarle a qué esperaba para casarse. Aunque su abuela era una mujer sumamente inteligente, pertenecía a la vieja escuela; se casó a los veinte años y pasó sus siguientes cuarenta y cuatro años con un hombre al que adoraba, hasta que él falleció tres años antes.

Lexie se había criado con sus abuelos, así que conocía a Doris los suficientemente bien como para prácticamente condensar todas sus preocupaciones en una frase: ya iba siendo hora de que su nieta encontrara a un chico decente, se fuera a vivir con él en una casita rodeada por una verja blanca de madera, y tuviera hijos.

Lo que su abuela pedía no era tan extraño, después de todo, y Lexie lo sabía. En el pueblo eso era lo que se esperaba de cualquier mujer. Y las veces que se sinceraba consigo misma, se decía que también anhelaba llevar esa clase de vida. Bueno, al menos en teoría. Pero primero tenía que encontrar al compañero ideal, alguien con quien se sintiera a gusto y del que se enorgulleciera de llamarlo «su hombre». En ese punto difería de su abuela. Doris pensaba que bastaba con encontrar a un hombre decente, honrado y con un buen trabajo. Y quizás en el pasado fuera así. Pero Lexie no ansiaba estar con alguien simplemente porque fuera cortés y tuviera un buen trabajo. Quizás albergaba falsas expectativas, pero también deseaba estar enamorada de él. No le importaba si era increíblemente afable o responsable; si no existía un mínimo de pasión, no podía —ni quería— imaginar pasar la vida junto a él. No sería justo ni para ella ni para él. Quería un hombre que fuera tierno y afable, pero que al mismo tiempo la hiciera vibrar, sentirse viva. Soñaba con un compañero que le masajeara los pies después de un largo día en la biblioteca, pero que también estuviera a la misma altura intelectual que ella; alguien romántico, por supuesto, que le comprara flores sin ninguna razón en particular.

Tampoco era pedir demasiado, ¿no?

Según *Glamour, Ladies' Home Journal,* y *Good Housekeeping* —revistas que Lexie recibía en la biblioteca—, sí que era pedir demasiado. En cada artículo se aseguraba que mantener viva la chispa en una relación dependía única y exclusivamente de la mujer. Pero ¿no se suponía que una relación se basaba precisamente en eso, en un pacto entre dos personas? ¿No tenía cada uno de los implicados que procurar colmar las expectativas del otro?

Ése era precisamente el problema de muchas de las parejas casadas que conocía. En todo matrimonio debía de existir un equilibrio entre hacer lo que a uno le apetecía y lo que la pareja quería, y mientras que el hombre y la mujer aceptaran ese compromiso, todo iba bien. Pero los problemas surgían cuando ambos empezaban a hacer lo que querían sin tener en cuenta las necesidades del otro. Un marido decidía de repente que necesitaba más sexo y lo buscaba en un contexto ajeno a la pareja; una esposa decidía que necesitaba más afecto, y actuaba del mismo modo que su marido. Para que un matrimonio funcionara, como en cualquier otra relación, era necesario subordinar las necesidades propias a las del otro, con la esperanza de que el cónyuge actuaría consecuentemente. Y mientras los dos miembros mantenían el pacto, todo iba viento en popa en su universo particular.

Sin embargo, ¿cómo era posible actuar de ese modo si una no estaba enamorada de su marido? Lexie no estaba segura. Doris, en cambio, tenía la respuesta: «Mi pequeña Lexie, esos sentimientos desaparecen tras los dos primeros años de casados», aseveraba ella, a pesar de que para Lexie la relación de sus abuelos había sido más que envidiable. Su abuelo era el típico hombre romántico por naturaleza. Hasta prácticamente el final de sus días, siempre se afanaba por abrirle la puerta del coche a Doris y darle la mano cuando salían a pasear. Jamás le había sido infiel, la adoraba y a menudo soltaba algún que otro comentario acerca de lo afortunado que era de haber encontrado a una mujer como ella. Cuando falleció, una parte de Doris también empezó a morirse. Primero fue el ataque al corazón, y ahora su artritis, que cada vez se agravaba más. Era como si estuvieran predestinados a vivir juntos. Cuando comparaba la relación de sus abuelos con los consejos que Doris le daba, se quedaba meditativa, pensando si Doris había sido simplemente afortunada al encontrar a un hombre como él, o si había sabido intuir alguna cosa más en su esposo de antemano, algo que le corroborara que él era su pareja ideal.

Y lo que era aún más importante, ¿por qué diantre le daba a Lexie por pensar en el matrimonio otra vez?

Probablemente porque estaba allí, en casa de Doris, el hogar donde se había criado tras la muerte de sus padres. Se sentía cómoda, arropada en ese espacio tan familiar, cocinando con su abuela. Recordó cuando de niña pensaba que un día viviría en una casa similar, resguardada de las inclemencias del tiempo por un tejado de hojalata, sobre el que la lluvia resonaba de un modo tan virulento al caer que parecía que no podía llover con tanta fuerza en ninguna otra parte del mundo, y con unas ventanas antiguas con los marcos repintados tantas veces que casi resultaban imposibles de abrir. Y ahora vivía en una casa parecida. Bueno, por lo menos a simple vista podría parecer que la casa de Doris y la suya eran similares. Estaban construidas en la misma área, aunque Lexie jamás había conseguido duplicar los aromas. Los estofados de los domingos al mediodía, el suave perfume de las sábanas secadas al sol, el penetrante olor de la vieja mecedora donde su abuelo había descansado durante tantos años: esa clase de olores reflejaba una existencia cómoda, lenta y tranquila; y cada vez que abría la puerta de esa casa, se sentía invadida por un sinfín de recuerdos de la infancia.

Lexie siempre se había imaginado que de mayor acabaría rodeada por su propia familia, incluso con retoños, pero no había sido así. Había tenido dos noviazgos serios: la larga relación con Avery, que había iniciado en la universidad, y después otra con un muchacho de Chicago que un verano vino al pueblo a visitar a sus primos. Era el típico hombre ilustrado: hablaba cuatro idiomas y había estudiado un año en la London School of Economics gracias a una beca universitaria de béisbol. Era encantador y exótico, y ella se enamoró perdidamente, como una boba. Soñó que él se quedaría en Boone Creek, pues parecía sentirse a gusto en el pueblo, pero un sábado por la mañana se despertó y se enteró de que el señor sabelotodo había decidido regresar a Chicago. Ni siquiera se molestó en despedirse de ella.

¿Y después de eso? Nada serio. Un par de idilios que habían durado unos seis meses y que la habían dejado absolutamente impasible; uno con un médico de la localidad, y el otro con un abogado. Los dos se le habían declarado, pero Lexie no había sentido ni la magia ni el cosquilleo o lo que se suponía que una debía sentir para decidirse a dar un paso más en esa clase de relaciones. En los dos últimos años, sus salidas con hombres habían sido más bien limitadas, a menos que contara a Rodney Hopper, el ayudante del sheriff del pueblo. Había salido con él una do-

99

cena de veces, una vez al mes aproximadamente, normalmente a alguna fiesta benéfica a la que deseaba asistir. Al igual que ella, Rodney había nacido y se había criado en Boone Creek, y de chiquillos habían compartido muchas horas de juegos en los columpios del parque situado detrás de la iglesia episcopal. Él bebía los vientos por ella, y en alguna ocasión la había invitado a tomar una copa en el Lookilu. A veces Lexie se preguntaba por qué no se decidía a salir con él en serio, pero es que Rodney... Rodney estaba demasiado interesado en pescar, cazar y levantar pesas, y en cambio no mostraba ningún interés por los libros o por cualquier cosa que sucediera más allá de los confines del pueblo. Sí, era un chico agradable, y a veces pensaba que sería un buen marido; pero no para ella.

Así pues, ¿qué opciones le quedaban?

En casa de Doris, tres veces a la semana, se perdía en esos pensamientos, esperando las inevitables preguntas sobre el amor de su vida.

—¿Qué te ha parecido? —le preguntó Doris súbitamente.

Lexie no pudo evitar sonreír.

—¿Quién? —inquirió, haciéndose la despistada.

—Jeremy Marsh. ¿A quién crees que me refería?

—No lo sé. Por eso te lo he preguntado.

—Deja de evitar el tema. Me he enterado de que ha pasado un par de horas en la biblioteca.

Lexie se encogió de hombros.

—Parece afable. Le he ayudado a encontrar algunos libros que necesitaba para su investigación, eso es todo.

—¿No has hablado con él?

—Claro que hemos hablado. Como tú misma has dicho, se ha pasado bastante rato en la biblioteca.

Doris esperó a que Lexie agregara algo más, pero al ver que no lo hacía, lanzó un prolongado suspiro.

—Pues a mí me ha parecido encantador —precisó Doris—. Todo un caballero.

—Ya, todo un caballero —reiteró Lexie.

—Por el tono en que lo dices, no pareces muy convencida.

—¿Qué más quieres que diga?

—Bueno... ¿Lo embaucaste con tu arrolladora personalidad?

—¿Y eso qué importa? Sólo se quedará en el pueblo un par de días.

—¿Te he contado alguna vez cómo conocí a tu abuelo?

—Innumerables veces —contestó Lexie, recordando perfectamente la historia. Se habían conocido en un tren de camino a Baltimore; él era de Grifton, y ese día iba a una entrevista para un puesto de trabajo, pero nunca llegó a hacer esa entrevista, porque prefirió quedarse con ella.

—Entonces ya sabes que hay muchas posibilidades de conocer a alguien cuando uno menos se lo espera.

—Eso es lo que siempre predicas.

Doris le guiñó el ojo.

—Claro, porque creo que necesitas que alguien te lo repita constantemente.

Lexie llevó la ensaladera a la mesa.

—No te preocupes por mí. Soy feliz. Me encanta mi trabajo, tengo buenos amigos, dispongo de tiempo para leer y salir a correr y hacer las cosas que me gustan.

—Y no olvides la suerte que tienes de tenerme a tu lado.

—Exactamente —afirmó Lexie—. ¿Cómo podría olvidarme de ese detalle tan importante?

Doris soltó una carcajada y se concentró nuevamente en la sartén. Por un momento la cocina quedó sumida en un silencio absoluto, y Lexie respiró aliviada. Por lo menos el tema había quedado zanjado; y gracias a Dios, Doris no había sido demasiado insistente. Ahora, pensó, podrían disfrutar de una cena tranquila.

—Pues yo lo encuentro bastante atractivo —Doris volvió a la carga.

Lexie no dijo nada; en lugar de eso tomó un par de platos y algunos utensilios antes de dirigirse a la mesa. Quizás era mejor si fingía no oírla.

—Y para que te enteres, hay más cosas de él que no sabes —continuó—. Por ejemplo, que no es como te lo imaginas.

Fue la forma de expresarse lo que provocó que Lexie se detuviera en seco. Había oído ese mismo tono un par de veces en el pasado: una vez que quiso salir con sus amigos del instituto y Doris la previno para que no lo hiciera, y cuando quiso hacer un

101

viaje a Miami unos años antes y Doris intentó evitarlo. En la primera ocasión, los amigos con los que tenía que salir sufrieron un accidente de tráfico, y en la segunda ocasión, la ciudad de Miami se vio sumida en un caos y el hotel donde planeaba alojarse sufrió graves disturbios.

Sabía que a veces Doris podía presentir cosas. No tanto como la propia madre de Doris, pero a pesar de que casi nunca daba demasiadas explicaciones, Lexie tenía la certeza de que su abuela presentía cosas que iban a suceder.

Completamente ajeno al hecho de que las líneas de teléfono del pueblo estaban prácticamente bloqueadas a causa de la algarabía que había provocado su presencia en la localidad, Jeremy yacía tumbado en la cama, arrebujado con la colcha, mirando las noticias locales mientras esperaba ver la información sobre el tiempo, maldiciéndose por no haber seguido su impulso inicial y haberse alojado en otro hotel. De haberlo hecho, ahora no estaría rodeado por las escalofriantes obras de arte de Jed.

Obviamente, ese tipo tenía mucho tiempo libre.

Y muchas balas, o perdigones, o un robusto parachoques en su camioneta, o el cacharro que utilizara para matar a todos esos bichos. En su habitación había doce especímenes; con la excepción de un segundo oso disecado, le estaban haciendo compañía los representantes de todas las especies zoológicas de Carolina del Norte. Sin duda, si Jed hubiera contado con otro ejemplar de oso, lo habría incluido en la exposición.

A pesar de ese pormenor, la habitación no estaba tan mal, siempre y cuando no se le ocurriera intentar conectarse a internet con su portátil, calentar la habitación por otra vía que no fuera la chimenea, solicitar el servicio de habitaciones, mirar la tele por cable, o incluso marcar un número de teléfono en un aparato de teclas. ¿Cuánto tiempo hacía que no veía un teléfono de disco? ¿Diez años? Incluso su madre había sucumbido al mundo moderno en esa cuestión.

Pero Jed no. Ni hablar. Obviamente, el bueno de Jed tenía sus propias ideas sobre qué era importante para hacer la vida más cómoda a sus clientes.

El único atractivo de la habitación era un porche acogedor en la parte trasera del bungaló, con una buena panorámica del río. Había incluso una mecedora, y Jeremy consideró la posibilidad de sentarse un rato fuera hasta que se acordó de las serpientes. Entonces se preguntó qué había querido decir Gherkin cuando comentó que todo había sido por culpa de unos malos entendidos. No le había gustado nada esa excusa tan escueta. Debería de haberle pedido más explicaciones, del mismo modo que también debería de haber preguntado dónde podía encontrar leña para la chimenea. La habitación era un témpano de hielo, pero tenía la desagradable sospecha de que Jed no contestaría al teléfono si intentaba contactar con recepción. Y además, Jed le daba miedo.

Justo entonces apareció el hombre del tiempo en la tele. Armándose de valor, Jeremy se incorporó de un salto de la cama para subir el volumen del aparato. Moviéndose con tanta celeridad como pudo y sin dejar de temblar, ajustó el volumen y después se metió rápidamente otra vez debajo de la colcha.

Los anuncios reemplazaron inmediatamente al meteorólogo. ¡Cómo no!

Se estaba preguntando si esa noche debía sacar la nariz por el cementerio, pero quería averiguar si habría niebla. Si no, se dedicaría simplemente a dormir. Había sido un día muy largo; lo había iniciado en el mundo moderno, había retrocedido cincuenta años, y ahora estaba durmiendo entre bichos muertos dentro de una nevera. Indudablemente no era algo que le sucediera cada día.

Y, por supuesto, no podía olvidarse de Lexie. Lexie a secas, ya que no sabía su apellido. Lexie la misteriosa, a la que le gustaba flirtear para luego batirse en retirada, para luego flirtear otra vez.

Porque había flirteado con él, ¿no? La forma en que se dirigía a él como «señor Marsh», el comentario mordaz sobre el entierro... Sí, definitivamente estaba flirteando con él.

¿O no?

El hombre del tiempo volvió a aparecer, con aspecto fresco, como recién salido de la universidad. No podía tener más de veintitrés o veinticuatro años, y no le cabía la menor duda de que se trataba de su primer trabajo. Exhibía esa mirada de cervatillo deslumbrado por los faros de un coche pero entusiasta a la vez.

103

Por lo menos parecía competente. No tartamudeaba, y Jeremy supo casi de inmediato que no abandonaría la habitación. Se esperaban cielos despejados durante toda la noche, y tampoco mencionó nada sobre la posibilidad de niebla al día siguiente.

«¡Vaya con mi racha de suerte!», pensó.

104

Capítulo 6

A la mañana siguiente, después de ducharse con un chorro de agua tibia, Jeremy se puso un par de vaqueros, un jersey y una americana marrón de piel, y se dirigió hacia el Herbs, que parecía ser el lugar más concurrido a esa temprana hora en el pueblo. Cuando entró, avistó al alcalde Gherkin charlando con un par de individuos trajeados, y a Rachel ocupada sirviendo algunas mesas. Jed estaba sentado en una de las mesas al final de la sala; parecía una mole. Tully ocupaba una de las mesas centrales con otros tres tipos, y como era de esperar, llevaba la voz cantante del grupo. La gente inclinó la cabeza cuando Jeremy se abrió paso entre las mesas, y el alcalde levantó la taza de café a modo de saludo.

—Vaya, vaya, buenos días señor Marsh —exclamó Gherkin en voz alta—. ¿Ya has considerado qué cosas positivas vas a escribir sobre nuestro pueblo?

—Seguro que sí —intervino Rachel inesperadamente.

—Espero que haya encontrado el cementerio —dijo Tully arrastrando las palabras. Se inclinó hacia el resto del grupo reunido en su mesa—. Ése es el médico del que os hablaba.

Jeremy saludó con la cabeza, intentando evitar que alguno de los presentes lo acorralara en una conversación. Jamás había sido una persona madrugadora, y para colmo no había pasado una buena noche. El frío, el olor a muerte y las pesadillas sobre serpientes podían provocar un imprevisto malestar en cualquiera. Ocupó un sitio en una de las mesas más alejadas, y Rachel se acercó eficientemente, con una cafetera en la mano.

—¿Hoy no vas a ningún entierro? —se rio ella.

—No. He decidido optar por una línea más informal.

—¿Café, cielo?

—Sí, por favor.

Rachel colocó una taza delante de él y la llenó hasta el borde.

—¿Quieres la especialidad del día? Todos dicen que hoy está sabrosísima.

—¿Cuál es la especialidad del día?

—Tortilla al estilo Carolina.

—De acuerdo —aceptó, sin tener la menor idea de qué era una tortilla al estilo Carolina; pero con el estómago vacío, cualquier cosa le parecía perfecta.

—¿Acompañada con *grits* y una tostada?

—Los *grits* son cereales, ¿verdad? Venga, ¿por qué no?

—Enseguida vuelvo, corazón.

Jeremy empezó a juguetear con la taza de café mientras repasaba las noticias del periódico del día anterior. La publicación estaba compuesta por cuatro páginas en total, contando la historia que ocupaba toda la portada sobre una anciana llamada Judy Roberts que acababa de celebrar su centésimo cumpleaños, un hecho destacable que sólo conseguía el 1,1 por ciento de la población. Junto al artículo había una foto del personal del asilo de ancianos sosteniendo un pequeño pastel con una única vela, mientras que la señora Roberts yacía tumbada en la cama a su lado, con aspecto comatoso.

Jeremy desvió la vista hacia la ventana, preguntándose por qué caía siempre en la trampa de ojear la prensa local. Vio una máquina dispensadora del *USA Today*, y se disponía a buscar unas monedas sueltas en el bolsillo cuando el ayudante del sheriff se sentó justo en la mesa de enfrente de él.

El individuo tenía cara de pocos amigos, y daba la impresión de estar en una excelente forma física; parecía que sus bíceps hinchados fueran a reventar las costuras de las mangas de su camisa de un momento a otro, y lucía unas gafas de sol pasadas de moda con cristales de espejos. Sí, pensó Jeremy, las típicas que exhibían los sheriffs en las series televisivas. Su mano se apoyaba en posición de reposo sobre la pistola, y en la boca tenía un mondadientes, que pasaba de un lado a otro sin parar. No dijo nada; se limitó a observarlo quedamente, lo cual le dio a Jeremy la oportunidad de ver su propio reflejo durante un buen rato.

No podía negar que ese sujeto lo intimidaba.

—¿Deseaba algo? —le preguntó Jeremy finalmente.

El mondadientes se movió de un lado a otro de nuevo. Jeremy cerró el periódico, preguntándose qué diantre sucedía.

—¿Jeremy Marsh? —preguntó el oficial.

—¿Sí?

—Me lo había figurado.

Encima del bolsillo de la camisa del oficial, Jeremy distinguió una placa brillante con el nombre grabado. Otra chapa de identificación.

—Y usted debe de ser el sheriff Hopper.

—El ayudante del sheriff.

—Disculpe —dijo Jeremy titubeando—. ¿He cometido alguna infracción, oficial?

—No lo sé —repuso Hopper—. ¿Usted qué opina?

—Creo que no.

El palillo volvió a moverse en la boca del ayudante del sheriff.

—¿Está pensando en quedarse por aquí una temporada?

—Sólo una semana, más o menos. He venido porque quiero escribir un artículo...

—Lo sé —lo interrumpió Hopper—. Pero quería confirmarlo. Me gusta charlar con los forasteros que tienen intención de quedarse unos días en nuestro pueblo.

Hopper recalcó la palabra «forasteros», haciendo que Jeremy sintiera que ser forastero era como una especie de pecado. No creía que pudiera aplacar la hostilidad del oficial con ningún comentario, así que se limitó a asentir.

—Ah.

—He oído que piensa pasar muchas horas en la biblioteca.

—Bueno, supongo que debería...

—Ya veo —murmuró el ayudante del sheriff, interrumpiéndolo de nuevo.

Jeremy asió la taza de café y tomó un sorbo, intentando ganar tiempo.

—Lo siento, oficial, pero lo cierto es que no sé qué le pasa.

—Ya veo —volvió a repetir Hopper.

—¡Eh, Rodney! ¡Deja en paz a nuestro huésped! —gritó el alcalde desde la otra punta de la sala—. Es un invitado especial, que ha venido para escribir un artículo sobre las costumbres locales.

El ayudante del sheriff no parpadeó ni apartó la vista de Jeremy. Por alguna razón, parecía completamente enojado.

—Sólo estoy charlando con él, alcalde.

—Pues deja que el señor Marsh disfrute de su desayuno —lo amonestó Gherkin al tiempo que se levantaba de la mesa. Luego saludó con la mano—. Ven, Jeremy; aquí hay un par de personas que quiero que conozcas.

Hopper siguió mirando a Jeremy con cara de pocos amigos mientras éste se levantaba y se dirigía a la mesa del alcalde.

Cuando estuvo lo suficientemente cerca, Gherkin lo presentó a los dos hombres que compartían mesa con él. Uno debía de ser el abogado más esquelético del condado, y el otro era un espécimen de médico sumamente grueso, que trabajaba en el hospital de la localidad. Ambos parecieron examinarlo con la misma mirada despectiva que el ayudante del sheriff; con reservas, como se solía decir. Entretanto, el alcalde se deleitaba explicando lo contentos que estaban todos en el pueblo con la visita de Jeremy. Se inclinó hacia los otros dos y asintió de forma conspirativa.

—Quizá salgamos en *Primetime Live* —susurró Gherkin.

—¿De veras? —exclamó el abogado. Jeremy pensó que ese individuo parecía un esqueleto andante.

Jeremy empezó a balancearse, apoyando todo el peso de su cuerpo en un pie y luego en el otro de forma alternativa.

—Bueno, como ayer intentaba explicarle al señor alcalde…

Gherkin le propinó una fuerte palmada en la espalda, interrumpiéndolo rápidamente.

—¡Qué ilusión aparecer en un programa de tanta audiencia! —exclamó Gherkin.

Los otros asintieron con expresión solemne.

—Y hablando del pueblo —agregó repentinamente el alcalde—, tengo el placer de invitarte a una cena privada esta noche, con un reducido grupo de amigos. Nada especial, no creas, pero puesto que sólo estarás unos días, me gustaría que conocieras a algunas de las personas más destacadas de la localidad.

Jeremy levantó los brazos.

—No es necesario...

—¡Bobadas! —espetó Gherkin—. Es lo mínimo que podemos hacer. Y recuerda, algunas de las personas que invitaré han visto esos fantasmas con sus propios ojos, así que tendrás la oportunidad de recoger sus vivencias de primera mano. Probablemente sus historias te provocarán pesadillas.

Jeremy enarcó una ceja. El abogado y el médico lo observaban expectantes. Cuando Jeremy vaciló, el alcalde aprovechó para zanjar el tema.

—¿Te va bien a las siete? —inquirió.

—Sí... Supongo que sí —convino Jeremy—. ¿Dónde será la cena?

—Ya te lo comunicaré más tarde. Supongo que pasarás el día en la biblioteca, ¿no?

—Seguramente sí.

Gherkin esbozó una mueca, haciéndose el gracioso.

—Entonces supongo que ya habrás conocido a nuestra adorable bibliotecaria, la señorita Lexie.

—Así es.

—Es realmente encantadora, ¿no te parece?

Por el tono, Jeremy interpretó que se refería a otra serie de posibilidades, algo más en la línea de los típicos comentarios que los hombres suelen hacer sobre las mujeres en los vestuarios de los gimnasios.

—La verdad es que me ha ayudado muchísimo —se limitó a decir Jeremy.

En ese momento Rachel los interrumpió.

—¿Te dejo el desayuno en la mesa, cielo?

Jeremy miró al alcalde, como solicitándole permiso para marcharse.

—Ya hablaremos más tarde. ¡Ah, y que aproveche! —dijo Gherkin al tiempo que lo saludaba con la mano.

Jeremy se dirigió nuevamente a su mesa. Afortunadamente el ayudante del sheriff se había marchado, y Jeremy se dejó caer en la silla con pesadez. Rachel depositó el plato delante de él.

—Que aproveche. Le he pedido al cocinero que te prepare la tortilla con mucho cariño, porque vienes de Nueva York. ¡Me encanta ese lugar!

—¿Has estado ahí alguna vez?

—No. Pero siempre he querido ir. Parece tan… glamuroso y excitante.

—Deberías ir. No hay ninguna otra ciudad igual en el mundo.

Ella sonrió, con aire coquetón.

—Pero bueno, señor Marsh… No me digas que me estás invitando.

La mandíbula de Jeremy se abrió involuntariamente.

—¿Cómo?

Sin embargo, Rachel no pareció darse cuenta de su expresión pasmada.

—Bueno, quizás acepte tu oferta —proclamó ella—. Ah, y otra cosa: estaré encantada de enseñarte el cementerio la noche que quieras. Normalmente acabo de trabajar a las tres de la tarde.

—Gracias. Lo tendré en cuenta —balbuceó Jeremy.

Durante los siguientes veinte minutos, mientras Jeremy desayunaba, Rachel pasó por su mesa al menos una docena de veces, rellenando cada vez su taza con un chorrito de café y sonriéndole efusivamente.

Jeremy se encaminó hacia su coche, recuperándose de lo que se suponía que debía de haber sido un desayuno apacible.

El ayudante del sheriff. El alcalde. Tully. Rachel. Jed.

Desde luego, esas pequeñas localidades en Estados Unidos podían ofrecer un sinfín de experiencias difíciles de digerir, incluso antes del desayuno.

A la mañana siguiente pensaba tomar café en cualquier otro sitio menos en el Herbs, aunque la comida fuera de primera. Y, tenía que admitir, era mejor de lo que había esperado. Tal y como Doris le había comentado el día previo, todo parecía fresco, como si los ingredientes procedieran directamente del huerto.

Sin embargo, mañana tomaría el café en otro sitio. Y tampoco pensaba hacerlo en la gasolinera de Tully, suponiendo que allí sirvieran café. No deseaba perder el tiempo en una conversación de la que no pudiera escapar cuando tenía cosas que hacer.

De repente se detuvo, sorprendido.

«¡Cielo santo! Pero si estoy empezando a pensar como ellos», se dijo, sacudiendo la cabeza.

Sacó las llaves del coche de su bolsillo y reanudó la marcha. Por lo menos había conseguido acabar de desayunar. Echó un vistazo al reloj; ya casi eran las nueve. Perfecto.

Lexie se sorprendió a sí misma mirando por la ventana de su despacho en el momento exacto en que Jeremy Marsh aparcaba el coche delante de la biblioteca.

Jeremy Marsh. No podía dejar de pensar en él, por más que intentara concentrarse en su trabajo. Y ahí estaba de nuevo, esta vez vestido de un modo más informal, como si pretendiera pasar más desapercibido entre los lugareños, supuso ella. Y de algún modo lo había conseguido.

Bueno, ya era suficiente. Tenía que trabajar. Su despacho estaba abarrotado de cajas de libros, apiladas unas sobre las otras tanto en posición vertical como horizontal. Un archivador de acero gris emplazado en una de las esquinas era el único mobiliario que descollaba en la estancia, aparte de una mesa y de una silla típicamente funcionales. El despacho carecía de elementos decorativos, simplemente por falta de espacio. Había montones de papeles apilados por doquier: en los rincones, debajo de la ventana, en una silla apartada en una esquina. Y su mesa también estaba sepultada por enormes pilas de papeles, con todo aquello que consideraba urgente.

Había que presentar el presupuesto a final de mes, y tenía que repasar un montón de catálogos de diversos editores para realizar el pedido semanal. Además, todavía debía encontrar al ponente para la cena que organizaba la asociación de los Amigos de la Biblioteca en abril, así como planear todo lo referente a la «Visita guiada por las casas históricas» —en la que la biblioteca intervenía por ser uno de los edificios más emblemáticos del pueblo—, y apenas le quedaba tiempo para hacerlo todo. Contaba con dos empleados a jornada completa, pero había aprendido que era mejor no delegar temas importantes. Los empleados sabían recomendar los títulos más recientes y ayudaban a los estudiantes a encontrar lo que necesitaban, pero la última

111

vez que permitió que uno de ellos decidiera qué libros debían solicitar, acabó con seis títulos diferentes sobre orquídeas, ya que, por lo que averiguó más tarde, ésa era la flor favorita del empleado que realizó el pedido. Previamente, antes de sentarse delante del ordenador, había intentado planificar sus tareas para ese día, pero no lo había conseguido. No importaba lo mucho que intentara concentrarse, sus pensamientos se desviaban hacia Jeremy Marsh. No quería pensar en él, pero Doris había dicho lo suficiente como para despertar su curiosidad.

«No es como te lo imaginas.»

¿Qué significaba eso? La noche anterior, cuando había intentado que Doris fuera más específica, su abuela se había cerrado en banda, como si no hubiera dicho nada. No volvió a mencionar la vida amorosa de Lexie durante el resto de la noche, ni tampoco a Jeremy Marsh. Las dos evitaron el tema: hablaron sobre el trabajo, sobre personas conocidas, sobre cómo se perfilaba la «Visita guiada por las casas históricas» para el siguiente fin de semana. Doris presidía la Sociedad Histórica local, y la visita era uno de los grandes eventos del año, aunque no precisara de una gran planificación. Prácticamente se trataba de mostrar la misma docena de casas que elegían cada año, además de cuatro iglesias y de la biblioteca. Mientras su abuela se afanaba por hablar sobre esas cuestiones, Lexie no podía dejar de pensar en su misteriosa declaración.

«No es como te lo imaginas.»

¿A qué se refería? ¿Al típico urbanita? ¿A su faceta mujeriega? ¿A alguien que sólo buscaba echar una cana al aire? ¿Alguien que se mofaría del pueblo tan pronto como se marchara de allí? ¿Alguien en busca de una historia sensacionalista, dispuesto a cualquier cosa por conseguirla, aunque ello supusiera hacer daño a alguien durante el proceso?

¿Y por qué demonios le preocupaba eso? Sólo se quedaría unos pocos días, y luego desaparecería y todo volvería a su cauce, afortunadamente.

Ya se había enterado de los cotilleos que circulaban por el pueblo. Y en la panadería donde se detenía cada mañana a comprar un mollete había oído a un par de mujeres hablar sobre él. Decían que gracias a ese periodista el pueblo se haría famoso, que las cosas mejorarían considerablemente, sobre todo para los comerciantes. Cuando la vieron, la avasallaron con mil y una preguntas acerca de él y emitieron sus propias opiniones sobre si finalmente descubriría el motivo de las misteriosas luces.

Algunos creían realmente que las luces eran producto de los fantasmas, pero otros no. El alcalde, por ejemplo. Gherkin enfocaba el tema desde un ángulo diferente; veía la investigación de Jeremy como una especie de apuesta. Si Jeremy Marsh no encontraba la causa, sería bueno para la economía del pueblo, y ésa parecía la opción por la que apostaba el alcalde. Después de todo, Gherkin sabía algo que sólo unos pocos conocían.

Además de los estudiantes de la Universidad de Duke y del historiador local —quien parecía haber encontrado una explicación plausible, según la opinión de Lexie—, por lo menos otros dos individuos o grupos de personas no vinculadas con el pueblo habían investigado el misterio sin éxito. Gherkin había invitado a los estudiantes de la Universidad de Duke para que realizaran una visita al cementerio, con la esperanza de que tampoco encontraran una respuesta lógica. Y no se podía negar que desde entonces se había incrementado el número de visitantes a la localidad.

Lexie consideró que igual debería haber mencionado esa cuestión al señor Marsh. Pero puesto que él no había preguntado, ella no había visto la necesidad de darle ninguna explicación. Estaba demasiado ocupada intentando contrarrestar los claros intentos de ese seductor para ligar con ella y, al mismo tiempo, dejarle claro que no se sentía atraída por él. Tenía que aceptar que era encantador, pero eso no cambiaba su firme determinación de ser fuerte y no dejarse llevar por las emociones. Lo cierto era que se había sentido francamente aliviada cuando lo perdió de vista el día anterior.

Y entonces Doris soltó ese maldito comentario, que esencialmente venía a decir que pensaba que Lexie debería darle una oportunidad y conocerlo mejor. Pero lo que más la incomodaba era la certeza de que Doris no habría dicho nada si no hubiera estado absolutamente segura de que no se equivocaba. Por alguna razón que desconocía, su abuela había visto algo especial en Jeremy.

A veces odiaba las premoniciones de Doris.

Aunque, claro, no tenía por qué escucharla. Después de todo, ya había sido cortés con ese forastero, y ahora estaba a punto de bajar a recibirlo de nuevo. A pesar de su determinación, tenía que admitir que se sentía un poco apabullada con todo ese asunto. Mientras seguía sumida en esas cavilaciones, oyó el chirrido de la puerta de su despacho al abrirse.

—Buenos días —saludó Jeremy al tiempo que asomaba la cabeza—. Me ha parecido ver luz debajo de la puerta.

Lexie dio media vuelta en su silla giratoria y se fijó en que él se había quitado la chaqueta y la llevaba colgando del hombro.

—Ah, hola —dijo ella educadamente—. Estaba intentando sacarme un poco de trabajo de encima.

Jeremy agarró la chaqueta con las dos manos.

—¿Hay algún perchero donde pueda colgar esto? En la sala de los originales no hay espacio.

—Deme, ya se la guardaré yo. Hay un colgador detrás de la puerta.

Jeremy entró en el despacho y le entregó la chaqueta. Ella la colgó junto a la suya en la ristra de colgadores que pendía detrás de la puerta. Jeremy examinó el despacho con curiosidad.

—¿Así que éste es tu laboratorio, eh? Desde aquí gestionas la biblioteca.

—Así es —confirmó ella—. No hay demasiado espacio, pero es más que suficiente para organizarlo todo.

—Me encanta tu sistema de clasificación —apuntó él, señalando hacia las pilas de papeles sobre la mesa—. Tengo uno muy parecido en casa.

Una sonrisa se escapó de los labios de Lexie mientras él se acercaba a la mesa y miraba por la ventana.

—Y además, una vista fabulosa. ¡Vaya primer plano de la casa del vecino y del aparcamiento!

—Me parece que esta mañana está de un óptimo humor, señor Marsh.

—¿Y cómo no voy a estarlo? He dormido en una cámara refrigeradora llena de animales muertos. O mejor dicho, apenas he dormido. Me he pasado la noche escuchando ruidos extraños procedentes del bosque.

—Me preguntaba si le habría gustado Greenleaf. He oído que es un sitio bastante rústico.

—No creo que «rústico» sea el adjetivo más apropiado para describir ese lugar. Y para colmo, esta mañana he coincidido con la mitad del pueblo a la hora del desayuno.

—Entonces supongo que ha ido al Herbs —dedujo ella.

—Pues sí, y no te he visto por allí.

—No, estoy demasiado ocupada. Prefiero empezar el día con un poco de paz.

—Tendrías que haberme avisado.

Lexie sonrió.

—No me lo preguntó.

Él se echó a reír, y Lexie hizo una señal hacia la puerta con la mano, como invitándolo a que la acompañara.

Mientras se dirigía a la sala de los originales con él, se fijó en que Jeremy estaba de muy buen humor a pesar de su indiscutible cansancio, pero ese detalle todavía no tenía suficiente peso como para confiar en él.

—¿No conocerás por casualidad a Hopper, el ayudante del sheriff? —inquirió él.

Ella lo miró con evidente curiosidad.

—¿Rodney?

—Sí, creo que se llama así. ¿Qué le pasa? Esta mañana me ha dado la impresión de que no le gusta nada mi presencia en el pueblo.

—Oh, pero si no es más que un corderito.

—Pues a mí no me lo ha parecido.

Lexie se encogió de hombros.

—Probablemente se ha enterado de que piensa pasar bastantes horas en la biblioteca. Siempre adopta esa actitud protectora conmigo. Le gusto desde hace años.

—Pues háblale bien de mí, si no te importa.

—No se preocupe, lo haré.

Jeremy esperaba algún comentario mordaz, pero cuando vio que Lexie respondía con tanta afabilidad, esbozó una mueca en señal de grata sorpresa.

—Gracias —le dijo.

—No hay de qué. Pero no haga nada que me obligue a cambiar de opinión.

Continuaron andando en silencio hasta la sala de los originales. Ella entró primero y encendió la luz.

—Le he estado dando vueltas a su proyecto, y creo que hay algo que debería saber.

—¿Ah, sí?

Ella le refirió las dos investigaciones previas que se habían llevado a cabo en el cementerio y acto seguido añadió:

—Si me concede unos minutos, creo que puedo encontrar esa información.

—Te lo agradeceré mucho. Sólo por curiosidad, ¿por qué no me lo contaste ayer?

Ella sonrió sin contestar.

—Deja que lo adivine… ¿Porque no te lo pregunté?

—Sólo soy una bibliotecaria, no puedo leer los pensamientos.

—¿Como tu abuela? Ah, no, espera, tu abuela es adivina, ¿no?

—Pues sí. Y puede predecir el sexo de un bebé antes de que nazca.

—Eso he oído —dijo Jeremy.

Los ojos de Lexie destellaron con fiereza.

—Es cierto, Jeremy. Lo creas o no, puede hacer esas cosas.

—¡Eh! ¡Me has tuteado! —exclamó él animadamente.

—Sí, pero no te hagas ilusiones. Tú mismo me pediste que lo hiciera, ¿recuerdas?

—Lo sé, Lexie —pronunció él.

—Tampoco te excedas en la confianza —proclamó ella, pero mientras hablaba, Jeremy se dio cuenta de que Lexie aguantaba la mirada más rato de lo normal, y eso le gustó.

Le gustó mucho.

Capítulo 7

Jeremy se pasó el resto de la mañana encorvado sobre una pila de libros y los dos artículos que Lexie había encontrado. El primero, escrito en 1958 por un profesor de folclore de la Universidad de Carolina del Norte y publicado en el *Journal of the South*, parecía haber sido concebido como una respuesta al relato de la leyenda por parte de A. J. Morrison. El artículo citaba algunas frases del trabajo de Morrison, resumía la leyenda y narraba la visita del profesor al cementerio durante más de una semana seguida. En cuatro de esas noches, había presenciado las luces. Por lo menos, el autor se había esforzado en intentar hallar la causa: se había dedicado a contar el número de casas en el área circundante (dieciocho en total, a un kilómetro y medio a la redonda del cementerio, y, sorprendentemente, ninguna en Riker's Hill) y también había anotado el número de coches que pasaron durante los dos minutos siguientes a la aparición de las luces. En dos casos, la diferencia de tiempo resultó inferior a un minuto. En los otros dos casos, no obstante, no pasó ni un solo coche, lo cual parecía eliminar la posibilidad de que los faros de los automóviles pudieran ser el origen de los «fantasmas».

El segundo artículo sólo era un poco más informativo. Publicado en 1969 en un número de *Coastal Carolina*, una revista de escasa difusión que acabó por desaparecer en 1980, el artículo hacía hincapié en el hecho de que el cementerio se estaba hundiendo, así como en los desperfectos consecuentes. El autor también mencionaba la leyenda y la proximidad a Riker's Hill, y si bien él no había visto las luces —había visitado el cementerio durante los meses de verano—, se apoyaba en los relatos de algunos testigos para especular sobre un número de posibilidades, en las que Jeremy ya había pensado.

La primera era la descomposición de la vegetación, que a veces provoca unas pequeñas llamaradas y unos vapores conocidos como gases de las ciénagas. En un área costera como ésa, Jeremy sabía que no podía descartar esa idea por completo, aunque pensaba que era poco probable, puesto que las luces surgían en noches frías y con niebla. También podían ser «luces de terremotos», es decir, cargas atmosféricas eléctricas generadas por el movimiento y la fricción de las rocas en las profundidades de la corteza terrestre. También hacía referencia a la teoría de los faros de los coches, igual que a la idea de la refracción de la luz estelar y la del destello fosforescente emitido por determinados hongos en un bosque en descomposición. El autor citaba las algas, que también podían brillar de forma fosforescente, e incluso mencionaba la posibilidad del efecto de Novaya Zemlya, una isla en la que los rayos de luz se curvan a causa de las capas adyacentes de aire a diferentes temperaturas, por lo que parecen brillar. Y, como posibilidad final, concluía que podía ser el fuego de San Telmo, que son pequeñas chispas o descargas eléctricas que saltan de los objetos punzantes y metálicos cuando se avecinan tormentas.

En resumidas cuentas, el autor decía que podía ser cualquier cosa.

A pesar de que los artículos no ofrecían conclusiones concisas, por lo menos ayudaron a Jeremy a aclarar sus propias ideas. En su opinión, las luces estaban relacionadas con algún fenómeno geográfico. La colina de detrás del cementerio parecía ser el punto más elevado en cualquier dirección, y el hundimiento del cementerio hacía que la niebla fuera más densa en esa área en particular. Todo eso significaba luz refractada o reflejada.

Sólo necesitaba concretar el origen, y para ello tenía que averiguar cuándo aparecieron las luces por primera vez. Y no de un modo aproximado, sino la fecha exacta, para poder determinar qué sucedía en el pueblo en ese momento: si pasaba por una fase de cambios determinantes —un nuevo proyecto de construcción, una nueva fábrica, o algo en esa línea—, entonces posiblemente podría hallar la causa. O si pudiera ver las luces —lo cual de momento descartaba—, su trabajo podría ser aún más sencillo. Si surgían a media noche, por ejemplo, y en ese momento no pasaba ningún coche, podría inspeccionar la zona, examinando la ubicación de las casas habitadas que difundían luz por las ventanas, la proximidad de la carretera, o incluso el tráfico fluvial. Las barcas constituían una posibilidad, si éstas eran lo suficientemente grandes.

Por segunda vez volvió a repasar la pila de libros. Tomó notas adicionales sobre los cambios que el pueblo había experimentado a lo largo de los años, poniendo un énfasis especial en los cambios acontecidos a finales de siglo.

Mientras transcurrían las horas, la lista aumentaba. A principios del siglo xx hubo un bum inmobiliario que duró desde 1907 hasta 1914, y durante ese período la parte norte del pueblo creció considerablemente. El pequeño puerto sufrió una ampliación en 1910, luego otra en 1916, y una última en 1922; combinado con las canteras y las minas de fósforo, la excavación en la zona se hizo extensiva. La línea del ferrocarril se empezó a construir en 1898 y continuó expandiéndose por varias áreas del condado hasta 1912. En 1904 tendieron un puente de caballetes de madera sobre el río, y desde 1908 hasta 1915 edificaron tres grandes fábricas: un molino textil, una mina de fósforo y una fábrica de papel. De las tres, sólo la fábrica de papel continuaba operativo —el molino textil había cerrado sus puertas cuatro años antes, y la mina lo hizo en 1987—, así que eso parecía eliminar las otras dos fábricas como posibilidades.

Revisó los datos de nuevo para confirmar que eran correctos, y volvió a apilar los libros para que Lexie pudiera colocarlos en las estanterías pertinentes. Se acomodó en la silla, estiró los brazos y las piernas entumecidas y echó un vistazo al reloj. Ya casi era mediodía. Pensó que había aprovechado bien las horas y miró de soslayo hacia la puerta entreabierta a sus espaldas.

Lexie no había regresado para ver cómo le iba. En cierto modo le gustaba el hecho de no saber exactamente a qué atenerse con ella, y por un momento deseó que ella viviera en Nueva York o en algún lugar cercano. Habría sido interesante ver por qué cauce habrían discurrido sus vidas si se hubieran cruzado en la ciudad. Un momento más tarde, Lexie apareció en la puerta.

—Hola, ¿qué tal va? —saludó ella.

Jeremy se dio la vuelta.

—Muy bien, gracias.

Ella se puso la chaqueta y dijo:

—Voy a buscar algo para comer, y me preguntaba si querrías que te trajera algo.

—¿Vas al Herbs? —preguntó Jeremy.

—No. Si esta mañana has pensado que había demasiada gente a la hora del desayuno, tendrías que ver cómo se llena el local al mediodía. Pero puedo comprarte algo en la tienda de comida preparada de vuelta a la biblioteca.

Él dudó sólo un instante.

—Mira, ¿qué te parece si voy contigo a comer? Me irá bien estirar las piernas. Me he pasado toda la mañana aquí encerrado, así que me apetece cambiar de aire. Quizá podrías enseñarme un poco el pueblo. —Hizo una pausa—. Si te parece bien, por supuesto.

Lexie estuvo a punto de decir que no, pero entonces se acordó de las palabras de Doris, y sus pensamientos se nublaron.

«Muchas gracias por meter las narices en mi vida, Doris», pensó Lexie. A pesar de que su intuición le hacía decantarse por rechazar la oferta, acabó aceptando.

—De acuerdo. Pero sólo dispongo de una hora para comer, así que dudo que te sirva de mucho.

Jeremy pareció tan sorprendido como ella ante su respuesta positiva. Se puso de pie y la siguió hasta la puerta.

—No te preocupes; con cualquier cosa estaré más que satisfecho —repuso él—. Así podré empezar a completar los interrogantes que tengo por el momento. Creo que es importante saber lo que sucede en un lugar como éste.

—¿Te refieres a nuestro pueblucho?

—Nunca he dicho que sea un pueblucho.

—Ya, pero es lo que piensas. En cambio, yo amo este lugar.

—Lo supongo, ¿por qué si no vivirías aquí?

—Porque no es Nueva York, por ejemplo.

—¿Has estado allí?

—Viví en Manhatan, en el 69 West.

Jeremy casi dio un traspié.

120

—¡Pero si eso está sólo a escasas manzanas de donde yo vivo!

Ella sonrió.

—El mundo es un pañuelo, ¿eh?

Jeremy caminó apresuradamente intentando no perder el paso mientras se aproximaban a las escaleras.

—Me estás tomando el pelo, ¿verdad?

—No —contestó ella—. Viví allí con mi novio durante casi un año. Él trabajaba en Morgan Stanley, y yo estaba de interina en la biblioteca de la Universidad de Nueva York.

—No puedo creerlo…

—¿El qué? ¿Que viviera en Nueva York o que me marchara de allí? ¿O que viviera cerca de ti? ¿O que viviera con mi novio?

—Todo… O nada. No estoy seguro.

Estaba intentando imaginarse a la bibliotecaria de esa pequeña localidad viviendo en su barrio. Al darse cuenta de la expresión de su cara, Lexie se echó a reír.

—Igualito a los demás, ¿lo sabías? —soltó ella.

—¿A quién te refieres?

—A los orgullosos urbanitas de Nueva York. Os pasáis la vida creyendo que no existe otro lugar más especial en el mundo entero, y que ningún otro lugar vale la pena.

—Tienes razón —admitió Jeremy—. Pero eso es porque el resto del mundo no puede hacerle sombra a esa maravilla de ciudad.

Lexie lo miró fijamente, con una mueca de disgusto que transmitía claramente el siguiente mensaje: «No has dicho lo que creo haber oído, ¿verdad?».

Él se encogió de hombros, con expresión inocente.

—Quiero decir que Greenleaf Cottages no se puede comparar exactamente al Four Seasons o al Plaza, ¿no te parece? Vamos, incluso tú tienes que admitirlo.

Ella no respondió. Lo miró con desdén y aceleró el paso. En ese momento estuvo segura de que Doris se había equivocado.

Jeremy se sentía incómodo, pero no quería dar el brazo a torcer.

—Vamos, admítelo. Sabes que tengo razón.

Justo entonces llegaron a la puerta de la entrada de la biblioteca, y él se adelantó para abrirla y cederle el paso a Lexie. Detrás de ellos, la anciana que hacía las veces de conserje los observaba atentamente. Lexie mantuvo la boca cerrada hasta que estuvieron fuera del edificio, entonces se volvió hacia él y profirió:

—Para que te enteres, la gente no vive en hoteles, sino en comunidades —espetó—. Y eso es lo que tenemos aquí: una comunidad donde la gente se conoce y se ayuda; donde los niños pueden jugar en la calle incluso cuando cae la noche, sin temor a que un desconocido les haga daño.

Jeremy levantó los brazos, en actitud defensiva.

—Oye, no me malinterpretes. Me encantan las comunidades. Precisamente yo crecí en un sitio parecido. Conocía a cada familia del vecindario porque esa gente había vivido allí durante muchos años. Algunos aún siguen viviendo en el barrio. Créeme, sé perfectamente lo importante que es sentirse parte de una comunidad, y lo importante que es que los padres sepan lo que hacen sus hijos a todas horas y con quién salen. Así me crié yo. Estuviéramos donde estuviésemos, los vecinos nos tenían a todos los niños controlados. Lo que quiero decir es que también es posible encontrar esa clase de comunidades en Nueva York, según donde vivas, claro. El barrio en el que vivo ahora no es precisamente un buen ejemplo de comunidad; está abarrotado de gente joven a la que básicamente sólo le interesa trabajar hasta horarios intempestivos para optar a un futuro mejor. Pero pásate un día por Park Slope en Brooklyn o Astoria en Queens y verás los parques llenos de pandillas de críos, jugando a baloncesto o a fútbol, o haciendo prácticamente las mismas cosas que hacen los niños aquí.

—Ya, como si alguna vez te hubieras parado a pensar en esa clase de cosas.

Un segundo después, Lexie se arrepintió de haber pronunciado las palabras con ese tono tan cargado de rabia. Jeremy, en cambio, no parecía molesto.

—Pues sí que pienso en esas cosas —respondió él impávidamente—. Y créeme, si tuviera hijos, no viviría donde vivo ahora. Tengo una pila de sobrinos en la ciudad, y cada uno de ellos vive en un barrio lleno de otros niños y de gente que se preocupa por ellos. Esos barrios se parecen mucho a este lugar en más de un aspecto.

Lexie no dijo nada, preguntándose si él le estaba contando la verdad.

—Mira —continuó Jeremy con un tono amistoso—. No intento iniciar una disputa contigo. Simplemente digo que los niños pueden criarse como es debido en cualquier lugar, siempre y cuando los padres se preocupen por ellos. No creo que las pequeñas poblaciones ostenten el monopolio de los valores positivos. Seguramente, si analizáramos a cada uno de los niños de Boone Creek con más detenimiento, encontraríamos a unos cuantos problemáticos, también aquí. Los niños siguen siendo niños, vivan donde vivan. —Sonrió, intentando demostrar que no se había ofendido por lo que ella le había dicho—. Y además, tampoco estoy seguro de por qué hemos acabado hablando sobre niños. A partir de ahora, te prometo que no volveré a sacar el tema. Lo único que intentaba expresar era mi sorpresa al saber que habías vivido en Nueva York, a tan sólo escasas manzanas de mi casa. —Hizo una pausa—. ¿Hacemos las paces?

Lexie lo miró con insistencia antes de acabar soltando el aire apresado en sus pulmones. Quizá tenía razón. No, sabía que Jeremy tenía razón. Y debía admitir que era ella la que había iniciado la bronca. Pero ¿por qué demonios lo había presionado tanto? A lo mejor porque, a veces, los pensamientos nublados pueden provocar esa clase de reacciones en cualquiera.

—De acuerdo —proclamó finalmente—, pero con una condición.

—¿Cuál?

—Que tú conduzcas. He venido sin coche.

Jeremy pareció aliviado.

—A ver si encuentro las llaves.

Ninguno de los dos tenía demasiado apetito, así que Lexie lo llevó hasta una pequeña tienda de comestibles, de la que salieron unos minutos más tarde con una caja de galletas saladas, varias piezas de fruta, diversos tipos de queso, y dos botellas de Snapple.

En el coche, Lexie depositó la comida a sus pies:

123

—¿Hay algo en particular que te gustaría ver? —preguntó Lexie.

—Riker's Hill. ¿Existe alguna carretera que conduzca hasta la cima?

Ella asintió.

—Bueno, no es un camino en buen estado, que digamos. Es la pista que originalmente utilizaba la gente para transportar troncos, pero ahora sólo la usan los cazadores. Está llena de socavones, por lo que no sé si quieres subir con tu coche.

—No me importa; es de alquiler. Y además, ya me estoy acostumbrando a las malas carreteras que hay por aquí.

—Muy bien, pero luego no digas que no te he avisado.

Ninguno de los dos habló demasiado mientras se alejaban del pueblo, dejaban atrás el cementerio de Cedar Creek y cruzaban un pequeño puente. La carretera se empezó a estrechar hasta formar una fina línea entre los arbustos cada vez más espesos. El cielo azul había dado paso a un cielo gris enmarañado, que le recordó a Jeremy las tardes invernales de un lugar a lo lejos, más al norte. Esporádicamente, una bandada de estorninos levantaba el vuelo cuando pasaba el coche, moviéndose al unísono como si estuvieran todos atados a una misma cuerda.

Lexie se sentía incómoda con tanto silencio, así que empezó a describir el área: proyectos sobre urbanizaciones que jamás habían llegado a fructificar, nombres de algunas especies de árboles, Cedar Creek cuando lo avistaron a través de la espesa vegetación. Riker's Hill emergió de repente por el flanco izquierdo, con aspecto lóbrego y tenebroso, bajo la luz apagada en el cielo.

Jeremy había llegado hasta ese mismo punto el día anterior, después de su visita al cementerio, pero había dado media vuelta porque creyó que el camino no llevaba a ninguna parte. Sin embargo, un minuto más tarde, ella le indicó que girara en la siguiente intersección, por una pista que parecía enfilar hacia la parte posterior de Riker's Hill. Lexie se inclinó hacia delante y miró con atención a través del parabrisas.

—El desvío está un poco más arriba —explicó—, así que será mejor que vayas más despacio.

Jeremy aminoró la marcha, y mientras ella continuaba con la mirada fija en el camino, él se dedicó a observarla de reojo, fijándose en la pequeña arruga vertical que se le formaba entre las cejas.

—Por aquí —anunció ella, señalando con el dedo.

Lexie estaba en lo cierto: no se podía decir que eso fuera precisamente un camino en buen estado. La estrecha pista estaba llena de cantos rodados, y las raíces de árboles y arbustos habían reventado la superficie. Era similar a la entrada de Greenleaf, pero aún peor. Dejaron atrás la pista principal, y el coche empezó a dar saltitos y a andar a trompicones. Jeremy aminoró la marcha todavía más.

—¿Las tierras de Riker's Hill pertenecen al Estado?

Ella asintió.

—Las compraron a una de las grandes compañías de madera (Weyerhaeuser o Georgia-Pacific o algo parecido) cuando yo era pequeña. Parte de nuestra historia local, ya sabes, pero no es un parque ni nada por el estilo. Creo que hace tiempo tenían planes para convertirlo en un campin, pero al final no han hecho nada.

Los pinos se condensaron a medida que la pista se estrechaba, pero el camino pareció mejorar cuando avanzaron más hacia la cumbre, siguiendo una pauta casi en zigzag. A cada momento se cruzaban con otras pistas forestales, que Jeremy dedujo que eran las que usaban los cazadores.

Al cabo, los árboles empezaron a dispersarse y pudieron divisar un pedazo más amplio del cielo. Cuando ya estaban muy cerca de la cima, la vegetación se hizo más ligera, hasta que finalmente llegó a desaparecer casi por completo. Docenas de árboles habían quedado reducidas drásticamente a la mitad, y menos de un tercio de los que se habían salvado de la tala indiscriminada estaban todavía vivos. La inclinación del tramo final de la ladera se hizo menos pronunciada, hasta que llegaron a una superficie plana en el último tramo hasta la cima. Jeremy aparcó el coche a un lado de la pista. Lexie le hizo una señal para que apagara el motor, y los dos salieron del auto.

Lexie cruzó los brazos mientras caminaban. El aire parecía más fresco allí arriba; la brisa, más invernal. El cielo también parecía estar más cerca de ellos. Las nubes ya no tenían rasgos monótonos, sino que ahora se retorcían en formas distintivas. Más abajo se podía ver el pueblo, con sus tejados formando una malla

125

contigua, encumbrados a lo largo de calles rectas, una de las calles conducía directamente hasta el cementerio de Cedar Creek. Justo en los confines del pueblo, el viejo río salobre se asemejaba a una sinuosa barra de hierro. Jeremy avistó el puente sobre la carretera y también el puente de caballetes por el que pasaba el tren, mientras un halcón de cola roja planeaba en círculos sobre sus cabezas. Fijó la vista con más atención en un punto determinado hasta que distinguió la diminuta silueta de la biblioteca, y luego el enclave donde se asentaba Greenleaf, aunque los bungalós se confundían con la vegetación difuminada.

—Qué vista más espectacular —acertó a decir finalmente.

Lexie señaló hacia uno de los extremos del pueblo.

—¿Ves esa casita de allí, la que está cerca del estanque? Ahí vivo yo. ¿Y esa otra más alejada? Es la casa de Doris. Allí es donde crecí. A veces, cuando era una niña, miraba hacia la colina e imaginaba que me veía a mí misma, contemplándome desde aquí arriba.

Jeremy sonrió. La brisa jugueteaba con el pelo de Lexie mientras ella continuaba exteriorizando sus pensamientos.

—Mis amigos y yo solíamos venir aquí y nos quedábamos mucho rato cuando teníamos quince años. Durante los meses de verano, el calor hace que las luces de las casas titilen, casi con tanta intensidad como las estrellas. Y las luciérnagas… Bueno, en junio hay tantas que prácticamente parece que haya otro pueblo en el cielo. Aunque todo el mundo conoce este lugar tan especial, no suele estar muy concurrido. Así que era el punto de reunión de la pandilla, un lugar que podíamos compartir sin que nadie nos molestara.

De pronto dejó de hablar, manifiestamente incómoda y nerviosa; aunque el motivo de su nerviosismo sólo lo supiera ella.

—Recuerdo un día que se esperaba una fuerte tormenta. Mis amigos y yo convencimos a uno de los muchachos para que nos subiera aquí con su tractor, uno de esos remolcadores de oruga que podría trepar por el Gran Cañón si se lo propusiera. Nuestra intención era presenciar el espectáculo de relámpagos desde este sitio privilegiado, sin pararnos a pensar que nos colocábamos en el punto más alto de la zona. Al principio nos pareció impresionante. El cielo entero se iluminó cuando empezaron a caer los relámpagos, a veces con unos destellos sesgados, otras con unas luces destellantes. Animados, nos pusimos a contar en voz alta hasta el estruendo del siguiente trueno, ya sabes, eso que se hace para calcular a qué distancia queda la tormenta. Pero en cuestión de segundos, y sin que nos diera tiempo a reaccionar, el aguacero se nos echó encima. El viento empezó a soplar con tanta virulencia que el tractor no paraba de tambalearse, y la cortina de lluvia era tan tupida que no veíamos nada. Entonces los relámpagos empezaron a caer con una furia desmedida sobre los árboles cercanos; unas gigantescas descargas provenientes del cielo, tan cerca de nosotros que incluso podíamos notar cómo temblaba la tierra bajo nuestros pies con cada impacto. Todavía puedo ver la imagen espeluznante de las copas de los pinos estallando, como bolas chispeantes.

Mientras Lexie relataba la historia, Jeremy se dedicaba a observarla. Era la primera vez que explicaba tantas cosas sobre sí misma desde que se habían conocido, e intentó imaginársela a los quince años. ¿Cómo era cuando iba al instituto? ¿Una de las animadoras populares? ¿O una de esas empollonas que se pasaban todas las horas metidas en la biblioteca? «¡Qué más da!», se dijo; al fin y al cabo no era más que agua pasada. ¿A quién le importaba lo que había sucedido en el instituto? Sin embargo, incluso ahora, cuando Lexie continuaba perdida en sus memorias, a él se le hacía imposible figurársela a esa temprana edad.

—Supongo que estabas aterrorizada —apuntó Jeremy—. Un rayo puede estar a cincuenta mil grados centígrados de temperatura, ¿lo sabías? Es decir, diez veces más candente que la superficie del sol.

Ella sonrió, sorprendida.

—No, no lo sabía. Pero tienes razón. Me parece que jamás he estado tan aterrorizada en toda mi vida.

—¿Y qué sucedió?

—Bueno, llegó un momento en que la tormenta tocó a su fin, como sucede siempre. Y cuando nos hubimos recuperado de la gran impresión, regresamos al pueblo. Pero recuerdo que Rachel me agarró de la mano con tanta fuerza que me dejó las uñas marcadas.

—¿Rachel? ¿No te referirás a la camarera del Herbs?

127

—Sí, la misma. —Se cruzó nuevamente de brazos y lo miró con curiosidad—. ¿Por qué? ¿Ha intentado ligar contigo a la hora del desayuno?

Jeremy empezó a balancearse, apoyando todo el peso de su cuerpo de un pie a otro alternativamente.

—Hombre, tampoco lo definiría de ese modo. Digamos que... me ha parecido una chica bastante lanzada.

Lexie se echó a reír.

—No me sorprende. Rachel es... Bueno, Rachel es así. Es una de mis mejores amigas desde la infancia, y sigo considerándola como una hermana. Supongo que siempre sentiré el mismo aprecio por ella. Pero después de marcharme a la universidad y luego a Nueva York... No sé cómo explicarlo... Cuando regresé, ya nada volvió a ser igual. Algo había cambiado. No me malinterpretes; es una chica formidable y divertidísima, y no tiene ni un pelo de tonta, pero...

Se detuvo unos instantes, como buscando las palabras adecuadas. Jeremy la observó con atención.

128

—¿Veis la vida de una manera distinta, quizá? —sugirió él.

Ella suspiró.

—Sí, supongo que sí.

—Me parece que eso nos pasa a todos cuando nos hacemos mayores —respondió Jeremy—. Descubrimos nuestra propia identidad y lo que queremos, y entonces nos damos cuenta de que la gente que conocemos desde la infancia no interpreta las cosas del mismo modo. Y por eso, aunque recordemos los viejos tiempos con nostalgia, nuestras vidas toman sendas muy diferentes. Es perfectamente normal.

—Lo sé. Pero en un pueblo de pequeñas dimensiones, estas cosas se notan mucho más. Queda tan poca gente de treinta años, e incluso menos que esté soltera... Realmente es como un mundo reducido.

Él asintió antes de esbozar una sonrisa.

—Así que tienes treinta años...

De repente Lexie se acordó de que él había intentado averiguar su edad el día anterior.

—Sí —confirmó sintiéndose abrumada—. Supongo que me hago mayor.

—O que todavía eres joven, según cómo se mire —argumentó él—. Mira, cuando me deprimo al pensar en la edad, me pongo mis pantalones más bajos de tiro, me subo los calzoncillos hasta el ombligo para que se vean, me coloco la gorra de béisbol con la visera echada hacia atrás, y salgo a pasear por algunas galerías comerciales mientras escucho música rap.

Lexie soltó una risita al imaginárselo con esa pinta. A pesar de que el aire era cada vez más fresco, se sintió arropada, como tonificada; aunque pareciera extraño, tuvo que admitir que se sentía a gusto con él. Todavía no estaba segura de si le gustaba —más bien tenía la impresión de que no— y por un momento intentó hacer un esfuerzo por reconciliar los dos sentimientos, lo que obviamente quería decir que era mejor evitar esa cuestión por completo. Puso un dedo sobre la barbilla.

—Ya me lo imagino, vaya pinta. Me parece que le das mucha importancia al estilo personal.

—Así es. Pero ayer me fijé en que nadie se mostró impresionado por mi atuendo, incluida tú.

Ella se echó a reír y, en el silencio reconfortante, lo observó tranquilamente.

—Supongo que tendrás que viajar mucho por tu trabajo, ¿no?

—Unas cuatro o cinco veces al año, y cada viaje dura un par de semanas.

—¿Habías estado antes en un pueblo tan pequeño como éste?

—No —respondió él—. Cada lugar tiene su propio encanto, pero puedo decir con toda franqueza que jamás había visitado un lugar como éste. ¿Y tú? ¿Has estado en algún otro sitio, además de en Nueva York?

—Estudié en la Universidad de Carolina del Norte, en Chapel Hill, y pasé bastante tiempo en Raleigh. También estuve en Charlotte un día, cuando estudiaba en el instituto. El equipo de fútbol local se convirtió en el campeón del estado cuando yo cursaba el último año, así que nadie en el pueblo quiso perderse la final. Montamos una larguísima caravana de hasta casi cuatro millas. ¡Ah! ¡Y se me olvidaba! En Washington DC, en una excursión cuando era pequeña. Pero jamás he salido de Estados Unidos.

Mientras hablaba, era plenamente consciente de lo aburrida que debía de parecerle su vida a Jeremy, pero éste, como si le leyera el pensamiento, esbozó una cálida sonrisa.

—Te gustaría Europa. Las catedrales, los pueblos pintorescos, los bares y las plazas bulliciosas de los pueblos y de las ciudades. El estilo de vida relajado... Por tu forma de ser, seguro que te sentirías como pez en el agua allí.

Lexie sonrió. Qué agradable pensamiento, pero...

Ése era el problema. Siempre había un pero. La vida mostraba una desagradable tendencia a acotar las oportunidades exóticas. Viajar por placer a lugares lejanos no era una realidad al alcance de la mayoría de la gente, incluida ella. No podía convencer a Doris para que la acompañara, ni tampoco podía tomarse demasiados días libres de la biblioteca. De todos modos, ¿por qué diantre le estaba contando él toda esa película? ¿Para mostrarle que era más cosmopolita que ella? Lexie ya sabía eso de antemano; no hacía falta una exhibición tan desconsiderada.

No obstante, mientras intentaba digerir esos pensamientos, otra vocecita se interpuso en su monólogo mental, una voz que le decía que Jeremy sólo intentaba elogiarla, decirle que sabía que ella era diferente, más mundana de lo que parecía, y que por eso podía encajar en cualquier sitio sin ningún problema.

—Siempre he querido viajar —admitió finalmente, intentando sortear las voces contradictorias en su cabeza—. Debe de ser fantástico, si uno puede permitírselo, claro.

—Sí, a veces es maravilloso. Pero lo creas o no, lo que más me atrae es conocer a gente. Y cuando recuerdo los lugares donde he estado, a menudo veo caras en lugar de monumentos.

—Hablas como un verdadero sentimental —aseveró ella mientras pensaba: «Señor Marsh, es usted difícil de resistir. Mujeriego, romántico y altruista, viajero pero a la vez enamorado de su ciudad natal, mundano pero consciente de las cosas que realmente valen la pena en esta vida. Seguro que no importa adónde vaya o a quién conozca; no me cabe la menor duda de que tiene una habilidad innata para hacer que los demás, especialmente las mujeres, se sientan a gusto con usted». Lo cual, por supuesto, la llevaba directamente a aceptar la primera impresión que había tenido de él.

—Quizá sí que soy un sentimental —dijo Jeremy, sin apartar los ojos de ella.

—¿Sabes lo que más me gustaba de Nueva York? —dijo Lexie, cambiando de tema.

Él la miró con curiosidad.

—La sensación de que siempre pasaba algo en esa ciudad. A todas horas había gente caminando a un ritmo frenético por las aceras, y las calles estaban plagadas de taxis, sin importar la hora que fuera. Siempre había algún lugar adonde ir, algo que ver, un nuevo restaurante que probar. Era excitante, especialmente para alguien como yo, que se había criado en un pueblo pequeño; vaya, casi tan excitante como ir a Marte.

—¿Por qué no te quedaste?

—Supongo que podría haberlo hecho. Pero no era el lugar más idóneo para mí. Al principio tenía una buena razón para estar allí. Me fui con mi novio.

—Ah —dijo Jeremy—. Así que lo seguiste hasta Nueva York.

Ella asintió con la cabeza.

—Nos conocimos en la universidad. Parecía tan…, no lo sé…, tan perfecto, supongo. Era de Greensboro. Provenía de una buena familia y era sumamente inteligente. Y muy guapo, también; tan guapo como para conseguir que cualquier mujer ignorara sus mejores instintos y cayera rendida a sus pies. Se interpuso en mi camino, y al día siguiente me encontré siguiéndolo a ciegas hasta la gran ciudad, sin poder evitarlo.

—¿De veras era tan especial? —Jeremy sonrió socarronamente.

Lexie también sonrió maliciosamente. A los hombres no les gustaba oír halagos sobre otros hombres, especialmente si éstos habían mantenido una relación formal con la mujer que les interesaba.

—Todo fue viento en popa durante el primer año. Incluso habíamos decidido casarnos. —Lexie pareció perderse en sus pensamientos, luego entornó los ojos y soltó un suspiro antes de proseguir—. Obtuve una plaza de interina en la biblioteca de la Universidad de Nueva York, y Avery encontró trabajo en Wall Street; hasta que un día me lo encontré en la cama con una de sus compañeras de trabajo. Fue un golpe muy duro, pero me di

131

cuenta de que no era el tipo que yo esperaba, así que hice las maletas y regresé. Desde entonces no lo he vuelto a ver.

La brisa empezó a soplar con más fuerza, con un lento y prolongado silbido.

—¿Tienes hambre? —le preguntó ella, intentando cambiar de tema nuevamente—. Aunque estoy a gusto aquí, charlando contigo, creo que será mejor que coma algo. Si estoy hambrienta, suelo ponerme verdaderamente insoportable.

—La verdad es que yo también me muero de hambre —repuso él.

Regresaron al coche y se repartieron la comida. Jeremy abrió la caja de galletas saladas. Sentado en el asiento del conductor, se dio cuenta de que la vista que tenían delante no era nada especial, así que puso el motor en marcha y maniobró por la explanada hasta que encaró el coche hacia la fabulosa panorámica del pueblo; entonces apagó el motor.

—Así que volviste a Boone Creek y te pusiste a trabajar de bibliotecaria y…

—Así es —constató ella—. Eso es lo que he estado haciendo durante los últimos siete años.

Jeremy hizo sus cuentas y calculó que Lexie debía de tener treinta y un años.

—¿Has tenido algún otro novio desde entonces? —inquirió.

Lexie rompió un trozo de queso de la cajita de cartón que sostenía entre sus piernas y lo puso sobre una galleta salada. No sabía si contestar, pero entonces pensó que tampoco pasaba nada por contar parte de su vida a un desconocido. Después de todo, él se marcharía del pueblo en un par de días.

—Sí. He tenido algún que otro novio. —Le habló del abogado, del médico, y por último de Rodney Hopper; pero no mencionó al señor sabelotodo.

—Fantástico, ¿no? Por lo que cuentas, parece que eres feliz —dedujo él.

—Lo soy —aseveró ella rápidamente—. ¿Tú no?

—La mayor parte del tiempo sí, aunque de vez en cuando me entra alguna neura repentina, pero creo que eso es normal.

—¿Y es entonces cuando te pones tus pantalones caídos?

—Exactamente —respondió él con una sonrisa. Tomó un

puñado de galletas saladas, los dejó en equilibrio sobre una de sus piernas y empezó a colocar trozos de queso sobre cada uno de ellos. Levantó la vista, con aire serio—. ¿Te molesta si te hago una pregunta personal? No tienes que contestar, si no quieres. No me sentiré humillado, de verdad. Pero es que siento una enorme curiosidad por algo que has dicho antes.

—¿Te refieres a algo más personal que preguntarme sobre mis ex novios?

Jeremy puso cara de ingenuo, y ella tuvo una visión repentina de cómo debía de ser cuando era un chiquillo: con la carita delgada y tersa, con el flequillo cortado en línea recta, con una camiseta y unos vaqueros sucios de tanto jugar en la calle.

—Adelante.

Jeremy clavó la vista en su cajita de cartón con fruta mientras hablaba, como si le diera vergüenza mirarla a los ojos.

—Antes me has señalado la casa de tu abuela, y has dicho que te criaste allí.

Lexie asintió. Se había preguntado cuánto tardaría en hacerle esa pregunta.

—Así es.

—¿Por qué?

Lexie desvió la vista hacia la ventana, y por unos instantes buscó un punto de la carretera que conducía hasta los confines del pueblo. Cuando lo avistó, empezó a hablar sosegadamente.

—Mis padres volvían de Buxton, una pequeña localidad en la que tenían una casita en la playa. Está en la zona de la Barrera de Islas, y es el pueblo que eligieron para casarse. Resulta bastante difícil llegar hasta allí desde Boone Creek, pero mi madre aseguraba que era el lugar más bello del mundo, así que mi padre compró una barca para que no tuvieran que usar el transbordador cada vez que quisieran ir. Era su lugar preferido, donde se escapaban juntos siempre que podían. Desde el porche se divisa una magnífica panorámica, con un bonito faro incluido. De vez en cuando yo también me refugio allí, igual que hacían ellos, cuando necesito desconectar de todo y de todos.

En sus labios se esbozó una finísima sonrisa antes de continuar.

—Una noche, de regreso a casa, mis padres estaban cansados.

133

Aún se necesita un par de horas para hacer el trayecto sin el transbordador. Todos creen que en el camino de vuelta mi padre se quedó dormido mientras conducía y el coche se precipitó por el puente. Cuando la policía halló el coche y logró sacarlo del agua a la mañana siguiente, los dos habían muerto.

Jeremy se quedó mudo durante unos momentos que parecieron eternos.

—Qué terrible —acertó a balbucear finalmente—. ¿Cuántos años tenías?

—Dos. Ese día me había quedado a dormir en casa de mi abuela, y al día siguiente, ella se fue al hospital con mi abuelo. Cuando regresaron, me explicaron que a partir de entonces viviría con ellos. Y así fue. Pero es extraño; quiero decir, sabía lo que había pasado, pero nunca me llegó a parecer particularmente real. No tuve la impresión de que me faltara nada en la infancia. Para mí, mis abuelos eran como los padres de los demás chicos, salvo que yo me dirigía a ellos por el nombre de pila. —Sonrió—. Fue idea de ellos, por si te interesa. Supongo que no querían que a partir de ese momento los viera como mis abuelos, porque tenían que encargarse de criarme, pero tampoco eran mis padres.

Cuando terminó, lo miró con serenidad, y se fijó en la forma en que sus hombros parecían llenar el jersey por completo, casi de un modo perfecto. También se fijó en el hoyuelo de la barbilla.

—Ahora me toca a mí hacer preguntas —anunció ella—. Yo ya he hablado demasiado, y estoy segura de que mi vida debe de ser muy aburrida, comparada con la tuya. No me refiero a la trágica historia de mis padres, claro, sino al hecho de vivir aquí.

—Te equivocas. Tu vida no es nada aburrida. Es interesante. Es como cuando lees un libro nuevo, y sientes una agradable sorpresa cuando pasas la página y descubres algo inesperado.

—Bonita metáfora.

—Pensé que sabrías apreciarla.

—¿Y qué hay de ti? ¿Por qué decidiste convertirte en periodista?

Durante los siguientes minutos, Jeremy le relató sus años escolares, sus planes para convertirse en profesor, y el giro en su vida que le había llevado hasta ese punto.

—¿Y dices que tienes cinco hermanos?

Él asintió.

—Todos más mayores que yo. Soy el bebé de la familia.

—No sé por qué, pero me cuesta creer que tengas hermanos.

—¿Ah, sí?

—Das la impresión de ser el típico hijo único.

Jeremy sacudió la cabeza lentamente.

—Qué pena que no hayas heredado los poderes adivinadores del resto de tu familia.

Lexie sonrió antes de volver a desviar la mirada. En la distancia, un grupo de halcones de cola roja planeaba en círculos sobre el pueblo. Lexie apoyó la mano sobre la ventana, sintiendo el cristal frío en su piel.

—Doscientas cuarenta y siete —anunció ella.

Él la miró desconcertado.

—¿Cómo?

—Es el número de mujeres que han ido a ver a Doris para averiguar el sexo de sus bebés. Siempre había alguna embarazada sentada en la cocina de casa, hablando con mi abuela. Y es curioso, incluso ahora puedo recordar que pensaba que todas ellas tenían algo similar: el fulgor en sus ojos, la piel tersa y brillante, y ese nerviosismo genuino. Es verdad lo que cuentan las viejas parteras de que las embarazadas tienen un brillo especial, y recuerdo cuando pensaba que quería parecerme a esas mujeres cuando fuera mayor. Doris se pasaba un buen rato departiendo con ellas para asegurarse de que realmente querían saber el sexo de su bebé; acto seguido, las cogía de la mano y se quedaba totalmente en silencio. Las embarazadas tampoco decían nada, y unos segundos más tarde, ella proclamaba la noticia. —Soltó un suspiro—. Y siempre acertaba. Doscientas cuarenta y siete mujeres fueron a visitarla, y ella acertó doscientas cuarenta y siete veces. Mi abuela tiene los nombres de todas ellas escritos en una libreta, junto con toda clase de detalles, incluidas las fechas de sus visitas. Puedes echarle un vistazo si quieres. Todavía guarda la libreta en la cocina.

Jeremy se limitó a mirarla fijamente. Pensó que estadísticamente eso era imposible. Alguien que había forzado los límites de lo que podía ser cierto, y que lo había conseguido por chiripa.

135

Y esa libreta sólo debía de contener los datos de las mujeres con las que había acertado.

—Sé lo que estás pensando —dijo ella—. Pero puedes contrastar los datos con el hospital, o directamente con las mujeres. Y puedes preguntarle a quién quieras, para ver si se equivocó alguna vez. Y descubrirás que jamás se equivocó. Incluso los doctores de la localidad te dirán que mi abuela tenía un don especial.

—¿No se te ocurrió pensar que quizá conocía a la persona que realizaba las ecografías?

—Imposible —insistió ella.

—¿Cómo puedes estar tan segura?

—Porque cuando la tecnología finalmente llegó al pueblo, dejó de hacer esas predicciones. Entonces ya no había ninguna razón para que la gente continuara consultando esa clase de cuestiones con ella, porque ya podían ver una imagen de su bebé con sus propios ojos. Poco a poco las mujeres dejaron de ir a casa de Doris, hasta que al final las visitas cesaron casi por completo. Ahora quizá sólo recibe una o dos visitas al año, normalmente de campesinas que no tienen ningún seguro médico. Supongo que se podría decir que hoy día la gente ya no precisa de sus servicios.

—¿Y qué me dices del don de averiguar dónde hay agua?

—Lo mismo —respondió impasible—. No hay demasiada demanda por aquí para alguien con sus habilidades. La sección más meridional del condado se asienta sobre una gran reserva de agua. Pero cuando Doris era una niña, en Cobb County, en Georgia, que es donde se crió, muchos granjeros iban a verla para solicitarle ayuda, especialmente durante los meses de sequía. Y aunque no tenía más de ocho o nueve años, siempre encontraba agua.

—Vaya, qué interesante —dijo Jeremy.

—Me parece que todavía no me crees.

Jeremy cambió de posición en el asiento.

—Debe de haber una explicación lógica. Siempre la hay.

—¿No crees en ningún tipo de magia?

—No.

—Qué pena —repuso ella—. Porque a veces es real como la vida misma.

Jeremy sonrió.

—Quién sabe. Igual descubro algo y cambio de parecer mientras estoy aquí.

Ella también sonrió.

—Eso ya ha empezado a pasarte. Lo único es que eres demasiado cabezota como para aceptarlo.

Después de dar buena cuenta de toda la comida, Jeremy puso en marcha el motor y descendieron de Riker's Hill a trompicones, con las ruedas delanteras a punto de hundirse en cada bache profundo. La suspensión hacía el mismo ruido que un colchón de muelles viejo, y cuando llegaron al pie de la montaña, Jeremy exhibía unos nudillos completamente blancos y tensos sobre el volante.

Siguieron la misma carretera del camino de ida. Al pasar por delante del cementerio de Cedar Creek, Jeremy no pudo evitar desviar la vista hacia la cima de Riker's Hill. A pesar de la distancia, pudo distinguir el lugar exacto donde habían aparcado.

—¿Nos queda tiempo para ver un par de sitios más? Me encantaría dar una vuelta por el puerto, la fábrica de papel, y quizás el puente de caballetes por donde pasa el tren.

—Tenemos tiempo —afirmó ella—. Siempre y cuando no nos demoremos demasiado. Los tres sitios se encuentran en la misma zona.

Diez minutos más tarde, siguiendo las indicaciones de Lexie, Jeremy aparcaba nuevamente el coche. Se hallaban en uno de los recodos del pueblo, a un par de manzanas del Herbs y cerca del paseo marítimo paralelo al discurrir del río. El río Pamlico, de cerca de un kilómetro y medio de ancho, fluía enfurecido, con la corriente formando numerosos remolinos de espuma blanca mientras se precipitaba río abajo. En la otra orilla, cerca del puente de caballetes, la fábrica de papel —una imponente estructura— escupía nubes de humo por sus inhóspitas chimeneas.

Jeremy aprovechó para estirar las piernas y los brazos cuando se apeó del coche; en cambio, Lexie se estremeció e intentó hacer frente al notable cambio de temperatura cruzando los brazos.

137

—¿Hace más frío o es sólo mi imaginación? —preguntó desconcertada, con las mejillas sonrosadas.

—Es cierto; empieza a refrescar —confirmó él—. Parece que hace más frío aquí que en la cima de la montaña, aunque quizá sólo sea que notamos más la diferencia de temperatura porque en el coche había puesto la calefacción.

Jeremy aceleró el paso para no quedarse rezagado cuando ella emprendió la marcha por encima del paseo entarimado. Al cabo de un rato, Lexie empezó a caminar más despacio y finalmente se detuvo y se apoyó en la barandilla mientras Jeremy observaba el puente de caballetes. Quedaba suspendido encima del río, a una gran altura para permitir el paso de los barcos; estaba construido con vigas entrecruzadas, lo que le confería un aspecto de puente colgante.

—Igual querías verlo desde más cerca —comentó ella—. Si tuviéramos más tiempo, te llevaría al otro lado del río, hasta el molino, aunque creo que desde aquí gozas de una vista privilegiada. —Señaló hacia el otro extremo del pueblo—. El puerto queda allí, cerca de la carretera principal. ¿Ves los veleros amarrados?

Jeremy asintió. No sabía por qué, pero se había imaginado que el lugar sería más impresionante.

—¿Los barcos grandes pueden atracar en el puerto?

—Creo que sí. A veces es posible ver algunos yates imponentes de New Bern.

—¿Y las gabarras?

—Supongo que también. El río está dragado para permitir el tránsito de esas grandes embarcaciones que transportan troncos de madera, pero normalmente atracan en el extremo más alejado. Mira. —Señaló hacia lo que parecía ser una pequeña cueva—. Allí hay un par, cargadas con troncos.

Jeremy desvió la vista hacia donde ella le indicaba, y después se fue volviendo lentamente, intentando coordinar diferentes puntos. Con Riker's Hill a lo lejos, el puente de caballetes y la fábrica parecían perfectamente alineados. ¿Coincidencia? ¿O acaso era un dato irrelevante? Observó fijamente la fábrica de papel, pensando si la parte superior de las chimeneas se iluminaba por la noche. Tendría que confirmar ese detalle.

—¿Y todos los troncos se trasportan en esas barcazas, o también recurren al ferrocarril?

—Pues la verdad es que no lo sé, pero seguro que no nos costará demasiado averiguarlo.

—¿Sabes cuántos trenes usan el puente de caballetes?

—No estoy segura. A veces oigo el silbido por la noche, y más de una vez he tenido que detenerme en el cruce del pueblo para dejar pasar a uno, aunque no puedo confirmarte el número preciso de trenes. Sé que realizan muchos viajes hasta el molino, que es donde se detienen.

Jeremy asintió con la cabeza y volvió a observar el puente de caballetes con porte pensativo.

Lexie sonrió.

—Sé lo que estás pensando. Piensas que quizá la luz de los trenes emite destellos cuando pasa por encima del puente y eso es lo que origina las luces, ¿no es cierto?

—Sí, es una posibilidad que se me ha pasado por la cabeza.

—Pues no. Ése no es el motivo —anunció ella, sacudiendo la cabeza repetidas veces.

—¿Estás segura?

—Por la noche todos los trenes se dirigen hacia el enorme patio de la fábrica de papel, para que puedan cargarlos a la mañana siguiente. Así que la luz de la locomotora brilla en dirección opuesta, lejos de Riker's Hill.

Jeremy consideró la explicación mientras se apoyaba en la barandilla al lado de ella. El viento azotaba su melena, aportándole un aspecto desaliñado. Lexie escondió las manos en los bolsillos de la chaqueta.

—¿Sabes qué? Entiendo perfectamente por qué te sientes tan orgullosa de haberte criado en este lugar —declaró él.

Ella se dio la vuelta para apoyarse de espaldas a la barandilla y clavó la vista en la calle principal del pueblo, con sus pequeñas tiendas pulidas y adornadas con banderas americanas, con su barbería, con su pequeño parque situado al final del paseo entarimado.

La acera estaba transitada por personas que entraban y salían de los establecimientos, trajinando bolsas. A pesar del aire fresco invernal, nadie parecía llevar prisa.

139

—Bueno, tengo que admitir que en cierta manera se parece bastante a Nueva York.

Jeremy se echó a reír.

—No lo decía por eso. Me refería a que probablemente a mis padres les habría encantado criar a sus hijos en un lugar como éste; con tantas zonas verdes y bosques donde poder jugar, e incluso con un río para bañarse cuando aprieta el calor. Debe de haber sido... idílico.

Todavía lo es. O al menos eso es lo que algunos pensamos.

—Parece que no abandonarías Boone Creek por nada del mundo.

Lexie se quedó pensativa unos instantes.

—Es cierto, aunque me marché para ir a la universidad, y eso es algo que poca gente hace aquí. Es un condado pobre, y el pueblo ha pasado por numerosas penurias desde que cerraron el molino textil y la mina de fósforo. Además, son muchos los padres que no confían en las ventajas que supone el ofrecer a sus hijos una buena educación. A veces resulta duro convencer a los niños de que existen cosas más importantes en la vida que trabajar en la fábrica de papel que hay justo al otro lado del río. Yo vivo aquí porque quiero, porque así lo he elegido. Pero muchas de estas personas simplemente se quedan porque no pueden marcharse.

—Eso sucede en todas partes. Tampoco ninguno de mis hermanos fue a la universidad, así que siempre he sido el bicho raro de la familia, sólo porque me gustaba estudiar. Mis padres son de la clase obrera y toda su vida han vivido en Queens. Mi padre era conductor de autobuses; se pasó cuarenta años de su vida sentado detrás del volante hasta que finalmente se retiró.

Lexie parecía interesada.

—Vaya, es curioso. Ayer pensaba que eras el típico tipo que se había criado en el Upper East Side. Ya sabes, con porteros que te saludan por tu nombre, escuelas privadas carísimas, ágapes diarios consistentes en cinco platos, un mayordomo que anuncia las visitas...

Jeremy se estremeció con cara de horror.

—Primero me dices que pensabas que era hijo único, y ahora me sueltas eso. Estoy empezando a pensar que me tomas por un remilgado insoportable.

—No, remilgado no, tan sólo…

—No sigas, por favor —la atajó levantando la mano—. Prefiero no saberlo, especialmente porque no es verdad.

—¿Cómo sabes qué es lo que iba a decir?

—Porque ya veo por dónde vas, y tengo la certeza de que no dirás nada positivo sobre mí.

Las comisuras de la boca de Lexie apuntaron hacia arriba sutilmente.

—Lo siento. No hablaba en serio.

—No te creo —contestó él con una sonrisa afable. A continuación se dio la vuelta para apoyarse también de espaldas a la barandilla, y la brisa lo golpeó en plena cara—. Pero no te preocupes; no me lo tomaré como algo personal, porque te aseguro que no soy ningún ricacho malcriado.

—No, eres un periodista objetivo.

—Exactamente.

—Aunque te niegas a mantener una actitud abierta sobre cualquier tema que tenga matices misteriosos.

—Exactamente.

Lexie soltó una carcajada.

—¿Y qué hay acerca de la supuesta aura de misterio que envuelve a las mujeres? ¿Tampoco crees en eso?

—Oh, sé que es verdad —proclamó, pensando en ella en particular—. Pero no es como creer en una fusión fría.

—¿Por qué?

—Porque las mujeres son un misterio subjetivo, no objetivo. Es imposible medir nada respecto a ellas de un modo científico, aunque tengo que admitir que es cierto que existen diferencias genéticas entre los dos géneros. Los hombres sólo tildan a las mujeres de misteriosas porque no se dan cuenta de que ellos ven el mundo de una forma diferente a como lo ven ellas.

—¿De veras?

—Claro que sí. Es una cuestión que se remonta a la evolución de la especie y a las formas más convenientes de conservarla.

—¿Y tú eres un experto en la materia?

—Tengo ciertos conocimientos en esa área, sí.

—Así pues, ¿también te consideras un experto en mujeres?

141

—No, de ningún modo. No te olvides de que soy muy tímido.

—Ya. Y aún quieres que me lo crea.

Jeremy cruzó los brazos y enarcó una ceja.

—Déjame que lo adivine… Crees que soy incapaz de mantener una relación estable.

Lexie lo miró con desdén.

—Más o menos.

Él se echó a reír.

—¿Qué puedo decir? El periodismo de investigación forma parte de un mundo glamuroso, y hay montones de mujeres que desean formar parte de ese mundo.

Ella esbozó una mueca de hastío.

—Vamos, hombre. Ni que fueras un actor de cine o un cantante de una banda de rock. Escribes para *Scientific American*.

—¿Y?

—Bueno, aunque sólo sea una chica provinciana, estoy segura de que no es la clase de revista que atraiga a muchas seguidoras femeninas.

Él la miró con aire triunfal.

—Me parece que te contradices.

—Se cree usted muy listo, ¿eh, señor Marsh? —espetó al tiempo que fruncía el ceño.

—Vaya, de nuevo te decantas por el trato formal. ¿Significa eso que estás pensando en retirarme la confianza?

—Quizá —respondió altivamente mientras se arreglaba el pelo detrás de la oreja—. Pero que conste que has sido tú el que ha evitado el tema de que para ser famoso se necesita disponer de un fornido grupo de seguidoras. Mira, todo lo que tienes que hacer es dejarte ver por los sitios de moda y desplegar tus encantos.

—¿Así que crees que soy un tipo encantador?

—Diría que algunas mujeres podrían considerarte un tipo encantador.

—Pero tú no.

—No estamos hablando de mí. Estamos hablando de ti, y ahora estás intentando cambiar de tema otra vez, lo cual significa fica, probablemente, que tengo razón pero que te niegas a admitirlo.

Jeremy la contempló con admiración.

—Es usted muy lista, señorita Darnell.

—Eso es lo que dicen —asintió ella con orgullo.

—Y encantadora —agregó él a continuación.

Lexie sonrió y desvió la mirada hacia otro lado. Clavó los ojos en la tarima de madera que había debajo de sus pies, luego miró hacia el pueblo, luego hacia el cielo, y finalmente resopló incómoda. Finalmente decidió no decir nada que sirviera para responder al halago, pero notó que se sonrojaba sin poderlo remediar.

Como si le estuviera leyendo el pensamiento, Jeremy decidió cambiar de tema rápidamente.

—Tengo una curiosidad: ¿qué opinas sobre todos los acontecimientos que sucederán en el pueblo este fin de semana?

—¿No estarás aquí para sacar tus propias conclusiones? —inquirió Lexie.

—Probablemente sí. Pero tengo curiosidad por saber tu opinión.

—¿Dejando de lado el que esos acontecimientos trastornan por completo la vida de mucha gente durante varios días? —se lamentó ella—. Bueno, es... Digamos que en esta época del año es necesario. Pasamos del Día de Acción de Gracias a Navidad en un abrir y cerrar de ojos, y luego no hay nada significativo a celebrar hasta la primavera. Y mientras tanto, los días son fríos y grises y lluviosos... Así que hace bastantes años, los del Ayuntamiento decidieron organizar la «Visita guiada por las casas históricas», y desde entonces se las han apañado para ir añadiendo más actos festivos con la esperanza de poder ofrecer un fin de semana completo a los turistas. Este año le toca el turno al cementerio; el año pasado organizaron el desfile, y el anterior fue el baile en el granero el viernes por la noche. Esas actividades están empezando a engrosar la lista de tradiciones del pueblo, así que prácticamente todos las esperan con muchas ganas. —Lo miró altaneramente—. Aunque te parezca un pueblecito de mala muerte, puedes pasártelo francamente bien aquí.

Jeremy había seguido toda la explicación con suma atención. Entonces se acordó de la fotografía del baile en un granero que aparecía en el folleto.

143

—¿Así que organizan un baile? —preguntó, fingiendo no saber nada al respecto.

Lexie asintió.

—El viernes por la noche. En el granero de tabaco de Meyer, en medio del pueblo. Es bastante divertido, con una orquesta en directo y toda esa parafernalia. Es la única noche del año en la que el Lookilu está prácticamente vacío.

—Bueno, si me da por ir, supongo que aceptarás bailar conmigo, ¿no?

Ella sonrió antes de lanzarle una mirada casi seductora.

—Mira, hagamos un trato. Si el viernes has hallado la solución al misterio, bailaré contigo.

—¿Lo prometes?

—Lo prometo —repuso ella—. Pero el trato es que primero tienes que resolver el misterio.

—De acuerdo —aceptó Jeremy—. ¡Estoy impaciente! Y si me pongo a pensar en el *lindy* o el *fox-trot*... —Sacudió la cabeza y soltó un prolongado suspiro—. Bueno, lo único que puedo decir es que espero que estés a mi altura.

—Lo intentaré —dijo Lexie entre risas. De repente se puso seria; cruzó los brazos, desvió la vista hacia el sol que intentaba abrirse paso entre la bruma sin éxito y anunció—: Esta noche.

Jeremy frunció el ceño.

—¿Esta noche qué?

—Verás las luces esta noche, si vas al cementerio.

—¿Cómo lo sabes?

—Se acerca la niebla.

Él siguió su mirada.

—¿Cómo lo sabes? Yo no aprecio nada diferente.

—Mira al otro lado del río, detrás de mí. Las puntas de las chimeneas de la fábrica de papel ya están prácticamente ocultas entre las nubes.

—¡Ya! —soltó él con incredulidad.

—Date la vuelta y mira.

Jeremy miró hacia atrás por encima del hombro. Entonces volvió a mirar con más atención, estudiando el contorno de la fábrica de papel.

—Tienes razón —confesó.

—Claro.

—Supongo que has mirado de refilón cuando estaba despistado, ¿no?

—No —repuso ella—. Simplemente lo sabía.

—Ah —dijo él—. ¿Otro de esos misterios inexplicables?

Lexie se separó de la barandilla.

—Defínelo como quieras. Vamos, se está haciendo tarde y he de regresar a la biblioteca. Dentro de quince minutos tengo una sesión de lectura con los niños.

Mientras regresaban al coche, Jeremy se fijó en que la cima de Riker's Hill también había quedado oculta. Sonrió, pensando que así lo había adivinado ella. Desde su posición había avistado la niebla en lo alto de la colina y había deducido que también habría niebla al otro lado del río. Trampa, trampa.

—Y bien; puesto que parece que tú también tienes poderes ocultos, ¿cómo puedes estar tan segura de que esta noche se podrán ver las luces? —inquirió él, intentando encubrir su sonrisa burlona.

Lexie tardó unos instantes en contestar.

—Porque lo sé —dijo simplemente.

—Entonces supongo que tengo que creerte. ¿Y sugieres que vaya a verlas? —Súbitamente, tras formular la pregunta, se acordó de la cena a la que se suponía que debía asistir y entornó los ojos con aire de fastidio.

—¿Qué pasa? —preguntó ella, desconcertada.

—El alcalde va a organizar una cena con varias personas a las que quiere que conozca; algo parecido a una presentación oficial.

—¿Para ti?

Jeremy sonrió.

—¿Qué? ¿Impresionada?

—No, sólo sorprendida.

—¿Por qué?

—Porque no me han dicho nada.

—Yo me he enterado esta mañana.

—De todos modos es extraño. Aunque vayas a cenar con el alcalde, no te preocupes por la posibilidad de perderte el espectáculo de las luces. Suelen aparecer bastante tarde, por lo que tendrás tiempo de sobra de verlas.

—¿Estás segura?

—Así es como las vi yo. Era casi medianoche.

Jeremy se detuvo en seco.

—Espera un momento. ¿Tú las has visto? ¿Y por qué no me lo habías dicho?

Ella sonrió.

—No me lo habías preguntado.

—Siempre te sales por la tangente con la misma excusa.

—Eso, señor periodista, es porque usted se olvida siempre de preguntar.

Capítulo 8

*E*n el otro extremo del pueblo, en el Herbs, Rodney Hopper, el ayudante del sheriff, tenía un aspecto apesadumbrado, con la mirada clavada en su taza de café, preguntándose adónde había ido Lexie con ese urbanita.

Se había aventurado a presentarse en la biblioteca por sorpresa con la intención de invitar a Lexie a comer para que el urbanita supiera exactamente cómo estaban las cosas. Pensó que a lo mejor ella incluso le permitiría escoltarla hasta el coche mientras el forastero los observaba por la ventana, muerto de envidia.

Sabía exactamente lo que a ese tipo le atraía de Lexie; había que estar ciego para no verlo. Ella era la chica más guapa del condado, probablemente de todo el estado, incluso quizá del mundo entero.

Normalmente los tipos que decidían encerrarse un par de días en la biblioteca para llevar a cabo alguna investigación no le quitaban el sueño, y tampoco se inquietó la primera vez que oyó hablar del urbanita. Pero entonces empezó a oír cuchicheos por doquier sobre el recién llegado y decidió verlo con sus propios ojos. Y se dio cuenta de que los del pueblo tenían razón: sólo necesitó examinarlo una única vez para cerciorarse de su innegable pinta de seductor empedernido; nada que ver con el típico provinciano. Se suponía que los que se encerraban en la biblioteca eran hombres mayores con aspecto de profesores despistados, ratitas sabias con gafas, con los hombros caídos hacia delante y con un apestoso aliento a café. Pero el urbanita no era así. Ese tipo parecía como recién salido del Della, el único salón de belleza del pueblo. Pero incluso eso no le habría preocupado demasiado de no ser porque, en esos precisos instantes, ese par andaba paseándose por el pueblo sin ninguna otra compañía; sólo ellos dos.

Rodney resopló con rabia. ¿Dónde diantre se habían metido? No en el Herbs, y tampoco en el Pike's Diner. Había inspeccionado el aparcamiento del otro restaurante, y el coche de Lexie no estaba allí aparcado. Podría haberse atrevido a entrar y preguntar si los habían visto, pero probablemente entonces él se habría convertido en la comidilla del pueblo, y no estaba seguro de que fuera una idea demasiado acertada. Todos sus amigos siempre le gastaban bromas sobre Lexie, especialmente cuando mencionaba que tenía otra cita con ella. Le decían que se olvidara de ella, que Lexie sólo accedía a salir con él para no ser descortés, pero él sabía que no era cierto. Lexie siempre aceptaba salir con él cuando él se lo pedía, ¿no? Se quedó meditabundo… Bueno, al menos la mayoría de las veces. Ella jamás le había dado un beso, cierto, pero eso no significaba nada. Rodney tenía la paciencia de un santo con Lexie, y creía que poco a poco se iban acercando al momento estelar. Cada vez que salían, presentía que daban un paso adelante hacia algo más serio. Lo sabía. Y también sabía que lo único que les pasaba a sus amigos era que estaban celosos.

Deseó que Doris pudiera revelarle algo, pero la vieja no estaba en el local. Le habían dicho que había ido a casa del contable, aunque seguramente no tardaría en volver. El problema era que no podía esperar más; se le acababa el rato de descanso que tenía. Además, probablemente Doris negaría saber nada al respecto. Había oído que a la vieja le gustaba el urbanita, ¿qué raro, no?

—¿Estás bien, cielo? —le preguntó Rachel.

Rodney levantó la vista y la vio de pie delante de él, con la cafetera en la mano.

—Oh, no te preocupes, Rachel; es sólo uno de esos días en los que todo parece pesar más de la cuenta.

—¿Los chicos malos te están mareando de nuevo?

Rodney asintió.

—Sí, por decirlo de algún modo.

Ella sonrió, y su cara resplandeció con un atractivo especial, aunque Rodney no pareció darse cuenta. Hacía tanto tiempo que la conocía, que simplemente era capaz de verla como a una hermana.

—Ya verás como todo se arregla. —Intentó reconfortarlo ella.

Rodney volvió a asentir con la cabeza.

—Supongo que sí.

Rachel apretó los labios. A veces Rodney la preocupaba.

—¿Estás seguro de que no quieres comer nada? Sé que tienes prisa, así que puedo pedirle al cocinero que te prepare algo rápido.

—No, gracias; no tengo hambre. Y en el coche tengo una barra de proteínas por si más tarde me entra apetito. De verdad, no te preocupes. —Le tendió la taza vacía—. Aunque aceptaré encantado otra taza de café.

—¡Eso está hecho! —exclamó Rachel en un tono animado.

—Oye, ¿por casualidad no sabrás si Lexie ha pasado por aquí? ¿Quizá para que le preparasen algo para comer?

Ella sacudió enérgicamente la cabeza.

—No la he visto en todo el día. ¿La has buscado en la biblioteca? Si quieres, puedo pasarme por allí para ver si está; bueno, eso si se trata de algo importante...

—No, no es nada importante.

Rachel se quedó inmóvil delante de la mesa, como si estuviera considerando lo que iba a decir a continuación.

—Esta mañana te he visto sentado con Jeremy Marsh.

—¿Quién? —inquirió Rodney, intentando aparentar un aire abstraído.

—El periodista de Nueva York. ¿No te acuerdas?

—Ah, sí. Pensé que lo más cortés era presentarme.

—Es un tipo muy apuesto, ¿no crees?

—Mira, no me fijo en si los otros hombres son apuestos o no —dijo él refunfuñando.

—Pues para que te enteres, lo es. Podría pasarme todo el día contemplándolo. Ese pelo... Me entran unas ganas inmensas de acariciar ese pelo con mis dedos. Todo el mundo habla de él.

—Pues qué bien —murmuró Rodney, sintiéndose todavía peor.

—Me ha invitado a ir a Nueva York —dijo Rachel vanagloriándose.

Rodney levantó la vista y la miró desconcertado, preguntándose si había oído bien.

—¿Ah, sí?

—Bueno, más o menos. Me dijo que debería visitar esa ciudad, y aunque no utilizó las palabras precisas, creo que se refería a que quería que fuera a visitarlo a él.

—¿De veras? Eso es fantástico.

—¿Y qué te ha parecido?

Rodney se puso tenso en la silla.

—Bueno, tampoco es que hayamos hablado tanto rato…

—Oh, pues deberías hacerlo. Es un tipo muy interesante, y muy listo. Y ese pelo… ¿Dijo algo sobre su pelo?

—No —respondió Rodney. Tomó otro sorbo de café, intentando ordenar las ideas para comprender lo que sucedía. ¿De veras ese tipo había invitado a Rachel a ir a Nueva York? ¿O Rachel se había autoinvitado? No estaba del todo seguro. No podía creer que el urbanita la encontrara atractiva, y sin lugar a dudas ese tipo era la clase de hombre que volvía locas a mujeres como Rachel, pero… Rachel solía exagerar y Lexie y el urbanita estaban por ahí solos, en algún lugar desconocido. Algo no acababa de cuadrar en toda esa historia.

Rodney hizo ademán de levantarse de la silla.

—Bueno, si ves a Lexie, dile que he pasado a saludarla, ¿vale?

—No te preocupes. ¿Quieres que te ponga el resto del café en un vaso térmico para que te lo puedas llevar?

—No, gracias. Me parece que ya he tomado suficiente café para el resto del día. Tengo el estómago un poco irritado.

—Oh, pobrecito. Creo que tenemos Pepto-Bismol en la cocina. ¿Quieres un par de pastillas?

—Te lo agradezco, Rach —respondió, intentando henchir el pecho para parecer de nuevo un oficial de policía—. Pero no creo que eso me ayude.

Al otro lado del pueblo, en la puerta de la oficina del contable, Gherkin apretó el paso para atrapar a Doris.

—¡Justo la mujer que quería ver! —exclamó.

Doris se dio media vuelta y observó al alcalde mientras éste se le acercaba. Gherkin lucía una americana roja y unos pantalones a cuadros, y Doris no pudo evitar preguntarse si era daltónico. La mayoría de las veces exhibía unos trajes absolutamente ridículos.

—¿Qué puedo hacer por ti, Tom?

—Como seguramente ya habrás oído, o quizá no, estamos preparando una cena especial para nuestro ilustre visitante, el señor Jeremy Marsh. Está escribiendo una historia sobre el pueblo que puede ser una verdadera bomba, y...

Doris terminó la historia mentalmente, repitiendo las palabras al mismo tiempo que el alcalde.

—... ya sabes lo importante que eso podría ser para el pueblo.

—Sí, eso he oído —aseveró ella—. Y seguramente será especialmente productivo para tu negocio.

—En esta ocasión pienso en toda la comunidad —proclamó él, ignorando el comentario mordaz—. Me he pasado la mañana intentando organizarlo todo para que no haya ni un solo fallo. Y pensaba que igual te gustaría colaborar; por ejemplo, podrías preparar algo para comer.

—¿Quieres que me encargue de la cena?

—No gratuitamente, por supuesto. El Consistorio estará más que encantado de pagar los gastos. Hemos pensado en organizar una fiestecita en la plantación del viejo Lawson, en las afueras del pueblo. Ya he hablado con los encargados de la plantación, y me han confirmado que estarán más que encantados de prestarnos las instalaciones. Podríamos usar el evento como el pistoletazo de salida de la «Visita guiada por las casas históricas». También he hablado con los del periódico, y uno de los reporteros piensa dejarse caer por allí para...

—¿Y cuándo planeas ofrecer esa fiestecita? —preguntó ella, interrumpiéndolo bruscamente.

El alcalde pareció un poco contrariado ante la abrupta interrupción.

—Esta noche. Pero como iba diciendo...

—¿Esta noche? —volvió a interrumpirlo—. ¿Quieres que prepare la cena para esta noche?

—Es para una buena causa, Doris. Sé que demuestro una enorme desconsideración pidiéndote un favor así, pero te ase-

151

guro que esta oportunidad puede reportar unos enormes beneficios para el pueblo, por lo que no podemos perder el tiempo si queremos sacar una buena tajada. Los dos sabemos que tú eres la única persona capaz de organizar una cosa de tal envergadura. Tampoco es que te pida nada especial… Más bien estaba pensando en tu pollo con pesto, pero preparado no como un bocadillo sino…

—¿Jeremy Marsh sabe lo de la fiestecita?

—Claro que sí. Se lo comenté esta mañana, y pareció muy contento.

—¿De veras? —apuntó ella, apoyándose en la pared y con cara de incrédula.

—Y también había pensado en invitar a Lexie. Ya sabes lo importante que es tu nieta para todos los muchachos del pueblo.

—No creo que acepte. Odia ir a esa clase de eventos; sólo asiste cuando es absolutamente necesario, y no me parece que éste sea absolutamente necesario.

—Quizá tengas razón. De todos modos, como iba diciendo, me gustaría aprovechar esta noche para inaugurar el programa del fin de semana.

—Creo que olvidas que estoy en contra de la idea de usar el cementerio como una atracción turística.

—Lo sé —aseveró él—. Recuerdo tus palabras exactamente. Pero tú quieres hacer oír tu voz, ¿no es cierto? Si no te dejas ver, no habrá nadie que represente tu punto de vista.

Doris se quedó mirando al alcalde fijamente durante un buen rato. Sin lugar a dudas, ese hombre sabía perfectamente qué tecla había que pulsar en cada momento. Además, tenía razón. Podía imaginar lo que Jeremy acabaría escribiendo si ella no asistía a la cena y él sólo recibía información por parte del alcalde. Tom tenía razón: ella era la única que podía organizar una cena en tan poco tiempo.

Al alcalde no se le escapaba que Doris se había estado preparando para el duro fin de semana que se avecinaba, y que en la cocina del Herbs tenía comida de sobras para abastecer a todo un regimiento.

—De acuerdo —capituló Doris—. Me encargaré de la cena, pero ni por un segundo creas que me pondré a servir a toda esa gente. Será un bufé libre, y yo me sentaré en una de las mesas, como el resto de los invitados.

Gherkin sonrió.

—Es que no lo aceptaría de otro modo, Doris.

Rodney Hopper, el ayudante del sheriff, estaba sentado en su coche, aparcado justo enfrente de la biblioteca, preguntándose si debía entrar o no a hablar con Lexie. Podía ver el auto del urbanita en el aparcamiento, lo cual significaba que ya habían regresado de quién sabía dónde, y podía ver luz en el despacho de Lexie a través de la ventana.

Se imaginó a Lexie sentada delante de la mesa, leyendo, con las rodillas dobladas y los pies sobre la silla, jugueteando con un mechón de pelo con una mano mientras que con la otra pasaba las páginas de un libro. Deseaba verla, pero el problema era que sabía que no tenía ninguna excusa para hacerlo. Jamás se dejaba caer por la biblioteca para charlar con ella porque era consciente de que tal vez Lexie no quería que lo hiciera. Ella nunca le había sugerido que fuera a verla, y si alguna vez él intentaba encauzar la conversación en esa dirección, Lexie cambiaba de tema. En cierto modo tenía sentido, porque ella tenía que trabajar, pero al mismo tiempo, Rodney pensaba que si la convencía para que le permitiera visitarla de vez en cuando, eso supondría otro pequeño paso adelante en su relación.

Vio pasar una figura cerca de la ventana y se preguntó si el urbanita estaba en el despacho con ella.

Súbitamente se puso tenso. Eso sería terrible. Primero una cita para comer —algo que él y Lexie jamás habían hecho—, y ahora una visita de confianza en el trabajo. Apretó los dientes con rabia ante tal pensamiento. En menos de un día ese tipo había logrado abrir una brecha e instalarse plácidamente en la vida de Lexie. Bueno, quizá tendría que intercambiar unas cuantas palabras con él y dejarle las cosas claras, para que comprendiera exactamente la situación.

Por supuesto, con esa actitud constataría que la relación entre Lexie y él iba en serio, algo de lo que no estaba tan seguro. Hasta el día anterior se había mostrado satisfecho con el estado de su relación; bueno, si era franco consigo mismo, quizá no del todo satisfecho. Habría preferido que las cosas avanzaran con un poco más de rapidez, pero eso era otra cuestión. El asunto ahora era que hasta el día anterior estaba convencido de no tener ningún adversario, y en cambio, hoy, ese par estaba sentado ahí arriba, ¡los dos juntos! Probablemente reían y bromeaban, disfrutando como enanos, mientras él estaba sentado en el coche, con el motor parado, espiándolos desde la calle.

Pero claro, quizá Lexie y el urbanita no estaban juntos en el despacho. Quizá Lexie estaba haciendo…, bueno, su trabajo de bibliotecaria, mientras él se hallaba en la otra punta de la biblioteca, sentado, con el cuerpo encorvado, leyendo algún libro más que aburrido. A lo mejor Lexie sólo pretendía ser cortés con él, ya que no podía obviar el hecho de que era forastero. Consideró un par de veces dicha posibilidad, y admitió —no sin alivio— que tenía sentido. Maldición; todo el mundo se esmeraba por intentar que ese tipo se sintiera como en casa, el alcalde el primero. Esa mañana, cuando tenía acorralado al urbanita, justo en el momento en que iba a dejar claras las reglas del juego, el alcalde (¡el alcalde!) había ayudado a ese energúmeno a escapar airoso. Y ahora, ese desgraciado y Lexie estaban recogiendo flores y contemplando juntos el arco iris.

Pero a lo mejor no era así, tuvo que recordarse a sí mismo.

Odiaba no saber qué era lo que pasaba, y justo en el momento en que se preparaba para salir del coche y dirigirse al edificio, sus pensamientos se vieron truncados por unos golpecitos secos en la ventana del coche. Necesitó unos instantes para enfocar la cara que había al otro lado del cristal.

El alcalde. ¡Vaya con ese plasta inoportuno! Era la segunda vez que lo interrumpía en el mismo día.

Rodney bajó el cristal, y una bocanada de aire helado penetró en el coche. El alcalde se apoyó en el marco de la ventana usando sus manos como soporte.

—¡Justo el hombre que andaba buscando! —exclamó Gherkin—. Pasaba por aquí y he visto tu coche aparcado, y de repente he pensado que esta noche necesitaremos a un representante de las fuerzas de la ley.

—¿Para qué?

—Para la fiestecita que estoy organizándole a Jeremy Marsh, nuestro ilustre visitante, esta noche, en la plantación de Lawson.

Rodney parpadeó varias veces seguidas.

—Bromeas, ¿verdad?

—No, de ningún modo. De hecho, le he pedido a Gary que le haga una copia de la llave de la ciudad.

—La llave de la ciudad —repitió Rodney.

—Por supuesto, pero no se lo cuentes a nadie. Es una sorpresa. Pero ya que todo este tema está adoptando un cauce demasiado oficial, te agradecería mucho que vinieras esta noche. De ese modo conferiríamos a la velada un aire más... más solemne. Mira, podrías estar a mi lado cuando le entregue la llave de la ciudad.

Rodney hinchió el pecho, sintiéndose adulado. No obstante, no había ninguna posibilidad de que aceptara la proposición.

—Me parece que eso debería hacerlo mi jefe, ¿no te parece?

—Bueno, sí. Pero ambos sabemos que estos días está en la montaña cazando, y puesto que tú asumes el cargo cuando él no está, es una de esas cosas que te toca hacer.

—No sé, Tom. Tendría que buscar a alguien para que me reemplazara. Es una pena, pero no creo que pueda hacerlo.

—Sí, es una pena, pero lo comprendo. El deber es lo primero.

Rodney suspiró aliviado.

—Gracias.

—Estoy seguro de que a Lexie le sabrá mal no verte.

—¿Lexie?

—Sí, claro. Es la bibliotecaria, y eso la convierte en una de las dignatarias que tiene que asistir. Precisamente venía para comunicárselo. Bueno, probablemente no le importará pasar la noche charlando con nuestro huésped, si tú no estás. —El alcalde se incorporó—. Pero no te preocupes; lo comprendo, de veras.

—¡Un momento! —gritó Rodney mientras su cerebro intentaba procesar la información rápidamente—. Has dicho que es esta noche, ¿verdad?

Gherkin asintió.

—No sé en qué estaba pensando, pero creo que Bruce tiene guardia, así que seguramente podré organizarme para venir un rato.

155

Gherkin sonrió.

—Me alegro mucho. Y ahora, si me perdonas, me voy a la biblioteca a charlar con la señorita Darnell. ¿Tenías intención de hablar con ella? Porque si es así, puedo esperar.

—No —repuso Rodney—. Simplemente dile que la veré más tarde.

—Se lo diré, no te preocupes.

Tras conseguir alguna información adicional para Jeremy y hacer una rápida incursión en su despacho, Lexie se halló rodeada de una veintena de niños, algunos cómodamente instalados en las faldas de sus madres. Sentada en el suelo, Lexie empezó a leer su tercer libro. En la sala había un gran alboroto, como siempre. En una mesita baja situada en un rincón había galletas y ponche; en la esquina más alejada, algunos de los niños que mostraban menos interés por la narración jugaban con los juguetes que Lexie había colocado en las estanterías. Otros se dedicaban a pintar con los dedos sobre un tapete que ella había diseñado. La sala estaba decorada con colores intensos; las estanterías se asemejaban a divertidos lápices de colores, y a pesar de las protestas de algunos de los voluntarios más veteranos y de los empleados —que querían que los niños se sentaran en silencio mientras duraba la sesión de lectura, tal y como habían hecho siempre—, Lexie deseaba que los pequeños se lo pasaran en grande en la biblioteca. Quería que tuvieran ganas de venir, aunque eso implicara abarrotar las estanterías de juguetes y disponer de una sala menos silenciosa. A lo largo de los años había tenido la satisfacción de ver cómo docenas de niños disfrutaban jugando durante un año o más antes de descubrir el placer de las historias, y eso le parecía un gran logro. Siempre y cuando siguieran yendo a la biblioteca, claro.

Pero hoy, mientras leía, su mente estaba ausente, en otro lugar lejos de la sala y de lo que allí sucedía, pensando en el rato que había compartido con Jeremy durante la hora de la comida. Aunque no pudiera definirse como una cita, para ella había tenido casi el mismo efecto, lo cual era francamente desconcertante. Reviviendo esos momentos, se dio cuenta de que había revelado más cosas de sí misma de las que quería, y trató de recordar cómo había sucedido. Él no había intentado sonsacarle ninguna información; simplemente había pasado y punto. Pero ¿por qué diantre seguía todavía dándole vueltas al asunto?

No se consideraba una neurótica; no era propio de ella realizar esa clase de análisis inacabable. Y además, se dijo a sí misma, ni siquiera había sido una cita formal. No obstante, no importaba lo mucho que intentara no pensar en él, la imagen de Jeremy continuaba apareciendo en su mente irremediablemente, con su sonrisa socarrona y su expresión genuinamente divertida ante las anécdotas que ella le contaba. ¿Qué debía de pensar sobre su vida en el pueblo? ¿Y qué pensaba sobre ella? Recordó que incluso se había ruborizado cuando él le había dicho que la encontraba encantadora. ¿Qué demonios le pasaba? Quizá, pensó, se debía a que se había sincerado más de la cuenta con él hablándole sobre su pasado, y eso la había dejado en una posición vulnerable.

Se dijo a sí misma que no volvería a caer en el mismo error. Sin embargo…

No podía negar que no lo había pasado nada mal. Charlar con un desconocido, con alguien que no conocía nada ni a nadie del pueblo, le había resultado un ejercicio sencillamente refrescante. Casi había olvidado lo especiales que esas situaciones podían llegar a ser. Y se sintió gratamente sorprendida. Doris tenía razón. Ese individuo era más interesante de lo que le había parecido a simple vista, y si bien continuaba mostrándose del todo incrédulo respecto a la existencia de misterios sobrenaturales, había demostrado gozar de un excelente humor a la hora de abordar sus creencias y sus formas de vida tan divergentes. Incluso había sido capaz de reírse de sí mismo, lo cual le pareció un hecho francamente destacable.

Mientras continuaba leyendo historias a los niños —gracias a Dios, no era un libro complicado—, su mente se negaba a abandonar tales pensamientos.

De acuerdo. Le gustaba Jeremy; lo admitía. Y la verdad era que deseaba pasar más tiempo con él. Pero incluso esa aseveración no consiguió convencer a su vocecita interior, que le recordaba que no debía arriesgarse demasiado si no quería salir herida.

157

Tenía que andar con sumo cuidado, ya que —aunque parecían llevarse bien— Jeremy Marsh le haría daño irremediablemente si ella bajaba la guardia.

Jeremy estaba sentado con el cuerpo encorvado sobre una serie de mapas de Boone Creek que se remontaban a 1850. Cuanto más antiguos eran, más detalles parecían contener, y mientras examinaba cómo el pueblo había cambiado década tras década, se dedicó a apuntar notas adicionales. Desde la pequeña villa tranquila que había nacido al abrigo de una docena de carreteras, el pueblo se había ido expandiendo sin parar por todos lados.

El cementerio, tal y como ya sabía, estaba ubicado entre el río y Riker's Hill, y lo que era más importante: si trazaba una línea recta entre Riker's Hill y la fábrica de papel, dicha línea pasaba por el cementerio. La distancia total era de un poco más de tres millas, y sabía que era posible que una luz se refractara en esa distancia, incluso en una noche con niebla. Se preguntó si la fábrica contaba con un tercer turno de trabajo, porque eso implicaría que el lugar estaría totalmente iluminado incluso por la noche. Con la capa adecuada de niebla y con suficiente luminosidad, podría explicar todo el misterio en un santiamén.

En cuanto a la posibilidad del reflejo de la luz, pensó que debería haberse fijado en la línea recta entre la fábrica de papel y Riker's Hill cuando se hallaba en la cima de la colina. En lugar de eso, se había dedicado a disfrutar de la panorámica, reconocer diversos enclaves del pueblo y pasar el rato con Lexie.

Todavía intentaba comprender el repentino cambio en el comportamiento de ella. Ayer no quería saber nada de él, y hoy…, bueno, hoy era un nuevo día, ¿no? Y lo más preocupante era que no podía dejar de pensar en ella, y no precisamente en los aspectos habituales, como por ejemplo: qué tal se comportaría en la cama. No podía recordar la última vez que le había sucedido algo similar. Probablemente desde Maria, pero de eso hacía mucho tiempo. Casi toda una vida, cuando él era una persona completamente distinta a la que era ahora. Mas hoy la conversación había fluido de una forma tan natural, tan cómoda, que a pesar de que sabía que debía acabar de analizar esos mapas que tenía delante, todo lo que deseaba era pasar más tiempo con ella para conocerla mejor.

«¡Qué raro!», pensó, y antes de que pudiera pararse a pensar en lo que estaba sucediendo, se levantó de la mesa y se encaminó hacia las escaleras. Sabía que ella estaba leyendo historias a un puñado de niños, y no tenía intención de molestarla, pero de repente le entraron unas enormes ganas de verla.

Bajó las escaleras y enfiló hacia las puertas de cristal. Sólo necesitó un instante para divisar a Lexie sentada en el suelo, rodeada de niños.

Leía de un modo muy animado, y Jeremy no pudo evitar sonreír al ver sus exageradas muecas: los ojos abiertos como un par de naranjas, la boca abierta, su forma de inclinarse hacia delante cuando quería enfatizar algo en la historia. Las madres estaban sentadas con las caras complacidas. Había un par de niños tan quietos como estatuas; el resto tenía pinta de haberse tomado alguna pastilla para estar en movimiento constante.

—Realmente es especial, ¿eh?

Jeremy se dio la vuelta, sorprendido.

—Alcalde, ¿qué está haciendo aquí?

—He venido a verte, por supuesto, y también a la señorita Lexie, por lo de la cena de esta noche. Prácticamente ya está todo organizado; me parece que te quedarás bastante impresionado.

—No me cabe la menor duda —apuntó Jeremy.

—Pero tal y como te decía, ella es realmente especial, ¿eh?

Jeremy no contestó, y el alcalde le guiñó el ojo antes de proseguir.

—Me he fijado en el modo en que la miras. Los ojos pueden delatar los sentimientos de un hombre. Los ojos siempre dicen la verdad.

—¿Qué se supone que significa eso?

El alcalde sonrió burlonamente.

—No lo sé. ¿Por qué no me lo cuentas tú?

—No hay nada que contar.

—Claro que no —dijo el alcalde al tiempo que esbozaba una mueca de complicidad.

Jeremy sacudió la cabeza repetidas veces.

—Mire, señor alcalde... Tom...

—Oh, no importa. Sólo estaba bromeando. Pero déjame que te diga un par de cosas acerca de la fiestecita de esta noche.

El alcalde le refirió dónde se celebraría la cena y luego le explicó cómo llegar hasta allí.

—¿Crees que serás capaz de encontrar el lugar? —le preguntó el alcalde cuando terminó de darle las indicaciones.

—Tengo un mapa —murmuró Jeremy.

—Seguramente te ayudará, pero no olvides que esas carreteras no están muy iluminadas, que digamos. Resulta muy fácil perderse si uno no va con cuidado. Lo más aconsejable sería que fueras con alguien que sepa cómo llegar hasta allí.

Cuando Jeremy lo observó con curiosidad, Gherkin miró insistentemente a través de los cristales de la puerta.

—¿Cree que debería pedirle a Lexie que me acompañe? —preguntó Jeremy.

Los ojos del alcalde parpadearon.

—Eso es cosa tuya. Si piensas que ella accederá... Muchos hombres la consideran el bien más preciado de todo el condado.

—Ella aceptaría —proclamó Jeremy, sintiéndose más esperanzado que seguro.

El alcalde lo miró con porte dubitativo.

—Me parece que sobreestimas tus habilidades. Pero si estás tan seguro, entonces supongo que será mejor que no me interponga. Precisamente venía a invitarla para que fuera conmigo. Pero puesto que tú te ocuparás de ella, me retiro. Ya nos veremos esta noche.

El alcalde se dio la vuelta para marcharse, y unos minutos más tarde Jeremy observaba cómo Lexie daba por terminada la sesión. Cerró el libro, y mientras los padres se levantaban del suelo, se sorprendió por lo nervioso que se sentía. ¿Cuándo fue la última vez que había sentido una subida de adrenalina similar?

Algunas madres empezaron a llamar a los pocos niños que no habían estado atentos a la narración, y unos breves momentos más tarde Lexie se incorporó al grupo que estaba a punto de abandonar la sala infantil. Cuando vio a Jeremy, fue directamente hacia él.

—Supongo que estás listo para empezar a examinar los diarios —conjeturó.

—Si todavía te queda tiempo para buscarlos, perfecto, aunque aún no he terminado con los mapas. De todos modos, hay otra cosa de la que quería hablarte.

—¿Ah, sí?

Lexie irguió la barbilla ligeramente.

Mientras Jeremy pensaba en el modo de pedirle que fuera con él a la fiesta, se sintió invadido por una sensación de embriaguez absolutamente extraña.

—El alcalde ha venido para contarme lo de la fiesta de esta noche en la plantación de Lawson, y no está seguro de si seré capaz de encontrar el lugar yo solo, así que me ha sugerido que busque a alguien que sepa llegar hasta allí. Y bueno, ya que tú eres la única persona que conozco en el pueblo, me preguntaba si no te importaría acompañarme.

Durante un larguísimo momento que pareció eterno, Lexie no dijo nada.

—¡Cómo no! —exclamó finalmente.

La respuesta cogió a Jeremy desprevenido.

—¿Cómo has dicho?

—Oh, perdona; no me refería a tu propuesta. Estaba pensando en la forma tan maquiavélica que tiene el alcalde de hacer las cosas. Sabe que evito asistir a eventos como el de esta noche siempre que puedo, a menos que no estén directamente vinculados con la biblioteca. Habrá pensado que le diría que no si él me lo pedía, así que ha urdido un plan para que me lo pidas tú. Y mira por dónde se ha salido con la suya, ya que eso es precisamente lo que acabas de hacer: pedirme que te acompañe porque el alcalde te lo ha dicho.

Jeremy parpadeó varias veces, intentando comprender el sentido de la disertación que acababa de escuchar, aunque sólo lo logró a medias. ¿Quién había sugerido que él fuera con Lexie? ¿El alcalde, o él?

—¿Por qué tengo la terrible sensación de estar en medio de un culebrón?

—Porque lo estás. Se llama vivir en una pequeña localidad sureña.

Perplejo, Jeremy se quedó callado un momento, y después agregó:

161

—¿De veras crees que el alcalde ha planeado todo esto?

—Sé que lo ha hecho. De entrada puede parecerte un pobre zoquete, pero tiene la habilidad de conseguir que todos hagan exactamente lo que él quiere, haciéndoles creer que la idea no parte de él sino de ellos. ¿Por qué otra razón crees que todavía te alojas en el Greenleaf?

Jeremy hundió las manos en los bolsillos y consideró la explicación de Lexie.

—Mira, no te preocupes. No tienes que venir. Estoy seguro de que encontraré el lugar yo solo.

Ella se llevó las manos a las caderas y lo miró fijamente.

—¿Me estás diciendo que no quieres que te acompañe?

Jeremy se quedó paralizado, sin saber qué responder.

—Bueno, sólo pensé que ya que el alcalde…

—¿Quieres que vaya contigo o no? —insistió Lexie.

—Claro, pero si tú no…

—Entonces vuélvemelo a pedir.

—¿Cómo has dicho?

—Pídeme que te acompañe esta noche. Pero esta vez sin nombrar al alcalde; y no uses la excusa de que me necesitas para no perderte. Di algo como: «Me encantaría que me acompañaras a la cena esta noche. ¿Te parece bien si paso a recogerte más tarde?».

Jeremy la miró fijamente, intentando descifrar si ella estaba hablando en serio.

—¿Quieres que diga esas palabras?

—Si no lo haces, interpretaré que es idea del alcalde, y entonces no iré. Pero si tú me lo pides, tiene que ser porque quieras que te acompañe, así que usa el tono adecuado.

Jeremy se sintió tan nervioso como un chiquillo ante el primer día de escuela.

—Me encantaría que me acompañaras a la cena esta noche. ¿Te parece bien si paso a recogerte más tarde?

Ella sonrió y apoyó la mano en el hombro de Jeremy.

—Caramba, señor Marsh —gorjeó—. Estaré más que encantada.

Unos minutos más tarde Jeremy todavía se sentía aturdido, mientras observaba cómo Lexie agrupaba los diarios guardados en un arcón cerrado con llave que había en la sala de los originales. Las mujeres en Nueva York simplemente no le hablaban del modo en que lo hacía ella. No estaba seguro de si Lexie había sido razonable o no, o ni una cosa ni la otra. «Vuélvemelo a pedir y usa el tono adecuado.» ¿Qué clase de mujer decía una cosa así? ¿Y por qué diantre le había parecido una petición tan... ocurrente?

No estaba seguro, y de repente, la historia de las luces y la oportunidad de aparecer en televisión le parecieron simplemente unos detalles irrisorios. Mientras seguía contemplando a Lexie, sólo podía pensar en la calidez de su mano cuando la había puesto con tanta dulzura sobre su brazo.

163

Capítulo 9

n poco más tarde, esa misma noche, mientras la niebla se tornaba más densa, Rodney Hopper pensó que la plantación de Lawson tenía toda la pinta de estar lista para un concierto de Barry Manilow.

Durante los últimos veinte minutos había estado ocupado dirigiendo el tráfico hacia los terrenos que habían habilitado para aparcar los coches de los invitados, contemplando con desconcierto la procesión de individuos eufóricos que se dirigían hacia la puerta. Hasta ese momento había visto a los doctores Benson y Tricket; a Albert, el dentista; a los ocho miembros del Consistorio, entre ellos Tully y Jed; al alcalde y al personal de la Cámara de Comercio; a toda la junta directiva de la escuela; a los nueve comisionados del condado; a los voluntarios de la Sociedad Histórica; a tres contables; a todo el personal del Herbs; al barman del Lookilu; al barbero, e incluso a Toby, quien a pesar de que se dedicaba a limpiar las fosas sépticas del pueblo, tenía un aspecto remarcablemente distinguido. La plantación de Lawson ni siquiera estaba tan concurrida en Navidad, cuando la decoraban hasta límites inimaginables y permitían el acceso libre a todos los de la localidad el primer viernes de diciembre.

Sin embargo, esta vez era diferente. No era una celebración en la que los amigos y los familiares se reunieran para disfrutar de la compañía antes de la locura y las prisas de las fiestas navideñas. La finalidad del evento era honrar a alguien que no tenía nada que ver con el pueblo y al que el lugar le importaba claramente un pimiento. Incluso peor: aunque estaba allí por una cuestión oficial, de repente Rodney tuvo la certeza de que no debería ni haberse preocupado por planchar la camisa y lustrarse los zapatos, puesto que dudaba que Lexie se fijara en esa clase de detalles.

Lo sabía todo sobre ese par. Después de que Doris regresara al Herbs para hacerse cargo de la cena, el alcalde se había dejado caer por el restaurante y había mencionado las ominosas noticias sobre Jeremy y Lexie, y Rachel lo había llamado sin perder ni un segundo. Rachel, pensó, era un cielo en ese sentido; siempre lo había sido. Sabía lo que él sentía por Lexie y no le gastaba bromas al respecto como el resto de sus amigos. De todos modos, tuvo la impresión de que a ella tampoco le hizo ni pizca de gracia que los dos fueran juntos a la fiesta. Pero Rachel sabía ocultar mejor sus sentimientos que él, y justo en ese momento Rodney hubiera preferido estar en cualquier otro lugar menos en la plantación de Lawson. Le molestaba todo, absolutamente todo, lo referente a esa noche.

Especialmente el modo en que se estaba comportando toda la población. No recordaba haber visto a los muchachos tan excitados ante las perspectivas del futuro del pueblo desde que *Raleigh News & Observer* envió a un reportero para escribir un artículo sobre Jumpy Walton, quien intentaba construir una réplica del rudimentario avión de los hermanos Wright y en el que pensaba volar en conmemoración del centésimo aniversario de la aviación en Kitty Hawk. Jumpy, al que todos sabían que le faltaban un par de tornillos, llevaba tiempo proclamando que prácticamente ya había terminado la réplica, pero cuando abrió los portones del granero para mostrar con pleno orgullo su obra maestra, el reportero se dio cuenta de que Jumpy no tenía ni idea de lo que hacía. En el granero, la réplica se asemejaba a una versión gigante y retorcida de un pollo hecho con alambres y paneles chapados.

Y ahora el pueblo había depositado todas sus esperanzas en la existencia de fantasmas en el cementerio y en que el urbanita consiguiera atraer al mundo entero hasta la mismísima puerta de Boone Creek precisamente gracias a esos fantasmas. Rodney tenía serias dudas de que el plan saliera como todos esperaban. Además, francamente, le importaba un comino si el mundo entero venía o no. Lo único que quería era que Lexie continuara formando parte de su mundo.

Y

En el otro extremo del pueblo y casi a la misma hora, Lexie se asomó al porche de su casa justo en el momento en que Jeremy doblaba la esquina de su calle con un ramo de flores silvestres en la mano. «Qué detalle más agradable», pensó ella, y de repente deseó que él no se diera cuenta de su nerviosismo.

A veces ser mujer suponía todo un reto, y esa noche el reto era más que considerable. Primero porque no estaba segura de si se trataba de una cita formal o no. Desde luego la situación se asemejaba más a una cita que su rápida escapada al mediodía, pero no se trataba exactamente de una cena romántica para dos, y no estaba segura de si habría aceptado algo similar. Después también estaba la cuestión de la imagen y el aspecto que deseaba proyectar, no sólo con Jeremy sino con el resto de los que los verían aparecer juntos. Si además añadía que se sentía mucho más a gusto con unos vaqueros viejos y que no tenía intención de lucir ningún jersey escotado, toda la cuestión se tornaba tan confusa que finalmente Lexie tiró la toalla. Al final se decidió por una imagen profesional: un traje pantalón de color marrón con una blusa de color marfil.

En cambio, él se había decantado por una imagen funeraria: todo de negro, a lo Johnny Cash, como si la ocasión no le importara lo suficiente como para elegir un traje más festivo.

—Vaya, veo que no has tenido problemas para llegar hasta aquí —comentó Lexie a modo de saludo.

—No ha sido tan difícil —reconoció Jeremy—. Me mostraste tu casa cuando estábamos en la cima de Riker's Hill, ¿recuerdas? —Le entregó las flores—. Son para ti.

Ella las aceptó con una sonrisa adorable, incluso sensual, aunque a Jeremy le pareció que el término «adorable» era más apropiado.

—Gracias. ¿Qué tal te ha ido con los diarios?

—Muy bien, aunque hasta ahora no he encontrado nada espectacular en los que he leído.

—No desesperes —apuntó ella con una sonrisa enigmática—. Quién sabe lo que vas a encontrar. —Se acercó el ramo de flores a la nariz—. Son muy bonitas. Dame un segundo para que las ponga en un jarrón con agua y coja un abrigo.

—Te esperaré aquí —dijo Jeremy al tiempo que abría las manos, mostrando las palmas.

Un par de minutos más tarde ya estaban en el coche, conduciendo a través del pueblo en dirección opuesta al cementerio. Entre tanto, la niebla continuaba espesándose, y Lexie se dedicó a indicarle a Jeremy por qué calles tenía que ir hasta que llegaron a una carretera más amplia, flanqueada por unos magníficos robles que parecían centenarios. Aunque él no podía divisar la casa, aminoró la marcha cuando se acercó a una elevada valla de setos que supuso que debía de bordear toda la finca. Se inclinó hacia el volante, preguntándose qué dirección debía tomar.

—Aparca por aquí, si quieres —sugirió Lexie—. No creo que encuentres aparcamiento más adelante, y además, seguramente te interesará poder sacar el coche más tarde, cuando decidas marcharte.

—¿Estás segura? Si ni siquiera podemos ver la casa.

—Confía en mí. ¿Por qué crees que he cogido el abrigo largo?

Jeremy dudó sólo unos instantes antes de decidirse. ¿Por qué no? Y unos momentos más tarde, los dos estaban caminando por la carretera. Lexie luchaba para que el viento no le abriera el abrigo. Siguieron la curva de la valla de setos, y de repente, la vieja mansión georgiana apareció en toda su gloria delante de ellos.

Sin embargo, lo primero que Jeremy vio no fue la casa, sino los coches: un montón de coches, aparcados de forma aleatoria, con los morros apuntando en todas direcciones como si planearan escapar de allí de la forma más práctica posible. Y seguían llegando más vehículos que, o bien daban vueltas alrededor de ese enorme caos de coches mal aparcados, mostrando las luces de los frenos constantemente, o bien intentaban entrar con calzador en los escasos espacios libres que quedaban.

Jeremy se detuvo y contempló la escena.

—Pensé que se trataba de una fiestecita, algo más íntimo, parecido a una reunión familiar.

Lexie asintió.

—Ésta es la versión que el alcalde tiene de una fiestecita. No te olvides de que conoce prácticamente a todo el mundo del condado.

—¿Y tú sabías que sería un acontecimiento de esta magnitud?

—Claro.

—¿Por qué no me lo dijiste?

—No me canso de repetírtelo: porque no me lo preguntaste. Y además, pensé que ya lo sabrías.

—¿Cómo quieres que me imaginara que el alcalde iba a organizar una cosa así?

Ella sonrió y desvió la vista hacia la casa.

—Realmente es impresionante, ¿no crees? Aunque eso no significa que crea que te merezcas esta clase de recepción.

Jeremy arrugó la nariz, con aire divertido.

—Empiezo a acostumbrarme a tu encanto sureño.

—Gracias. Y no te preocupes por esta noche. No resultará tan estresante como supones. Todos son muy afables, y si en algún momento te asalta alguna duda, recuerda que eres el invitado de honor.

168

Según Rachel, Doris demostró ser la organizadora de cenas más eficiente del mundo entero; había montado todo el tinglado sin ningún tropiezo e incluso todavía les había sobrado tiempo. En lugar de ocuparse de servir la comida durante la velada, Rachel se estaba dedicando a contonearse entre la multitud con su mejor vestido de fiesta, una imitación de Chanel, cuando divisó a Rodney subiendo las escaleras del porche.

Con su uniforme más que impecable, se dijo que tenía aspecto de un verdadero oficial, como un marine en uno de esos antiguos pósteres de la segunda guerra mundial que adornaban las salas de la asociación de los Veteranos de Guerras en el Extranjero en Main Street. Los otros ayudantes del sheriff tenían las barrigas demasiado llenas de michelines y de Budweisers; pero en sus horas libres, Rodney se dedicaba a levantar pesas en el gimnasio que había improvisado en su garaje. Siempre tenía la puerta del garaje abierta mientras practicaba, y a veces, cuando Rachel regresaba a casa después del trabajo, se detenía para charlar un rato con él, como buenos y viejos amigos que eran. Habían sido vecinos desde chiquillos, y su madre guardaba fotos de los dos bañándose juntos en la bañera. La gran mayoría de los viejos amigos no podían jactarse de lo mismo.

Rachel sacó una barra de carmín del bolso y se retocó los labios, plenamente consciente de lo que sentía por él. Cada uno había hecho su vida por separado, pero en los dos últimos años las cosas habían cambiado. Dos veranos antes, habían acabado sentándose muy cerca en el Lookilu, y ella se había fijado en la expresión de la cara de Rodney mientras éste miraba atentamente las trágicas noticias en la televisión sobre un joven que había muerto en un accidente de tráfico en Raleigh. Ver cómo a Rodney se le humedecían los ojos por la pérdida de un desconocido le afectó de una manera que no podía imaginar. Y le sucedió lo mismo, por segunda vez, durante la pasada Semana Santa, cuando el Departamento del sheriff patrocinó la búsqueda oficial de los huevos de Pascua que el Ayuntamiento organizaba en la Logia Masónica, y él la apartó hasta un rincón y le desveló algunos de los lugares más difíciles donde había escondido los huevos. Parecía más excitado que los niños, lo que contrastaba plenamente con sus bíceps hinchados, y entonces Rachel recordó que en esos momentos se dijo que Rodney sería la clase de padre de la que cualquier esposa se sentiría más que orgullosa.

Mirando hacia atrás, calculó que fue justamente entonces cuando sus sentimientos hacia Rodney cambiaron. No era que se hubiera enamorado de él en ese preciso instante, pero fue el momento en que se dio cuenta de que tenía alguna posibilidad con él, por reducida que ésta fuera. Rodney bebía los vientos por Lexie. Siempre había estado enamorado de ella y siempre lo estaría, y Rachel hacía tiempo que había llegado a la conclusión de que nada podría cambiar lo que él sentía por ella. A veces no le resultaba nada fácil, pero había días en que no le importaba en absoluto. No obstante, últimamente tenía que admitir que las veces en que eso no le importaba eran cada vez más escasas.

Rachel se abrió paso entre el hervidero de gente al tiempo que lamentaba haber sacado a colación el tema de Jeremy Marsh al mediodía. Tendría que haber sabido qué era lo que le preocu-

169

paba a Rodney. A esas horas parecía que todo el pueblo hablaba sobre Lexie y Jeremy; había empezado el tendero que les había vendido el refrigerio, y luego los cotilleos se habían expandido tan rápido como la pólvora cuando el alcalde anunció que los dos iban a ir juntos a la fiesta. Todavía le gustaría ir a Nueva York, pero mientras recordaba mentalmente la conversación con Jeremy, se dio cuenta de que posiblemente él no había tenido intención de invitarla, sino sólo de charlar un rato con ella. No era la primera vez que malinterpretaba lo que le decían.

Pero es que Jeremy Marsh era simplemente... perfecto.

Era culto, inteligente, encantador, famoso y, lo mejor de todo, forastero. De ningún modo Rodney podía competir con eso, y Rachel tenía la sospecha de que Rodney lo sabía. Pero Rodney, por otro lado, estaba ahí y no tenía intención de marcharse, lo cual suponía otra clase de ventaja, dependiendo de cómo se enfocara. Y tenía que admitir que, a su modo, también era responsable y apuesto.

—Eh, Rodney —lo saludó ella, sonriendo.

Rodney miró por encima del hombro.

—Ah, hola Rachel. ¿Qué tal?

—Bien, gracias. Vaya fiestecita, ¿eh?

—Genial —proclamó, sin ocultar el sarcasmo en su voz—. ¿Qué tal va todo ahí dentro?

—Muy bien. Ahora mismo acaban de colgar el cartel.

—¿Qué cartel?

—El de bienvenida a Jeremy Marsh. Su nombre aparece en unas despampanantes letras azules.

Rodney soltó un bufido al tiempo que sentía una ligera opresión en el pecho.

—Genial —volvió a repetir.

—Deberías ver la que el alcalde ha montado; no sólo el cartel y la comida, sino que también le hará entrega de la llave de la ciudad.

—Eso he oído —dijo Rodney.

—Y también han venido los Mahi-Mahis —continuó ella, refiriéndose a un cuarteto cuyos miembros llevaban cuarenta y tres años cantando juntos, y a pesar de que dos de ellos necesitaban usar andadores y uno tenía un tic nervioso que lo obligaba a cantar con los ojos cerrados, eran sin lugar a dudas el grupo más famoso a doscientos kilómetros a la redonda.

—Cojonudo —bramó Rodney de nuevo.

En ese momento, Rachel se dio cuenta de su tono disgustado.

—Supongo que no quieres oír nada más sobre la fiesta, ¿no?

—Has acertado.

—Entonces, ¿por qué has venido?

—Tom me lo pidió. No sé cuándo aprenderé a estar alerta para que ese dichoso manipulador no me pille desprevenido; a ver si de ese modo no me dejo convencer tan fácilmente.

—Vamos, hombre, no será tan terrible —comentó ella—. Quiero decir que ya ves cómo va la gente esta noche. Todo el mundo quiere hablar con él. Lexie y él no podrán estar juntos todo el rato, separados del resto de los invitados. Me apuesto lo que quieras a que ni siquiera podrán intercambiar más de diez palabras durante toda la velada. Venga, anímate. Ah, por si te sirve de algo, te he guardado un plato de comida, por si te quedas sin probar bocado.

Rodney dudó unos instantes antes de sonreír. Rachel siempre se mostraba atenta con él.

—Gracias, Rach. —Por primera vez, se fijó en el traje que ella lucía, y sus ojos se detuvieron en los pequeños aros dorados que guarnecían los lóbulos de sus orejas. Entonces añadió—: Estás muy guapa esta noche.

—Gracias.

—¿Te apetece hacerme compañía durante un rato?

Rachel sonrió.

—Será un placer.

Jeremy y Lexie se abrieron paso hacia la mansión entre la aglomeración de coches aparcados, emitiendo pequeñas nubes de vaho por la boca cada vez que exhalaban. En las escaleras de la entrada, Jeremy vio cómo cada pareja se detenía unos instantes en la puerta antes de entrar, y necesitó sólo un par de segundos para distinguir a Rodney Hopper, de pie, cerca de la puerta. Los ojos de Rodney toparon con los de Jeremy en ese mismo momento, y su sonrisa se tornó rápidamente en una mueca de desagrado. Incluso a distancia, tenía toda la pinta de un ogro celoso, y lo peor de todo: iba armado. Jeremy se sintió particularmente incómodo.

Lexie siguió su mirada.

—Oh, no te preocupes por Rodney —lo tranquilizó—. Ahora estás conmigo.

—Eso es precisamente lo que me preocupa —aclaró él—. No sé por qué, pero tengo la impresión de que no le ha hecho ni pizca de gracia que lleguemos juntos a la fiesta.

Lexie sabía que Jeremy tenía razón, aunque se sintió aliviada al ver que Rachel estaba al lado de Rodney. Ella siempre sabía cómo calmarlo, y hacía mucho tiempo que pensaba que sería la mujer perfecta para él. No obstante, todavía no había encontrado la forma de exponérselo a él sin herir sus sentimientos. No era la clase de comentario que pudiera sacar a colación mientras estaban bailando en la fiesta benéfica que cada año organizaban los Shriner, la familia más rica del pueblo.

—Deja que hable yo con él —se ofreció ella.

—Mira, precisamente estaba pensando que eso sería lo mejor.

Rachel se puso visiblemente contenta cuando los vio subir por las escaleras.

—¡Eh! ¡Vosotros dos! —exclamó cuando los tuvo más cerca. Luego se abalanzó hacia delante y agarró a Lexie cariñosamente por el brazo—. Me encanta tu abrigo, Lex.

—Gracias, Rachel. Tú también vas muy elegante —respondió Lexie.

Jeremy no dijo nada. En lugar de eso, se limitó a examinarse las uñas de los dedos, intentando evitar la mirada asesina con la que Rodney lo estaba acribillando. A continuación se hizo un repentino silencio, y Rachel y Lexie se miraron incómodas. Rachel no tuvo problemas para interpretar la cara de Lexie, y enseguida dio un paso hacia delante.

—Y usted, señor periodista famoso —gritó—. Sólo hay que mirarlo una vez para comprender por qué las mujeres no pararán de suspirar durante toda la noche. —Esbozó una amplia sonrisa—. Siento pedírtelo, Lexie, pero ¿verdad que no te importa si escolto a este rompecorazones hasta dentro? El alcalde lleva rato esperándolo.

—Oh, no te preocupes —repuso Lexie, consciente de que necesitaba hablar un minuto a solas con Rodney. Miró a Jeremy y asintió con la cabeza—. Adelante, en un minuto estoy contigo.

Rachel se agarró al brazo de Jeremy, y antes de que él pudiera darse cuenta, ella lo estaba guiando hacia el interior de la mansión.

—Veamos, cielo, ¿habías estado antes en una plantación del sur tan chic como ésta? —le preguntó Rachel.

—La verdad es que no —contestó Jeremy, preguntándose si lo estaban conduciendo hacia la boca del lobo.

Lexie hizo un gesto en señal de gratitud hacia su amiga, y Rachel le guiñó el ojo. Después se volvió hacia Rodney.

—No es lo que piensas —empezó a decir, y Rodney levantó las manos para indicarle que no continuara.

—Mira, no tienes por qué darme ninguna explicación. No es la primera vez que pasa, ¿recuerdas?

Lexie sabía que se refería al señor sabelotodo, y su primera reacción fue decirle que se equivocaba. Quería decirle que esta vez no iba a dejarse llevar por sus sentimientos, pero sabía que ya había hecho esa misma promesa con anterioridad. Eso fue lo que le dijo a Rodney cuando, con mucho tacto, él intentó prevenirla de que el señor sabelotodo no albergaba ninguna intención de quedarse en el pueblo.

—Me encantaría saber qué responder —declaró Lexie, odiando la nota de culpabilidad en su voz.

—Ya te lo he dicho; no tienes que decir nada.

Sabía que no tenía que hacerlo. No era como si fueran una pareja o si lo hubieran sido alguna vez, pero tenía la extraña sensación de enfrentarse con un ex marido después de un reciente divorcio, cuando las heridas todavía no habían cicatrizado. De repente deseó que él no estuviera tan claramente enamorado, aunque era consciente de que ella era culpable de haber alimentado la llama durante los dos últimos años, si bien lo había hecho más por motivos de seguridad y comodidad que por una mera cuestión romántica.

—Bueno, sólo para que lo sepas, tengo muchas ganas de que todo vuelva a su cauce habitual —acertó a decir finalmente.

—Yo también —respondió él.

Los dos se quedaron callados durante unos instantes. En el

173

silencio, Lexie desvió la vista hacia un lado, deseando que Rodney fuera más sutil a la hora de mostrar sus sentimientos.

—Rachel está guapísima esta noche, ¿no te parece?

Las comisuras de la boca de Rodney apuntaron hacia arriba antes de mirar a Lexie de nuevo. Por primera vez, lo vio sonreír levemente.

—Sí, es cierto —respondió él.

—¿Todavía sale con Jim? —preguntó ella, refiriéndose al chico que regentaba el Terminix, un negocio de fumigación de cosechas. Lexie los había visto juntos una noche durante las vacaciones, mientras se dirigían a Greenville probablemente para cenar, en la camioneta verde de Jim que lucía un enorme insecto de cartón.

—No, no salió bien —replicó él—. Sólo salieron juntos una vez. Rachel me contó que su coche olía a desinfectante, y que se pasó toda la noche estornudando sin parar.

A pesar de la tensión latente, Lexie se echó a reír.

—Eso me suena a la clase de historietas que sólo le pueden pasar a Rachel.

—Ella lo tiene más que olvidado, y no parece que le haya dejado mal sabor de boca; por más coces que recibe, no se da por vencida.

—A veces pienso que necesitaría encontrar a un buen tipo, o por lo menos a alguien que no se pasee por el pueblo con un insecto gigante en lo alto del coche.

Rodney soltó una risotada, como si estuviera pensando lo mismo. Sus ojos coincidieron un instante, y luego Lexie apartó la vista y se aderezó el pelo detrás de la oreja.

—Creo que será mejor que entre —anunció ella.

—Lo sé —dijo Rodney.

—¿Y tú? ¿Vas a entrar?

—No lo sé. No pensaba quedarme demasiado rato. Y además, estoy de servicio. El condado es demasiado grande para una sola persona, y Bruce es el único que está patrullando esta noche.

Lexie asintió.

—Bueno, por si no nos vemos más esta noche, ve con cuidado, ¿de acuerdo?

—Lo haré. Hasta luego.

Lexie empezó a dirigirse hacia la puerta.

—Oye, Lexie.

Ella se dio la vuelta.

—¿Sí?

Rodney tragó saliva.

—Tú también estás preciosa esta noche.

El tono triste en que lo dijo casi le partió el corazón, y sus ojos se humedecieron durante un instante.

—Gracias.

Rachel y Jeremy se mostraron sumamente prudentes, moviéndose discretamente a cierta distancia de la multitud. Rachel se dedicó a mostrarle los cuadros de diversos miembros de la familia Lawson, quienes compartían una increíble similitud no sólo de una generación a otra sino, extrañamente, también entre los dos géneros. Los hombres tenían rasgos afeminados, y las mujeres mostraban una tendencia a ser masculinas, por lo que parecía que cada pintor hubiera usado el mismo modelo andrógino.

Jeremy apreció que Rachel lo mantuviera ocupado y alejado del peligro, a pesar de que ella se negara a soltarse de su brazo. Podía oír cómo la gente murmuraba sobre él, pero no estaba todavía listo para mezclarse con el resto de los convidados. Lo cierto era que se sentía adulado ante todo ese montaje. Nate no había sido capaz de reunir a más de una décima parte de los allí congregados para ver su intervención televisiva, y encima tuvo que ofrecer bebida gratis para asegurarse de que vendría el máximo número de personas posible.

No obstante, en Boone Creek las cosas eran distintas. En los pueblos pequeños de Estados Unidos la gente se dedicaba a jugar al bingo o a los bolos, y a ver la reposición de antiguas series televisivas. No había visto tanto pelo azul ni tanto poliéster desde... seguramente jamás, y mientras sopesaba la situación, Rachel le apretó el brazo para llamar su atención.

—Prepárate, corazón; ha llegado el momento del espectáculo.

—¿Cómo dices?

Ella miró por encima del hombro de Jeremy, hacia la creciente conmoción que se estaba formando a sus espaldas.

—Hombre, Tom, ¿qué tal va? —saludó Rachel, luciendo su mejor sonrisa a lo Hollywood.

El alcalde parecía ser la única persona en toda la estancia que sudaba. Su calva relucía como una bola de billar bajo la luz de las lámparas, y si estaba sorprendido de ver a Jeremy con Rachel, no lo demostró.

—¡Rachel! Estás tan guapa como siempre. Veo que te has encargado de mostrar el ilustre pasado de esta honorable casa a nuestro invitado.

—He hecho lo que he podido —repuso ella.

—Vaya, vaya; me parece perfecto.

Siguieron departiendo sobre cuestiones triviales antes de que Gherkin decidiera ir directo al grano.

—Rachel, ¿verdad que no te importa si te robo a tu acompañante? Me parece que ya le has contado suficientes cosas sobre esta honorable mansión, y la gente tiene ganas de que empiece la función.

—Oh, no te preocupes, adelante —contestó ella con aplomo, y en cuestión de segundos, el alcalde sustituyó la mano de Rachel por la suya y empezó a guiar a Jeremy hacia la multitud.

Mientras caminaban, la gente dejó de hablar y se apartó hacia los lados, como si se tratara del mar Rojo dando paso a Moisés. Algunos invitados contemplaban a los dos individuos con los ojos bien abiertos, o erguían el cuello y la barbilla para poder verlos mejor. La gente empezó a emocionarse y a susurrar lo suficientemente alto como para que Jeremy oyera lo que decían: «¡Es él, es él!».

—No puedes ni imaginar lo contentos que estamos de que finalmente hayas podido venir —murmuró el alcalde, hablando por la comisura de los labios y sin dejar de sonreír a la multitud—. Por un momento había empezado a preocuparme.

—Quizá deberíamos esperar a Lexie —dijo Jeremy, intentando evitar que sus mejillas se sonrojaran. Todo ese espectáculo, especialmente el ser escoltado por el alcalde como si fuera la reina de la fiesta, le parecía grotesco, excesivo, chocante.

—Acabo de hablar con ella, y me ha dicho que se reunirá con nosotros allí —aclaró el alcalde.

—¿Allí? ¿Dónde es allí?

—Hombre, estás a punto de conocer al resto de los empleados del Consistorio. Ya conoces a Jed y a Tully y a los muchachos que te he presentado esta mañana, pero todavía hay unos cuantos más. Ah, y también están los comisionados del condado. Igual que yo, están bastante impresionados por tu visita, bastante impresionados. Y no te preocupes; tienen a punto todas sus historias sobre los fantasmas. Has traído la grabadora, ¿no?

—Sí, la tengo en el bolsillo.

—Vaya, vaya. Perfecto. Y... —Por primera vez dio la espalda a la multitud para mirar a Jeremy—. Supongo que esta noche piensas ir al cementerio.

—Así es; y hablando de eso, quería asegurarme de que...

El alcalde siguió hablando como si no lo hubiera oído, sin dejar de saludar a la multitud.

—Como alcalde, considero que es mi obligación decirte que no tienes nada que temer. Oh, es todo un espectáculo, es cierto, lo suficiente como para conseguir que le dé un síncope a un elefante. Pero hasta el día de hoy, nadie ha resultado herido, excepto por Bobby Lee Howard, y empotrarse contra esa señal de la carretera tuvo menos que ver con lo que vio que con el hecho de que hubiera ingerido doce pastillas antes de sentarse detrás del volante.

—Ah —asintió Jeremy, empezando a imitar al alcalde con los saludos para quienes lo miraban con enorme curiosidad—. Intentaré recordarlo.

Lexie lo estaba esperando entre el resto de los empleados del Ayuntamiento, y Jeremy suspiró aliviado cuando ella se colocó a su lado mientras le presentaban a la poderosa elite del pueblo. La mayoría de ellos demostraron ser francamente amables —a pesar de que Jed se pasó todo el rato mirándolo con cara de malas pulgas y con los brazos cruzados—, pero Jeremy no pudo evitar observar a Lexie con el rabillo del ojo. Parecía ausente, y se preguntó qué había pasado entre ella y Rodney.

No tuvo la oportunidad de averiguarlo, ni siquiera de relajarse, en las siguientes tres horas, ya que el resto de la velada estaba organizado a modo de convención política a la vieja usanza.

Después de conocer a los del Consistorio —uno a uno, con la excepción de Jed— y de ser agasajado por el alcalde, quien le aseguró que «podría ser la mejor historia jamás contada» y le recordó que «el turismo es una fuente de ingresos muy importante para el pueblo», fue conducido hasta el escenario, que estaba adornado con una espectacular pancarta que proclamaba: ¡BIENVENIDO JEREMY MARSH!

Técnicamente no era un escenario, sino una enorme tabla de madera engalanada con un mantel de color púrpura brillante. Jeremy tuvo que recurrir a una silla para subirse al estrado, al igual que Gherkin, sólo para ponerse frente a un mar de caras desconocidas que lo miraban con expectación. Cuando la multitud se hubo calmado, el alcalde pronunció un larguísimo discurso en el que alabó a Jeremy por su profesionalidad y su honestidad, como si se conocieran de toda la vida. Gherkin no sólo mencionó su intervención en el programa *Primetime Live* —lo que provocó las sonrisas y asentimientos ya familiares y unas cuantas exclamaciones de admiración—, sino también un número de artículos destacados que Jeremy había escrito, entre ellos uno para la revista *Atlantic Monthly* sobre la investigación de armas biológicas en Fort Detrick. Aunque a veces aparentara ser un poco despistado, el alcalde había hecho los deberes y sabía cómo halagar a alguien. Al final del discurso le hizo entrega de la llave de la ciudad, y los Mahi-Mahis —subidos a otra tabla emplazada en la pared adyacente— arrancaron con fuerza y cantaron tres canciones: *Carolina in My Mind*, *New York, New York* y, quizá la más apropiada, el tema principal de la banda sonora de *Los cazafantasmas*.

Sorprendentemente, los Mahi-Mahis no eran tan malos, aunque le costó comprender cómo podían sostenerse en pie sobre la tarima. Tenían embelesada a la multitud, y por un instante, Jeremy se dio cuenta de que estaba sonriendo y pasándolo francamente bien. De pie, encima del escenario, vio cómo Lexie le guiñaba el ojo, lo cual sólo consiguió que toda esa parafernalia pareciera todavía más surrealista.

Después el alcalde lo condujo hasta un rincón apartado y lo invitó a sentarse en una silla tan antigua como cómoda, delante de una mesa también antigua. Con la grabadora en marcha, Jeremy se pasó el resto de la noche escuchando una historia tras otra sobre los encuentros con los fantasmas. El alcalde consiguió que la gente formara una fila, y todos empezaron a parlotear de forma excitada mientras aguardaban pacientemente su turno para hablar con Jeremy, como si éste estuviera repartiendo autógrafos.

Desgraciadamente, la mayoría de las historias que escuchó divergían en detalles significativos. Cada uno en la fila aseguraba haber visto las luces, pero cada uno le ofrecía una descripción diferente del fenómeno. Algunos juraban que tenían aspecto humano; otros decían que se asemejaban a luces estroboscópicas. Un sujeto proclamó que esos fantasmas eran igualitos a los disfraces de Halloween, con forma de sábana blanca y dos agujeros negros por ojos. La explicación más original se la dio un muchacho llamado Joe, quien declaró que había visto las luces más de media docena de veces, y habló con autoridad cuando aseveró que tenían el mismo aspecto que la señal luminosa de Piggly Wiggly que había en la ruta 54 cerca de Vanceboro.

Durante todo el rato, Lexie se mantuvo cerca de la zona charlando con diversas personas, y de vez en cuando, sus ojos se encontraban cuando tanto ella como él se hallaban inmersos en alguna conversación con terceros. Como si estuvieran compartiendo una broma privada, ella sonreía enarcando las cejas, con una expresión como si le recriminara: «¿Ves en qué barullo te has metido tú solito?».

Jeremy pensó que Lexie no era como ninguna de las mujeres con las que había salido últimamente. No ocultaba lo que estaba pensando, ni intentaba impresionarlo, ni tampoco se mostraba afectada por nada de lo que él había hecho en el pasado. En lugar de eso, parecía evaluarlo por sus actos, por cómo reaccionaba en cada momento, sin apoyarse en prejuicios acerca del pasado o el futuro.

Ésa era una de las razones por las que se había casado con Maria. No fue simplemente la aglomeración de emociones que sintió la primera vez que hicieron el amor lo que lo cautivó, más bien fueron un par de cosas simples las que lo convencieron de que ella era la mujer que buscaba. Su falta de pretensión delante de los otros, su forma fría de confrontarlo cuando hacía algo incorrecto, la paciencia con la que lo escuchaba cuando él estaba intranquilo a causa de algún problema imprevisto. Y a pesar de que él y Lexie no habían compartido ninguno de los pequeños detalles diarios de la vida, no podía dejar de pensar que seguramente esa mujer podría hacer frente a cualquier cosa, si se lo proponía.

Jeremy se fijó en que ella sentía un afecto genuino hacia la gente del pueblo, y parecía estar verdaderamente interesada en cualquier cosa que le contaban. Su conducta sugería que no albergaba ninguna razón para cortar a nadie en medio de una conversación —o para hacer que su interlocutor se diera prisa por acabar—, y mostraba un absoluto impudor a la hora de soltar sonoras carcajadas cuando algo la divertía. De vez en cuando, se inclinaba hacia delante para abrazar a alguien, y cuando retrocedía hasta la posición inicial, asía las manos de la persona y murmuraba algo en la línea de: «Qué contenta estoy de verte». Que no se sintiera diferente al resto, o incluso que no se fijara en que los demás eran obviamente distintos, le recordó a Jeremy a una tía que siempre había sido la persona más popular en las cenas de familia, simplemente por su destacado altruismo, porque centraba por completo su atención en los demás. Unos breves minutos más tarde, cuando se levantó de la mesa para estirar las piernas, Jeremy vio a Lexie que se dirigía directamente hacia él, dejando a su paso una leve estela de seducción con el suave balanceo de sus caderas. Mientras la contemplaba, hubo un momento, un brevísimo momento, en que la escena le pareció como si no estuviera pasando en ese preciso instante sino en el futuro; sólo otra fiestecita en una larga procesión de fiestecitas en un pequeño pueblo del sur de Estados Unidos, en medio de la nada.

Capítulo 10

La noche caía sobre la plantación de Lawson. Jeremy y el alcalde charlaban, apartados en un rincón del porche, mientras Lexie y Doris los observaban desde el otro extremo.

—Estoy plenamente convencido de que le habrás sacado partido a esta noche —dedujo Gherkin—, y de que has sido capaz de ver por ti mismo la maravillosa oportunidad que tienes entre las manos con esta fabulosa historia.

—Así es. Muchísimas gracias por todos los esfuerzos, aunque no teníais que molestaros tanto —afirmó Jeremy.

—Bobadas —replicó Gherkin—. Es lo mínimo que podemos hacer. Y además, quería que vieras lo que la gente de esta localidad es capaz de montar cuando se lo propone. Así que ya puedes imaginarte lo que haríamos por los de la tele. Por supuesto, aún podrás saborear un poco más la hospitalidad sureña durante este fin de semana. La atmósfera del pueblo, la sensación de viajar hacia atrás en el tiempo mientras te paseas por las casas antiguas: nada que te puedas imaginar es comparable a eso.

—No me cabe la menor duda —apuntó Jeremy.

Gherkin sonrió.

—Bueno, mira, tengo que ocuparme de un par de cosas ahí dentro. Ya sabes; las obligaciones de un alcalde nunca tienen fin.

—Lo comprendo. Ah, y gracias por esto —agregó Jeremy al tiempo que levantaba la llave de la ciudad.

—De nada. Te la mereces. —Le tendió la mano—. Pero no te hagas ilusiones. No es que con ella puedas abrir la caja acorazada del banco ni nada por el estilo. Se trata simple y llanamente de un gesto simbólico.

Jeremy sonrió mientras Gherkin apretaba su mano efusivamente. Cuando el alcalde desapareció dentro de la casa, Doris y Lexie se acercaron a Jeremy, mostrando unas amplias sonrisas burlonas. Pero a pesar de esas muecas divertidas, a Jeremy no se le escapó que Doris tenía aspecto de estar exhausta.

—Caramba, caramba —dijo Doris.

—¿A qué viene eso? —preguntó Jeremy, desconcertado.

—Vaya con el urbanita encantador.

—¿Cómo dices?

—Tendrías que haber oído los comentarios de algunos de los muchachos —se rio Doris—. Simplemente me siento orgullosa de poder afirmar que yo ya lo sabía antes de que te hicieras famoso.

Jeremy sonrió, con cara de corderito.

—Menuda locura colectiva, ¿eh?

—Ni que lo digas —contestó Doris—. Mis alumnas del grupo de estudios de la Biblia se han pasado toda la noche hablando sobre lo guapo que eres. Un par de ellas querían invitarte a sus casas, pero afortunadamente, he sido capaz de disuadirlas. Además, no creo que a sus esposos les hubiera hecho ni pizca de gracia.

—Te lo agradezco mucho.

—¿Has comido suficiente? Creo que todavía puedo rescatar algo de las mesas, si estás hambriento.

—No, estoy bien, gracias.

—¿Seguro? Tu noche no ha hecho más que empezar.

—Aguantaré —le aseguró. Jeremy aprovechó el silencio que se formó a continuación para mirar a su alrededor, y se dio cuenta de que la niebla se había vuelto más densa—. Pero en cuanto a eso de que mi noche no ha hecho más que empezar, supongo que tienes razón. Será mejor que me vaya; no me gustaría perder la oportunidad de ver esa magnífica experiencia sobrenatural con mis propios ojos.

—No te preocupes. Verás las luces —lo tranquilizó Doris—. No aparecen hasta más tarde, así que todavía te quedan un par de horas.

Pillando a Jeremy desprevenido, Doris se abalanzó sobre él y le propinó un abrazo fatigado.

—Sólo quería darte las gracias por dedicar parte de tu tiempo a conocer a los del pueblo. No todos los desconocidos son tan pacientes como tú.

—No ha sido nada. Además, lo he pasado francamente bien.

Cuando Doris lo soltó, Jeremy puso toda su atención en Lexie, con la impresión de que criarse con Doris debía de haber sido muy similar a la experiencia de criarse con la madre de él.

—¿Estás lista para que nos marchemos?

Lexie asintió con la cabeza, sin dirigirle ni una sola palabra. En lugar de eso, besó a Doris en la mejilla, le dijo que la vería al día siguiente, y un momento más tarde, Jeremy y Lexie se hallaban camino del coche, con el ruido de la gravilla bajo sus pies como único sonido reinante. Lexie parecía mirar fijamente hacia un punto en la distancia, aunque daba la impresión de que no veía nada. Después de unos cuantos pasos en silencio, Jeremy le dio un codazo afectuoso.

—¿Estás bien? Te veo muy callada.

Ella sacudió la cabeza, y lo miró con tristeza.

—Estaba pensando en Doris. La preparación de la fiesta la ha dejado absolutamente agotada, y aunque no debería, estoy preocupada por ella.

—Pues a mí me ha parecido que estaba la mar de bien.

—Sí, siempre acostumbra a poner buena cara. Pero debería aprender a tomarse la vida más sosegadamente. Hace un par de años sufrió un ataque de corazón, aunque ella prefiera fingir que eso jamás sucedió. Y después de esta noche, le espera un largo fin de semana.

Jeremy no estaba muy seguro sobre qué decir; no le cabía en la cabeza que Doris no fuera una mujer con una salud de hierro.

Lexie notó su malestar y sonrió.

—Pero se lo ha pasado estupendamente, de eso estoy segura. Las dos hemos tenido la oportunidad de hablar con mucha gente que hacía tiempo que no veíamos.

—Creía que aquí todos os veíais a diario.

—Así es. Pero todos andamos muy ocupados, y pocas veces se nos presenta la ocasión de charlar distendidamente. Sin embargo, esta noche ha sido muy especial. —Lo miró a los ojos—. Y Doris tenía razón. La gente te adora.

Jeremy ocultó las manos en los bolsillos y se quedó un momento pensativo. Por el modo en que ella lo había dicho, parecía como si le costara admitirlo.

—Bueno, no deberías estar tan sorprendida. Realmente soy un tipo adorable, de veras.

Lexie hizo una mueca de fastidio, aunque su semblante revelaba que lo hacía más en broma que con enojo. Detrás de ellos, la casa se fue haciendo cada vez más pequeña en la distancia.

—Oye, ya sé que no es asunto mío, pero ¿qué tal te ha ido con Rodney?

Ella dudó unos instantes antes de acabar encogiéndose de hombros.

—Tienes razón. No es asunto tuyo.

Él buscó una sonrisa, pero no vio ninguna.

—La única razón por la que te lo he preguntado es para confirmar si crees que es una buena idea que huya sigilosamente del pueblo arropado por la oscuridad de la noche, para que él no tenga la oportunidad de retorcerme el pescuezo con sus enormes manos.

184

El comentario logró que Lexie sonriera.

—No te preocupes; no te pasará nada. Además, le darías un enorme disgusto al alcalde si te marcharas sin despedirte. No todos los forasteros son obsequiados con una fiesta como la de esta noche o con la llave de la ciudad.

—Es la primera vez que me dan una. Normalmente suelo recibir cartas declarándome que me odian a muerte.

Lexie se echó a reír. Bajo la luz de la luna, sus rasgos eran impenetrables, y Jeremy recordó lo animada que la había visto hablando con todo el mundo durante la fiesta.

Llegaron al coche, y él se adelantó para abrirle la puerta. Al entrar, ella lo rozó suavemente, y Jeremy se preguntó si lo había hecho en respuesta al codazo cariñoso que él le había dado previamente, o si ni siquiera se había dado cuenta. Después dio un rodeo hasta la otra puerta y se sentó detrás del volante; insertó la llave en el contacto, pero dudó unos instantes antes de poner el coche en marcha.

—¿Qué pasa? —preguntó Lexie.

—Estaba pensando… —empezó a decir él, sin saber cómo continuar.

Las palabras se quedaron colgadas en el aire. Ella lo miró insistentemente, mostrando curiosidad.

—¿En qué estabas pensando?

—Sé que se está haciendo tarde, pero ¿te importaría venir al cementerio conmigo?

—¿Por si te entra miedo?

—Más o menos.

Lexie echó un vistazo a su reloj de pulsera y suspiró.

Sabía que no debería ir. Ya había claudicado demasiado al aceptar ir a la fiesta con él, y pasar juntos las próximas horas significaría ceder todavía más. Sabía que no podía esperar nada bueno de eso, y no había ni una sola buena razón para aceptar la invitación. Pero antes de que tuviera tiempo de arrepentirse, las palabras emergieron de su boca.

—Primero tendría que pasar por casa para ponerme algo más cómodo.

—Me parece perfecto que te pongas más cómoda —dijo él.

—Ya, claro —espetó ella en un tono beligerante.

—Mire, señorita, no vaya tan rápido —soltó él, fingiendo estar ofendido—. No le conozco lo suficientemente bien como para pensar en esa clase de confianzas.

—Perdona, pero esa frase es mía.

—Ah, ya me parecía que la había oído en algún sitio…

—Pues la próxima vez recurre a tu ingenio. Y para que lo sepas, no quiero que te hagas ninguna ilusión sobre esta noche.

—No me hago ilusiones. Simplemente me encanta bromear.

—Ya sabes a lo que me refiero.

—No —declaró él, intentando adoptar un aire inocente—. ¿A qué te refieres?

—Mira, dedícate a conducir y punto, ¿vale? No vaya a ser que cambie de idea y decida no acompañarte.

—Vale, vale —dijo él, girando la llave de contacto—. Uf, cuando te lo propones, puedes ser verdaderamente quisquillosa.

—Gracias. Más de uno me ha dicho que es una de mis mejores cualidades.

—¿Ah, sí? ¿Quién?

—¿Te gustaría saberlo?

Y

El Taurus se deslizó lentamente por las calles envueltas en niebla. La luz amarillenta de las farolas únicamente lograba incrementar el lóbrego aspecto de la noche. Tan pronto como aparcaron, Lexie abrió la puerta.

—Espérame aquí —le ordenó, aderezándose un mechón de pelo detrás de la oreja—. Sólo tardaré unos minutos.

Jeremy sonrió. Le encantaba verla nerviosa.

—¿No necesitas mi llave de la ciudad para abrir la puerta? Estaré más que contento de prestártela.

—Mire, ahora no empiece a pensar que es usted especial, señor Marsh. A mi madre también le concedieron la llave de la ciudad.

—Vaya, ¿ya estamos otra vez con lo de «señor Marsh»? Y yo que pensaba que empezábamos a llevarnos bien.

—Y yo empiezo a creer que el recibimiento de esta noche se te ha subido a la cabeza.

Salió del coche y cerró la puerta tras de sí en un intento de tener la última palabra.

Jeremy se echó a reír, pensando que se parecía mucho a él. Incapaz de resistirse, pulsó el botón para bajar la ventana y se inclinó hacia la puerta.

—Oye, Lexie.

Ella se dio la vuelta.

—¿Sí?

—Ya que seguramente hará frío esta noche, ¿qué tal si traes una botella de vino?

Ella arqueó las manos sobre las caderas con gracilidad.

—¿Para qué? ¿Para que puedas emborracharme?

Él esbozó una mueca burlona.

—Bueno, sólo si te dejas.

Lexie achicó los ojos, pero igual que antes, su semblante reveló que lo hacía más en broma que con enojo.

—Mire, señor Marsh, nunca tengo vino en casa, pero aunque lo tuviera, mi respuesta sería «no».

—¿Nunca bebes?

—No demasiado —contestó—. Y ahora espera aquí —le ordenó señalando hacia la calle—. Me pondré unos vaqueros y saldré rápidamente.

—Te prometo que no intentaré espiarte por la ventana.

—Estupendo. Porque si hicieras una tontería como ésa, no me quedaría más remedio que contárselo a Rodney.

—Huy, eso no suena nada bien.

—Tienes razón —reconoció Lexie, intentando adoptar un porte más severo—. Así que ni lo intentes.

Jeremy la observó mientras ella caminaba por la calle, plenamente seguro de que jamás había conocido a ninguna mujer como ella.

Quince minutos más tarde el coche volvió a detenerse, esta vez delante del cementerio de Cedar Creek. Jeremy aparcó en batería para que los faros alumbraran el cementerio, y su primera impresión fue que incluso la niebla parecía distinta en ese lugar. En algunos recovecos era densa e impenetrable, mientras que en otros formaba una finísima capa, y la leve brisa que soplaba confería a las plantas un movimiento discreto y sinuoso, casi como si estuvieran vivas. Las ramas inferiores y colgantes del magnolio no eran nada más que sombras difuminadas, y las tumbas medio destruidas contribuían a darle un efecto más tenebroso a la escena. La oscuridad era total; no había vestigio alguno de la luna en el cielo.

Sin apagar el motor, Jeremy salió del coche y se dirigió al maletero. Lexie siguió atentamente con la mirada todos sus movimientos, y de repente sus ojos se agrandaron desmedidamente.

—¿Te estás preparando para fabricar una bomba o qué?

—Qué va. Sólo es un poco de cacharrería. A los chicos nos encantan esta clase de juguetes.

—Pensé que llevarías una cámara de vídeo o algo parecido, y ya está.

—Y no te equivocas. Llevo cuatro cámaras.

– ¿Para qué las necesitas?

—Para filmar cada ángulo. Por un momento cierra los ojos y piensa: ¿qué pasaría si los fantasmas aparecieran por el lado indebido? Igual me quedaría sin verles las caras.

Lexie no hizo caso del chiste.

—¿Y qué es esto? —preguntó, señalando una caja electrónica.

—Un detector de radiación de microondas. Y esto —prosiguió mientras apuntaba hacia otro aparato— es otro artefacto parecido. Detecta actividad electromagnética.

—Estás bromeando, ¿no?

—No —repuso Jeremy—. Lo pone en el manual *Ghost Busters for Real!* Normalmente hay un incremento de actividad espiritual en áreas con elevadas concentraciones de energía, y este aparato ayuda a detectar un campo con energía anormal.

—¿Has encontrado en alguna ocasión un campo con energía anormal?

—Aunque te cueste creerlo, sí. Y nada menos que en una supuesta casa encantada. Lamentablemente, no tenía nada que ver con fantasmas. El microondas del propietario no funcionaba demasiado bien.

—Ah —dijo ella.

Jeremy se la quedó mirando, con cara complacida.

—Ahora eres tú la que usa mi expresión favorita.

—Lo siento. Es todo lo que se me ocurre decir.

—No pasa nada. Podemos usarla los dos.

—Pero ¿por qué vas cargado con tantos trastos?

—Porque si detecto la posibilidad de que haya un fantasma, tengo que usar todo lo que utilizan los investigadores de fenómenos paranormales. No quiero que me acusen de que se me ha escapado algún detalle, y esta clase de investigadores tiene sus reglas. Además, parece más impresionante cuando alguien lee que has usado un detector electromagnético. La gente piensa que sabes lo que estás haciendo.

—¿Y lo sabes?

—Claro. Ya te lo he dicho. Tengo el manual oficial.

Ella soltó una carcajada.

—Entonces, ¿en qué puedo ayudarte? ¿Quieres que te ayude a descargar todos estos cachivaches?

—Los utilizaremos todos, pero si consideras que esto es un trabajo de hombres, no te preocupes. Puedo apañármelas solo mientras tú te haces la manicura.

Lexie tomó una de las cámaras de vídeo y se la colgó al hombro. Después agarró otra.

—Entendido, machista. ¿Hacia dónde?

—Eso depende. ¿Dónde crees que deberíamos instalar la base? Tú has visto las luces, así que seguramente sabrás qué sitio es más idóneo para empezar.

Lexie señaló hacia el magnolio, hacia donde ella se dirigía la primera vez que la vio en el cementerio.

—Allí —indicó—. Desde allí podrás ver las luces.

Era justo enfrente de Riker's Hill, a pesar de que la colina quedaba oculta por la niebla.

—¿Siempre aparecen en el mismo punto?

—No lo sé, pero ahí es donde yo las vi.

En el transcurso de la siguiente hora, mientras Lexie se dedicaba a filmarlo con una de las cámaras de vídeo, Jeremy lo organizó todo. Colocó las otras tres cámaras de vídeo formando un amplio triángulo, las montó sobre trípodes, incorporó lentes con filtros especiales en dos de ellas, y ajustó el zum hasta que estuvo seguro de que cubría el área entera. Probó el láser con control remoto, y después empezó a montar el equipo de audio. Colocó cuatro micrófonos en los árboles cercanos, y el quinto lo emplazó cerca del centro, donde dispuso los detectores, el electromagnético y el de radiación, así como la grabadora central.

Mientras se aseguraba de que todo funcionaba correctamente, oyó a Lexie gritar:

—¡Eh! ¿Qué tal estoy?

Jeremy se dio la vuelta y la vio con las gafas de visión nocturna. Tenía un divertido aspecto de mosca.

—Muy sexi —respondió—. Me parece que finalmente has encontrado el estilo que mejor te queda.

—Estas gafas son divertidísimas. Puedo verlo todo con una nitidez increíble.

—¿Y ves algo que pueda interesarme?

—Aparte de un par de pumas y unos osos con pinta de estar hambrientos, puedes estar tranquilo; no hay nadie más.

—Perfecto. Ya casi he terminado. Ahora lo único que me que-

189

da por hacer es esparcir un poco de harina por el suelo y desovillar el hilo.

—¿Harina?

—Es para asegurarme de que nadie se acerque al equipo y lo manipule sin que me dé cuenta. Sus huellas quedarían impresas en la harina, y con el hilo sabré si alguien se acerca.

—Qué gran idea. Aunque supongo que te habrás dado cuenta de que estamos solos, ¿verdad?

—Nunca se sabe —contestó él.

—Oh, pues yo sí que lo sé. En fin, sigue con tus preparativos; yo continuaré apuntando con la cámara hacia la dirección adecuada. Por cierto, lo estás haciendo muy bien.

Jeremy se echó a reír mientras abría la bolsa de harina y empezaba a esparcirla por el suelo, formando una delgada capa blanca alrededor de las cámaras. Acto seguido hizo lo mismo alrededor de los micrófonos y del resto del material, después ató el hilo a una rama y formó un extenso cuadrado que rodeaba toda el área, como si estuviera acordonando la escena de un crimen. Realizó una segunda pasada con el hilo medio metro por debajo del primer cuadrado y luego colgó unas campanitas en el hilo. Cuando hubo terminado, se dirigió hacia donde estaba Lexie.

—No sabía que había que hacer tantas cosas —comentó ella.

—Supongo que a partir de ahora me tratarás con un poco más de respeto, ¿no?

—No creas. Sólo intentaba entablar conversación.

Jeremy sonrió antes de hacer una señal hacia el coche.

—Voy a apagar las luces del coche. Y con un poco de suerte, nada de esto habrá sido en vano.

Cuando apagó el motor, el cementerio se tornó negro, y Jeremy esperó unos instantes para que sus ojos se adaptaran a la falta de luz. Por desgracia, no se adaptaron; el cementerio estaba más oscuro que una cueva. Intentó ir a tientas hasta la verja, totalmente a ciegas, pero tropezó con la raíz de un árbol justo en la entrada del cementerio, y poco le faltó para darse de bruces contra el suelo.

—¿Puedes pasarme las gafas de visión nocturna, por favor? —gritó.

—Ni hablar —la oyó responder—. Ya te lo he dicho, este

chisme es fantástico; puedo ver perfectamente. No te preocupes, sigue andando hacia delante, que vas bien.

—Pero no puedo ver nada.

—Sigue andando. Sólo preocúpate por los cuatro escalones que tienes enfrente.

Jeremy inició la marcha lentamente, con los brazos extendidos hacia delante.

—¿Y ahora qué?

—Estás justo enfrente de una cripta, así que muévete hacia la izquierda.

Por la inflexión de su voz, parecía que Lexie se lo estaba pasando en grande.

—Te has olvidado decir: «Simon dice».

—¿Quieres que te ayude o no?

—Lo que quiero es que me des mis gafas —exclamó en tono suplicante.

—Ven a buscarlas.

—¿Y por qué no vienes tú a traérmelas?

—Podría, pero no lo haré. Es mucho más divertido ver cómo deambulas por ahí como un zombi. Ahora muévete a la izquierda. Ya te diré cuándo tienes que detenerte.

El juego prosiguió en esa línea hasta que finalmente Jeremy logró regresar al lado de Lexie. Se sentó un momento en el suelo, y ella se quitó las gafas entre risitas.

—Toma.

—Gracias.

—No hay de qué. Ha sido un placer ayudarte.

Durante la siguiente media hora, Lexie y Jeremy rememoraron detalles de la fiesta. Estaba demasiado oscuro para que Jeremy pudiera ver la cara de Lexie, pero le gustó mucho la sensación de tenerla tan cerca en medio de la oscuridad circundante.

Cambiando el tema de conversación, él dijo:

—Cuéntame qué pasó la vez que viste las luces. Esta noche he oído las versiones de todo el mundo, excepto la tuya.

A pesar de que sus rasgos no eran nada más que sombras,

191

Jeremy tuvo la impresión de que ella se dejaba llevar por los recuerdos de algo que no estaba segura de querer recordar.

—Tenía ocho años —evocó, con la voz suave—. No sé por qué razón, empecé a tener pesadillas sobre mis padres. Doris tenía colgada en la pared una foto del día que se casaron, y ésa era la apariencia que tenían en mis sueños: mamá vestida con su traje de novia, y papá con su esmoquin. Pero en mis sueños los veía atrapados en el coche después de caer al río. Era como si los estuviera contemplando desde fuera del coche, y podía ver el pánico reflejado en sus caras mientras el agua engullía el coche lentamente. Mi madre tenía una expresión realmente triste, como si se diera cuenta de que eso era el final; de repente, el coche empezaba a hundirse más rápidamente, y yo lo veía todo desde arriba.

Su voz tenía un extraño tono emotivo. Suspiró hondamente y reemprendió el relato:

—Me despertaba gritando. No sé cuántas veces sucedió (con los años todos los recuerdos acaban volviéndose borrosos), pero probablemente tuve esa pesadilla bastantes veces antes de que Doris se diera cuenta de que no se trataba sólo de una fase. Supongo que otros padres me habrían llevado a un terapeuta, pero Doris..., bueno, ella se limitó a despertarme una noche, me pidió que me vistiera y que me abrigara con una chaqueta gruesa, y a continuación me trajo aquí. Me dijo que iba a mostrarme algo maravilloso.

Volvió a suspirar.

—Recuerdo que era una noche cerrada como ésta, así que Doris me agarró de la mano para evitar que tropezara y me cayera. Deambulamos entre las tumbas y luego nos sentamos un rato, hasta que aparecieron las luces. Parecía como si estuvieran vivas. De repente todo se iluminó, hasta que las luces desaparecieron. Después regresamos a casa.

Jeremy casi podía notar cómo se encogía a causa de los recuerdos.

—Aunque era muy pequeña, comprendí lo que había pasado, y cuando volvimos a casa, no pude dormir, porque estaba segura de que acababa de ver los fantasmas de mis padres. Era como si hubieran venido a visitarme. Después de esa vivencia, nunca más volví a tener aquella pesadilla.

Jeremy la escuchaba en silencio.

Ella se inclinó hacia él, para acercarse un poco más.

—¿Me crees?

—Sí —respondió—. De veras, te creo. Estoy seguro de que, aunque no te conociera, tu historia sería la que más recordaría de esta noche.

—Pues mira, si no te importa, preferiría que mi experiencia no apareciera en tu artículo.

—¿Estás segura? Podrías hacerte famosa.

—No me interesa, gracias. Ya he sido testigo de cómo un poco de fama puede arruinar a un tipo estupendo.

Él soltó una carcajada.

—Puesto que esta historia quedará entre tú y yo, ¿puedo preguntarte si tus recuerdos eran uno de los motivos por los que has aceptado venir conmigo aquí esta noche? ¿O era simplemente porque querías disfrutar de mi extraordinaria compañía?

—Bueno, definitivamente no ha sido por la segunda razón —aseveró Lexie, aunque a pesar de sus palabras, sabía que sí que lo era. Le pareció que él también se daba cuenta, pero en la breve pausa que siguió a su comentario, notó que sus palabras habían sido demasiado punzantes.

—Lo siento —se disculpó.

—No pasa nada —dijo él, agitando la mano—. Recuerda, tengo cinco hermanos mayores. Los insultos han formado parte de mis relaciones familiares desde que era pequeño, así que estoy más que acostumbrado.

Ella irguió la espalda.

—Muy bien, contestando a tu pregunta… Quizá sí que quería ver las luces de nuevo. Para mí siempre han sido una fuente de apoyo.

Jeremy rompió una ramita del suelo, jugueteó con ella unos instantes y luego la tiró a un lado.

—Tu abuela demostró ser una mujer muy inteligente. Me refiero a lo que hizo.

—Es una mujer muy inteligente.

—Es cierto —ratificó Jeremy, y justo entonces Lexie se acercó más a él, como si se esforzara por ver algo a lo lejos.

—Supongo que querrás encender las cámaras —dijo ella.

193

—¿Por qué?

—Porque se acercan. ¿No lo notas?

Jeremy estaba a punto de bromear sobre el hecho de lo ávido que era como cazafantasmas cuando se dio cuenta de que no sólo podía ver a Lexie, sino también las cámaras que quedaban más apartadas. Y también divisó la senda hasta el coche. En esos momentos empezaba a haber más luz.

—¡Eh! —exclamó ella—. ¿Vas a dejar escapar tu gran oportunidad?

Él parpadeó varias veces seguidas para asegurarse de que sus ojos no le estaban jugando una mala pasada, luego activó el control remoto de las tres cámaras. Los pilotos rojos se encendieron a lo lejos. Era todo lo que podía hacer para procesar el hecho de que sucedía algo anómalo.

Miró a su alrededor, como buscando algún coche que pasara cerca de la carretera o alguna casa iluminada, y cuando volvió a mirar hacia las cámaras, decidió que definitivamente pasaba algo raro. No sólo podía ver las cámaras, sino también el detector electromagnético en el centro del triángulo. Cogió las gafas de visión nocturna.

—No las necesitarás —anunció ella.

De todas formas, Jeremy se las puso, y súbitamente el mundo adoptó un resplandor verde fosforescente. Mientras se incrementaba la intensidad de la luz, la niebla empezaba a adoptar formas más sinuosas.

Consultó la hora: pasaban diez segundos de las 23.44, y anotó el dato para no olvidarlo. Se preguntó si la luna había salido repentinamente; lo dudaba, pero de todos modos pensaba consultar la fase lunar cuando regresara a su habitación en el Greenleaf.

Pero esos pensamientos no eran más que secundarios. La niebla, tal y como Lexie había predicho, continuó haciéndose más luminosa, y Jeremy se quitó las gafas por un momento, notando la diferencia entre las imágenes. La luminosidad iba en aumento, pero el cambio todavía parecía más significativo con las gafas. Se moría de ganas de comparar las imágenes grabadas con las cámaras una a una. Pero en esos precisos instantes, todo lo que podía hacer era mirar fijamente hacia delante, esta vez sin las gafas.

Conteniendo la respiración, contempló cómo la niebla delante de ellos se tornaba más plateada, antes de cambiar a un amarillo pálido, luego a un blanco opaco, y finalmente adquirir una luminosidad prácticamente cegadora. Por un momento, sólo un momento, casi todo el cementerio se hizo visible —como un campo de fútbol iluminado antes de que empiece el partido—, y pequeñas porciones de la luz de la niebla empezaron a agitarse en un círculo de reducidas dimensiones antes de esparcirse súbitamente hacia el exterior del núcleo, como si se tratara de una estrella que acabara de explotar. Por un instante, Jeremy imaginó que veía las formas de personas o de cosas, pero justo entonces la luz empezó a retirarse, como si alguien la estuviera arrastrando con un hilo, hacia atrás, hacia el centro, y antes de que pudiera darse cuenta, las luces habían desaparecido y el cementerio volvía a estar completamente a oscuras.

Jeremy parpadeó para asegurarse de que no estaba soñando y acto seguido consultó nuevamente la hora. La visión había durado veintidós segundos exactamente. A pesar de que sabía que debía incorporarse e ir a inspeccionar el equipo, se quedó unos instantes con la mirada clavada en el punto donde los fantasmas de Cedar Creek habían hecho su aparición.

195

Los fraudes, los errores sin mala fe y las coincidencias eran las explicaciones más frecuentes para eventos tachados de sobrenaturales, y hasta ese momento, cada investigación llevada a cabo por Jeremy encajaba en una de esas tres categorías. La primera tendía a ser la razón más predominante en situaciones en que alguien intentaba sacar alguna clase de provecho. En esta categoría se encontraba William Newell, por ejemplo, que alegaba haber encontrado, en su granja de Nueva York en 1869, los restos petrificados de un gigante, una estatua conocida como el Gigante de Cardiff. Timothy Clausen, el espiritista, era otro ejemplo.

Mas los fraudes también incluían a aquellos que simplemente querían ver a cuánta gente podían engañar, no por dinero, sino únicamente para constatar si eso era posible. Doug Bower y Dave Chorley, los granjeros ingleses que crearon el fenómeno conocido como los círculos en los sembrados, eran un claro ejemplo; el médico que fotografió al monstruo del lago Ness en 1933 era otro. En ambos casos, el engaño fue originalmente perpetrado como una broma práctica, pero el interés que sus engaños despertaron en el público fue tan grande que los culpables no se atrevieron a realizar las confesiones pertinentes.

Los errores sin mala fe, por otro lado, eran simplemente eso: alguien que confundía un globo aerostático con un ovni, un oso con Bigfoot, o de repente se descubría que alguien había movido unos restos arqueológicos hasta la ubicación que ocupaban en la actualidad cientos o miles de años después de su emplazamiento original. En esos casos, el testigo veía algo, pero la mente convertía la visión en algo completamente distinto.

En el saco de las coincidencias tenía cabida prácticamente el resto de los casos, y era simplemente una cuestión de probabilidad matemática. Por increíble que pudiera parecer que un evento sucediera, mientras existiera la más leve posibilidad de que pasara, probablemente acabaría sucediéndole a alguien, en algún lugar, en algún momento. Por ejemplo, la novela *Futilidad* de Robert Morgan, publicada en 1898 —catorce años antes del hundimiento del *Titanic*—, narraba la historia del barco de pasajeros más grande del mundo que partía del puerto de Southampton en su viaje inaugural, durante la travesía chocaba contra un iceberg, y un nutrido número de sus pasajeros ricos y famosos perecían trágicamente en las gélidas aguas del Atlántico Norte por falta de suficientes botes salvavidas. El nombre del barco, irónicamente, era *Titán*.

Sin embargo, lo que había sucedido en el cementerio de Cedar Creek no acababa de encajar en ninguna de estas tres categorías. A Jeremy no le pareció que las luces fueran fruto ni de un fraude ni de una coincidencia, y tampoco creyó que se tratara de un error sin mala fe. Debía de haber alguna explicación lógica, pero allí sentado en el cementerio, todavía aturdido por la visión que acababa de presenciar, no tenía ni idea de lo que podía ser.

Durante el transcurso de los acontecimientos, Lexie había permanecido sentada y no había pronunciado ni una sola palabra.

—¿Y bien? —preguntó finalmente—. ¿Qué opinas?

—Todavía no lo sé —admitió Jeremy—. He visto algo, de eso estoy seguro.

—¿Habías visto algo parecido en tu vida?

—No —confesó él—. Por primera vez tengo la impresión de estar ante algo misterioso.

—Es increíble, ¿no crees? —declaró ella, con una voz inmensamente suave—. Casi había olvidado lo bonitas que eran. He oído hablar de las auroras boreales, y a veces me pregunto si deben de asemejarse.

Jeremy no respondió. Allí sentado en silencio, recreó las luces mentalmente, pensando que la intensidad progresiva que habían ido adquiriendo le recordaba a los faros de un coche en dirección contraria después de una curva. Simplemente tenían que ser el resultado de alguna clase de vehículo en movimiento, pensó. Miró otra vez hacia la carretera, esperando a que pasara un coche, pero no le sorprendió no ver ninguno.

Durante unos minutos, Lexie no lo interrumpió. Después se inclinó hacia delante y le dio un golpecito en el brazo para llamar su atención.

—Bueno, ¿qué hacemos ahora?

Jeremy sacudió enérgicamente la cabeza, intentando enfocar toda su atención en ella.

—¿Hay alguna autopista cerca, o alguna carretera principal?

—Sólo la que hemos tomado para venir hasta aquí, la que atraviesa el pueblo.

—Hum —musitó él frunciendo el ceño.

—Vaya, esta vez no has recurrido a tu expresión favorita. ¿Es que aún no has hallado la solución al misterio?

—No, aún no —contestó Jeremy—. Pero no te preocupes; lo encontraré.

A pesar de la oscuridad total, le pareció que podía verla sonriendo socarronamente.

—¿Por qué tengo la impresión de que tú ya sabes el motivo que origina esas luces?

—No lo sé —respondió ella en un tono inocente—. ¿Por qué?

—Sólo es un presentimiento. Yo también soy muy bueno leyendo los pensamientos de la gente. Un individuo llamado Clausen me enseñó todos sus secretos.

197

Lexie se echó a reír.

—Perfecto. Entonces ya sabes lo que estoy pensando.

Ella le dio un momento para que intentara averiguarlo antes de inclinarse hacia delante. Sus ojos transmitían una oscura aura de seducción, y a pesar de que Jeremy debía de estar pensando en otras cosas, nuevamente recordó lo guapa que estaba en la fiesta.

—¿No te acuerdas de mi historia? —susurró ella—. Eran mis padres. Probablemente querían conocerte.

Quizá fuera el tono huérfano que usó cuando pronunció esas palabras —triste y tierno a la vez— lo que provocó que Jeremy notara cómo se le formaba un nudo en la garganta; tuvo que hacer un enorme esfuerzo para no abrazarla con fuerza allí mismo, con la intención de no separarse nunca más de ella.

Media hora más tarde, después de cargar todo el material en el coche, estaban de nuevo delante de la casa de Lexie.

Ninguno de los dos había hablado demasiado durante el trayecto de vuelta, y cuando estuvieron frente a la puerta, Jeremy se percató de que, mientras conducía, había pasado más tiempo pensando en ella que en las luces. No deseaba que la noche tocara a su fin, todavía no.

Estaba pensando en cómo insinuarle que lo invitara a entrar cuando Lexie se tapó la boca con una mano y bostezó antes de soltar una carcajada incómoda.

—Lo siento, pero es que a estas horas no suelo estar despierta.

—No pasa nada —respondió él, mirándola fijamente a los ojos—. Lo he pasado estupendamente esta noche.

—Yo también —asintió ella.

Jeremy dio un pequeño paso hacia delante. Lexie se dio cuenta de que él pretendía besarla y se puso a manosear la solapa de la chaqueta nerviosamente.

—Bueno, será mejor que entre —dijo, esperando que él captara la indirecta.

—¿Estás segura? Podríamos ver las grabaciones juntos, si

quieres. Quizá podrías ayudarme a averiguar qué son realmente esas luces.

Lexie desvió la vista hacia un lado, con una expresión melancólica.

—Por favor, no lo eches a perder, ¿vale? —murmuró.

—¿Echar a perder el qué?

—Esto… Todo… —Cerró los ojos, intentando ordenar sus pensamientos—. Los dos sabemos que quieres entrar, pero aunque yo también lo desee, no te invitaré a pasar, así que por favor, no me lo pidas.

—¿Acaso he hecho algo malo?

—No, qué va. Hoy me lo he pasado muy bien, te lo aseguro; ha sido un día estupendo. Francamente, hacía mucho tiempo que no disfrutaba tanto.

—Entonces, ¿qué pasa?

—Desde que llegaste al pueblo, no has parado de cortejarme, y ambos sabemos lo que pasará si dejo que atravieses el umbral de esta puerta. Pero después tú te marcharás. Y cuando lo hagas, la única que saldrá malparada seré yo. Así pues, ¿por qué empezar algo que no tienes intención de acabar?

Con otra persona, con cualquier otra persona, Jeremy habría hecho gala de su astucia con alguna broma o habría cambiado de tema con el fin de ganar tiempo y pensar en otra forma de conseguir que lo invitaran a entrar. Pero mientras la contemplaba en el porche, no conseguía hallar las palabras adecuadas. Aunque pareciera extraño, él tampoco quería echar a perder la historia tan especial que había nacido entre ellos dos.

—Tienes razón —admitió al tiempo que se esforzaba por dibujar una sonrisa en sus labios—. Será mejor que me marche. Debería estar investigando de dónde provienen esas luces.

Por un momento, Lexie pensó que no había oído bien, pero cuando Jeremy dio un paso hacia atrás, ella lo miró directamente a los ojos.

—Gracias.

—Buenas noches, Lexie.

Ella asintió con la cabeza y, después de una pausa incómoda, dio media vuelta en dirección a la puerta. Jeremy interpretó el movimiento como una señal de despedida, y bajó los peldaños

199

del porche mientras Lexie sacaba las llaves del bolsillo de la chaqueta. Ya había insertado la llave en la cerradura de la puerta cuando oyó la voz de Jeremy a sus espaldas.

—¡Eh! ¡Lexie!

En la niebla apenas podía distinguir su silueta.

—¿Sí?

—Supongo que no me creerás, pero lo último que desearía sería hacerte daño o alguna cosa por la que te arrepintieras de haberme conocido.

A pesar de que ella sonrió brevemente a raíz del comentario, se dio la vuelta y desapareció sin decir ni una sola palabra. La falta de respuesta surtió más efecto que mil palabras, y por primera vez en su vida, Jeremy no sólo se sintió decepcionado consigo mismo, sino que de repente sintió un enorme deseo de ser alguien completamente distinto.

Capítulo 11

*L*os pájaros trinaban, la niebla empezaba a disiparse, y un mapache atravesó corriendo el porche del bungaló justo en el momento en que el teléfono móvil de Jeremy empezó a sonar. La luz matinal, opaca y gris, se colaba a través de las cortinas deshilachadas, dándole de lleno en un ojo como si fuera un puñetazo propinado por un boxeador profesional.

Echó un vistazo al reloj. Eran las ocho de la mañana; demasiado pronto para hablar con nadie, especialmente después de una larga noche. Se estaba haciendo viejo para esos trotes, y antes de responder la llamada, soltó un bufido.

—Será mejor que se trate de algo importante —musitó.

—¿Jeremy? ¿Eres tú? ¿Dónde diablos te habías metido? ¿Por qué no me has llamado? ¡He intentado contactar contigo un millón de veces!

«Nate —pensó Jeremy, cerrando de nuevo los ojos—. Por el amor de Dios, Nate.»

Entretanto, Nate proseguía con su charla. Indudablemente debía de estar emparentado con el alcalde de Boone Creek, aunque él no lo supiera, razonó Jeremy. Si encerraran a ese par en una habitación y los colgaran de un generador mientras hablaban, seguramente producirían suficiente energía como para alumbrar a todo Brooklyn durante un mes entero.

—¡Me dijiste que estarías en contacto!

Jeremy se esforzó por incorporarse hasta que logró sentarse en la cama; tenía todo el cuerpo entumecido.

—Lo siento, Nate. He estado ocupadísimo, y además, la cobertura no es muy buena en este lugar.

—¡Tenías que mantenerme informado! ¿Recuerdas? Ayer

te estuve llamando todo el día, pero cada vez me salía tu maldito contestador. No puedes ni imaginarte cómo están las cosas por aquí. Los productores me asedian sin parar; me vienen a ver para solicitarme ideas sobre temas que puedan despertar tu interés. Te aseguro que va en serio; ¡te quieren fichar! Uno de ellos me ha sugerido que investigues un poco sobre la cuestión de las dietas elevadas en proteínas. Ya sabes, esas que certifican que puedes zamparte todo el beicon y los bistecs que quieras y que todavía perderás peso.

Jeremy sacudió la cabeza, intentando no perder el hilo de la conversación.

—Un momento. ¿De qué diantre estás hablando? ¿Quién quiere que investigue sobre qué dieta?

—Los de *GMA*. ¿A quién creías que me refería? Les he dicho que les llamaré para darles una respuesta, pero creo que podrás realizar el trabajo sin ningún problema.

Jeremy se frotó la frente. A veces ese hombre le provocaba dolor de cabeza.

—Mira Nate, no tengo ningún interés en dedicarme a investigar nada sobre esas dichosas dietas de moda. Por si no lo recuerdas, me dedico al periodismo científico.

—Bueno, pues te esfuerzas un poco más y punto. Eso es lo que harás, ¿de acuerdo? Además, las dietas están relacionadas con la química y la ciencia. ¿Tengo razón o no? Vamos, admítelo; sabes que tengo razón. Ya me conoces: cuando tengo razón, la tengo. Es más, estoy barajando unas cuantas posibilidades sobre…

—He visto las luces —lo interrumpió Jeremy.

—Bueno, veamos, si realmente tienes algo entre manos que valga la pena, podemos hablar. Pero te juro que me estoy volviendo loco con tantas llamadas de los productores, y ese proyecto sobre las dietas podría ser un trampolín para lanzarte a…

—Te digo que he visto las luces —volvió a repetir Jeremy, elevando el tono de voz.

Esta vez Nate le prestó atención.

—¿Te refieres a las luces en el cementerio?

Jeremy continuó frotándose las sienes.

—Sí, a ésas.

—¿Cuándo? ¿Y por qué no me has llamado? ¡Pues eso puede ser una auténtica bomba! ¡Oh, por favor, dime que las has filmado!

—Sí, pero todavía no he visto las grabaciones, por lo que no puedo confirmarte si han salido bien o no.

—¿Así que las luces existen?

—Sí. Pero creo que he averiguado su origen.

—Así que no existen...

—Escucha, Nate, estoy cansado, así que escúchame durante un minuto sin interrumpir, ¿vale? Ayer por la noche fui al cementerio y vi las luces. Y te aseguro que ahora comprendo por qué algunas personas creen que son fantasmas; es por la forma en que aparecen. Existe una bonita leyenda, además, y los del pueblo incluso han organizado este fin de semana una gira para sacar partido de la ocasión. Pero después de marcharme del cementerio, indagué el motivo y estoy casi seguro de que lo he encontrado. Todo lo que tengo que hacer es descubrir cómo y por qué sucede, aunque ya tengo algunas ideas vagas, y si todo va bien, lo habré averiguado esta misma noche.

Sorprendentemente, Nate no parecía tener nada que decir. Sin embargo, como buen profesional que era, se recuperó rápidamente.

—Vale, vale; dame un segundo para imaginar la mejor forma de sacarle partido a esta historia. Estoy pensando que los de la tele podrían...

Jeremy se preguntó en quién más debía de estar pensando.

—¡Ya lo tengo! A ver qué te parece esto —continuó Nate—. Empezamos con la leyenda, como para situar la historia en escena. Un cementerio entre la bruma del crepúsculo, un primer plano de algunas de las tumbas, quizá de un cuervo ominoso, y tu voz en *off*...

Ese hombre era un maestro de los clichés a lo Hollywood, y Jeremy volvió a consultar la hora, pensando que aún era demasiado temprano para atender una clase magistral sobre efectos especiales.

—Nate, estoy cansado. ¿Qué te parece si maduras un poco la idea y me llamas más tarde?

203

—Vale. Para eso estoy aquí, ¿no? Para hacerte la vida más fácil. Oye, ¿te parece bien si se lo comento a Alvin?

—No, todavía no. Primero déjame ver las cintas, y luego ya le llamaré yo para saber su opinión.

—De acuerdo —aceptó, con un tono lleno de entusiasmo—. Me parece perfecto. ¡Buena idea! ¡Una historia de fantasmas genuina! ¡Seguro que les encantará! ¿Te he dicho que esos productores parecían realmente interesados en el proyecto? Créeme, les dije que regresarías con un reportaje cojonudo y que probablemente no estarías interesado en eso de las dietas. Pero ahora que tenemos este bombazo entre las manos, podremos negociar con ellos. ¡Se volverán locos! Me muero de ganas de decírselo, y escucha, te volveré a llamar dentro de un par de horas, así que haz el favor de no alejarte del móvil, ¿me oyes? Las cosas podrían precipitarse aquí, y…

—Adiós, Nate. Ya hablaremos más tarde.

Jeremy volvió a acurrucarse en la cama y se cubrió la cabeza con la almohada, pero al no poder conciliar el sueño de nuevo, se levantó de mal humor y se dirigió al cuarto de baño, procurando no reparar en las criaturas disecadas que parecían observar cada uno de sus movimientos. Sin embargo, se estaba acostumbrando a ellas, y mientras se desnudaba, colgó la toalla en las garras extendidas de un tejón, pensando que podía beneficiarse de la postura conveniente del animal.

Entró en la ducha, abrió el grifo y se quedó debajo del chorro de agua durante veinte minutos, hasta que su piel estuvo completamente arrugada. Sólo entonces empezó a sentirse despierto. Dormir apenas un par de horas podía provocar esa sensación de malestar en cualquiera.

Después de ponerse los vaqueros, agarró las cintas de vídeo y se montó en el coche. La niebla flotaba sobre la carretera como una capa de hielo seco evaporado en el escenario de un concierto, y el cielo ofrecía los mismos tonos mates del día anterior, lo cual le hizo suponer que las luces volverían a aparecer esa noche, y eso no sólo era una buena noticia para los turistas que se acercaran hasta el pueblo ese fin de semana, sino que también significaba que probablemente debería llamar a Alvin. Aunque las grabaciones hubieran salido bien, Alvin era un genio con la cámara; podría capturar imágenes que seguramente provocarían una enorme hinchazón en el dedo de Nate a causa de tantas llamadas telefónicas como haría.

Sin embargo, lo primero que quería hacer era ver qué había grabado, sólo para estar seguro de si había conseguido captar algo. Como era de esperar, en Greenleaf no disponían de un magnetoscopio, pero había visto uno en la sala de los originales, y mientras conducía por la carretera intransitada camino del pueblo, se preguntó cómo reaccionaría Lexie cuando lo viera. ¿Volvería a marcar distancias, ofreciéndole sólo un trato frío y profesional? ¿Persistirían los sentimientos del día que habían pasado juntos? ¿O simplemente recordaría los momentos finales en el porche, cuando él se excedió con tanta insistencia? No tenía ni la menor idea de lo que iba a suceder, si bien se había pasado gran parte de la noche pensando en ello.

Había encontrado el origen de las luces. Como en casi todos los casos, resolver el misterio no era tan difícil si uno sabía dónde buscar, y un rápido vistazo a una página electrónica patrocinada por la NASA eliminó la única posibilidad alternativa. Averiguó que la luna no podía ser la responsable de las luces. Esa noche había luna nueva, es decir, cuando la luna se oculta tras la sombra de la tierra, y Jeremy albergaba la sospecha de que las luces misteriosas sólo aparecían en esa fase en particular. Tenía sentido: sin la luz de la luna, incluso los vestigios de cualquier otra luz serían mucho más evidentes, especialmente si se reflejaban en las gotitas de agua de la niebla.

Sin embargo, mientras se hallaba de pie, expuesto al aire helado y con la respuesta al alcance, todo lo que podía hacer era pensar en Lexie. Le parecía imposible que sólo hiciera dos días que se conocían. No, no era posible. Einstein había postulado que el tiempo era relativo, y supuso que ésa podría ser la explicación de lo que le sucedía a él. ¿Cómo era el viejo proverbio acerca de la relatividad? Más o menos venía a decir que un minuto con una bella mujer duraba un instante, mientras que un minuto con la mano sobre un hornillo caliente podía parecer una eternidad.

De nuevo se arrepintió de su comportamiento en el porche, maldiciéndose por milésima vez por no haber sabido captar las indirectas que Lexie le lanzaba mientras él estaba pensando en besarla. Lexie había expuesto sus sentimientos de una forma evidente, pero él los había ignorado. En circunstancias normales, ya haría muchas horas que Jeremy se habría olvidado del fiasco por completo; se habría reído de lo sucedido, restándole importancia. Pero por alguna razón desconocida, esta vez no le resultaba tan fácil.

A pesar de que había salido con un montón de chicas y que no se había convertido exactamente en un ermitaño después de que Maria lo abandonara, no solía hacer eso de pasarse todo el día charlando con una mujer. Generalmente sólo salía a cenar o a tomar unas copas para preparar el terreno antes de que llegara la mejor parte. Sabía que tenía que madurar en lo que se refería a salir con alguien, a lo mejor incluso debería sentar la cabeza y vivir una vida similar a la de sus hermanos. Sus hermanos ya le habían demostrado que eso era precisamente lo que esperaban de él, y sus esposas también. Eran de la opinión ampliamente compartida de que debería intentar conocer a las mujeres antes de acostarse con ellas, y uno de sus hermanos había ido tan lejos como para montarle una cita con una vecina divorciada que abogaba por la misma idea. Por supuesto, la vecina rechazó un segundo encuentro, básicamente porque en la primera cita él no demostró ni el más mínimo interés por ella. En los últimos años le parecía todavía más fácil intentar no conocer a las mujeres con profundidad, mantenerlas en el reino de los extraños a perpetuidad, donde todavía podían albergar esperanzas de llegar a establecer una relación más estable con él.

Y ahí radicaba el problema. No había esperanza. Por lo menos, no para la clase de vida en la que sus hermanos y sus cuñadas creían; ni siquiera, sospechaba, para la que Lexie quería. Su divorcio con Maria se lo había dejado más claro que el agua. Lexie era una chica provinciana con sueños provincianos, y no sería suficiente con ser leal y responsable y tener cosas en común. La mayoría de las mujeres quería algo más, algo que él no podía darles. Y no porque no quisiera, ni tampoco era porque se sintiera muy a gusto con su vida de soltero, sino simplemente porque era imposible. La ciencia podía dar respuesta a un montón de preguntas, podía resolver una pila de problemas, pero no podía cambiar su realidad particular. Y la realidad era que Maria lo había dejado porque no había sido, ni nunca podría serlo, la clase de esposo que ella quería.

Jeremy jamás había admitido esa dolorosa verdad ante nadie, por supuesto. No se la había admitido a sus hermanos, ni a sus padres, ni a Lexie. Y normalmente, incluso en los momentos de calma, ni a sí mismo.

Aunque la biblioteca estaba abierta cuando llegó, no había rastro de Lexie, y Jeremy sintió una punzada de decepción cuando abrió la puerta de su despacho y lo encontró vacío. Sin embargo, se dio cuenta de que ella había pasado por allí antes: la sala de los originales no estaba cerrada con llave, y cuando abrió la luz, vio una nota sobre la mesa, junto con los mapas topográficos que él había mencionado. Sólo necesitó un instante para leer la nota:

> Tengo que encargarme de unos asuntos personales. Puedes usar el magnetoscopio si lo necesitas.
>
> LEXIE

No mencionaba ni el día anterior ni la noche previa; tampoco mencionaba la posibilidad de quedar otra vez. Ni siquiera contenía ninguna coletilla afable antes de la firma. No era exactamente una nota desconsiderada y fría, pero tampoco despertó en él el nerviosismo del que espera algo más.

No obstante, probablemente estaba realizando una lectura demasiado profunda de la nota. Quizá Lexie tenía prisa cuando la escribió por la mañana, o quizá había preferido no extenderse demasiado porque pensaba regresar pronto. Mencionaba que se trataba de asuntos personales, y con las mujeres eso podía significar desde una cita con el médico hasta salir a comprar un regalo de cumpleaños para un amigo. No había forma de saberlo.

Y además, él tenía trabajo que hacer, se recordó a sí mismo. Nate estaba esperando, y el giro radical en su carrera profesional probablemente dependía del proyecto que tenía entre las manos. Jeremy se esforzó por concentrarse en terminar la historia.

Las grabadoras de audio no habían captado ningún sonido inusual, y ni el detector de microondas ni el electromagnético habían registrado la más mínima variedad de energía. Las cintas de vídeo, sin embargo, habían grabado todo lo que él había visto la noche previa, y revisó las imágenes media docena de veces desde cada ángulo diferente. Las cámaras con la capacidad de filtrado de luz especial mostraban el brillo de la niebla con más intensidad. Aunque esas cintas podrían ayudarle a rematar su artículo, carecían de la fuerza visual necesaria como para poder considerarlas material televisivo de calidad. Cuando observaba las imágenes en tiempo real, notaba que tenían el sello de un vídeo doméstico, lo que le recordaba las empalagosas grabaciones que recibía como prueba de otros eventos supernaturales. Anotó que debía comprar una cámara real, sin importar la cantidad de tallos de apio que tuviera que engullir su editor cuando le presentara la factura.

A pesar de que las grabaciones no ofrecían la calidad que él había esperado, contemplar la forma en que las luces habían cambiado durante los veintidós segundos que fueron visibles le sirvió para corroborar que había hallado la respuesta. Dejó la actividad de las cintas a un lado, tomó los mapas topográficos y calculó la distancia de Riker's Hill hasta el río. Comparó las fotos que había tomado previamente en el cementerio con las fotos del cementerio que había encontrado en los libros relativos a la historia local, y llegó a una conclusión que consideró más que precisa sobre el grado en que se hundía el cementerio. Aunque no fue capaz de encontrar más información sobre la leyenda de Hettie Doubilet —no había mención alguna en los datos acerca de ese período—, realizó una llamada a la Oficina de Aguas del estado interesándose por la reserva de agua subterránea en esa parte del condado, y otra al Departamento de Minas, que le proporcionó información acerca de las canteras excavadas previamente en los campos que ocupaba el cementerio. Después de eso, escribió unas cuantas palabras en un buscador de internet para averiguar los horarios que necesitaba, y finalmente, después de permanecer en espera durante diez minutos, pudo hablar con un trabajador de la fábrica de papel, un tal Larsen, quien tuvo la amabilidad de ayudarlo en todo lo que pudo.

Y con eso logró que todas las piezas encajaran como para poder probar definitivamente su teoría.

La verdad había estado descaradamente delante de las narices de todo el mundo. Como en la mayoría de los misterios, la solución era simple, y por eso se preguntó cómo era posible que nadie se hubiera dado cuenta de ello con anterioridad. A menos, por supuesto, que alguien lo hubiera hecho, lo cual abría la puerta a otro punto de vista en la historia.

Nate, sin duda, estaría entusiasmado, pero a pesar del éxito conseguido por la mañana, Jeremy no tenía la sensación de haber conseguido su objetivo. En lugar de eso, no podía dejar de pensar que Lexie no estaba cerca para felicitarlo o para gastarle una broma al respecto. Lo cierto era que no le importaba cómo reaccionara; lo único que le importaba era que reaccionara, y se levantó de la silla para dirigirse nuevamente a su despacho.

A simple vista ofrecía el mismo aspecto que el día anterior: pilas de documentos amontonadas sobre la mesa, libros esparcidos por doquier de una forma aleatoria, y el salvapantallas del ordenador mostrando unos trazos de vivos colores. El contestador, con la luz destellante indicando que tenía mensajes, descansaba al lado de una pequeña maceta con una planta.

A pesar de lo que veía, Jeremy tuvo la impresión de que, sin Lexie, la habitación parecía estar completamente vacía.

209

Capítulo 12

—¡Vaya por Dios! ¡Pero si es mi queridísimo amigo! —gritó Alvin a través del teléfono—. ¿Cómo te va la vida por el sur?

A pesar de que el teléfono móvil de Jeremy sufría interferencias, Alvin sonaba extraordinariamente alegre.

—Oh, muy bien. Te llamaba para ver si todavía estás interesado en venir a ayudarme con la historia de los fantasmas.

—¡Ahora mismo estaba haciendo la maleta! —repuso Alvin, con un tono de voz exultante—. Nate me llamó hace una hora y me lo contó todo. Nos veremos en el Greenleaf esta noche; Nate ha hecho la reserva. Mi avión sale de aquí a un par de horas, y créeme si te digo que me muero de ganas por llegar. Unos cuantos días trabajando más aquí y te juro que me habría vuelto tarumba.

—¿Por qué? ¿Qué pasa?

—¿No has leído los periódicos ni has visto las noticias por la tele?

—Claro que sí. He leído el *Boone Creek Weekly* de cabo a rabo.

—¿El qué?

—Nada, olvídalo; no es importante —aclaró Jeremy.

—Desde que te marchaste, el viento no ha dejado de soplar. Las consecuencias han sido devastadoras —informó Alvin—. Y me refiero a una ventisca del Polo Norte, de esas en las que ni siquiera la nariz roja de Rudolph sirve para nada… Ya sabes, Rudolph…, el reno de Papá Noel… ¡Qué chiste más bueno!, ¿eh? Bueno, como te decía, la isla de Manhattan ha quedado prácticamente sepultada. Te largaste justo a tiempo. Desde que te marchaste, hoy es el primer día que los aviones están saliendo más o menos a la hora prevista. He tenido que recurrir a mis influencias para conseguir el vuelo que quería. ¿Cómo es posible que no te hayas enterado?

Mientras Alvin hablaba, Jeremy pulsaba algunas teclas del ordenador para acceder al Canal del Tiempo a través de internet. En el mapa de Estados Unidos que apareció en pantalla, la zona del nordeste no era más que una tupida mancha blanca.

«Caramba. ¿Quién se lo iba a imaginar?», pensó.

—Es que he estado muy ocupado —balbuceó a modo de excusa.

—¡Ya! Pues a mí me parece que has estado escurriendo el bulto —comentó Alvin—. Pero espero que la chica valga la pena.

—¿De qué estás hablando?

—A mí no me engañas, chaval. Somos amigos, ¿recuerdas? Nate estaba al borde de un ataque de nervios porque no conseguía contactar contigo; tú no has leído la prensa, ni tampoco has mirado las noticias. Ambos sabemos lo que eso significa. Siempre actúas igual cuando conoces a un nuevo pimpollo.

—Mira, Alvin…

—¿Es guapa? Me apuesto lo que quieras a que sí. Siempre te han gustado las más espectaculares. Qué rabia que me da…

Jeremy dudó antes de responder, pero al final acabó por ceder. Si Alvin iba a venir, era mejor que se lo contara cuanto antes.

—Sí, es muy guapa. Pero no es lo que crees. Sólo somos amigos.

—¡Anda ya! —espetó Alvin, riendo—. Lo que pasa es que tu idea de amistad no coincide con la mía.

—No, esta vez es distinto —reconoció Jeremy.

—¿Tiene hermanas? —preguntó Alvin, ignorando el comentario.

—No.

—Pero tendrá alguna amiga, supongo. Y te recuerdo que no estoy interesado en bailar con la más fea.

Jeremy notó un incipiente dolor de cabeza, y su tono de voz cambió de forma radical.

—Mira, no estoy de humor para esas tonterías, ¿vale?

Alvin se quedó mudo al otro lado del aparato.

—¿Qué te pasa? Simplemente estaba bromeando.

211

—Lo que me pasa es que no me hacen gracia algunas de tus bromas.

—Te gusta, ¿eh?

—Ya te he dicho que sólo somos amigos.

—No te creo. Te estás enamorando como un pardillo.

—No —replicó Jeremy.

—Te conozco como si te hubiera parido, así que no intentes negarlo. Y me parece genial; raro, pero genial. Desgraciadamente, tendremos que continuar hablando de este tema tan interesante más tarde, porque si no, perderé el avión. El tráfico está fatal, como puedes imaginar. Pero de verdad, me muero de ganas por ver a la mujer que finalmente ha conseguido domarte.

—No me ha domado —protestó Jeremy—. ¿Por qué no haces el favor de escucharme?

—Pero si es lo que estoy haciendo. Lo que sucede es que también oigo las cosas que no quieres contarme.

—Bueno, dejémoslo ahí, ¿vale? ¿Cuándo llegarás?

—Hacia las siete de la tarde. Nos vemos luego, ¿de acuerdo? Ah, y salúdala de mi parte. Dile que me muero de ganas por conocerla, a ella y a su amiga…

Jeremy colgó antes de que Alvin tuviera la oportunidad de acabar, y, como si quisiera rematar el incómodo diálogo, introdujo el móvil en el fondo del bolsillo.

Por eso lo había mantenido desconectado. Debía de haber sido una decisión del subconsciente, basada en el hecho que sus dos mejores amigos a veces mostraban una tendencia a ser unos auténticos pesados. Primero Nate, el conejito incombustible de las pilas Energizer y su interminable búsqueda de la fama. Y ahora esto.

Alvin no tenía ni idea de acerca de qué estaba hablando. Quizá habían sido amigos en el pasado, habían pasado muchos viernes por la noche mirando a mujeres descaradamente por encima de las jarras de cerveza, a lo mejor habían hablado sobre temas trascendentales durante horas y, sin lugar a dudas, Alvin había llegado a creer que tenía razón. Pero en esta ocasión no era así, simplemente porque no podía serlo.

Después de todo, los hechos hablaban por sí solos. Básicamente, porque Jeremy no había amado a ninguna mujer desde hacía una eternidad, y a pesar de que había llovido mucho desde la última vez que estuvo enamorado, todavía recordaba lo que había sentido. Estaba seguro de que habría reconocido ese sentimiento de nuevo, y francamente, no era así. Y puesto que prácticamente acababa de conocer a Lexie, la idea le parecía absolutamente ridícula. Incluso su madre, italiana de pura cepa y exageradamente sentimental, no creía en el amor a primera vista. Como con sus hermanos y sus cuñadas, su madre sólo deseaba que Jeremy se casara y tuviera hijos; pero si él apareciera por la puerta y anunciara que había conocido a la mujer de su vida dos día antes, su madre le propinaría un fuerte escobazo, proferiría insultos en italiano, y lo arrastraría derechito a la iglesia, convencida de que le ocultaba algunos pecados más serios que necesitaban ser confesados.

Su madre conocía a los hombres. Se había casado con uno, había criado a sus seis hijos —todos varones—, y tenía la certeza de que lo había visto todo. Sabía exactamente qué era lo que los hombres pensaban cuando miraban a una mujer, y a pesar de que se fiaba más del sentido común que de la ciencia, estaba completamente segura de que era imposible enamorarse en tan sólo un par de días. El amor podía ser un dispositivo que se disparaba rápidamente, pero el verdadero amor necesitaba tiempo para madurar hasta convertirse en algo más fuerte y duradero. El amor era, por encima de todo, un sentimiento que requería compromiso y dedicación y la creencia de que el compartir años con una determinada persona derivaría a algo más trascendental que la suma de lo que las dos almas podrían conseguir por separado. Únicamente el tiempo, sin embargo, sería capaz de demostrar si uno había tomado la decisión acertada al elegir a su pareja.

La lujuria, en cambio, podía suceder casi instantáneamente, y ése era el motivo por el que su madre le habría pegado con la escoba. Para ella, la descripción de lujuria era simple: dos personas se dan cuenta de que son compatibles, nace una atracción entre ellas y se activa el instinto primitivo de preservar la especie. Y todo eso significaba que mientras la lujuria era una posibilidad, él no podía amar a Lexie.

Así estaban las cosas. Caso cerrado. Alvin se equivocaba, Je-

213

remy tenía razón, y de nuevo la verdad le daba alas para ser libre.

Sonrió con satisfacción por un momento antes de fruncir el ceño.

Sin embargo...

Bueno, la cuestión era que tampoco estaba seguro de que fuera lujuria lo que sentía por Lexie, al menos no esa mañana. Porque más que desear abrazarla o besarla, simplemente sentía unas inmensas ganas de volver a verla, de pasar un rato con ella, de hablar con ella. Quería ver esa divertida mueca de fastidio cuando él soltaba alguna tontería, quería volver a sentir la calidez de su mano sobre su brazo como el día previo. Deseaba observar cómo se arreglaba nerviosamente el pelo detrás de la oreja, y escucharla mientras ella le contaba anécdotas de su infancia. Anhelaba preguntarle cuáles eran sus sueños y sus esperanzas para el futuro, descubrir sus secretos.

No obstante, eso no era lo más extraño de todo. Lo más extraño era que no podía percibir un motivo oculto para sus impulsos. Cierto, no diría que no si Lexie le insinuara que quería acostarse con él, pero aunque ella no quisiera, con sólo pasar un rato con ella se daba por satisfecho, al menos de momento.

En el fondo, simplemente le faltaba un motivo oculto. Ya había tomado la decisión de que nunca más pondría a Lexie en un aprieto, como había hecho la noche previa. Se requería un enorme coraje, más del que él tenía, para decir lo que ella había dicho. Después de todo, en los dos días que hacía que se conocían, Jeremy no había sido capaz de contarle que ya había estado casado.

Pero si eso no era amor ni tampoco parecía que fuera lujuria, ¿qué era? ¿Que le gustaba Lexie? Por supuesto; pero esa explicación tampoco definía exactamente lo que sentía. Era demasiado imprecisa. A le gente le gustaban los helados; a la gente le gustaba mirar la tele. No, era una expresión demasiado vaga, y francamente no reflejaba por qué, por primera vez, él sentía la necesidad de contarle a alguien la verdad sobre su divorcio. Sus hermanos no sabían el motivo, ni tampoco sus padres. Pero, si bien no sabía por qué, no podía dejar de pensar que deseaba contárselo a Lexie; y justo en ese momento ella se hallaba en algún lugar que él desconocía.

Y

Dos minutos más tarde sonó el teléfono de Jeremy, y él reconoció el número en la pantalla de su móvil. A pesar de que no estaba de humor, sabía que tenía que contestar, o si no a ese pobre hombre le daría un ataque al corazón.

—¿Qué tal? —saludó Jeremy—. ¿Cómo te encuentras?

—¡Jeremy! —gritó Nate. La voz llegaba entrecortada a causa de las interferencias—. ¡Tengo unas noticias increíbles! ¡No te vas a creer lo ocupado que he estado! ¡Esto es peor que una casa de locos! ¡He concertado una teleconferencia con los de la ABC a las dos del mediodía!

—Genial —respondió Jeremy.

—Espera, un momento. Te oigo fatal.

—Lo siento. Es por la escasa cobertura.

—¿Jeremy? ¿Estás ahí? No te oigo.

—Sí, Nate, estoy aquí.

—¿Jeremy? —gritó Nate. Obviamente no había oído su respuesta—. Escucha, si todavía me oyes, busca un teléfono público y llámame a las dos. ¡A las dos! ¡Tu carrera profesional depende de esa llamada! ¡Tu futuro profesional depende de esa llamada!

—Vale, de acuerdo.

—¡Oh, no me lo puedo creer! ¡Qué desastre! —exclamó Nate contrariado, como si hablara consigo mismo—. No oigo nada. Escucha, pulsa una tecla si has entendido todo lo que he dicho.

Jeremy pulsó la tecla del número 6.

—¡Fantástico! ¡Perfecto! ¡A las dos! ¡Y habla con la máxima naturalidad posible!, ¿vale? Esta gente parece bastante estirada y...

Jeremy cortó la llamada, preguntándose cuánto tiempo tardaría Nate en darse cuenta de que ya no lo escuchaba.

Jeremy esperó. Luego esperó un rato más.

Se paseó por la biblioteca, pasó por delante del despacho de Lexie, miró por la ventana para ver si había señales de su coche, sintiendo una creciente sensación de inquietud a medida que transcurrían los minutos. Sólo era una corazonada, pero que Lexie se hubiera ausentado esa mañana le parecía bastante extraño. No obstante, hizo todo lo posible por convencerse a sí mismo de que se equivocaba. Se dijo que tarde o temprano aparecería, y probablemente más tarde se reiría de su ridícula corazonada. Sin embargo, ahora que había concluido su búsqueda —a no ser que le interesara la posibilidad de hallar alguna anécdota excepcional en alguno de los diarios, que por cierto todavía no había acabado de leer—, no sabía qué hacer.

Regresar a Greenleaf quedaba descartado. No quería pasar más rato del necesario en ese lugar, aunque tenía que admitir que le empezaban a gustar los extravagantes toalleros. Alvin no llegaría hasta la tarde, y lo último que deseaba era merodear por el pueblo, ante el temor de que el alcalde lo acorralara. Pero tampoco quería pasarse todo el día encerrado en la biblioteca.

Deseó que Lexie hubiera sido un poco más explícita sobre cuándo pensaba volver, o al menos que le hubiera indicado dónde estaba. Había algo en la nota que no acababa de encajar, ni incluso después de haberla leído por tercera vez. ¿Lexie no se había parado a pensar en la absoluta falta de detalles del mensaje, o acaso lo había hecho adrede? Ninguna de las dos opciones le hizo sentirse mejor. Tenía que salir de ese edificio; le costaba horrores no pensar en lo peor.

Recogió sus cosas, bajó las escaleras y se detuvo delante del mostrador de recepción. La anciana que hacía las veces de conserje permanecía oculta detrás de un libro. Jeremy carraspeó para llamar su atención. La mujer levantó la vista y sonrió.

—¡Hombre, señor Marsh! Le he visto cuando llegaba esta mañana, pero no le he dicho nada porque parecía preocupado. ¿En qué puedo ayudarle?

Jeremy apretó las notas debajo del brazo e intentó hablar con un tono lo más distendido posible.

—¿Sabe dónde está la señorita Darnell? Me ha dejado una nota diciéndome que tenía que salir, y me preguntaba cuándo volverá.

—¡Qué curioso! —exclamó ella—. Estaba aquí cuando llegué. —Revisó un calendario que había sobre el mostrador—. Hoy no tiene ninguna reunión, y tampoco veo que haya anotado ninguna otra cita. ¿Ha mirado en su despacho? Igual se ha encerrado ahí dentro. A veces lo hace, cuando se le empieza a amontonar el trabajo.

—Ya lo he hecho —confirmó él—. ¿Sabe si tiene un teléfono móvil para que pueda localizarla?

—No, no tiene móvil; de eso estoy más que segura. Siempre dice lo mismo, que lo último que quiere es que alguien la encuentre cuando ella no desea ser encontrada.

—Entiendo. Bueno, gracias de todos modos.

—¿Hay algo que pueda hacer por usted?

—No, sólo necesitaba la ayuda de la señorita Darnell para el proyecto que estoy llevando a cabo.

—Siento no poder ayudarle.

—No se preocupe.

—¿Por qué no se pasa por el Herbs? Igual está allí, ayudando a Doris a prepararlo todo para este fin de semana. O quizá se ha ido a su casa. El problema con Lexie es que uno nunca sabe qué es lo que piensa hacer. A mí ya no me sorprende nada de lo que hace esa muchacha.

—Gracias. Si regresa, ¿me hará el favor de decirle que la he estado buscando?

Jeremy se marchó de la biblioteca con un profundo desasosiego.

217

Antes de dirigirse al Herbs, Jeremy pasó por la casa de Lexie, y se fijó en que las cortinas de la ventana estaban echadas y que no había rastro de su coche. Aunque no observó nada extraordinario en la escena que tenía delante, de nuevo le pareció que algo no iba bien, y la sensación de intranquilidad se acrecentó cuando condujo de vuelta por la carretera hacia el pueblo.

El trajín matutino en el Herbs había culminado, y el restaurante ofrecía el ambiente de calma contenida que siempre hay en esa clase de locales entre el desayuno y el almuerzo, cuando es hora de recoger todas las mesas y prepararlas para el siguiente turno. El personal superaba a los clientes que todavía ocupaban unas pocas mesas en una proporción de cuatro contra uno, y Jeremy sólo necesitó un momento para comprobar que

Lexie tampoco se hallaba allí. Rachel estaba limpiando una mesa y, al verlo, alzó el trapo que tenía en la mano a modo de saludo.

—¿Qué tal, corazón? —le dijo al tiempo que se le acercaba—. Es un poco tarde, pero estoy segura de que todavía podemos prepararte algo para desayunar, si tienes hambre.

Jeremy jugueteó con las llaves dentro del bolsillo.

—No, gracias. No tengo hambre. ¿Está Doris? Me gustaría hablar un momento con ella.

—Otra vez la necesitas, ¿eh? —Rachel sonrió y con la cabeza señaló hacia la cocina por encima del hombro—. Está ahí dentro. Voy a decirle que estás aquí. Ah, y cambiando de tema, menudo exitazo la fiestecita de anoche. Todo el mundo hablaba de eso esta mañana, y el alcalde se ha dejado caer por aquí para ver si te habías recuperado. Me ha dado la impresión de que se ha quedado bastante decepcionado al no verte.

—La verdad es que me lo pasé estupendamente.

—Mientras esperas, ¿quieres que te sirva una taza de té o de café?

—No, gracias —contestó él.

Rachel desapareció detrás de las puertas oscilantes, y un minuto más tarde apareció Doris, secándose las manos en el delantal. Tenía una mejilla sucia de harina, pero incluso a distancia, Jeremy pudo distinguir las ojeras que denotaban su cansancio, y parecía moverse más lentamente que de costumbre.

—Perdón por la apariencia —se disculpó ella, señalándose a sí misma—. Me has pillado preparando la masa para las tartas. Voy un poco retrasada con los preparativos, por lo de la cena de anoche. Necesitaré bastantes horas para tenerlo todo listo antes de que la marabunta inunde el local mañana.

Jeremy recordó lo que Lexie le había dicho y preguntó:

—¿Cuántas personas crees que vendrán el fin de semana?

—¡Quién sabe! —respondió ella—. Normalmente llegan unas doscientas personas por lo de la gira, a veces incluso más. El alcalde esperaba poder reunir aproximadamente a un millar de personas para la gira de este año, pero siempre me resulta complicado calcular cuántos vendrán a desayunar y a almorzar.

—Si el alcalde tiene razón, este año la congregación será desorbitada, en comparación con otros años.

—Bueno, Tom siempre tiende a ser demasiado optimista, y por eso mismo tiene la necesidad de crear una sensación de premura, para que todo esté listo. Además, incluso si la gente no se apunta a la gira, a todos les gusta asistir al desfile del sábado para ver a la familia Shriner al completo, exhibiendo sus innumerables coches, ¿sabes? A los niños les encanta. Y este año también organizarán un zoo de animales domésticos por primera vez.

—¡Vaya, cuántas actividades!

—Sería mucho mejor si no cayera en pleno invierno. El festival de Pamlico siempre atrae a más gente, pero claro, es en junio, y nosotros normalmente tenemos uno de esos carnavales itinerantes que abre las puertas ese mismo fin de semana. Son días en que un comerciante puede hacerse rico o arruinarse por completo. Me refiero al estrés que originan. Estoy hablando de un montaje diez veces superior a lo que yo estoy preparando ahora.

Jeremy sonrió.

—La vida aquí nunca deja de sorprenderme.

—Ah, uno nunca sabe si le gustará hasta que no lo prueba, aunque tengo la impresión de que a ti te agradaría vivir aquí.

Doris dijo la frase en un tono asertivo, como si estuviera poniendo a Jeremy a prueba, y él no estuvo seguro de qué responder. Detrás de ellos, Rachel estaba enfrascada limpiando una mesa mientras charlaba animadamente con el cocinero, que se hallaba en la otra punta de la sala. Ambos se reían de las constantes ocurrencias del uno y del otro.

—Bueno, de todos modos —continuó Doris, intentándolo sacar del compromiso de responder—, estoy muy contenta de que hayas venido. Lexie me explicó que te había contado lo de mi libreta. Dijo que probablemente no creerás ni una sola de las entradas que contiene; pero si te apetece consultarla, estaré más que encantada de enseñártela. La tengo ahí detrás, en la cocina.

—Me gustaría echarle un vistazo —confesó él—. Lexie me comentó que habías anotado hasta el más mínimo detalle de todos los casos.

—Así es. Quizá no esté a la altura de lo que puedas esperar de una base de datos informática, pero la verdad es que jamás pensé que a nadie le interesaría leerlo.

—Seguro que me sorprenderá. Y hablando de Lexie, precisamente ése es el motivo de mi visita. ¿La has visto esta mañana? No está en la biblioteca.

Doris asintió.

—Pasó por mi casa muy temprano. Por eso he traído la libreta. Me contó que visteis las luces ayer por la noche.

—Sí, así es.

—¿Y?

—Fue una experiencia increíble. Pero tal y como tú aseguras, no se trata de fantasmas.

Ella lo miró con cara de satisfacción.

—Me da la impresión de que ya has averiguado el motivo; si no, no estarías aquí.

—Creo que sí.

—Perfecto —dijo Doris. A continuación hizo una señal por encima del hombro—. Siento no poder quedarme más rato a charlar contigo, pero estoy muy ocupada. Si te parece bien, iré a buscar la libreta. Quién sabe, a lo mejor te da por escribir una historia sobre mis poderes sobrenaturales cuando acabes con la de los fantasmas.

—Nunca se sabe —se rio él.

Mientras Jeremy observaba cómo Doris desaparecía en la cocina, se puso a pensar en la conversación que acababan de mantener. Había sido muy agradable, pero curiosamente impersonal. Y cayó en la cuenta de que Doris no había contestado realmente a su pregunta sobre el paradero de Lexie. Al final no había logrado averiguar nada, lo cual parecía sugerir que —por alguna razón—, de repente, Doris no deseaba hablar sobre Lexie. Y eso no le daba buena espina. Levantó la vista y vio que se acercaba de nuevo a la mesa. Esbozaba la misma sonrisa agradable que antes, pero esta vez Jeremy sintió una sensación de malestar en el estómago.

—Bueno, si tienes alguna pregunta sobre las entradas —dijo ella, entregándole la libreta—, no dudes en llamarme. Y si quieres, puedes copiar lo que quieras; sólo te pido que me la devuelvas antes de que te marches. Le tengo mucho aprecio.

—Así lo haré —prometió él.

Doris se quedó de pie delante de él, y Jeremy tuvo la impresión de que era su forma de indicarle que la conversación estaba a punto de terminar. En cambio, él no pensaba dar el brazo a torcer tan fácilmente.

—Una cosa más —agregó Jeremy.

—¿Sí?

—¿Te parece bien si le devuelvo la libreta a Lexie, si la veo hoy?

—Ningún problema —respondió ella—. De todos modos, ya sabes dónde encontrarme, por si acaso.

Jeremy comprendió la indirecta y sintió que el estómago se le encogía todavía más.

—¿Ha mencionado algo sobre mí cuando la has visto esta mañana? —preguntó él.

—No, no me ha contado casi nada. Sin embargo, me ha dicho que seguramente pasarías por aquí.

—¿Estaba bien?

—A veces —empezó Doris lentamente, como si estuviera midiendo las palabras— comprender a Lexie es difícil, así que no estoy segura de si puedo responderte o no. Aunque creo que se recuperará, si eso es lo que te interesa.

—¿Estaba enojada conmigo?

—No, de eso sí que estoy segura. No estaba enojada.

Esperando recibir más información, Jeremy no dijo nada. Un silencio incómodo se formó entre ellos, y Doris lanzó un prolongado suspiro. Por primera vez desde que se habían conocido, Jeremy se fijó en que las arrugas alrededor de sus ojos delataban su edad.

—Me gustas, Jeremy, y lo sabes —declaró ella con una voz suave—. Pero me estás poniendo entre la espada y la pared. Tienes que comprender que soy leal a ciertas personas, y Lexie es una de ellas.

—¿Y eso qué significa? —preguntó él, notando una repentina sequedad en la boca.

—Significa que sé lo que quieres y lo que estás intentando averiguar, pero no puedo contestarte. Lo único que puedo decirte es que si Lexie hubiera deseado que tú supieras dónde estaba, te lo habría dicho.

—¿La veré de nuevo, antes de irme?

221

—No lo sé. Supongo que eso lo decidirá ella.

Con ese comentario, Jeremy empezó a asimilar que Lexie se había marchado del pueblo.

—No entiendo por qué ha reaccionado de ese modo —dijo Jeremy, consternado.

Doris sonrió con tristeza.

—Sí —contestó ella—, creo que sí que lo entiendes.

Lexie se había ido.

Como un eco, las palabras resonaban en su cabeza una y otra vez. Sentado detrás del volante y de vuelta al Greenleaf, Jeremy intentó analizar los hechos con serenidad. No se alarmó. Jamás sentía pánico. Las ganas que le habían entrado de sonsacarle a Doris el paradero de Lexie no tenían importancia, ni tampoco la sensación de desesperación que lo había invadido, simplemente dio las gracias a Doris por su ayuda y se dirigió al coche, como si no hubiera esperado nada diferente.

Y además, se recordó a sí mismo, no había razón alguna para alarmarse. A Lexie no le había sucedido nada grave. Simplemente no quería volver a verlo, y eso le dolía. Quizá debería de haberlo supuesto. Le había pedido demasiado, incluso cuando ella le dejó perfectamente claro desde el principio que no estaba interesada en él.

Sacudió enérgicamente la cabeza, pensando que no le extrañaba que ella se hubiera ido. Aunque pudiera ser moderna en ciertos aspectos, en otros era tradicional, y probablemente estaba cansada de tener que hacer frente a sus tácticas seductoras tan transparentes. Probablemente para ella resultaba mucho más fácil marcharse del pueblo que tener que dar explicaciones a alguien como él.

Así pues, ¿qué pensaba hacer? Quizá Lexie regresara, o quizá no. Si regresaba, perfecto. Pero si no…, bueno, ahí era cuando empezaba a complicarse todo. Podía quedarse de brazos cruzados y aceptar su decisión, o podía ir a buscarla. Si en algo era diestro era en encontrar a gente. Con la ayuda de información pública, de conversaciones amistosas y de las páginas electrónicas adecuadas, había aprendido cómo seguir la pista de alguien hasta llegar a su mismísima puerta. Sin embargo, pensaba que con Lexie no sería necesario recurrir a todas esas artimañas. Después de todo, ella misma le había dado la respuesta que necesitaba. Sí, estaba seguro de que sabía su paradero; lo cual significaba que podía afrontar la cuestión del modo que quisiera.

De nuevo no supo qué pensar.

El hecho de poder afrontar la cuestión no logró aliviarlo de la angustia que sentía. Se recordó a sí mismo que en un par de horas tenía una teleconferencia pendiente, una con importantes ramificaciones para su carrera periodística, y si se marchaba a buscar a Lexie, probablemente no sería capaz de hallar una cabina telefónica en el momento preciso. Alvin llegaría esa misma tarde —posiblemente la última de las noches con niebla—, y a pesar de que su amigo podía encargarse de la filmación solo, tendrían que ponerse a trabajar juntos a la mañana siguiente. Además, tampoco podía olvidar que necesitaba dormir un rato, ya que sin duda se avecinaba otra larga noche, y podía sentir el peso del cansancio hasta en el hueso más diminuto de su cuerpo.

Por otro lado, no quería que la historia con Lexie acabara de ese modo. Quería ver a Lexie, necesitaba verla. Una vocecita en su interior le ordenaba que no se dejara llevar por las emociones y, racionalmente, sabía que no podía esperar nada bueno si salía disparado a buscarla. Aunque la encontrara, probablemente ella no le haría ni caso, o peor aún, pensaría que era un perturbado. Y mientras tanto, a Nate seguramente le daría un síncope, Alvin se sentiría abandonado y furioso, y él echaría por la ventana la historia de los fantasmas y su brillante futuro profesional.

Al final la decisión era más que sencilla. Aparcó el coche delante del bungaló que ocupaba en el Greenleaf, y asintió con cara de satisfacción. Haber analizado la cuestión bajo ese prisma le había permitido ver con claridad lo que tenía que hacer. Después de todo, no se había pasado los últimos quince años recurriendo a la lógica y a la ciencia sin aprender nada en todo el proceso.

Ahora, se dijo a sí mismo, todo lo que tenía que hacer era preparar la maleta.

223

Capítulo 13

*S*í, lo admitía: era una cobarde de la cabeza a los pies.

Le resultaba difícil aceptar que había salido huyendo, pero según su explicación atenuante, durante los dos últimos días había sido incapaz de pensar con claridad. No era perfecta; lo sabía y no sentía remordimientos por ello. Si se hubiera quedado en el pueblo, las cosas se habrían complicado todavía más. No importaba que le gustara él y que a él le gustara ella; Lexie se había despertado esa mañana con la certeza de que tenía que poner punto y final a la situación antes de que fueran demasiado lejos, y cuando aparcó el coche en el camino sin asfaltar delante de la cabaña, supo que al venir aquí había hecho lo más adecuado.

No había mucho que admirar en el lugar. La vieja cabaña parecía formar parte del paisaje, puesto que estaba prácticamente fusionada con la vegetación silvestre que la abrazaba. El salitre del mar se había incrustado en las pequeñas ventanas rectangulares con cortinas blancas. La madera había perdido su color natural y ofrecía un aspecto ajado y gris, como una reminiscencia visible de la furia de una docena de huracanes. Siempre había considerado que esa cabaña era un reducto atrapado en el pasado; casi todo el mobiliario tenía más de veinte años, las cañerías silbaban de una forma escandalosa cuando abría el grifo de la ducha, y había que encender los fogones de gas con una cerilla. Pero los recuerdos de los años de juventud pasados en ese lugar le transmitían una sensación de paz instantánea, y tras organizar las maletas y la comida que había traído para el fin de semana, abrió las ventanas para ventilar el interior. Después agarró una manta y se acomodó en la mecedora del porche ubicado en la parte trasera de la casita, con el único deseo de contemplar el océano. El suave murmullo de las olas tenía un efecto tonificante, casi hipnótico, y cuando el sol emergió de entre las nubes y los rayos de luz se expandieron sobre el agua como unos larguísimos dedos nacidos del cielo, se quedó inmóvil y contuvo la respiración.

Cada vez que venía, reaccionaba del mismo modo. La primera vez que había contemplado esa luz tan especial fue poco después de su visita al cementerio con Doris, cuando todavía era una niña, y recordó que en esos instantes imaginó que sus padres habían hallado otra forma de hacerse presentes en su vida. Como si de dos ángeles enviados desde el cielo se tratara, ella creía que sus padres la protegían, que siempre estaban cerca pero que jamás intervenían, como si presintieran que ella siempre adoptaría las decisiones correctas.

Durante mucho tiempo necesitó creer en esas ideas románticas, simplemente porque a menudo se sentía sola. Sus abuelos habían sido atentos y maravillosos, pero aunque los amaba con devoción por el afecto que le habían dado y el sacrificio que habían hecho por ella, nunca llegó a acostumbrarse a la sensación de ser distinta del resto de los niños del pueblo. Los padres de sus amigos jugaban a béisbol los fines de semana y tenían un aspecto jovial incluso bajo la tenue luz de la iglesia los domingos por la mañana, una observación que le hacía cuestionarse qué era —si acaso existía algo— lo que le faltaba.

No podía hablar con Doris sobre esas cuestiones. Tampoco podía hablar con Doris sobre la sensación de culpa que la invadía como resultado de tales pensamientos. Por más que intentara buscar las palabras apropiadas, era consciente de que podría herir los sentimientos de su abuela. Aunque tan sólo fuera una chiquilla, comprendía esos detalles.

Y esa sensación de ser distinta había dejado una profunda huella, no sólo en ella sino también en Doris, y empezó a manifestarse durante los años de la adolescencia. Cuando Lexie no respetaba los límites, Doris solía evitar la confrontación, dejando que Lexie pensara que podía establecer sus propias reglas. En esos años se había desmadrado más de la cuenta; había cometido errores graves de los que se avergonzaba, pero su comportamiento cambió radicalmente cuando fue a la universidad. En su

225

nueva encarnación, más madura, desarrolló la idea de que la madurez significaba pensar en los riesgos mucho antes que en las recompensas, y que el éxito y la felicidad consistían tanto en evitar los fallos como en dejar una estela personal en este mundo.

Era consciente de que la noche anterior había estado a punto de cometer un craso error. Se imaginaba que Jeremy intentaría besarla, y estaba más que satisfecha de su reacción cuando él quiso entrar en su casa.

Sabía que había herido los sentimientos de Jeremy, y lo sentía, pero de lo que probablemente él no se había dado cuenta era de que el corazón de Lexie no dejó de latir desaforadamente hasta que su coche se perdió de vista, porque una parte de ella deseaba dejarlo entrar, sin importar lo que hubiera sucedido después. No se arrepentía; era la decisión más acertada que había podido tomar. No obstante, cuando unas horas más tarde se halló dando cabezazos en la cama sin conseguir conciliar el sueño, fue plenamente consciente de que quizás en la siguiente ocasión no tendría la fortaleza para actuar del mismo modo.

Con toda honestidad, debería haberlo presagiado. Cuando la noche tocaba a su fin, empezó a comparar a Jeremy con Avery y con el señor sabelotodo, y para su sorpresa, Jeremy los superaba con creces prácticamente en todo. Tenía la sagacidad y el sentido del humor de Avery, y la gracia y la inteligencia del señor sabelotodo, pero Jeremy parecía más cómodo consigo mismo que ninguno de los otros dos. A lo mejor únicamente lo veía así porque había pasado un día fantástico, algo que no le sucedía en mucho tiempo. ¿Cuándo fue la última vez que saboreó una comida espontánea, o que se sentó en la cima de Riker's Hill, o que visitó el cementerio después de una fiesta en vez de irse directamente a dormir? No le extrañaba que la falta de predicción y ese sentimiento de excitación le hubieran recordado lo feliz que fue cuando todavía creía que Avery y el señor sabelotodo eran los príncipes de sus sueños.

Pero se equivocó en esas ocasiones, igual que se equivocaba ahora. Sabía que Jeremy resolvería el misterio hoy —de acuerdo, quizás era únicamente un presentimiento, pero estaba más que segura de ello, ya que la respuesta se hallaba en uno de los diarios que le había prestado, por lo que todo lo que él tenía que

hacer era encontrarla— y no le cabía la menor duda de que Jeremy le habría pedido que celebrara la resolución del misterio
con él. Si se hubiera quedado en el pueblo, los dos habrían pasado prácticamente todo el día juntos, algo que no deseaba. Pero
de nuevo se dio cuenta de que, en lo más profundo de su ser, eso
era precisamente lo que anhelaba, y esa contradicción le provocaba un estado de alteración y de confusión como no sentía desde hacía años.

Doris había intuido lo que sucedía esa mañana, cuando Lexie
pasó por su casa, pero eso no era algo que la sorprendiera. En
el momento en que Lexie puso un pie fuera de la cama, notó el
cansancio alrededor de sus ojos y fue absolutamente consciente
de su aspecto deplorable. Tras lanzar unas pocas piezas de ropa
en la maleta para pasar el fin de semana, abandonó la casa sin
ducharse; ni siquiera intentó pararse a pensar qué era lo que
sentía. A pesar de la prueba, Doris simplemente se limitó a asentir con la cabeza cuando Lexie le comunicó que tenía que marcharse. Doris, aunque exhausta, pareció comprender que, si bien
había sido ella la que había puesto en marcha toda esa historia,
no había anticipado lo que podría suceder como resultado. Ése
era el problema con las premoniciones: si bien podían ser precisas a corto plazo, era imposible saber cualquier detalle posterior.

Así que se había refugiado en la cabaña porque tenía que hacerlo; aunque sólo fuera para mantener la cordura. Ya regresaría
a Boone Creek cuando las cosas volvieran a su cauce normal, lo
cual suponía que no tardaría en suceder. En un par de días la
gente dejaría de hablar de los fantasmas y de las casas históricas
y del forastero, los turistas se marcharían y lo único que quedaría sería el recuerdo. El alcalde volvería a centrarse en sus parti-
das de golf, Rachel volvería a salir con algún tipo desconside-
rado, y Rodney encontraría una manera de toparse con Lexie
cerca de la biblioteca de un modo accidental y seguramente res-
piraría aliviado cuando se cerciorara de que la relación entre ambos podía continuar como hasta entonces.

No era una vida excitante, pero era su vida, y no iba a permitir que nadie ni nada la desequilibrara. En otro lugar y en
otro momento, habría pensado de forma distinta, pero de nada
servía pensar en eso ahora. Mientras continuaba contemplando

el océano, tuvo que esforzarse por no imaginar lo que podría haber llegado a ser.

En el porche, Lexie apretó con más fuerza la manta que le cubría los hombros. Ya no era una niña, sabía que superaría ese desengaño igual que había superado los otros dos. Estaba segura de ello. Pero incluso con la tranquilidad que esa aserción le confería, el murmullo del mar le recordó de nuevo lo que sentía por Jeremy, y le costó muchísimo contenerse para no derramar ni una sola lágrima.

Todo pareció relativamente simple cuando Jeremy tomó la decisión. Se precipitó hacia su habitación en el Greenleaf, e hizo los planes necesarios mientras se preparaba para partir. Agarró el mapa y la cartera, por si acaso. Decidió no llevarse el ordenador porque estaba seguro de que no lo necesitaría, e hizo lo mismo con sus notas. Guardó la libreta de Doris en su bolsa de piel. Escribió una nota para Alvin y la dejó en el mostrador de recepción, a pesar de que Jed no pareció demasiado contento con ello. Se aseguró de que llevaba el cargador del móvil y se marchó.

Sólo tardó diez minutos en realizar todos los preparativos y dirigirse a Swan Quarter, desde donde el transbordador lo llevaría hasta Ocracoke, un pueblecito situado en la Barrera de Islas. Una vez allí se dirigiría al norte por la autopista número 12 hasta Buxton. Supuso que ésa era la ruta que ella habría tomado, por lo que lo único que debía hacer era seguir la misma senda y finalmente llegaría a la dirección deseada en tan sólo un par de horas.

Pero a pesar de que el viaje hasta Swan Quarter estaba resultando fácil a través de carreteras desiertas y con pocas curvas, Jeremy se puso a pensar en Lexie y apretó el acelerador, intentando no prestar atención al desagradable cosquilleo que sentía en la barriga. Pero ese cosquilleo era otra forma de referirse a la sensación de pánico, y claro, él nunca sentía pánico. Se enorgullecía de eso. Sin embargo, cada vez que se veía obligado a aminorar la marcha —en lugares como Belhaven y Leechville—, se sorprendía a sí mismo dando golpecitos nerviosos con los dedos en el volante y musitando palabras malsonantes.

Era una sensación realmente extraña para él, que crecía con más fuerza a medida que se acercaba a su destino. No podía hallar una explicación, pero en cierto modo tampoco deseaba analizar la cuestión. Era una de las pocas veces en su vida en que se estaba moviendo como un autómata, haciendo exactamente lo opuesto a lo que le dictaba la razón, pensando únicamente en cómo reaccionaría ella cuando lo viera.

Justo cuando le pareció que empezaba a comprender los motivos de su reacción tan extraña, Jeremy se encontró en la estación del transbordador, mirando fijamente a un hombre delgado y uniformado, quien prácticamente no levantó la vista de la revista que estaba leyendo. Se enteró de que el transbordador a Ocracoke no partía con la misma regularidad que el de Staten Island hasta Manhattan, y había perdido la última salida del día, lo que significaba que o bien volvía a la mañana siguiente o cancelaba todo su plan. Ninguna de las dos alternativas lo convenció.

—¿Está seguro de que no existe ninguna otra forma de llegar hasta el faro de Hatteras? —preguntó mientras notaba cómo se le aceleraba el corazón—. Es muy importante.

—Supongo que podría intentar llegar hasta allí conduciendo.

—¿Cuánto tardaría?

—Depende de usted, de lo rápido que conduzca.

«Evidentemente», pensó Jeremy.

—Digamos que conduzco rápido.

El sujeto se encogió de hombros, como si el tema lo aburriera soberanamente.

—Unas cinco o seis horas. Tiene que ir hacia el norte hasta Plymouth, luego tomar la carretera 64 hacia Roanoke Island, y luego hasta Whalebone. Una vez allí, vaya hacia el sur, hacia Buxton. Y llegará al faro.

Jeremy echó un vistazo a su reloj. Era casi la una del mediodía; se figuró que cuando alcanzara el faro, Alvin estaría probablemente llegando a Boone Creek. No le gustó nada la idea.

—¿Existe alguna otra forma de atrapar el transbordador?

—Bueno, hay uno que sale de Cedar Island.

—¡Fantástico! ¿Y dónde queda eso?

—A unas tres horas en la otra dirección. Pero igualmente tendrá que esperar hasta mañana por la mañana.

229

Por encima del hombro del individuo, vio un póster con todos los faros de Carolina del Norte. Hatteras, el más grande de todos, destacaba en el centro de la composición.

—¿Y si le dijera que se trata de una emergencia? —preguntó desesperado.

El hombre levantó la cabeza por primera vez.

—¿Es una emergencia?

—Digamos que sí.

—Entonces llame al guardacostas, o quizás al sheriff.

—Ah —dijo Jeremy, intentando no perder la paciencia—. Entonces, ¿me está diciendo que no hay ninguna otra forma de llegar hasta allí ahora? Desde aquí, me refiero.

El hombre se llevó el dedo índice a la barbilla.

—Supongo que podría alquilar una barca, si tiene tanta prisa.

«Ahora empezamos a entendernos», pensó Jeremy aliviado.

—Perfecto. ¿Y qué tengo que hacer para alquilar una?

—No lo sé. Es la primera vez que alguien me lo pide.

De un salto, Jeremy entró en su coche y finalmente admitió que empezaba a sentir pánico.

Quizás era porque había llegado hasta allí, o quizá porque se daba cuenta de la gran verdad que encerraban las últimas palabras que le dijo a Lexie la noche anterior, pero algo más se había apoderado de él y no pensaba volver atrás. Se negaba a retroceder, no ahora, que se hallaba tan cerca.

Nate estaría esperando su llamada, pero de repente eso no le pareció tan importante, ni tampoco el que Alvin estuviera de camino. Si todo salía bien, todavía podrían llevar a cabo la filmación tanto esa noche como la siguiente. Contaba con diez horas por delante hasta que aparecieran las luces; calculó que en dos horas podría llegar a Hatteras en una lancha. Le sobraba tiempo para llegar hasta allí, hablar con Lexie y regresar, siempre y cuando encontrara a alguien que se aviniera a llevarlo de vuelta.

Pero las circunstancias podían torcerse, por supuesto. A lo mejor no conseguiría alquilar una barca, aunque si eso sucedía, era capaz de conducir hasta Buxton. Una vez allí, sin embargo, no estaba seguro de que lograra encontrar a Lexie.

Nada tenía sentido en su plan. Pero ¿qué más daba? Muy de vez en cuando, todo el mundo tenía derecho a cometer alguna locura, y ahora era su turno. Llevaba dinero en el billetero, y pensaba encontrar la forma de llegar hasta su destino. Asumiría ese riesgo sólo para ver cómo reaccionaba Lexie, aunque únicamente fuera para demostrarse a sí mismo que podía abandonarla y no volver a pensar jamás en ella.

De eso se trataba. Cuando Doris le insinuó que quizá no la volvería a ver, sus pensamientos se nublaron. Sí, iba a marcharse del pueblo en un par de días, pero eso no significaba que su historia con Lexie tuviera que darse por concluida; por lo menos todavía no. Podría venir a visitarla de vez en cuando, y ella también podría desplazarse hasta Nueva York; buscarían la forma de verse periódicamente. Eso era lo que hacía mucha gente, ¿no? Aunque eso no fuera posible, aunque ella hubiera tomado la inamovible determinación de poner punto y final a su amistad, Jeremy quería que se lo dijera a la cara. Sólo entonces podría regresar a Nueva York con la certeza de que no le había quedado ninguna otra opción.

Sin embargo, mientras llegaba a la barrera que daba acceso al primer puerto que avistó, se dio cuenta de que no quería que ella pronunciara esas palabras. No se dirigía a Buxton para escuchar un adiós ni para oír cómo Lexie le decía que no deseaba verlo nunca más. De hecho —y se sorprendió ante tal descubrimiento—, sabía que iba a averiguar si Alvin tenía razón.

231

El atardecer era el momento favorito del día de Lexie. La tenue luz invernal, combinada con la austera belleza natural del paisaje, hacía que el mundo pareciera de ensueño. Incluso el faro parecía un espejismo, coloreado con rayas negras y blancas como si se tratara de una barra de caramelo.

Mientras paseaba por la playa, intentó imaginarse lo difícil que debió de ser para los marineros y pescadores navegar por esa zona cuando todavía no existía el faro. Las aguas poco profundas que se extendían mar adentro con bancos de arena movedizos recibían el nombre de «la tumba del Atlántico», y en sus fondos descansaban los restos de miles de embarcaciones que habían naufragado. El *Monitor*, que había intervenido en la primera batalla entre barcos acorazados durante la guerra civil, se había hundido en ese lugar. Y la misma suerte había corrido el *Central America*, cargado con oro de California, cuyo naufragio fue uno de los motivos de la terrible crisis financiera de 1897. El barco de Barbanegra, el *Queen Anne's Revenge*, fue hallado cerca de Beaufort Inlet, y media docena de submarinos alemanes que se hundieron durante la segunda guerra mundial recibían ahora la visita casi a diario de un sinfín de submarinistas.

Su abuelo era un entusiasta de la historia, y cada vez que paseaban por la playa cogidos de la mano, le contaba anécdotas sobre los barcos que habían desaparecido a lo largo de los siglos. Aprendió cosas sobre los huracanes y las enormes olas peligrosas y los fallos en la navegación que motivaban que los barcos embarrancaran hasta que eran despedazados por la furia del mar. Aunque no estaba particularmente interesada y a veces incluso se asustaba al imaginarse esas tremendas situaciones, la cadencia lenta y melódica con que su abuelo relataba las historias tenía un efecto sedante, y jamás intentó cambiar de tema. Sabía que hablarle sobre esas cuestiones significaba mucho para él. Unos años más tarde se enteró de que el barco de su abuelo fue torpedeado durante la segunda guerra mundial y que él sobrevivió de milagro.

El recuerdo de esas largas caminatas hizo que de repente echara de menos a su abuelo con una súbita intensidad. Los paseos habían formado parte de su rutina diaria, algo sólo entre ellos dos, y normalmente lo hacían cuando faltaba una hora para la cena, mientras Doris cocinaba. A menudo él se hallaba sentado, leyendo, con las gafas en la punta de la nariz; de repente cerraba el libro con un suspiro y lo dejaba a un lado. Se levantaba de la silla y le preguntaba si le apetecía dar un paseo para ver los caballos salvajes.

Lexie se volvía loca ante la mera idea de ver los caballos. No sabía por qué; jamás había montado uno de esos animales, ni tampoco era algo que deseara particularmente, pero recordaba cómo se plantaba en la puerta en un abrir y cerrar de ojos tan pronto como su abuelo mencionaba la posibilidad. Por lo general los caballos se mantenían alejados de la gente y salían a la carrera cuando alguien se les acercaba, pero les gustaba pacer al anochecer, y entonces bajaban la guardia, aunque sólo fuera unos minutos. A menudo era posible acercarse lo suficiente para ver sus marcas distintivas y, con un poco de suerte, incluso escuchar sus relinchos, como si la advirtieran que no se acercara más.

Eran caballos descendientes de los mustang españoles, y su presencia en la Barrera de Islas databa desde 1523. En esos días el Gobierno aseguraba su supervivencia a través de unas normas muy estrictas, y los cuadrúpedos formaban parte del paisaje del mismo modo que los ciervos en Pensilvania, con el único inconveniente de que a veces había demasiados ejemplares. Los habitantes de la zona no solían prestarles atención, salvo cuando se convertían en un incordio; pero para muchos veraneantes, verlos era uno de los objetivos del viaje. A esas alturas Lexie se consideraba casi como una habitante más de la localidad, pero siempre que veía los caballos se sentía rejuvenecer, como si todavía fuera una niña, con mil sueños y expectativas por delante.

Deseaba sentirse de ese modo, aunque sólo fuera para escapar de las presiones de su vida de adulta. Doris la había llamado para contarle que Jeremy la había estado buscando, lo cual no la sorprendió en absoluto. Suponía que él se preguntaría qué error había cometido o por qué ella se había marchado de esa manera tan precipitada, pero a la vez pensaba que él se recuperaría del chasco rápidamente. Jeremy era una de esas personas fuertes con suficiente confianza en sí mismas que avanzaban por la vida sin arrepentirse de nada de lo que hacían y sin volver la vista atrás.

Avery también era así, y aún recordaba el sentimiento de dolor que le provocaba su arrolladora confianza en sí mismo y la indiferencia que le demostró cuando ella se sintió herida. Ahora reconocía que debería haber interpretado esos defectos de su carácter como lo que eran, pero en esos momentos no hizo caso de las señales de alerta: cómo observaba a las mujeres demasiado rato, o con qué efusividad abrazaba a otras mujeres, aunque él le aseguraba que sólo se trataba de amigas. Al principio quiso creerlo cuando le dijo que sólo había sido infiel una vez, pero poco a poco fue atando cabos con la ayuda de conversaciones olvidadas que emergieron de nuevo: una vez, una de sus amigas de la uni-

233

versidad le confesó que había oído rumores acerca de una historia tórrida entre Avery y otra estudiante; uno de sus compañeros de trabajo mencionó unas cuantas ausencias laborales injustificadas de Avery. Odiaba verse en el papel de una pobre inocentona, pero lo cierto era que lo había sido, y le dolía más la decepción que había sentido consigo misma que la decepción que sintió con él. Supuso que no tardaría en reponerse, que conocería a un buen chico…, alguien como el señor sabelotodo, quien le demostró de una vez por todas que no era una buena psicóloga a la hora de juzgar a los hombres. Parecía incapaz de mantener una relación estable.

No era fácil admitir esa cuestión, y había momentos en los que se preguntaba qué era lo que había hecho mal para que sus dos relaciones más serias hubieran fracasado. Bueno, quizá no podía incluir al señor sabelotodo, ya que lo suyo no llegó a ser una relación seria; pero ¿y con Avery? Lo había amado y había creído que él la amaba. Era fácil afirmar que Avery era un sinvergüenza y que todo había sido culpa suya, pero al mismo tiempo pensaba que probablemente él notó que faltaba algo en esa relación, que a ella le faltaba algo. Pero ¿en qué sentido? ¿Había sido demasiado quisquillosa? ¿Era aburrida? ¿No se sentía satisfecho en la cama? ¿Por qué después no fue en su busca, para rogarle que lo perdonara? Nunca encontró una respuesta a tales cuestiones. Sus amigas le aseguraban que ella no tenía la culpa, y Doris le decía lo mismo. Aun así, no acertaba a comprender lo que había sucedido. Después de todo, existían dos versiones de una misma historia, e incluso ahora a veces fantaseaba con la idea de llamarle para preguntarle qué era lo que ella tendría que haber hecho de un modo distinto.

Tal y como una de sus amigas le indicó, el sentimiento de culpa en esos temas era algo muy propio de las mujeres. Los hombres parecían inmunes a esa clase de inseguridades. Aunque no fuera así, lo cierto era que los hombres habían aprendido a enmascarar sus sentimientos o a enterrarlos en lo más profundo de su ser para no sentirse coaccionados por ellos. Normalmente Lexie intentaba hacer lo mismo, y normalmente funcionaba. Normalmente.

En la distancia, con el sol hundiéndose en las aguas del Pamlico Sound, la ciudad de Buxton, con sus casitas blancas de madera, parecía una postal. Estaba mirando en dirección al faro, y tal y como suponía, vio un pequeño grupo de caballos paciendo en la hierba que se extendía alrededor de la base. Había más o menos una docena de ejemplares, con el pelaje pardo y rojizo principalmente. En el centro de la manada distinguió a dos potrillos que meneaban la cola al unísono.

Lexie se detuvo para contemplarlos y metió las manos en los bolsillos de su chaqueta. Ahora que la noche se le echaba encima, empezaba a refrescar, y sintió el frío en las mejillas y en la nariz. El aire era gélido y, aunque le hubiera gustado quedarse más rato, se sentía cansada. Había sido un día muy largo, y en esos momentos incluso le parecía todavía más largo.

A pesar de su agotamiento, se preguntó qué debía de estar haciendo Jeremy. ¿Se estaba preparando para filmar las luces de nuevo? ¿O se disponía a ir a cenar? ¿Estaba haciendo la maleta? ¿Y por qué diantre no conseguía dejar de pensar en él?

Suspiró con resignación, puesto que sabía perfectamente la respuesta. A pesar de que había ansiado mucho ver los caballos, la fantástica panorámica que se extendía delante de sus ojos le recordó la pura y dura realidad: estaba sola. Si bien se había acostumbrado a ser independiente y a intentar contrarrestar los constantes ataques de Doris sobre esa cuestión, no podía evitar no querer estar sola, sin compañía. Ni siquiera pensaba en casarse con alguien; a veces lo único que deseaba era que fuese viernes o sábado por la noche. Anhelaba pasar la mañana entera holgazaneando, metida en la cama con un hombre de quien estuviera enamorada, y por mucho que le pareciera imposible la idea, Jeremy era el único al que se imaginaba a su lado, en la cama.

Lexie sacudió la cabeza, esforzándose por cambiar de pensamiento. Se había refugiado allí para no pensar en él, pero en esos momentos, de pie cerca del faro, contemplando cómo pacían los caballos, sintió que el mundo le pesaba demasiado sobre los hombros. Tenía treinta y un años, estaba sola y vivía en un lugar sin porvenir. Su abuelo y sus padres formaban parte de su memoria, el estado de salud de Doris era una fuente de preocupación constante para ella, y el único hombre que le había parecido mínima-

235

mente interesante en los últimos años habría desaparecido para siempre cuando regresara a Boone Creek.

Entonces empezó a llorar, durante un largo rato, sin poderse contener. Mas justo cuando empezaba a calmarse, fijó la vista en una figura que se acercaba, y todo lo que pudo hacer fue continuar con la vista clavada en esa figura cuando se dio cuenta de quién era.

Capítulo 14

*L*exie pestañeó varias veces seguidas para confirmar que no estaba soñando. No, no podía ser él, simplemente porque él no podía estar allí. La idea le parecía tan descabellada, tan inesperada, que se sintió como si estuviera presenciando la escena a través de los ojos de otra persona.

Jeremy sonrió cuando depositó su bolsa de viaje en el suelo.

—¿Sabes? No deberías mirarme de ese modo tan descarado —dijo él—. A los hombres nos gustan las mujeres que saben comportarse con más sutileza.

Lexie continuaba mirándolo, estupefacta.

—Eres… tú —acertó a pronunciar.

—Soy yo —asintió Jeremy con un movimiento de la cabeza.

—Estás… aquí.

—Estoy aquí —volvió a asentir.

Ella lo observó fijamente bajo la tenue luz del atardecer, y Jeremy pensó que Lexie era incluso mucho más guapa de cómo la recordaba.

—¿Qué estás…? —Lexie se quedó dubitativa, intentando encontrar el sentido a su repentina aparición—. Quiero decir, ¿cómo has conseguido…?

—Es una larga historia —admitió él. Ella no hizo ningún gesto para aproximarse a él, y Jeremy señaló con la cabeza hacia el faro—. ¿Así que éste es el faro donde se casaron tus padres?

—Vaya, recuerdas ese detalle.

—Lo recuerdo todo —dijo él, dándose un golpecito en la sien—. Es cuestión de activar algunas neuronas aquí arriba y ya está. ¿Dónde se casaron exactamente?

Jeremy hablaba con un tono relajado, como si se tratara de la situación y de la conversación más normal del mundo, lo cual sólo consiguió incrementar la sensación de surrealismo que sentía Lexie.

—Ahí —respondió ella, señalando con un dedo—, al lado del océano, cerca de donde rompen las olas.

—Debió de ser una ceremonia preciosa —comentó él, mirando hacia esa dirección—. Todo esto es precioso. Ahora entiendo por qué estás enamorada de este lugar.

En lugar de responder, Lexie soltó un prolongado suspiro, intentando contener sus emociones turbulentas.

—¿Qué haces aquí, Jeremy?

Él tardó unos instantes en responder.

—No sabía si regresarías, así que pensé que si quería volver a verte, lo mejor que podía hacer era venir a buscarte.

—Pero ¿por qué?

Jeremy continuó con la mirada fija en el faro.

—Tenía la impresión de que no me quedaba ninguna otra alternativa.

—Me parece que no te entiendo.

Jeremy observó sus propios pies, luego levantó la vista y sonrió como si pretendiera excusarse.

—Para serte sincero, me he pasado prácticamente todo el día intentando entenderlo yo también.

Mientras seguían cerca del faro, el sol empezó a ocultarse tras la línea del horizonte, confiriendo al cielo unas tonalidades grises. La brisa, húmeda y fría, barría la superficie de la arena y empujaba suavemente la espuma de las olas en la orilla.

En la distancia, una figura embutida en una enorme chaqueta oscura daba de comer a las gaviotas, lanzando trozos de pan al aire. Mientras Lexie la observaba, de repente sintió cómo la fuerte impresión que había tenido al ver aparecer a Jeremy empezaba a disiparse. En cierta manera deseaba enfadarse con él por haber ignorado su deseo de estar sola, aunque por otro lado se sentía más que adulada de que él hubiera venido. Avery jamás habría salido en su busca, ni tampoco el señor sabelotodo. Ni siquiera Rodney sería capaz de hacer una cosa así, y tan sólo diez minutos antes, si alguien le hubiera sugerido que Jeremy vendría a buscarla, ella se habría echado a reír ante la ocurrencia. En cambio, empezaba a darse cuenta de que Jeremy era distinto a todos los hombres que había conocido hasta entonces, por lo que nada de lo que hiciera debería sorprenderle.

A lo lejos los caballos habían empezado a retirarse, comiendo la hierba que encontraban a su paso mientras desaparecían lentamente detrás de la duna. La neblina proveniente del mar empezaba a avanzar hacia la costa, confundiendo el mar con el cielo. Las golondrinas escarbaban la arena en la orilla, moviendo sus larguiruchas patas rápidamente en busca de pequeños crustáceos.

En medio del silencio imperante, Jeremy se llevó ambas manos a la boca e intentó calentarlas con una bocanada de aire, pues empezaban a dolerle del frío.

—¿Estás enfadada porque he venido? —preguntó finalmente.

—No —respondió ella—. Estoy sorprendida, pero no enfadada.

Él sonrió, y Lexie también relajó los músculos de la cara.

—¿Cómo has conseguido llegar hasta aquí?

Jeremy hizo una señal con la cabeza en dirección a Buxton.

—He convencido a un par de pescadores que venían hacia aquí para que me dejaran subir a su barca. Me han dejado en el puerto.

—¿Te han dejado subir a su barca sin más?

—Así es.

—Pues has tenido mucha suerte. Los pescadores suelen ser personas muy ariscas.

—Seguramente, pero al fin y al cabo, no son más que personas. Aunque no me considere un experto en psicología, creo que todo el mundo, incluso los desconocidos, puede notar la sensación de urgencia en una petición, y la mayoría de la gente reacciona del modo debido. —Carraspeó unos instantes antes de proseguir—. Pero cuando he visto que eso no funcionaba, les he ofrecido dinero.

239

Lexie sonrió socarronamente ante su confesión.

—Deja que lo averigüe —dijo ella—. Te han timado, ¿no?

Jeremy esbozó una mueca de corderito.

—Bueno, supongo que eso depende de cómo se mire. No me ha parecido demasiado dinero para darme un paseíto en barca.

—Hombre, es más que un paseíto. Sólo con el gasto de gasolina ya resulta caro. Y luego está el trajín del barco…

—Sí, lo mencionaron.

—Y además, hay que agregar el tiempo que han dedicado esos hombres y el que, irremediablemente, mañana tendrán que salir a faenar antes de que amanezca.

—Sí, también mencionaron eso.

A lo lejos, los últimos caballos desaparecieron detrás de la duna.

—Y sin embargo, has venido.

Jeremy asintió, tan sorprendido como ella.

—Pero me dejaron claro que sólo era un viaje de ida, no de vuelta. No pensaban esperarme, por lo que supongo que tendré que quedarme aquí.

Lexie enarcó una ceja.

—¿De veras? ¿Y cómo piensas regresar?

Jeremy puso cara de travieso.

—Te contaré un secreto: conozco a alguien que está pasando unos días aquí, y mi intención es recurrir a mi encanto personal y convencerla para que me lleve de vuelta.

—¿Y qué pasa si mi intención es quedarme varios días, o si te respondo que te las apañes tú solito?

—Todavía no me he planteado esa posibilidad.

—¿Y dónde piensas alojarte mientras estés aquí?

—Tampoco he pensado en esa cuestión.

—Por lo menos eres franco —dijo ella, sonriendo—. Pero dime, ¿qué habrías hecho si yo no hubiera estado aquí?

—¿A qué otro sitio habrías ido?

Ella desvió la vista, y le gustó que él se acordara de lo que le había contado sobre ese lugar. A lo lejos vio las luces de un barco rastreador, que avanzaba de forma tan lenta que prácticamente parecía que estuviera estático.

—¿Tienes hambre? —preguntó Lexie.

—La verdad es que sí; no he comido nada en todo el día.

—¿Quieres cenar?

—¿Conoces algún sitio agradable?

—Estoy pensando en uno en particular.

—¿Aceptan tarjetas de crédito? Es que he usado todo el dinero en efectivo que llevaba encima para poder llegar hasta aquí.

—Estoy segura de que podremos arreglar esa cuestión de un modo u otro.

Se alejaron del faro, bajaron hasta la playa y empezaron a caminar sobre la arena compacta cerca de la orilla. Había un espacio entre ellos que ninguno de los dos parecía querer invadir. En lugar de eso, y con la punta de la nariz roja por el frío, continuaron avanzando como autómatas hacia el lugar que parecían predestinados a compartir.

En silencio, Jeremy recordó mentalmente su periplo hasta allí, y sintió una punzada de culpabilidad por Nate y por Alvin. No había podido realizar la llamada telefónica —no había cobertura mientras cruzaba el Pamlico Sound—, por lo que pensó que intentaría llamar tan pronto como pisara tierra firme, a pesar de que no tenía ganas de hacerlo. Suponía que Nate llevaba bastantes horas con los nervios de punta, soñando con la esperada llamada para estallar loco de alegría, pero Jeremy había pensado en sugerir una reunión con la productora para la semana siguiente, en la que les presentaría todo el material completo: la filmación y el esbozo de la historia; una idea que, suponía, no casaba en absoluto con la intención que Nate llevaba sobre la conferencia. Y si eso no era suficiente para aplacarlos, si por no realizar una llamada arriesgaba su próspero futuro laboral, entonces no estaba seguro de que quisiera trabajar en televisión, después de todo.

Y Alvin... Bueno, con él todo era más fácil. Jeremy no conseguiría regresar a Boone Creek esa noche —había llegado a esa conclusión cuando los pescadores lo dejaron en el puerto—, pero Alvin siempre llevaba el móvil encima, así que le explicaría lo que sucedía. A Alvin no le haría ninguna gracia trabajar solo esa noche, pero seguramente mañana ya se le habría pasado el enfado. Alvin era una de esas pocas personas que tenía la habilidad de no permitir que ningún tema le quitara el sueño más de veinticuatro horas seguidas.

Siendo honesto consigo mismo, Jeremy admitió que en ese momento la reacción de Nate y Alvin le traía sin cuidado. Lo único que le importaba era que se hallaba paseando con Lexie por una playa desierta en medio de la nada, y mientras la brisa marina le acariciaba la cara, sintió que, sutilmente, ella deslizaba su brazo hasta entrelazarlo con el suyo.

Lexie lo guió hasta arriba de los deformados peldaños de madera del viejo bungaló y colgó la chaqueta en el perchero que había detrás de la puerta. Jeremy hizo lo mismo, y también colgó su bolsa. Mientras ella se adentraba en el comedor, Jeremy la observó y nuevamente pensó que era muy hermosa.

—¿Te gusta la pasta? —le preguntó, sacándolo de su ensimismamiento.

—¿Bromeas? Me crié comiendo pasta a todas horas. Mi madre es italiana.

—Perfecto, porque eso es lo que pensaba preparar.

—¿Cenaremos aquí?

—Supongo que no nos queda otra alternativa —profirió ella por encima del hombro—. Estás sin blanca, ¿recuerdas?

La cocina era pequeña, con la pintura de color amarillo pálido que empezaba a despuntar por las esquinas donde el papel con motivos florales había comenzado a pelarse, y con los armarios desconchados. Debajo de la ventana Jeremy divisó una mesita pintada a mano. En las estanterías destacaban las bolsas en las ella había traído las provisiones, y Lexie sacó de una de ellas una caja de cereales y una barra de pan. Desde su posición cerca del fregadero, Jeremy estudió su bonita silueta cuando ella se puso de puntillas para guardar la comida en un armario.

—¿Necesitas que te eche una mano? —preguntó él.

—No, ya está, gracias —contestó Lexie al tiempo que se daba la vuelta. Se alisó la camisa con ambas manos y asió otra bolsa de la que tomó dos cebollas y dos latas grandes de tomates San Marzano—. ¿Quieres beber algo mientras preparo la cena? En la nevera encontrarás un paquete de seis latas de cerveza, si te apetece.

Sorprendido, Jeremy abrió los ojos exageradamente.

—¿Tienes cervezas? Pensaba que no bebías.

—No suelo beber.

—Pues para tratarse de alguien que no bebe, seis cervezas pueden resultar ciertamente dañinas. —Sacudió la cabeza antes de continuar—. Si no te conociera, pensaría que este fin de semana tenías intención de emborracharte.

Lexie le lanzó una mirada mordaz, aunque al igual que el día anterior, su semblante revelaba que lo hacía más en broma que enojada.

—Con seis cervezas tengo para todo un mes. Bueno, ¿quieres una o no?

Él sonrió, aliviado al ver que ella adoptaba un tono más familiar.

—Sí, me gustaría tomarme una, gracias.

—¿Te importa cogerla tú mismo? Tengo que preparar la salsa.

Jeremy abrió la nevera y separó dos botellas de Coors Light del paquete de cervezas. Abrió una y luego la otra antes de ponerla delante de ella. Lexie se quedó mirando la botella y se encogió de hombros.

—Lo siento, pero es que no me gusta beber solo —se excusó él.

Jeremy levantó la botella para hacer un brindis, y Lexie lo imitó. Chocaron los cascos de las botellas sin pronunciar ni una palabra, después él se apoyó en la encimera al lado de ella y cruzó una pierna por encima de la otra.

—Sólo para que lo sepas, se me da muy bien trocear las verduras; lo digo por si necesitas ayuda.

—Lo recordaré —repuso Lexie.

Él sonrió.

—¿Cuánto hace que este lugar pertenece a tu familia?

—Mis abuelos lo compraron después de la segunda guerra mundial. En esa época ni siquiera existía una carretera en toda

243

la isla. Tenías que conducir a través de la arena para llegar hasta aquí. Hay algunas fotos en el comedor en las que se puede apreciar cómo era este lugar en esos años.

—¿Te importa si les echo un vistazo?

—No, adelante. Yo continuaré preparándolo todo. El baño está al final del pasillo, por si te apetece asearte un poco antes de cenar. Está en la habitación de invitados, a la derecha.

Jeremy se fue hasta el comedor y examinó las fotos de la vida rústica en la isla, entonces se fijó en la maleta de Lexie cerca de la butaca. Tras dudar unos instantes, la agarró y se la llevó hasta el final del pasillo. A mano izquierda vio una habitación aireada con una enorme cama sobre un pedestal, coronada por un edredón con dibujos de conchas marinas. Las paredes estaban decoradas con fotos adicionales de la Barrera de Islas. Supuso que ésa era la habitación de Lexie y depositó la maleta justo detrás de la puerta.

Cruzó el pasillo y entró en la otra habitación. Estaba decorada con motivos náuticos, y las cortinas de color azul marino le conferían un agradable contraste con las mesitas y la cómoda de madera. Mientras se descalzaba y se quitaba los calcetines sentado en uno de los extremos de la cama, se preguntó cómo se sentiría al dormir allí esa noche, al saber que Lexie estaba sola al otro lado del pasillo.

Se dirigió al lavabo, se miró en el espejo ubicado encima del lavamanos e intentó acicalarse el pelo despeinado con las manos. Tenía la piel cubierta por una fina capa de sal y, después de lavarse las manos, se echó agua en la cara. En cuestión de segundos empezó a sentirse mejor, acto seguido regresó a la cocina y escuchó las notas melancólicas de la canción de los Beatles *Yesterday*, provenientes de una pequeña radio que descansaba en la repisa de la ventana.

—¿Seguro que no necesitas ayuda? —se ofreció él de nuevo. Al lado de Lexie había un bol de ensalada de tamaño mediano con tomates cuarteados y olivas.

Ella estaba ocupada lavando la lechuga y señaló las cebollas.

—Casi ya he terminado con la ensalada, ¿te importaría pelar las cebollas?

—Claro que no. ¿Quieres que también las corte a dados?

—No, sólo pélalas. Encontrarás un cuchillo en ese cajón de ahí abajo.

Jeremy sacó un cuchillo afilado y se afanó con las cebollas que había encima de la encimera. Por un momento, los dos trabajaron sin hablar mientras escuchaban la música. Cuando ella terminó con la lechuga y la apartó a un lado, intentó ignorar el cosquilleo que le provocaba el estar tan cerca de él. Sin embargo, no pudo evitar observarlo con el rabillo del ojo, y admirar su gracia natural, junto con un primer plano de sus caderas y de sus piernas, de sus hombros fornidos y de sus angulosos pómulos.

Jeremy cogió una cebolla pelada, sin darse cuenta de lo que ella estaba pensando.

—¿Está bien así?

—Perfecto.

—¿Seguro que no quieres que la corte a dados?

—No; si lo haces, echarás a perder la salsa, y eso es algo que jamás te perdonaría.

—Pero si todo el mundo corta las cebollas a dados. Mi madre italiana lo hace así.

—Pues yo no.

—¿Así que piensas echar esta oronda cebolla entera en la salsa?

—No, hombre. Primero la cortaré por la mitad.

—¿Me dejas que la parta, por lo menos?

—No, gracias. No me gustaría darte demasiado trabajo. —Lexie sonrió—. Y además, soy la cocinera, ¿recuerdas? Tú dedícate a observar y a aprender. De momento considérate el... pinche de cocina.

Jeremy la miró fijamente. La temperatura en la cabaña era agradable; la cara de Lexie ya no estaba sonrosada por el frío, sino que su piel mostraba un brillo fresco y natural.

—¿El pinche de cocina?

Ella se encogió de hombros.

—Mira, me parece muy bien que tu madre sea italiana, pero yo me he criado con una abuela que tenía el defecto de probar cualquier receta de cocina que cayera en sus manos.

—¿Y por eso te consideras una experta?

—Yo no, pero Doris sí que lo es, y durante mucho tiempo fui

245

su pinche de cocina. Aprendí a través de ósmosis, y ahora te toca a ti.

Jeremy cogió otra cebolla.

—Y dime, ¿por qué es tan especial esta receta? Aparte de que incluye cebollas del tamaño de una pelota de béisbol.

Lexie cogió la cebolla pelada y la partió por la mitad.

—Puesto que tu madre es italiana, estoy segura de que habrás oído hablar de los tomates de San Marzano.

—Claro. Son tomates, de San Marzano.

—Qué ingenioso. Para que te enteres, son los tomates más dulces y sabrosos que existen, especialmente en salsas. Ahora mira y aprende.

Lexie asió un cazo que había dentro del horno y lo dejó a un lado, entonces encendió el gas y colocó una cerilla en el borde de uno de los fogones. La llama azul tomó vida, y después depositó el cazo vacío encima del quemador.

—He de admitir que me estás dejando impresionado —dijo Jeremy en tono burlón, mientras terminaba de pelar la segunda cebolla y la apartaba a un lado. Agarró su cerveza y volvió a apoyarse en la encimera—. Deberías de montar tu propio programa de cocina por televisión.

Sin prestarle atención, Lexie vertió el contenido de las dos latas de tomate en el cazo, luego agregó una cucharada de mantequilla a la salsa. Jeremy echó un vistazo por encima del hombro de Lexie y vio cómo la mantequilla empezaba a derretirse.

—Muy saludable —comentó él—. Mi médico siempre me dice que de he añadir un poco de colesterol a mi dieta.

—¿Sabías que muestras una desagradable tendencia a ser sarcástico?

—Eso me han dicho —respondió él, levantando su botella—. De todas maneras, gracias por recordármelo.

—¿Has acabado de pelar la otra cebolla?

—Sí, soy un pinche de cocina la mar de eficiente —proclamó al tiempo que le pasaba la segunda cebolla.

Lexie la partió en dos y luego echó las cuatro mitades en la salsa. Removió el contenido del cazo unos instantes con una cuchara de madera y esperó hasta que la salsa empezó a hervir, después bajó el fuego.

—Muy bien. Esto es todo, de momento. Estará listo de aquí a una hora y media —anunció ella, satisfecha.

Se dirigió al fregadero y se lavó las manos. Jeremy echó otro vistazo al cazo y frunció el ceño.

—¿Ya está? ¿Sin ajo? ¿Sin sal ni pimienta? ¿Sin salchichas? ¿Sin albóndigas?

Ella sacudió enérgicamente la cabeza.

—Sólo consta de tres ingredientes. Luego coceré la pasta, la mezclaré con la salsa y le echaré parmesano fresco rallado por encima.

—Pues no es una receta muy italiana, que digamos.

—Te equivocas. Es la forma como han preparado la pasta durante cientos de años en San Marzano, que, por si no lo sabías, es una población de Italia. —Le dio la espalda para secarse las manos con un trapo de cocina—. Como nos queda tiempo, me dedicaré a limpiar todo esto antes de la cena, lo cual significa que estarás solo durante un rato.

—No te preocupes por mí. Ya pensaré en algo para no aburrirme.

—Si te apetece, puedes ducharte. Ahora mismo te traigo una toalla.

Jeremy todavía sentía la sal en el cuello y en los brazos, por lo que sólo necesitó un instante para aceptar la oferta.

—Perfecto. Una ducha me sentará de maravilla.

—Dame un minuto para que te prepare las cosas, ¿vale?

Lexie sonrió y agarró su cerveza. Después abandonó la cocina con la sensación de tener la mirada de Jeremy clavada en sus caderas, y se preguntó si él se sentía tan turbado como ella.

Al final del pasillo, abrió la puerta del armario, tomó un par de toallas y depositó una encima de la cama de Jeremy. Debajo del lavamanos del lavabo de la habitación de invitados había varios champús y una nueva pastilla de jabón, que Lexie dispuso en la repisa de la bañera. Se miró un momento en el espejo y se imaginó a Jeremy envuelto en una toalla después de tomar una ducha. La imagen le provocó cierta agitación. Lanzó un prolongado suspiro, sintiéndose como una adolescente de nuevo. Entonces escuchó la voz de él.

—¿Lexie? ¿Dónde estás?

247

—En el baño —respondió ella, sorprendida por el tono tranquilo de su propia voz—. Me estoy asegurando de que tienes todo lo que necesitas.

Jeremy se plantó a su espalda.

—¿Por casualidad no tendrás una maquinilla de afeitar desechable en uno de esos armarios?

—No, lo siento. Miraré en mi cuarto de baño, pero creo que...

—Oh, no te preocupes —la interrumpió al tiempo que se pasaba la mano por encima de la barbilla—. Bueno, esta noche estaré un poco desaliñado.

Lexie se dijo que no le importaba que estuviera desaliñado y, sin saber por qué, notó cómo se ruborizaba. Rápidamente se dio media vuelta para que Jeremy no se percatara de su azoramiento y empezó a ordenar los champús.

—Puedes usar el que quieras. Y recuerda que el agua caliente tarda un poco en salir, así que ten paciencia.

—De acuerdo. ¿Te importa si uso el teléfono? Tengo que hacer un par de llamadas.

Ella asintió con la cabeza.

—El teléfono está en la cocina.

Al pasar por su lado, no pudo evitar rozarlo a causa del reducido espacio que había en el cuarto de baño, y nuevamente sintió cómo él la observaba por detrás, si bien prefirió no darse la vuelta para confirmar sus sospechas. En lugar de eso, Lexie se dirigió a su habitación, cerró la puerta y se apoyó en ella, sintiéndose avergonzada por los pensamientos tan ridículos que la asaltaban. No había pasado nada, y no sucedería nada, se dijo una y otra vez. Cerró la puerta con llave, con la esperanza de que su acción fuera suficientemente simbólica como para bloquear sus pensamientos. Y funcionó, al menos durante unos instantes, hasta que vio su maleta, la que Jeremy había traído unos minutos antes.

Al pensar que él había estado en su habitación, se puso todavía más nerviosa, interpretándolo como un anticipo de lo que podría suceder. Cerró los ojos e intentó mantener la mente en blanco, pero al final no le quedó más remedio que aceptar que se había estado engañando a sí misma durante todo ese tiempo.

Y

Jeremy regresó a la cocina después de la ducha tonificante y olió el delicioso aroma de la salsa que se cocía lentamente en el fuego. Apuró la cerveza, encontró el cubo de basura debajo del fregadero y tiró la botella, luego sacó otra de la nevera. En el estante inferior divisó un trozo de parmesano fresco y un bote de olivas Amfiso sin abrir, y por unos momentos tuvo la tentación de abrir el bote y tomar una, pero se contuvo.

Localizó el teléfono, marcó el número de la oficina de Nate y la secretaria lo pasó inmediatamente con el jefe. Durante los primeros veinte segundos, tuvo que mantener el aparato alejado de la oreja para no oír todo el sermón airado de Nate, pero cuando finalmente éste se calmó, reaccionó positivamente ante la sugerencia de Jeremy de mantener una reunión la semana siguiente. Jeremy concluyó la llamada con la promesa de que volvería a llamarlo a la mañana siguiente.

Con Alvin, sin embargo, no tuvo suerte. Después de marcar su número, escuchó el contestador del buzón de voz. Entonces esperó un minuto, volvió a intentarlo y de nuevo apareció el contestador. El reloj de la cocina marcaba casi las seis, y Jeremy imaginó que en esos momentos Alvin debía de estar probablemente conduciendo en dirección a Boone Creek. Deseó poder hablar con él antes de que su amigo saliera a cenar.

Sin nada más por hacer y con Lexie todavía fuera de vista, Jeremy decidió salir al porche que había en la parte trasera de la cabaña. El frío empezaba a ser más que notable. El gélido viento soplaba con fuerza, y a pesar de que no podía ver el océano, le llegaba el rumor de las olas. Se sintió acunado por esa grácil cadencia hasta que prácticamente entró en un estado de trance.

Al cabo de un rato regresó a la sala de estar, que ahora se encontraba prácticamente a oscuras. Echó un vistazo al pasillo y vio un pequeño halo de luz por debajo de la puerta de la habitación de Lexie. Sin saber qué hacer a continuación, encendió una lamparita que había cerca de la chimenea. La estancia se inundó de sombras, y Jeremy se dedicó a ojear los libros apilados encima del mantel hasta que se acordó de la libreta de Doris. Con las prisas por llegar hasta allí, se había olvidado por completo de

249

ese material. Abrió su bolsa de viaje, cogió la libreta y se acomodó en la butaca. Al sentarse, notó cómo la tensión que sentía en los hombros desde hacía muchas horas se desvanecía lentamente.

En esos instantes lo invadió una fantástica sensación de placer, y pensó que la vida debería ser siempre así.

Un poco antes, cuando Lexie oyó que Jeremy cerraba la puerta de la habitación de invitados, se acercó a la ventana y tomó un trago de su cerveza, contenta de tener algo con que calmar sus nervios.

Los dos habían mantenido una conversación superficial en la cocina, manteniendo la distancia para no sentirse incómodos. Sabía que debería continuar comportándose de ese modo cuando saliera de la habitación, pero mientras dejaba la botella de cerveza a un lado, se dio cuenta de que ya no deseaba continuar manteniendo la distancia.

A pesar de que era consciente de los riesgos, la forma de comportarse de Jeremy la había seducido —la sorpresa al verlo caminar por la playa hacia ella, su sonrisa fácil y su pelo despeinado, la mirada nerviosa y traviesa—; en esos instantes, él se había comportado al mismo tiempo como el hombre que ella conocía y como el hombre que aún no conocía. Aunque se negó a admitirlo en ese momento, ahora se daba cuenta de que ansiaba conocer la parte de él que todavía permanecía oculta, fuera lo que fuese, sin temor a lo que pudiera descubrir.

Dos días antes no habría ni soñado que pudiera sucederle algo similar, especialmente con un hombre al que casi no conocía. Ya había salido escaldada de más de una relación amorosa, y ahora se daba cuenta de que había evitado otras posibles situaciones dolorosas escudándose en la seguridad que le confería la soledad. Pero vivir una vida libre de riesgos no era precisamente vivir, y si tenía que cambiar, lo mejor era empezar cuanto antes.

Después de ducharse, se sentó en el extremo de la cama, abrió la cremallera de la maleta y sacó un frasco de loción. Se aplicó un poco en las piernas y en los brazos y se masajeó los pechos y la barriga, saboreando la vitalidad que le transmitía en la piel.

No había traído ropa delicada; en sus prisas por abandonar el pueblo por la mañana, había agarrado lo primero que había encontrado en el armario. Rebuscó por la maleta hasta que encontró sus vaqueros favoritos. Estaban completamente desgastados, rasgados por las rodillas y por la parte de los talones. Pero de tanto lavarlos, el tejido se había vuelto más flexible y suave, y era consciente de que esos viejos vaqueros se adaptaban perfectamente a los contornos de su figura, acentuando sus formas. Al pensar que Jeremy se fijaría en ese detalle, se sintió emocionada como una quinceañera.

Se puso una camisa blanca de manga larga, sin introducirla en los pantalones por la cintura sino dejándola suelta, y luego la arremangó hasta los codos. Se plantó delante del espejo y se abrochó todos los botones menos uno que normalmente solía abotonarse, dejando entrever la parte superior del escote.

Se secó el pelo con un secador y se peinó con cuidado; luego le tocó la hora al maquillaje: se aplicó un leve toque de sombra en las mejillas, se perfiló los ojos con un lápiz delineador y se retocó los labios con una barra de carmín. Deseó tener un poco de perfume a mano, pero no había nada que pudiera hacer al respecto.

Cuando estuvo lista, se alisó la camisa delante del espejo en un intento de estar impecable, y se sintió satisfecha con su aspecto. Sonriendo, trató de recordar la última vez que había puesto tanto empeño en estar guapa.

Jeremy se hallaba sentado en la butaca, con las piernas cruzadas, cuando Lexie entró en la sala. Levantó la vista y, por un momento, pareció que iba a decir algo, pero se quedó mudo, contemplándola.

Incapaz de apartar la vista de Lexie, de repente comprendió por qué había sido tan importante para él volverla a ver. No le quedaba otra alternativa; sabía que estaba completamente enamorado de esa mujer.

—Estás… guapísima —logró susurrar finalmente con una voz ronca.

—Gracias —respondió ella, sintiéndose súbitamente presa de una emoción incontenible. Sus miradas se encontraron; ninguno de los dos desvió la vista, y en ese instante, Lexie comprendió que el mensaje que se reflejaba en los ojos de Jeremy era el suyo.

251

Capítulo 15

*D*urante unos segundos ninguno de los dos fue capaz de moverse, hasta que Lexie suspiró y apartó la vista. Todavía temblando, levantó la botella de cerveza tímidamente.

—Creo que necesito otra cerveza —dijo con una sonrisa indecisa—. ¿Quieres una?

Jeremy se aclaró la garganta.

—No, gracias. Ya he cogido otra.

—Vuelvo en un minuto. De paso, echaré un vistazo a la salsa.

Lexie se dirigió a la cocina sintiendo un ligero temblor en las piernas, y se detuvo delante de los fogones. La cuchara de madera había dejado una marca de salsa de tomate en la encimera tras asirla para remover el contenido del cazo, y cuando terminó, volvió a colocarla en el mismo sitio. Después abrió la nevera, cogió otra cerveza y la depositó sobre la encimera, junto con las olivas. Intentó abrir el bote, pero sus manos temblorosas no se lo permitieron.

—¿Quieres que te eche una mano? —preguntó Jeremy.

Lexie levantó la vista, sorprendida. No lo había oído entrar, y se preguntó si sus sentimientos eran tan evidentes como ella los sentía.

—Si no te importa…

Jeremy agarró el bote de olivas, y Lexie observó cómo se le tensaban los músculos de los antebrazos mientras forcejeaba con la tapa del bote. Después, él se fijó en la cerveza que descansaba sobre la encimera, la abrió y se la pasó a Lexie.

No se atrevió a mirarla a los ojos, ni tampoco a pronunciar ninguna palabra. En el silencio de la estancia, Lexie contempló cómo él se apoyaba en la repisa. La luz estaba encendida, pero sin la tenue luz del anochecer que se colaba por las ventanas, parecía como si la luz de la lámpara que colgaba por encima de sus cabezas fuera más suave que cuando habían empezado a cocinar.

Lexie tomó un trago de su cerveza, saboreando el gusto, saboreando cada detalle de esa noche: su aspecto, cómo se sentía, y la forma en que él la miraba. Estaba lo suficientemente cerca como para poder tocar a Jeremy, y por un brevísimo instante tuvo la tentación de hacerlo, pero en lugar de eso, se dio la vuelta y se dirigió a la alacena.

Cogió una botella de aceite de oliva y otra de vinagre balsámico y vertió un poco de ambos contenidos en un cuenco pequeño, luego añadió sal y pimienta.

—Qué olor más delicioso —comentó él.

Cuando Lexie terminó de preparar el aliño, tomó el bote de olivas y las vertió en otro cuenco pequeño.

—Todavía queda una hora para la cena —comentó. Hablar parecía mantenerla serena—. Puesto que no esperaba compañía, sólo puedo ofrecerte olivas como aperitivo. Si fuera verano, sugeriría que saliéramos al porche, pero ahora hace demasiado frío. Además, supongo que deberías saber que las sillas de la cocina no son muy cómodas, que digamos.

—Entonces, ¿qué hacemos?

—¿Te parece bien si volvemos a sentarnos en la sala de estar?

Jeremy pasó delante, se detuvo ante la butaca y cogió la libreta de Doris; vio que Lexie depositaba las olivas en la mesita auxiliar y luego intentaba acomodarse en el sofá. Cuando se sentó a su lado, pudo oler el dulce aroma floral del champú que ella había utilizado. Desde la radio les llegaban las notas apagadas de una canción.

—¿Has estado ojeando la libreta de Doris?

Jeremy asintió.

—Sí, me la ha dejado esta mañana.

—¿Y?

—Sólo he podido echar un vistazo a las primeras páginas. Pero he de admitir que contiene muchos más detalles de los que esperaba encontrar.

—¿Ahora crees que predijo el sexo de todos esos bebés?

—No —contestó él—. Como ya te dije ayer, seguramente Doris sólo anotó los casos en los que acertó.

Lexie sonrió.

—¿Y no te has fijado en cómo están escritas esas fichas? Unas veces con lápiz, otras con bolígrafo. A veces incluso se puede intuir que tenía prisa; en cambio, en otras se explaya.

—No digo que la libreta no parezca convincente. Lo único que digo es que no puede predecir el sexo de los bebés con tan sólo coger a alguien por la mano.

—Ya, claro, si tú lo dices...

—No; porque es imposible.

—¿Te refieres a que estadísticamente es improbable?

—No, digo imposible.

—Muy bien, señor escéptico, allá tú. Cambiando de tema, ¿qué tal va tu historia?

Jeremy empezó a juguetear con la etiqueta de la botella de cerveza, como si pretendiera arrancarla.

—Muy bien. Aunque si me queda tiempo, me gustaría terminar de leer los diarios de la biblioteca, para ver si obtengo alguna anécdota que me sirva para ilustrar la historia.

—¿Has descubierto el motivo?

—Sí. Ahora lo único que tengo que hacer es demostrarlo. Espero que el tiempo se ponga de mi lado y colabore.

—Lo hará. Han dicho que habrá niebla durante todo el fin de semana. Lo he oído por la radio esta mañana.

—Perfecto. Pero la parte negativa es que la solución no resulta tan amena como la leyenda.

—Entonces, ¿ha valido la pena ir hasta Boone Creek?

Jeremy asintió.

—Sin ninguna duda. No me habría perdido este viaje por nada del mundo —declaró con voz susurrante.

Al oír su tono, Lexie comprendió exactamente a qué se refería, y se lo quedó mirando en silencio. Apoyó la barbilla en la mano y estiró una pierna sobre el sofá, complacida con ese ambiente íntimo, con lo deseable que él hacía que se sintiera.

—¿Y cuál es la solución? —preguntó, inclinándose levemente hacia delante—. ¿Puedes darme la respuesta?

La luz de la lámpara a su espalda la rodeaba de un halo difuminado, y sus ojos violetas brillaban debajo de sus oscuras pestañas.

—Prefiero mostrártelo —repuso él.

Lexie sonrió.

—Porque esperas que te lleve de vuelta al pueblo, ¿no es así?

—Correcto.

—¿Y cuándo quieres regresar?

—Mañana, si es posible.

Jeremy sacudió la cabeza, intentando no perder el control de sus sentimientos.

No deseaba echar a perder la velada, pero tampoco quería presionarla demasiado. Lo cierto era que deseaba algo más que rodearla con sus brazos.

—Tengo que ver a Alvin, un amigo. Es un cámara de Nueva York que se ha desplazado hasta el pueblo para realizar una filmación profesional.

—¿Va a ir a Boone Creek?

—Seguramente en estos precisos instantes ya debe de estar llegando al pueblo.

—¿Ahora? ¿Y no deberías estar allí para recibirlo?

—Probablemente —admitió él.

Lexie reflexionó sobre lo que él le acababa de contar y pensó en el enorme esfuerzo que él había hecho para llegar hasta Buxton ese día.

—De acuerdo —aceptó finalmente—. Hay un transbordador que sale a primera hora de la mañana. Estaremos en el pueblo a eso de las diez.

—Gracias.

—¿Y piensas filmar mañana por la noche también?

Jeremy asintió.

—Le he dejado una nota a Alvin indicándole que vaya al cementerio esta noche, pero mañana tendremos que filmar otros puntos del pueblo. Además, todavía existen algunos cabos sueltos que debo resolver.

—¿Y qué pasa con el baile en el granero? Pensé que íbamos a bailar juntos si resolvías el misterio.

Jeremy bajó la cabeza.

—Si puedo hacerlo, lo haré. Créeme. No hay nada que me apetezca más.

Nuevamente, el silencio se adueñó de la habitación.

—¿Cuándo te marcharás a Nueva York? —preguntó Lexie finalmente.

—El sábado. La semana que viene tengo una reunión, así que tendré que irme el sábado.

Lexie notó cómo se le encogía el corazón ante la noticia. A pesar de que sabía que tenía que suceder, le dolió escuchar la dura realidad.

—De vuelta a la vida bulliciosa, ¿eh?

Jeremy sacudió la cabeza.

—Mi vida en Nueva York no es nada glamurosa. Me paso la mayor parte del tiempo trabajando, o bien investigando o bien escribiendo, y te aseguro que son tareas solitarias, incluso diría que a veces pueden resultar demasiado solitarias.

Lexie enarcó una ceja.

—No intentes que sienta pena por ti, porque no lo conseguirás.

Él la miró fijamente.

—¿Y si te hablo de la bruja de mi vecina?

—Tampoco.

Jeremy soltó una carcajada.

—Pienses lo que pienses, no vivo en Nueva York por el bullicio. Vivo allí porque mi familia vive allí, porque me siento cómodo allí. Porque para mí es mi hogar, igual que Boone Creek lo es para ti.

—¿Sois una familia muy unida?

—Sí. Cada fin de semana nos reunimos en Queens, en casa de mis padres, para comer. Mi padre sufrió un ataque al corazón hace un par de años, por lo que tiene que ir con cuidado, pero le encantan esas reuniones familiares. Es muy divertido; la casa adopta un aire similar a un zoo: un puñado de críos corriendo arriba y abajo, mi madre cocinando en la cocina, mis hermanos y sus esposas charlando en el patio que hay en la parte posterior de la casa. Todos viven relativamente cerca entre sí, por lo que se ven con mucha más frecuencia que yo.

Lexie tomó otro trago mientras intentaba imaginar la escena.

—Parece muy agradable.

—Lo es. Pero a veces resulta duro.

Ella lo miró con curiosidad.

—No te entiendo.

Él se quedó pensativo, haciendo girar la botella entre sus manos.

—A veces yo tampoco lo entiendo —dijo finalmente.

Quizá fue la forma en que lo dijo lo que llevó a Lexie a quedarse callada. En medio del silencio, lo observó detenidamente, esperando que continuara.

—¿Alguna vez has soñado con alguna cosa, algo que anhelas con locura, y cuando crees que estás a punto de lograrlo, de repente pasa algo y se te escapa de las manos?

—Todo el mundo tiene sueños que no llegan a cumplirse —respondió ella con un tono suave.

Jeremy se encogió de hombros.

—Sí, supongo que sí.

—No estoy segura de comprender lo que intentas decirme —dijo ella para animarlo a proseguir.

—Hay algo que no sabes de mí —anunció Jeremy, levantando la cabeza y mirándola fijamente—. De hecho, es algo que jamás he contado a nadie.

Con esa confesión, Lexie notó que se le tensaban los hombros.

—Estás casado —dijo, echándose hacia atrás.

Jeremy sacudió enérgicamente la cabeza.

—No.

—Tienes novia en Nueva York, una novia formal.

—Tampoco.

Cuando Jeremy no dijo nada más, a ella le pareció ver una sombra de duda en su rostro.

—No importa —musitó Lexie al final—, tampoco es de mi incumbencia.

Jeremy volvió a sacudir la cabeza y sonrió.

—Te has acercado en la primera intentona. Estuve casado. Y me divorcié.

Lexie había esperado una confesión más terrible; casi se echó a reír de alivio, pero la expresión sombría de Jeremy la detuvo.

—Se llamaba Maria. Éramos muy diferentes, y nadie entendía qué habíamos visto el uno en el otro. Pero más allá de las apariencias, compartíamos los mismos valores y creencias sobre las cosas importantes en la vida, e incluso nuestro deseo de tener hijos: ella quería cuatro; yo, cinco. —Jeremy vaciló cuando vio la expresión de Lexie—. Sé que son demasiados hijos para los momentos que corren, pero era algo a lo que ambos estábamos acostumbrados; ella también provenía de una familia numerosa. —Realizó una pausa—. Al principio no sospechamos que hubiera ningún problema, pero al cabo de seis meses ella todavía no se había quedado embarazada, así que decidimos someternos a unas pruebas. Ella demostró ser fértil, pero yo no. No nos dieron ninguna razón, ninguna respuesta posible; tan sólo que es una de esas cosas que a veces suceden. Cuando ella lo supo, decidió divorciarse. Y ahora… Quiero decir, amo a mi familia, me encanta pasar los fines de semana con ellos, pero cuando estamos todos juntos, siempre pienso en la familia que jamás llegaré a tener. Sé que puede parecer extraño, pero supongo que deberías comprender lo importante que era para mí, lo mucho que deseaba tener hijos.

Cuando terminó, Lexie simplemente se lo quedó mirando, intentando encontrar el sentido a lo que él le acababa de contar.

—¿Tu esposa te abandonó porque descubristeis que no podías tener hijos?

—No en ese mismo instante, pero más tarde sí.

—¿Y los doctores no pudieron hacer nada?

—No. —Jeremy parecía avergonzado—. Tampoco es que dijeran que era totalmente imposible que yo engendrara un hijo, pero nos dejaron claro que había poquísimas posibilidades de que eso sucediera; vaya, que lo más probable era que nunca sucediera. Y eso fue la gota que colmó el vaso.

—¿Y no os planteasteis adoptar a un niño, o encontrar un donante, o…?

Jeremy sacudió la cabeza.

—Sé que es fácil pensar que ella actuó de una forma desconsiderada, pero no fue así. Tendrías que conocerla para comprenderlo. Ella creció con el sueño de convertirse en madre. Sus hermanas estaban embarazadas, y ella también lo habría estado, tarde o temprano, de no ser por mí. —Clavó la mirada en el techo—. Durante mucho tiempo, me negué a aceptarlo. No podía creer que fuera estéril, pero lo era. Y sé que suena ridículo, pero después de esa experiencia, me sentí como si le faltara algo a mi masculinidad, como si no fuera digno de estar con una mujer.

Jeremy se encogió de hombros. Su voz iba adoptando un tono más amargo a medida que proseguía con su declaración.

—Es cierto; podríamos haber adoptado a un niño, o podríamos haber encontrado un donante. Le sugerí todas las posibilidades. Pero a ella no le atraía la idea. Deseaba quedarse embarazada, deseaba experimentar el maravilloso momento de ver nacer a su hijo, un hijo de ella y de su esposo. Después de eso, nuestra relación empezó a hacer aguas. Aunque no sólo fue por ella. Yo también cambié. Empecé a acusar cambios bruscos de humor... Empecé a viajar más a causa del trabajo... No lo sé... Quizá la alejé de mí inconscientemente.

Lexie lo observó durante un largo momento.

—¿Por qué me cuentas esas intimidades?

Jeremy tomó un sorbo de su cerveza y volvió a juguetear con la etiqueta de la botella.

—Quizá sea porque quiero que sepas con quién te metes, saliendo con un tipo como yo.

Tras esas palabras, Lexie sintió cómo se sonrojaba irremediablemente. Entonces sacudió la cabeza y desvió la vista.

—No digas cosas que no sientes.

—¿Qué te hace pensar que no lo siento?

En el exterior de la cabaña, el viento empezaba a arreciar con intensidad, y ella escuchó los tonos apagados de las campanitas del móvil de metal que colgaba en la puerta de la entrada.

—Porque no es así. Porque no puedes. Porque no se trata de quién eres, ni tampoco de por qué me lo has contado. Tú y yo... no somos iguales, por más que quieras creer que lo somos. Tú estás allí; yo estoy aquí. Tú tienes una gran familia a la que ves con frecuencia; yo sólo tengo a Doris, y ella me necesita aquí, especialmente ahora, por su delicado estado de salud. A ti te gustan las ciudades; a mí los pueblos pequeños. Te encanta tu trabajo, y yo..., bueno, tengo lo de la biblioteca, y también me encanta. Si uno de los dos se viera forzado a abandonar lo que tiene, lo que hemos elegido hacer con nuestras vi-

259

das... —Entornó los ojos—. Sé que algunas personas lo consiguen, pero resulta difícil cuando se trata de consolidar una relación. Me has dicho que la razón por la que te enamoraste de Maria era que compartíais los mismos valores. Pero en nuestro caso, uno de los dos tendría que sacrificarse. Y yo no quiero sacrificarme, ni tampoco creo que sea justo esperar que tú te sacrifiques.

Lexie bajó la vista, y en la quietud reinante, él pudo oír el monótono ruido del reloj que coronaba la repisa de la chimenea. La hermosa cara de Lexie estaba ahora surcada de arrugas de tristeza, y de repente a Jeremy le asaltó la terrible sospecha de que estaba a punto de perder toda oportunidad de estar con ella. Se incorporó hacia delante y puso el dedo índice en la mejilla de Lexie, obligándola a girar la cara y a mirarlo.

—¿Y qué pasa si yo no lo interpreto como un sacrificio? —dijo él—. ¿Y si te digo que preferiría quedarme contigo en lugar de volver a mi vida de siempre?

El contacto del dedo de Jeremy le provocó a Lexie una sensación eléctrica. Intentando ignorar la impresión, contestó procurando que no se le quebrara la voz.

—Entonces te respondería que he pasado dos días maravillosos contigo, que conocerte ha sido algo increíble. Y que sí, que me encantaría creer que lo nuestro puede funcionar, que me siento agasajada.

—Pero no quieres arriesgarte a ver si funciona o no.

Lexie sacudió la cabeza lentamente.

—Jeremy..., yo...

—No pasa nada. Lo comprendo.

—No —sentenció ella—. No lo comprendes. Has oído lo que te he dicho, pero no me has escuchado. Lo que quería decir era que me encantaría que lo nuestro saliera bien. Eres inteligente y encantador... —Resopló, abatida—. Muy bien, puede que a veces seas demasiado directo...

A pesar de la tensión, Jeremy no pudo evitar echarse a reír. Ella continuó, eligiendo cada una de sus palabras con cautela.

—Estos dos últimos días han sido maravillosos; sin embargo, no puedo evitar pensar en ciertas cosas que me pasaron hace años y que me dejaron unas profundas heridas.

Sin perder la calma pero con gran rapidez, Lexie le refirió la historia del señor sabelotodo. Cuando terminó, su cara reflejaba el sentido de culpabilidad que la ahogaba.

—Quizá por eso estoy intentando ser lo más práctica posible en esta ocasión. No digo que vayas a desaparecer igual que hizo él, pero ¿eres capaz de asegurarme, con toda franqueza, que seguiremos sintiendo lo mismo el uno por el otro si tenemos que viajar para poder estar juntos?

—Sí —afirmó él con voz solemne—. Te lo aseguro.

Ella pareció entristecerse ante su respuesta.

—Es fácil decirlo ahora, pero ¿qué pasará mañana? ¿Y qué pasará de aquí a un mes?

Fuera de la cabaña, el viento silbaba con fuerza. La arena chocaba contra los cristales, y las cortinas se movían ligeramente mientras el viento intentaba colarse por los resquicios de las viejas ventanas.

Jeremy miraba a Lexie fijamente, reafirmándose una vez más en sus sentimientos hacia ella: sí, la amaba.

—Lexie —empezó a murmurar, sintiendo una terrible sequedad en la boca—. Yo…

Como adivinando lo que él le iba a decir, Lexie alzó las manos para detenerlo.

—No sigas, por favor. Todavía no estoy lista, ¿de acuerdo? ¿Qué tal si nos dedicamos a saborear la cena? ¿Crees que podemos hacerlo? —Dudó antes de poner con cuidado la botella de cerveza en la mesa—. Será mejor que vaya a echar un vistazo a la salsa.

Con un sentimiento de absoluto abatimiento, Jeremy la observó mientras ella se levantaba del sofá. Cuando llegó a la puerta de la cocina, Lexie se volvió y lo miró a los ojos.

—Y sólo para que lo sepas, creo que tu ex mujer actuó de una forma abominable y que no hace falta que la intentes excusar por su comportamiento injustificable. Uno no abandona a su pareja por una cuestión como ésa, y el que todavía seas capaz de hablar bien de ella confirma que fue ella la que cometió el error. Créeme; sé lo que es ser un buen padre. Tener hijos significa cuidar de ellos, educarlos, quererlos y apoyarlos, y ninguna de esas cosas está vinculada con quién los engendra una noche en una habitación o con la experiencia de estar embarazada.

Lexie se dio la vuelta en dirección a la cocina y desapareció. Jeremy podía oír a Billie Holiday cantando *I'll Be Seeing You* en la radio. Con un nudo en la garganta, se levantó para seguirla, consciente de que si no aprovechaba ese momento, quizá nunca más se le presentaría la misma oportunidad. De repente había comprendido que Lexie era la razón por la que había ido hasta Boone Creek; Lexie era la respuesta que había estado buscando durante tanto tiempo.

Se apoyó en la puerta de la cocina y observó cómo ella colocaba otro cazo en el fuego.

—Gracias por tu sinceridad —musitó él.

—No hay de qué —respondió ella, evitando mirarlo a los ojos. Jeremy sabía que, en el fondo, aunque intentaba ser fuerte, Lexie estaba experimentando las mismas emociones que él, y admiró tanto su pasión como sus reservas. Entonces se decidió a dar un paso hacia ella. Sabía que tenía que correr ese riesgo.

—¿Te puedo pedir un favor? —preguntó Jeremy—. Ya que quizá no pueda hacerlo mañana —dijo, al tiempo que levantaba la mano—, ¿quieres bailar conmigo ahora?

—¿Aquí? —Ella lo miró perpleja, sintiendo cómo se le aceleraba el corazón—. ¿Ahora?

Sin mediar otra palabra, Jeremy se le acercó y le cogió la mano, sonriendo, luego se la llevó a la boca y le besó los dedos antes de dejarla en la posición correcta. Después, sin apartar la vista de sus ojos, deslizó el otro brazo alrededor de su espalda y la acercó hacia él con ternura. Mientras Jeremy empezaba a acariciarle la parte inferior de la espalda con el dedo pulgar y a susurrar su nombre, Lexie se dejó llevar, siguiendo el ritmo que él marcaba.

Los dos empezaron a moverse en círculos al son de la lenta melodía, y a pesar de que al principio ella se sintió incómoda, finalmente se relajó y se apoyó en él, perdida en el distintivo aroma que emanaba de su cuerpo. Lexie notaba el cálido aliento de Jeremy en su cuello, y mientras él le recorría lentamente la espalda con su mano, ella entornó los ojos y se apoyó más en él, reclinando la cabeza sobre su hombro y sintiendo cómo se acababan de desvanecer sus últimos intentos de resistencia. Se dio cuenta de que eso era precisamente lo que había deseado desde el principio, y en la diminuta cocina, los dos continuaron moviéndose al son de la música, cada uno perdido en las sensaciones que le provocaba el otro.

Tras las ventanas, las olas continuaban su danza airada, anegando la tierra hasta las dunas. El gélido viento soplaba alrededor de la cabaña, confundiéndose con la noche totalmente oscura. Mientras tanto, la cena se cocía lentamente en el fuego.

Cuando Lexie finalmente levantó la cara para mirarlo a los ojos, él la abrazó con dulzura y se inclinó hacia ella para rozar sus labios con los suyos, una vez, y después otra, antes de atreverse a besarla. Se separó un poco de ella para asegurarse de que Lexie estaba bien, y acto seguido volvió a besarla. Ella también lo besó y sintió cómo se derretía entre sus brazos. Saboreó su lengua, jugueteando con la suya, su excitante humedad, y le acarició el rostro con la mano, siguiendo el perfil de su mejilla. Jeremy respondió a la caricia besándola en la mejilla y en el cuello, mordisqueándola con su boca sensual.

Se besaron en la cocina durante un largo rato, saboreándose mutuamente sin prisa ni premura, hasta que Lexie finalmente se echó hacia atrás. Apagó el fuego que había detrás de ella y, a continuación, tomó a Jeremy de la mano y lo condujo hasta su habitación.

Hicieron el amor lentamente. Mientras se movía encima de ella, él susurraba lo mucho que la quería y repetía su nombre como una plegaria. Sus manos no dejaban de moverse, como si quisieran asegurarse de que ella era real. Estuvieron en la cama durante horas, haciendo el amor y riendo silenciosamente, saboreando las caricias con que se colmaban mutuamente.

Varias horas más tarde, Lexie se levantó de la cama y se envolvió en un albornoz. Jeremy se calzó sus vaqueros y fue detrás de ella hasta la cocina, donde terminaron de preparar la cena. Después de que Lexie encendiera una vela, él la observó fijamente por encima de la pequeña llama, maravillándose del ligero rubor de sus mejillas, mientras él devoraba la cena más deliciosa que jamás había probado. Comer juntos en la cocina, él sin camisa y ella con nada más que ese delgado albornoz, le parecía

263

incluso más íntimo que cualquier otra cosa que había sucedido esa noche.

Después regresaron otra vez a la cama, y Jeremy la abrazó con fuerza, satisfecho por el simple hecho de sentir el calor que desprendía su cuerpo. Cuando finalmente Lexie se quedó dormida, él la observó dormir. De vez en cuando le apartaba el pelo de los ojos, rememorando la noche, recordando cada detalle, y sabiendo que había encontrado a la mujer con la que quería pasar el resto de su vida.

Jeremy se despertó justo antes del amanecer y vio que Lexie no estaba a su lado. Se sentó en la cama, palpó el edredón como para asegurarse de que estaba solo, y a continuación se incorporó de un salto y se puso los vaqueros. La ropa de Lexie continuaba esparcida por el suelo, pero el albornoz que llevaba puesto durante la cena no estaba a la vista. Se alisó los vaqueros con las manos, se estremeció ligeramente al notar el aire fresco y cruzó los brazos mientras se dirigía hacia el pasillo.

La encontró en la butaca que había cerca de la chimenea, con un vaso de leche a su lado, encima de una mesita. Tenía la libreta de Doris en la falda, abierta prácticamente por el principio, pero no la estaba ojeando. En lugar de eso, su mirada estaba perdida en un punto de la oscuridad.

Jeremy se acercó a ella; al hacerlo, el suelo crujió con sus pasos, y el ruido sacó a Lexie de su ensimismamiento. Cuando vio a Jeremy, sonrió.

—Ah, hola —lo saludó.

Bajo la tenue luz, Jeremy adivinó que algo no iba bien. Se sentó en el reposabrazos de la misma butaca que ocupaba Lexie y la rodeó con su brazo.

—¿Estás bien? —murmuró.

—Sí, no te preocupes.

—¿Qué estás haciendo? Todavía es de noche.

—No podía dormir —se excusó Lexie—. Y además, tenemos que estar de pie temprano para no perder el transbordador.

Jeremy asintió, a pesar de que no estaba absolutamente satisfecho con la respuesta.

—¿Estás enfadada conmigo?

—No.

—¿Te arrepientes de lo que ha sucedido?

—No, no es eso.

No añadió nada más, y Jeremy la abrazó con más fuerza, deseando creerla. Entonces clavó la vista en la libreta de Doris.

—Es una obra interesante —comentó él, sin querer presionarla más—. Tengo ganas de leerla con detenimiento.

Lexie sonrió.

—Hacía tiempo que no la ojeaba. Me trae recuerdos de la infancia.

—¿Y cómo es eso?

Ella dudó unos instantes, luego señaló la página abierta sobre su regazo.

—¿Antes llegaste a esta entrada?

—No —contestó él.

—Léela —le pidió ella.

Jeremy leyó la entrada rápidamente. En muchos aspectos parecía idéntica a las demás: los nombres de pila de los padres, la edad, de cuántos meses estaba embarazada la mujer, y la confirmación de que el bebé que esperaba sería una niña. Cuando terminó, levantó la cabeza y la miró.

—¿No ves nada interesante? —inquirió ella.

—No estoy seguro de qué es lo que me estás preguntando —admitió él.

—¿Los nombres de Jim y Clarie no te dicen nada?

—No. —Jeremy estudió su cara—. ¿Acaso deberían?

Lexie bajó la vista.

—Eran mis padres —dijo con una voz suave—. Ésta es la entrada en la que Doris predijo que yo sería una niña.

Jeremy la miró con una enorme curiosidad.

—En eso estaba pensando —continuó—. Creemos que nos conocemos el uno al otro, pero tú ni siquiera sabías los nombres de mis padres. Y yo tampoco sé cómo se llaman los tuyos.

Él sintió que se le empezaba a formar un nudo en el estómago.

—¿Y eso te preocupa? ¿Crees que no nos conocemos lo suficiente?

265

Acto seguido, ella lo abrazó con una ternura que a Jeremy le provocó un intenso dolor en el corazón. Se quedaron sentados en la butaca durante un largo rato, abrazados, mientras ambos deseaban en silencio que el tiempo se detuviera y les permitiera quedarse en ese dulce momento para siempre.

Capítulo 16

—*A*sí que éste es tu amigo, ¿eh? —preguntó Lexie.

Ella señaló discretamente al teléfono móvil. A pesar de que Lexie había vivido en Boone Creek casi toda su vida, jamás había tenido el privilegio de visitar la celda del condado, hasta hoy.

Jeremy asintió.

—Normalmente no es así —le susurró él al oído.

A primera hora de la mañana, habían recogido sus cosas y habían abandonado la cabaña con tristeza, al tener que marcharse. Pero cuando subieron al transbordador en Swan Quarter, el teléfono de Jeremy mostró suficiente cobertura como para poder escuchar los mensajes recibidos. Nate había dejado cuatro sobre la reunión de la semana siguiente; Alvin, por otro lado, había dejado uno en el que, con un tono histérico, le notificaba que lo habían arrestado.

Lexie llevó a Jeremy hasta su coche, y él la siguió hasta Boone Creek, preocupado por Alvin, pero también preocupado por Lexie. El desconcertante humor de ella, que había empezado cuando todavía era de noche, había continuado igual durante las siguientes horas. A pesar de que ella no lo había rechazado cuando él la rodeó con sus brazos en el transbordador, se había mostrado callada y distante, con la vista perdida en las aguas del Pamlico Sound. Cuando sonreía, lo hacía sólo levemente, y cuando Jeremy le dio la mano, ella la dejó suelta, como muerta. Tampoco había hablado sobre lo que le había contado previamente; en lugar de eso se dedicó a referirle los numerosos casos de barcos hundidos cerca de la costa, y si bien él había intentado desviar la conversación hacia temas más serios, Lexie había reaccionado cambiando de tema o no contestando.

Mientras tanto, Alvin languidecía en la prisión del condado, con un aspecto —al menos eso fue lo que creyó Lexie— como si fuera un verdadero maleante. Vestido con una camiseta negra de Metallica, pantalones y chaqueta de piel, y una pulsera con remaches plateados, Alvin los miraba desde el interior de la celda con los ojos desencajados y la cara sudorosa.

—Pero ¿qué diablos pasa en este maldito pueblo? ¡Nada normal, por lo que he podido ver! ¡De eso no me cabe la menor duda! ¡Maldita sea! —Vociferaba como un poseso. No había dejado de gritar desde que Jeremy y Lexie habían llegado, y tenía los nudillos blancos de estrujar las barras de la celda con tanta rabia—. ¿Se puede saber a qué esperas para sacarme de aquí?

Detrás de ellos, Rodney los observaba con cara de pocos amigos, con los brazos cruzados, ignorando a Alvin tal y como había hecho durante las últimas ocho horas. El sospechoso era un quejica de cuidado, y además, Rodney estaba más interesado en Jeremy y Lexie. Según Jed, Jeremy no había regresado a su habitación la noche pasada, y Lexie tampoco había ido a su casa. Podía tratarse de una coincidencia, pero lo dudaba, lo cual significaba que probablemente habían pasado la noche juntos. Y eso no le hacía ni pizca de gracia.

—No te preocupes. Buscaremos una solución —dijo Jeremy para intentar calmarlo, sin ganas de darle al ayudante del sheriff ningún motivo que pudiera interpretar como una provocación. La expresión de la cara de Rodney había sido suficiente explícita cuando él y Lexie habían aparecido—. Cuéntame qué ha pasado.

—¿Que qué ha pasado? —repitió Alvin, alzando la voz. Parecía que los ojos se le iban a salir de sus órbitas—. ¿Quieres saber lo que ha pasado? ¡Ya te contaré yo lo que ha pasado! En este pueblo a todos les falta un tornillo, ¡eso es lo que ha pasado! Primero, me pierdo intentando encontrar este maldito lugar. O sea, que iba conduciendo por la carretera, pasé por delante de dos gasolineras y continué conduciendo, ¿vale? Hasta que me di cuenta de que no veía el pueblo por ningún lado. Y al cabo de un rato, me encontré perdido en medio de una ciénaga durante horas. No encontré el pueblo hasta más o menos las nueve de la noche. Y claro, seguramente pensarás que alguien sería tan amable como para indicarme cómo llegar hasta Greenleaf, ¿verdad? Es decir, no podía estar muy lejos. Es un pueblo pequeño, y Greenleaf es el único lugar donde uno puede alojarse, ¿no? Pues aunque parezca mentira, ¡me volví a perder! Y eso tras pasar más de media hora con el encargado de una de las gasolineras, que no paraba de hablar.

—Tully —aclaró Jeremy, asintiendo con la cabeza.

—¿Qué?

—Es el tipo al que te refieres.

—Bueno, lo que sea… Así que finalmente llegué a Greenleaf, ¿vale? Y entonces apareció un gigante melenudo con pinta de malas pulgas; lo primero que hizo fue fulminarme con la mirada, después me entregó tu nota de mala gana y me llevó hasta una habitación llena de bichos muertos disecados.

—Todas las habitaciones están decoradas igual.

—Y para acabar de colmar el vaso, ¡tú habías desaparecido!

—Lo siento.

—No me interrumpas; déjame acabar —masculló Alvin, nervioso—. Así que leí tu nota e hice lo que me pedías sobre eso de ir al cementerio, ¿vale? Llegué justo a tiempo para ver las luces. Oye, es increíble, realmente una experiencia que pone los pelos de punta. Era lo mejor que me había pasado en las últimas horas, por lo que me animé y después me fui a un bar llamado Lookilu para tomar una copa, que era el único local que parecía abierto a esas horas en el pueblo. Sólo había dos personas, y me puse a charlar con una chica que se llama Rachel. Y lo estábamos pasando la mar de bien, hasta que este tipo entró en el local cabreado, como si acabara de tragarse un puercoespín.

En ese momento señaló a Rodney, y éste sonrió sin enseñar los dientes.

—Al cabo de un rato salí y me metí en el coche, y entonces me encontré con que este tipo estaba golpeando la ventana con una linterna y me hacía señas para que bajara del coche. Le pregunté por qué, y él me volvió a ordenar que saliera del coche. Me preguntó cuántas copas había bebido y me dijo que no debería conducir en ese estado. Le contesté que estaba bien, que simplemente había ido al pueblo para realizar una filmación contigo, y lo único que sé es que a continuación me trajo hasta aquí y me encerró, y he pasado toda la noche en esta maldita celda. ¡Eso es lo que ha pasado! Y ahora, ¿quieres hacer el favor de sacarme de aquí de una puñetera vez?

Lexie miró por encima del hombro.

—¿Es eso lo que ha pasado, Rodney?

Rodney carraspeó antes de contestar.

—Más o menos. Pero ha olvidado contar la parte en que me llamó payaso e idiota, y amenazó con denunciarme por acoso si no lo dejaba marchar de inmediato. Parecía tan fuera de sí que pensé que o bien estaba drogado o bien sufría alguna clase de trastorno violento, así que lo traje aquí para su propia seguridad. Ah, y también me llamó patán hortera.

—¡Me estaba acosando! ¡Y yo no había hecho nada!

—Habías ingerido alcohol y te disponías a conducir —rectificó Rodney.

—¡Dos cervezas! ¡Por el amor de Dios! ¡Sólo había tomado dos cervezas! —Alvin estaba a punto de estallar de ira—. ¡Pregúnteselo al camarero! ¡Él se lo confirmará!

—Ya lo hice, y me dijo que tomaste siete bebidas con alcohol —corrigió Rodney.

—¡Menudo mentiroso! —gritó Alvin, con los ojos centelleantes clavados en Jeremy. Detrás de las barras de la celda, su cara palideció de pánico entre sus manos—. ¡Sólo tomé dos cervezas! ¡Te lo juro, Jeremy! Jamás se me ocurriría conducir si hubiera bebido más. ¡Lo juro sobre la Biblia de mi madre!

Jeremy y Lexie miraron a Rodney fijamente, y éste se encogió de hombros.

—Yo sólo cumplí con mi deber.

—¡Su deber! ¡Su deber! ¡Anda ya! —gritó Alvin—. ¡Arrestar a gente inocente! ¡Esto es América, y aquí todos podemos hacer lo que nos dé la gana! ¡Esto no quedará así! ¡Cuando salga de aquí, no pararé hasta empapelar a este tarado mental!

Estaba claro que los dos se habían pasado la noche con esa clase de lucha verbal sin cuartel.

—Deja que hable con Rodney —susurró Lexie finalmente.

Cuando abandonó la sala con el ayudante del sheriff, Alvin se quedó en silencio.

—Te sacaremos de aquí —le aseguró Jeremy.

—¡Pues a ver si no tardas mucho! —Alvin volvió a la carga.

—Lo intentaremos, pero tú no estás cooperando para ayudarnos.

—¡Ese chalado me está acosando!

—Lo sé. Pero Lexie lo arreglará todo. No te preocupes.

Al otro lado de la puerta, en el corredor, Lexie miró a Rodney con porte serio.

—¿Se puede saber qué estás haciendo? —le preguntó.

Rodney no se atrevía a mirarla a los ojos. En lugar de eso, continuó con la vista clavada en el suelo.

—¿Dónde estuviste ayer por la noche? —inquirió él.

Lexie cruzó los brazos.

—En la cabaña de la playa.

—¿Con él?

Lexie dudó, intentando encontrar la mejor forma de contestar.

—No fui allí con él, si a eso te refieres.

Rodney asintió; sabía que ella le había contestado con una evasiva, pero de repente se dio cuenta de que no quería saber nada más.

—¿Por qué lo has arrestado? Vamos, dímelo, con franqueza.

—No quería hacerlo, pero ese tipo me obligó.

—Rodney...

Él se dio la vuelta, sin levantar la vista del suelo.

—Estaba intentando ligar con Rachel, y ya sabes cómo se pone después de unas cuantas copas: en plan mujer fatal, sin una gota de sentido común. Sé que no es asunto mío, pero alguien tiene que velar por ella. —Hizo una pausa—. Cuando ese individuo hizo el gesto de marcharse, fui a hablar con él para confirmar si pensaba llevar a Rachel a su casa y también para averiguar qué clase de tipo era, y entonces empezó a insultarme. Y yo no estaba de muy buen humor, que digamos.

Lexie sabía el motivo, y cuando Rodney se quedó callado, ella tampoco dijo nada. Al cabo de un rato, Rodney sacudió la cabeza, como si intentara justificarse.

—En definitiva, ese sujeto había bebido y se disponía a conducir. Y eso es ilegal.

271

—¿Estaba por encima del límite legal?

—No lo sé. Ni me preocupé por averiguarlo.

—¡Rodney! —le reprochó ella en un susurro tajante.

—Me sacó de mis casillas, Lexie. Es un insolente y tiene una pinta muy rara. Estaba intentando ligar con Rachel y empezó a provocarme con insultos y, para rematar, dijo que trabajaba con... —Hizo una señal con la cabeza hacia Jeremy.

Lexie puso una mano sobre su hombro.

—Escúchame. ¿Lo harás? Sabes que te meterás en un buen lío si no sueltas a ese hombre ahora mismo. No puedes mantenerlo aquí encerrado sin cargos. Si Tom descubre lo que le has hecho a este cámara de televisión, con todo el trabajo que se ha tomado para asegurarse de que esta historia salga bien, no te permitirá vivir en paz. —Dejó que Rodney recapacitara sobre lo que le acababa de decir durante unos instantes, y luego prosiguió—: Y además, ambos sabemos que cuanto antes lo sueltes, antes se irán él y Jeremy del pueblo.

—¿De verdad crees que se irá?

Ella miró a Rodney directamente a los ojos.

—Su vuelo sale mañana.

Por primera vez, Rodney no apartó la vista.

—¿Te irás con él?

Lexie necesitó unos instantes para contestar a la misma pregunta que se había estado haciendo a sí misma durante toda la mañana.

—No —susurró—. Boone Creek es mi hogar. No pienso moverme de aquí.

Diez minutos más tarde, Alvin se dirigía al aparcamiento junto con Jeremy y Lexie. Rodney estaba de pie en la puerta de la prisión del condado, observándolos mientras se alejaban.

—No digas nada —advirtió Jeremy de nuevo, intentando agarrar a Alvin del brazo—. Sigue andando y no te des la vuelta.

—¡Es un pobre desgraciado con una chapa y una pistola!

—No es verdad —replicó Lexie con voz firme—. Pienses lo que pienses, es un buen muchacho.

—¡No tenía ningún motivo para arrestarme!

—Su trabajo es velar por la gente que vive en Boone Creek —dijo Lexie, intentando excusar a Rodney.

Llegaron al coche, y Jeremy le hizo una señal a Alvin para que se montara en el asiento trasero.

—Esto no quedará así —se quejó Alvin mientras entraba en el coche—. Pienso llamar al sheriff. No pararé hasta que lo echen de su puesto.

—Lo mejor que puedes hacer es olvidar lo que ha sucedido —intervino Lexie, observando directamente a Alvin a través de la puerta abierta.

—¿Que lo olvide? ¿Estás loca? ¡Ese desgraciado no tenía razón, y tú lo sabes!

—Es cierto, pero puesto que no ha formulado cargos contra ti, será mejor que nos olvidemos del tema.

—¿Y quién eres tú para decirme lo que debo hacer?

—Soy Lexie Darnell. Y no sólo soy una amiga de Jeremy, sino que además tengo que vivir aquí con Rodney, y puedo asegurarte que me siento mucho más segura con él vigilando el pueblo. Todo el mundo aquí se siente más seguro gracias a él. Tú, por otro lado, te marcharás mañana, y Rodney no volverá a molestarte nunca más. —Lexie sonrió—. Vamos, hombre; piensa en la maravillosa anécdota que podrás contar cuando regreses a Nueva York.

Alvin la miró con insolencia antes de desviar la vista hacia Jeremy.

—¿Es ella? —le preguntó.

Jeremy asintió.

—Es guapa —comentó Alvin—. Quizás un poco quisquillosa, pero es guapa.

—Mejor aún, cocina como una verdadera italiana.

—¿Tan bien como tu mamá?

—Diría que incluso mejor.

Alvin asintió y se quedó callado unos instantes.

—Supongo que crees que ella tiene razón sobre eso de olvidarme del altercado.

—Así es. Lexie conoce este lugar mucho mejor que tú o que yo, y de momento no me he equivocado siguiendo sus consejos.

—Entonces es espabilada, ¿eh?

273

—Muy espabilada —rectificó Jeremy.

Alvin arrugó la nariz con cara de niño travieso.

—No sé por qué, pero me parece que habéis pasado la noche juntos.

Jeremy no dijo nada.

—Debe de ser verdaderamente especial…

—¡Eh, chicos! Por si no os habíais dado cuenta, estoy aquí. —Lexie decidió intervenir—. Puedo oír todo lo que estáis diciendo.

—Perdón —se disculpó Jeremy—. Es la vieja costumbre.

—¿Nos vamos ya? —los apremió Lexie.

Jeremy miró a Alvin, quien parecía estar ponderando sus opciones.

—De acuerdo —aceptó finalmente, encogiéndose de hombros—. Y no sólo eso, sino que también me olvidaré de todo lo que ha sucedido; pero con una condición.

—¿Cuál? —inquirió Jeremy.

—Esos comentarios sobre comida italiana me han abierto el apetito, y no he probado bocado desde ayer. Invítame a comer, y no sólo me olvidaré de toda la cuestión, sino que además te contaré cómo salió la filmación de ayer por la noche.

Rodney los observó mientras se alejaban antes de volver a entrar en su despacho, cansado a causa de la falta de sueño. Sabía que no debería haber arrestado a ese tipo, pero aun así, no sentía remordimientos por lo que había hecho. Todo lo que deseaba era ejercer un poco de presión, y seguramente le empezarían a temblar las rodillas y acabaría soltándolo todo.

Se frotó la coronilla; no quería pensar más en esa cuestión. Tema zanjado. Sin embargo, lo que no podía zanjar era que Lexie y Jeremy hubieran pasado la noche juntos. Una cosa eran las sospechas, y otra bien distinta eran las pruebas, y no se le había escapado la forma en que ese par se había comportado esa mañana. De algún modo era distinto a como lo habían hecho la otra noche, en la fiesta, lo cual significaba que algo había cambiado entre ellos. No obstante, no había estado completamente seguro hasta que escuchó de los labios de Lexie la excusa para no con-

FANTASMAS DEL PASADO

testar directamente a su pregunta. «No fui allí con él, si a eso te refieres.» No, él no se refería a eso; le había preguntado si había pasado la noche en la playa con Jeremy. Pero su vaga respuesta fue más que suficiente, y no se necesitaba ser un genio para suponer lo que había pasado.

La constatación de los hechos casi le rompió el corazón, y de nuevo deseó comprender mejor a Lexie. En el pasado había habido momentos en los que creyó que estaba a punto de descubrir qué era lo que verdaderamente le gustaba a ella, pero esto sencillamente demostraba todo lo contrario. ¿Por qué diablos ella permitía que volviera a repetirse la historia? ¿Por qué no había aprendido la lección con el primer forastero que apareció por el pueblo? ¿Acaso no recordaba lo mal que lo pasó después? ¿No se daba cuenta de que la única que volvería a salir herida de toda esa película era ella?

Lexie tenía que ser consciente de esos detalles, pero debía de haber decidido —al menos por una noche— que no le importaba correr el riesgo. No tenía sentido, y Rodney empezaba a cansarse de sufrir a causa de esa clase de cuestiones. Empezaba a cansarse de dejar que ella le hiciera daño. Sí, todavía la amaba, pero ya le había dado más que tiempo suficiente para aclarar sus propios sentimientos hacia él. Había llegado la hora de que Lexie tomara una decisión, para bien o para mal.

275

Alvin estaba ya totalmente recuperado de la rabieta cuando abrió la puerta del Herbs y vio a Jed sentado en una de las mesas. Éste puso la misma cara de pocos amigos de siempre y se cruzó de brazos tan pronto como vio que Alvin, Jeremy y Lexie ocupaban una mesa próxima a las ventanas.

—Nuestro querido conserje no parece demasiado contento de vernos —susurró Alvin.

Jeremy lanzó una mirada furtiva a Jed. Los ojos del gigante melenudo lanzaban chispas.

—Qué extraño. Antes siempre se había mostrado muy afable. Debes de haber hecho algo que lo ha molestado.

—Yo no le he hecho nada. Sólo le pedí una habitación —masculló Alvin, con porte ofendido.

—Quizá no le gusta tu aspecto.

—¿Qué hay de malo en mi aspecto?

Lexie miró a Jeremy con cara divertida.

—No sé. —dijo Jeremy alzando la voz—. A lo mejor no le gusta Metallica.

Alvin echó un vistazo a su camiseta y después sacudió la cabeza.

—¡Anda ya!

Jeremy le guiñó un ojo a Lexie, y aunque ella le respondió con otra sonrisa, su expresión era distante, como si su mente estuviera en otro lugar.

—La filmación de ayer por la noche salió genial —comentó Alvin al tiempo que asía un menú—. Lo capté todo desde dos ángulos y luego revisé el vídeo. Es un material inédito. Las cadenas de televisión se pelearán por esas imágenes. Lo cual me recuerda que tengo que llamar a Nate. Como él no conseguía dar contigo, me estuvo llamando sin parar toda la tarde. No entiendo cómo lo aguantas.

Lexie lo miró perpleja, y Jeremy se inclinó hacia ella.

—Es mi agente —le explicó.

—¿Y también va a venir?

—No. Está demasiado ocupado intentando planificar mi gran carrera laboral. Y además, no sabría desenvolverse fuera de la ciudad. Es de esa clase de personas que cree que el Ayuntamiento debería reconvertir los terrenos de Central Park en unos grandes almacenes o algo parecido.

Ella le lanzó una sonrisa fugaz.

—Bueno, ¿qué pasa entre vosotros dos? —inquirió Alvin—. A ver, ¿cómo os conocisteis?

Como Lexie no mostró ninguna inclinación por responder, Jeremy se acomodó en su silla y contestó vagamente:

—Es la bibliotecaria y me ha estado ayudando a encontrar datos para la historia de los fantasmas.

—Y también os habéis dedicado a conoceros mejor, ¿eh?

Jeremy miró a Lexie de soslayo y vio que ella desviaba la vista hacia la ventana.

—La verdad es que hay mucho material que revisar.

Alvin miró a su amigo y notó que algo iba mal. Parecía como

si él y Lexie hubieran discutido y hubieran hecho las paces, pero todavía se estuvieran lamiendo las heridas; lo cual era mucho para haber sucedido en tan sólo una mañana.

—Vale, ya capto —murmuró, decidiendo abandonar el tema de momento. En lugar de eso, se dedicó a leer el menú mientras Rachel se acercaba a la mesa con paso tranquilo.

—Hola Lex, hola Jeremy. ¡Ah! Hola Alvin.

Alvin levantó la cabeza.

—¡Rachel!

—Me dijiste que te pasarías por aquí a la hora del desayuno —lo regañó ella cariñosamente—. Ya empezaba a pensar que eras un caradura.

—Lo siento —se excusó Alvin, y después de echar una mirada veloz a Jeremy y a Lexie, añadió—: Supongo que me quedé dormido.

Rachel sacó un bloc de notas del bolsillo del delantal y tomó el lápiz que tenía detrás de la oreja. Luego se pasó la punta de la lengua por los labios.

—Bueno, chicos, ¿qué os apetece tomar?

Jeremy pidió un bocadillo, Alvin se decantó por la sopa de langosta y también por un bocadillo. Lexie sacudió la cabeza.

—No tengo apetito. ¿Está Doris?

—Hoy no ha venido. Estaba cansada y ha decidido tomarse el día libre. Ayer por la noche se quedó trabajando hasta muy tarde, preparándolo todo para el fin de semana.

Lexie intentó leer su expresión.

—De veras, Lex —añadió Rachel con porte serio—, no tienes por qué preocuparte. Por su tono de voz por teléfono me ha parecido que estaba bien.

—De todos modos, quizá sea mejor que pase a verla —dijo Lexie. Luego miró a Jeremy como si buscara su aprobación antes de levantarse.

Rachel se apartó para dejarle pasar.

—¿Quieres que vaya contigo? —se ofreció Jeremy.

—No, no hace falta. Tienes que trabajar, y yo también tengo cosas por hacer. ¿Te parece bien si nos vemos más tarde en la biblioteca? Querías echar un vistazo a esos diarios, ¿no es cierto?

—Sí, me gustaría —respondió él, perplejo ante la falta de

277

emoción que mostraba Lexie. Jeremy habría preferido pasar toda la tarde con ella.

—¿Qué tal si nos vemos a eso de las cuatro? —sugirió ella.

—Perfecto. Pero llámame para decirme cómo está Doris, ¿vale?

—Tal y como ha dicho Rachel, seguro que está bien. Y ya que voy a verla, le devolveré la libreta. La cogeré de tu bolsa, si no te importa.

—Adelante.

Lexie miró a Alvin.

—Me ha encantado conocerte, Alvin.

—Lo mismo digo.

Un momento más tarde, Lexie se había marchado y Rachel volvía a encerrarse en la cocina. Tan pronto como se quedaron solos, Alvin apoyó los brazos en la mesa con cara de confidente.

—Y ahora, cuéntamelo todo.

—¿A qué te refieres?

—Ya sabes a qué me refiero. Primero te enamoras de ella. Luego pasáis la noche juntos. Pero al llegar a la prisión del condado, ambos os comportáis como si no os conocierais. Y ahora va ella y busca la primera excusa para esfumarse.

—Doris es su abuela —aclaró Jeremy—. Y Lexie está preocupada por ella. No está muy bien de salud.

—¡Vamos, hombre! —soltó Alvin, claramente escéptico—. Lo que digo es que tú la miras como si fueras un pobre perrito abandonado, y en cambio, ella actúa como si no lo fueras. ¿Os habéis peleado o qué?

—No. —Jeremy hizo una pausa y se dedicó a contemplar el restaurante. En la mesa de la esquina vio a los tres miembros del Consistorio y al voluntario más veterano de la biblioteca. Los cuatro lo saludaron con la cabeza—. Lo cierto es que no sé qué le ha pasado. Todo iba bien, y luego, de repente...

Como no continuó, Alvin se echó hacia atrás y apoyó la espalda en la silla.

—Ya, bueno, de todos modos, supongo que vuestra historia no iba a durar demasiado.

—Pero podría haber durado —insistió Jeremy.

—¡Anda ya! ¿Cómo? ¿Estabas pensando en mudarte aquí o en que ella viniera a Nueva York?

Jeremy dobló y desdobló la servilleta sin contestar, intentando evitar que le recordaran lo que era más que obvio.

En el silencio, Alvin esbozó una mueca divertida.

—Definitivamente, tengo que pasar más tiempo con esa chica. No he visto a ninguna mujer capaz de calar profundamente en tu corazón desde Maria.

Jeremy levantó la vista sin abrir la boca. Sabía que su amigo tenía razón.

Doris estaba tumbada boca arriba en la cama, con las gafas de leer puestas, cuando Lexie asomó la cabeza por su habitación.

—¿Doris?

—¡Lexie! —exclamó su abuela—. ¿Qué haces aquí? Pasa, pasa.

Doris dejó a un lado el libro que estaba leyendo. Todavía llevaba puesto el pijama, y a pesar de que su piel ofrecía un tono ligeramente grisáceo, su aspecto era bueno.

Lexie atravesó la habitación.

—Rachel me ha dicho que pensabas quedarte en casa todo el día, y sólo quería confirmar que estabas bien.

—Oh, me encuentro bien; sólo un poco cansada, eso es todo. Creí que estabas en la playa.

—Y lo estaba —asintió Lexie al tiempo que acercaba una silla al borde de la cama—. Pero he tenido que volver.

—¿Ah, sí?

—Jeremy vino a verme.

Doris levantó las manos, como si se rindiera.

—A mí no me culpes, ¿eh? Yo no le dije dónde estabas. Y tampoco le pedí que fuera a buscarte.

—Lo sé. —Lexie apretó el brazo de Doris cariñosamente.

—Entonces, ¿cómo sabía dónde estabas?

Lexie apoyó ambas manos en su regazo.

—Le conté lo de la cabaña el otro día, y él sólo tuvo que atar cabos. Me quedé sorprendida cuando lo vi caminando por la playa.

Doris observó a Lexie fijamente antes de incorporarse un poco más hasta quedarse completamente sentada en la cama.

279

—Así pues, ¿pasasteis la noche juntos en la cabaña?

Lexie asintió.

—¿Y?

Lexie no contestó de buenas a primeras, pero después de un momento, sus labios formaron una pequeña sonrisa.

—Le preparé tu famosa salsa de tomate.

—¿Ah, sí?

—Se quedó impresionado. —Lexie se pasó la mano por el pelo—. Por cierto, te he traído tu libreta. La he dejado en el comedor.

Doris se quitó las gafas y empezó a limpiar los cristales con la punta de la sábana.

—Sin embargo, esto no explica por qué has vuelto.

—Jeremy necesitaba estar de vuelta a primera hora. Ha venido un amigo suyo de Nueva York, un cámara, para grabar las luces. Piensan filmar esta noche.

—¿Qué tal es su amigo?

Lexie se quedó pensativa.

—Parece una mezcla entre un punki y uno de esos motoristas que se pasean por ahí con una Harley Davidson, pero aparte de eso, es simpático.

No agregó nada más, y Doris se inclinó hacia ella y le cogió la mano. Apretándola con ternura, estudió a su nieta.

—¿Quieres hablar del motivo por el que estás aquí realmente?

—No —contestó Lexie, siguiendo las costuras de la colcha de Doris con el dedo—. Eso es algo que tengo que solucionar por mí misma.

Doris asintió. Lexie solía responder con bravura. Después de tantos años, sabía que a veces era mejor no decir nada.

Capítulo 17

Jeremy echó un vistazo al reloj mientras esperaba pacientemente en el porche del Herbs a que Alvin acabara de hablar con Rachel. Alvin estaba intentando impresionarla, y Rachel parecía no tener prisa en despedirse de él, lo que normalmente podía considerarse un buen indicio. Sin embargo, a Jeremy le pareció que Rachel no mostraba demasiado interés por Alvin, que se estaba limitando a ser cortés con él, y que Alvin no se daba cuenta de esas señales. En realidad, Alvin jamás había demostrado ser muy audaz a la hora de interpretar esa clase de señales.

Cuando finalmente se despidieron, Alvin se reunió con Jeremy con la cara radiante, como si se hubiera olvidado completamente de la desagradable contienda de la noche anterior; lo cual probablemente era cierto.

—¿Has visto eso? —le susurró Alvin cuando estuvo más cerca—. Creo que le gusto.

—¿Ah, sí?

—Sí. ¡Vaya pedazo de mujer! Me encanta su forma de hablar. Es tan sexi.

—Para ti todo es sexi —subrayó Jeremy.

—Eso no es verdad —se quejó Alvin—. Bueno, sólo casi todo.

Jeremy sonrió.

—Quién sabe. Igual coincidís esta noche en el baile. Quizá tengamos tiempo de pasarnos por ahí antes de ir al cementerio a filmar de nuevo.

—¡No me digas que hay un baile esta noche!

—Sí, en el viejo granero de tabaco del pueblo. He oído que va todo el pueblo, así que seguramente Rachel también irá.

—Perfecto —dijo Alvin al tiempo que empezaba a bajar las escaleras del porche. Acto seguido, y casi como si hablara consigo mismo, agregó—: Me pregunto por qué no me lo ha mencionado.

Rachel ordenó los pedidos de la mañana con aire ausente mientras observaba cómo Alvin abandonaba el restaurante con Jeremy.

Reconocía que la noche previa, en el Lookilu, primero se había comportado de un modo reservado con él, pero cuando Alvin mencionó lo que estaba haciendo en el pueblo y que conocía a Jeremy, se enfrascaron en una conversación, y él se pasó prácticamente toda una hora contándole cosas referentes a Nueva York. Al final consiguió que a Rachel esa ciudad le pareciera un paraíso, y cuando ella mencionó que algún día quería ir allí, él garabateó rápidamente su número de teléfono en una servilleta de papel y le dijo que lo llamara. Incluso le prometió que conseguiría entradas para el famoso espectáculo *Regis and Kelly*, si ella quería.

A pesar de que el gesto de Alvin le pareció halagador, Rachel sabía que no lo llamaría. Jamás se había sentido atraída por los tatuajes, y aunque no había tenido demasiado éxito con los hombres en su vida, había tomado la decisión de que jamás saldría con alguien que tuviera más pírsines en su oreja de los que ella tenía. Pero ése no era el único motivo de su falta de interés; Rodney tenía algo que ver.

Rodney solía pasarse casi todas las noches por el Lookilu para confirmar que nadie pensaba conducir en un estado de embriaguez, y prácticamente todos los que se consideraban clientes del local sabían que existían muchas probabilidades de que él apareciera repentinamente por allí. Se paseaba por el bar, saludaba a los presentes y, si presentía que alguien había bebido más de la cuenta, le decía directamente lo que pensaba y le advertía que estaría alerta, que vigilaría su coche. Si bien podía parecer un gesto intimidatorio —y probablemente lo era si alguien se había dedicado a beber más de la cuenta—, Rodney también agregaba que no tendría ningún reparo en llevar al aludido a casa. Era su forma de mantener a los borrachos apartados de la carretera, y en los últimos cuatro años no había tenido que recurrir a ningún arresto. Incluso al propietario del Lookilu no le importaba que se dejara caer por el local de forma periódica. Al principio se había quejado de que el ayudante del sheriff patrullara por la barra, pero cuando se dio cuenta de que a nadie parecía importarle, gradualmente aceptó la intromisión, y al final incluso empezó a llamar a Rodney cuando pensaba que alguno de sus clientes necesitaba que lo llevaran a casa.

La noche previa, Rodney había aparecido por el Lookilu como de costumbre, y sólo necesitó un par de segundos para identificar a Rachel, sentada en la barra. En el pasado, normalmente le sonreía y se le acercaba para intercambiar unas palabras con ella, pero esta vez, cuando la vio con Alvin, a Rachel le pareció por un momento vislumbrar un claro gesto de contrariedad en su cara. Fue una reacción inesperada, que desapareció casi tan rápido como surgió, y de repente Rodney adoptó un porte airado, enojado. Era como si estuviera celoso, y más tarde Rachel pensó que ésa fue la razón por la que decidió marcharse del bar justo después de que él lo hiciera. Mientras regresaba a casa, revivió mentalmente la escena varias veces seguidas, intentando averiguar si realmente había visto lo que le había parecido ver, o si simplemente se lo había imaginado. Unas horas después, tumbada en la cama, llegó a la conclusión de que no le importaría nada que Rodney estuviera celoso; más bien al contrario.

Quizá, pensó, todavía había una brizna de esperanza entre ellos.

Después de recoger el coche de Alvin, que había permanecido aparcado en una calle colindante con el Lookilu, Jeremy y Alvin se dirigieron al Greenleaf. Alvin se dio una ducha rápida, y Jeremy aprovechó la ocasión para cambiarse de ropa. A continuación, ambos pasaron las siguientes dos horas revisando el material que Jeremy había compilado. Para Jeremy, el ejercicio resultó ser una válvula de escape: concentrarse en el trabajo era

283

la única forma que conocía para no pensar en —ni preocuparse por— Lexie.

Las cintas de Alvin eran tan extraordinarias como su amigo le había prometido, especialmente si se comparaban con las que Jeremy había grabado. Su nitidez y su resolución, combinadas con una emisión a cámara lenta, le permitieron a Jeremy detectar detalles que se le habían pasado por alto hasta el momento. Incluso seleccionó varias imágenes que pensaba separar y congelar con el fin de que a los espectadores les ayudaran a comprender lo que estaban viendo.

Jeremy le refirió a Alvin la historia a partir de las referencias que había encontrado para interpretar las imágenes que tenían delante. Pero mientras Jeremy continuaba exponiendo las pruebas con un intrincado detallismo —las tres versiones de la leyenda, los mapas, las notas sobre las excavaciones, las tablas de los niveles de agua, las planificaciones para los terrenos, los diversos proyectos de construcción, y los aspectos sobre la refracción de la luz—, Alvin empezó a bostezar. Jamás había demostrado ningún interés por la minuciosidad de los detalles en el trabajo de Jeremy, y finalmente convenció a éste para que lo llevara hasta el otro lado del puente, hasta la fábrica de papel, para que pudiera verlo con sus propios ojos. Se pasaron varios minutos inspeccionando el patio del molino, observando cómo cargaban los troncos de madera en las plataformas, y de regreso al pueblo, se dirigieron al cementerio para que Alvin pudiera conseguir más imágenes en plena luz del día.

Alvin colocó la cámara en diversas ubicaciones mientras Jeremy se dedicaba a merodear por la zona. El silencio imperante en el cementerio hizo que de nuevo centrara sus pensamientos en Lexie. Recordó la noche que habían pasado juntos e intentó nuevamente comprender qué fue lo que la llevó a levantarse de la cama a medianoche. A pesar de sus negativas, sabía que ella se arrepentía de lo que había pasado, quizás incluso sentía remordimientos, pero no lograba comprender el porqué.

Sí, él se marcharía del pueblo, pero le había repetido un sinfín de veces que pensaba hallar la forma de que se continuaran viendo. Y sí, era cierto que apenas se conocían, pero teniendo en cuenta el poco tiempo que habían estado juntos, Jeremy tenía la

284

certeza de saber lo suficiente de ella como para estar seguro de que la amaría toda la vida. Lo único que necesitaban era una oportunidad.

Sin embargo, Alvin tenía razón. A pesar de lo preocupada que Lexie pudiera estar por Doris, su comportamiento por la mañana daba a entender que estaba buscando una excusa para alejarse de él. Una de dos, o bien ella lo amaba y pensaba que sería más fácil distanciarse de él ahora, o bien no lo amaba y no quería pasar más tiempo con él.

La noche pasada, Jeremy había creído que Lexie sentía por él lo mismo que él sentía por ella. Pero ahora...

Se lamentó de no haber podido pasar la tarde con ella. Deseaba escuchar lo que parecía angustiarla, para intentar aliviarla; quería abrazarla y besarla y convencerla de que hallarían la forma de que su relación funcionara, sin importar los sacrificios o esfuerzos que él tuviera que hacer. Anhelaba decirle que no podía imaginar su vida sin ella, que lo que él sentía por ella era simple y llanamente amor. Pero ante todo, quería comprobar que Lexie sentía lo mismo por él.

En la distancia, Alvin manipulaba la cámara y el trípode, enfocando hacia otro punto, perdido en su propio mundo e ignorando las vicisitudes que nublaban la mente de Jeremy. Éste suspiró antes de darse cuenta de que poco a poco se había desplazado hasta el lugar donde Lexie desapareció la primera vez que la vio en el cementerio.

Dudó unos instantes, pero una idea fue tomando forma en su mente; entonces empezó a buscar por el suelo, deteniéndose a cada paso. Sólo necesitó un par de minutos para descubrir lo que buscaba. Ascendió por una pequeña colina y se detuvo delante de un arbusto de azalea silvestre. Aunque el área estaba rodeada por ramitas y troncos, Jeremy se dio cuenta de que alguien se había esmerado en mantenerla pulcra. Al arrodillarse, vio las flores que ella debía de haber llevado en su bolso, y de repente comprendió por qué ni Doris ni Lexie querían que la gente deambulara por el cementerio.

Bajo la tenue luz gris, Jeremy contempló las tumbas de Claire y James Darnell, preguntándose cómo no se le había ocurrido antes.

285

Y

En el camino de vuelta del cementerio, Jeremy dejó a Alvin en el Greenleaf para que éste echara una siesta, y luego regresó a la biblioteca, ensayando lo que iba a decirle a Lexie.

Se fijó en que la biblioteca estaba más concurrida que de costumbre, al menos por la parte exterior. Había varios grupitos de gente que señalaban hacia el edificio y comentaban aspectos de la arquitectura, como si hubieran decidido iniciar la «Visita guiada por las casas históricas» con antelación. La mayoría exhibía el mismo folleto que Doris le había enviado a Jeremy, y algunas personas leían en voz alta las frases en las que se describían las propiedades únicas del edificio.

En el interior, el personal ya había empezado a prepararse. Un número de voluntarios se dedicaba a barrer y a quitar el polvo; otros dos repartían lámparas Tiffany adicionales, y Jeremy supuso que cuando empezara la gira oficial, apagarían las lámparas que pendían del techo para conferir a la biblioteca una atmósfera «más histórica».

Jeremy pasó por delante de la sala infantil, se fijó en que parecía menos abigarrada que el otro día y enfiló hacia las escaleras. La puerta de la oficina de Lexie estaba abierta, y se detuvo un momento para tomar aire antes de entrar. Lexie estaba agachada cerca de la mesa, ahora totalmente despejada de papeles. Al igual que el resto del personal de la biblioteca, estaba intentando poner orden en el enorme desorden de su despacho, colocando varias pilas de libros y de papeles debajo de la mesa.

—¡Hola! —la saludó.

Lexie levantó la cara.

—Ah, hola —contestó al tiempo que se incorporaba y se alisaba la blusa—. Estoy intentando hacer que este lugar parezca un poco más presentable.

—Claro, con el fin de semana que tienes por delante…

—Sí, supongo que debería haberlo hecho antes —dijo, señalando hacia la sala—, pero supongo que he sufrido un caso serio de dilación.

Lexie sonrió, y a Jeremy le pareció incluso más bella ligeramente despeinada.

—Eso le puede pasar a cualquiera, no te preocupes —apuntó él, intentando animarla.

—Ya, quizá sí, pero a mí no.

En lugar de aproximarse a él, Lexie asió otra pila de libros y volvió a esconder la cabeza debajo de la mesa.

—¿Qué tal está Doris? —preguntó Jeremy.

—Bien —respondió ella desde debajo de la mesa—. Como dijo Rachel, sólo está un poco cansada, pero mañana se habrá recuperado. —Lexie reapareció, y cogió otra pila de papeles—. Si tienes tiempo, podrías pasar a verla antes de marcharte. Estoy segura de que ella apreciará tu gesto.

Por un momento, él se limitó a observarla, pero cuando se dio cuenta de la implicación de lo que Lexie le estaba diciendo, dio un paso adelante hacia ella.

Haciendo gala de una gran agilidad, Lexie se colocó al otro lado de la mesa rápidamente, como si no se hubiera dado cuenta del movimiento de Jeremy, pero procurando mantener la mesa entre ellos dos.

—¿Qué pasa? —le preguntó él.

Ella agarró otra pila de papeles.

—Estoy ocupada.

—Me refiero a qué es lo que pasa entre nosotros.

—Nada —contestó Lexie. Su voz era neutral, como si estuviera hablando del tiempo.

—Ni siquiera me miras a los ojos —objetó Jeremy.

Con esa declaración, finalmente Lexie levantó la vista y lo miró a los ojos por primera vez. Jeremy podía notar la hostilidad latente, aunque no estaba seguro de si ella estaba enfadada con él o consigo misma.

—No sé qué es lo que esperas que diga. Ya te lo he dicho: estoy ocupada. Aunque no lo creas, tengo que darme prisa para que todo esté a punto.

Jeremy la miró fijamente sin moverse; de repente se dio cuenta de que ella estaba buscando una excusa para iniciar una pelea.

—¿Puedo ayudarte en algo? —se ofreció.

—No, gracias. —Lexie escondió otra pila de libros bajo la mesa—. ¿Qué tal está Alvin? —preguntó en un tono relajado.

287

Jeremy se rascó la coronilla.

—Ya se le ha pasado el berrinche, si a eso te refieres.

—Qué bien. ¿Habéis acabado el trabajo?

—Casi.

Lexie asomó la cabeza de nuevo, intentando transmitir la sensación de que estaba muy atareada.

—He vuelto a seleccionar los diarios para ti. Te los he dejado en la mesa de la sala de los originales.

Jeremy esbozó una sonrisa apagada.

—Gracias.

—Y si se te ocurre cualquier otra cosa que puedas necesitar antes de irte —añadió ella—, estaré aquí por lo menos una hora más. La visita empieza a las siete, así que deberías marcharte como máximo a las seis y media, porque después apagaremos las luces del techo.

—Pensé que la sala de los originales cerraba a las cinco.

—Bueno, ya que te marchas mañana, supongo que puedo hacer una excepción; por una vez no pasa nada.

—Y también porque somos amigos, ¿no?

—Claro. —Lexie sonrió automáticamente—. Porque somos amigos.

Jeremy salió del despacho de Lexie y se dirigió a la sala de los originales, pensando una y otra vez en la conversación que acababa de mantener con ella e intentando encontrarle el sentido. Su encuentro no había salido como él había planeado. Después del comentario final de Lexie, Jeremy había esperado que ella abandonase su actitud distante y se relajara, aunque en el fondo sabía que eso no iba a suceder. El encuentro no había ayudado a arreglar la situación entre ellos, más bien al contrario. Si Lexie parecía distante antes, ahora parecía mirarlo como si fuera un bicho radioactivo.

Aunque le preocupaba el comportamiento de Lexie, en cierta manera lo comprendía. Quizás ella no debería haberse mostrado tan fría, pero todo se debía a que él vivía en Nueva York y ella, en Boone Creek. El día anterior en la playa, había sido fácil fantasear sobre la posibilidad de que la relación entre ellos dos funcionara de forma mágica. Y Jeremy lo había creído. Ésa era la cuestión. Cuando dos personas se querían, siempre encontraban la forma de que su historia saliera bien.

Se dio cuenta de que le estaba dando demasiadas vueltas al tema, pero eso era lo que hacía cuando se topaba con un problema. Buscaba soluciones, efectuaba suposiciones, intentaba analizar los escenarios a largo plazo, con la finalidad de llegar a una conclusión sobre los resultados potenciales. Y eso era lo que esperaba que también hiciera ella.

Lo que no esperaba era que lo tratara como si fuera un paria, o que Lexie actuara como si no hubiera sucedido nada entre ellos dos, o que se comportara como si creyera que la noche anterior había sido un craso error.

Jeremy contempló la pila de diarios sobre la mesa mientras se disponía a sentarse. Empezó a separar los que ya había ojeado de los que todavía no había tocado; le quedaban cuatro por revisar. Hasta ese momento, ninguno de esos materiales le había resultado particularmente práctico; en dos de ellos se mencionaban funerales familiares que habían sido oficiados en Cedar Creek. Finalmente abrió uno de los que todavía no había examinado. En lugar de leerlo desde la primera línea, se apoyó en la silla y ojeó pasajes de forma aleatoria, intentando determinar si la joven propietaria del diario, una adolescente llamada Anne Dempsey, escribía sobre ella o sobre el pueblo. Narraba acontecimientos desde 1912 hasta 1915, y la mayoría de las notas eran una relación personal de su vida diaria durante ese período: quién le gustaba, qué comía, lo que pensaba acerca de sus padres y sus amigos, y la confirmación de que nadie parecía comprenderla. Si había algo remarcable en Anne era que sus angustias y preocupaciones eran las mismas que las de cualquier adolescente de hoy en día. Aunque le pareció interesante, Jeremy lo apartó a un lado, junto con los otros diarios que ya había leído.

Los siguientes dos diarios que examinó —ambos escritos durante la década de 1920— contenían también relatos muy personales. Un pescador escribía sobre las mareas y la pesca con una minuciosidad casi enfermiza; el segundo, escrito por una maestra locuaz llamada Glenara, describía la relación que había mantenido con un médico no residente, así como lo que opinaba sobre sus alumnos y la gente que conocía en el pueblo. Además, el diario contenía un par de entradas sobre los eventos sociales en la localidad, que parecían consistir mayoritariamente en contemplar los veleros que pasaban por el río Pamlico, ir a misa, jugar al *bridge*, y pasear por Main Street los sábados por la tarde. No vio ninguna mención a Cedar Creek.

Jeremy esperaba que el último diario fuera también una pérdida de tiempo, pero sabía que si no le echaba un vistazo, entonces no tendría ninguna excusa para quedarse allí, y no podía imaginar el hecho de abandonar la biblioteca sin intentar hablar con Lexie de nuevo, aunque sólo fuera para mantener las líneas de comunicación abiertas. El día anterior habría sido capaz de comentarle cualquier cosa que le viniera en mente, pero el reciente enfriamiento en su relación, combinado con el estado alterado de Lexie, hacía imposible imaginar exactamente qué era lo que debía decir o cómo debía actuar.

290 ¿Qué era lo más apropiado? ¿Mantenerse distante? ¿Intentar hablar con ella, incluso siendo plenamente consciente de que Lexie estaba intentando buscar un motivo para enzarzarse en una pelea con él? ¿O simular que ni se había dado cuenta de su actitud y pensar que ella todavía deseaba averiguar el motivo que originaba las luces misteriosas? ¿Debía invitarla a cenar, o simplemente abrazarla?

Ése era el problema en las relaciones amorosas cuando las emociones empezaban a enturbiar las aguas. Parecía como si Lexie esperara que él hiciera o dijera exactamente lo que ella deseaba, fuera lo que fuese. Y eso, pensó Jeremy, no era justo.

Sí, la amaba. Y sí, se sentía preocupado por el futuro de esa relación. Pero por más que él intentara encontrar el sentido a las cosas, ella actuaba como si estuviera dispuesta a echarlo todo por la borda. Jeremy reflexionó nuevamente sobre la conversación que habían mantenido.

«Si tienes tiempo, podrías pasar a verla antes de marcharte...», en lugar de «podríamos pasar a verla...».

¿Y su comentario final? «Claro. Porque somos amigos.» Jeremy tuvo que morderse la lengua para no contestar algo fuera de tono. ¿Amigos? Estuvo a punto de soltarle: «Después de ayer por la noche, ¿todo lo que se te ocurre decir es que somos amigos? ¿Eso es todo lo que represento para ti?».

No se trataba del modo en que uno se dirigía a la persona que amaba. Tampoco era la forma en que uno trataba a alguien que deseaba ver nuevamente, y cuanto más pensaba en ello, más ganas sentía de responder a su provocación. ¿Quieres echarte atrás? Yo también puedo hacerlo. ¿Quieres pelea? Vamos, adelante, aquí estoy. Después de todo, tenía la absoluta certeza de que no había hecho nada malo. Él era tan culpable de lo que había sucedido la noche anterior como ella. Había intentado decirle lo que sentía por ella, mas Lexie no parecía querer escucharlo. Él le había prometido que pondría toda la carne en el asador para intentar que esa relación funcionara; en cambio, ella parecía no tomarse la cosa en serio. Y al final, era ella la que lo había conducido hasta su habitación, y no al revés.

Jeremy clavó la vista en la ventana, con los labios prietos. No, pensó, se acabó jugar según las reglas de Lexie. Si ella quería hablar con él, perfecto. Pero si no…, bueno, entonces, sería el final de la historia. Se dijo a sí mismo que no podía hacer nada más. No podía arrastrarse hasta sus pies y rogarle que no lo abandonara, así que lo que sucediera a partir de ese momento dependía de Lexie. Ella sabía dónde encontrarlo. Decidió que se marcharía de la biblioteca tan pronto como acabara de ojear el último diario, y que se iría al Greenleaf. Quizás entonces Lexie tendría la oportunidad de analizar lo que realmente quería, y al mismo tiempo le daría a entender que él no estaba dispuesto a soportar más malos tratos.

Tan pronto como Jeremy se marchó de su despacho, Lexie se maldijo a sí misma por no haber sido capaz de controlar la situación de una forma más apropiada. Había pensado que pasar un rato con Doris la ayudaría a esclarecer las ideas, pero todo lo que había hecho era postergar lo inevitable. Y después, Jeremy había aparecido por la biblioteca tan tranquilo, actuando como si nada hubiera cambiado, como si nada fuera a cambiar al día siguiente, como si él no fuera a marcharse.

Sí, sabía que él se marcharía, que la dejaría igual que hizo el señor sabelotodo, pero el cuento de hadas que él había iniciado la noche anterior continuaba vivo, alimentando fantasías en las que la gente vivía feliz para siempre. Si Jeremy había sido capaz de encontrarla en la playa, si había demostrado el suficiente coraje para decir las cosas que le había confesado, ¿no podía encontrar un motivo para quedarse?

En el fondo Lexie era consciente de que Jeremy albergaba la esperanza de que ella se marchara a Nueva York con él, pero no lograba entender el porqué. ¿Acaso Jeremy no comprendía que a ella no le importaba ni el dinero ni la fama, ni le atraía salir de compras ni ir al teatro ni poder comprar comida Thai a horas intempestivas? La vida no eran esas cosas. La vida consistía en poder pasar tiempo juntos, en disponer de tiempo para pasear juntos cogidos de la mano, en poder charlar distendidamente mientras contemplaban el atardecer. No era glamuroso, pero era, en muchos aspectos, lo mejor que la vida podía ofrecer. Un viejo dicho lo confirmaba: Nadie jamás, en su lecho de muerte, se había lamentado de no haber trabajado más, ni de no haber pasado menos tiempo saboreando un plácido atardecer o en compañía de la familia.

No era tan inocente como para negar que la cultura moderna ofrecía sus propias tentaciones. Ser famoso y rico y guapo y asistir a fiestas exclusivas: «Sólo eso te hará feliz». En su opinión, no era más que una sarta de mentiras, la canción de los desesperados. Si no, ¿por qué había tanta gente rica, famosa y guapa enganchada a las drogas? ¿Por qué eran incapaces de mantener una vida feliz en matrimonio? ¿Por qué siempre tenían líos con la justicia? ¿Por qué parecían tan infelices cuando no estaban bajo la luz de los focos?

Sospechaba que Jeremy se sentía seducido por ese mundo particular, aunque se negara a admitirlo. Lo supo desde el primer momento en que lo vio, y se dijo a sí misma que no se dejaría arrastrar por sus sentimientos hacia él. Sin embargo, ahora se lamentaba de la forma en que se había comportado hacía un rato.

No estaba lista para recibirlo cuando él había aparecido por su despacho, pero pensó que lo mejor habría sido ser franca y decírselo a la cara, en lugar de mantener la distancia entre Jeremy y ella y negar que algo iba mal.

Sí, debería de haber controlado la situación de una forma más civilizada. A pesar de sus diferencias, era lo mínimo que Jeremy se merecía.

«Amigos —pensó él de nuevo—. Porque somos amigos.»

Todavía le escocía la forma en que lo había dicho, y mientras daba golpecitos con el bolígrafo contra la libreta distraídamente, Jeremy sacudió la cabeza. Tenía que acabar con esa historia. Realizó unos movimientos circulares con los hombros para relajar la tensión, tomó el último diario e intentó erguir la espalda en la silla. Después de abrirlo, sólo necesitó un par de segundos para confirmar que ése era distinto a los demás.

En lugar de pasajes cortos y personales, el diario consistía en una colección de ensayos escritos entre 1955 y 1962, todos con título y fecha. El primero se refería a la construcción del edificio de la iglesia episcopal de Saint Richard en 1859 y a cómo, mientras realizaban las excavaciones oportunas, encontraron los restos de lo que parecía un antiguo poblado indio Lumbee. El ensayo abarcaba tres páginas e iba seguido de otro ensayo acerca de la suerte que había corrido la curtiduría de McTauten, erigida a la orilla de Boone Creek en 1794. El tercer ensayo, que hizo que Jeremy abriera los ojos desmesuradamente, presentaba la opinión del escritor sobre lo que realmente les había sucedido a los pioneros en Roanoke Island en 1857.

Jeremy recordó vagamente que uno de los diarios pertenecía a un historiador no profesional y comenzó a pasar las páginas más rápidamente…, leyendo los títulos de los ensayos, buscando en los artículos algo obvio…, pasando las páginas con gran celeridad…, leyendo en vertical…, intentando identificar palabras clave…, y de repente se detuvo, al constatar que había visto algo interesante. Volvió a retroceder algunas páginas. Entonces se quedó helado.

Se acomodó en la silla y parpadeó varias veces mientras movía los dedos por encima de la página.

293

Solución al misterio de las luces
en el cementerio de Cedar Creek

A lo largo de los años, algunos residentes de nuestra localidad han afirmado que existen fantasmas en el cementerio de Cedar Creek, y hace tres años se publicó un artículo sobre el fenómeno en el periódico Journal of the South. Si bien el artículo no ofrecía ninguna solución, después de llevar a cabo mis propias investigaciones, creo que he hallado la clave del misterio sobre las luces que aparecen únicamente en determinados momentos.

De entrada quiero confirmar que no hay fantasmas. En lugar de eso, se trata de las luces de la fábrica de papel Henrickson, influidas por el tren cuando pasa por encima del puente de caballetes, la ubicación de Riker's Hill, y las fases de la luna.

Mientras Jeremy continuaba leyendo, se quedó atónito. A pesar de que no había buscado una explicación de por qué se hundía el cementerio —sin la cual las luces probablemente no serían visibles—, la conclusión del escritor era prácticamente la misma que la de Jeremy.

El escritor, fuera quien fuese, había dado en el clavo casi cuarenta años atrás.

Cuarenta años…

Jeremy marcó la página con un pedazo de papel que arrancó de su libreta y pasó las páginas hasta llegar a la cubierta del diario, buscando el nombre del autor, recordando la primera conversación que mantuvo con el alcalde. Entonces todas sus sospechas se desvanecieron, y la última pieza en el rompecabezas encajó.

Owen Gherkin.

El diario lo había escrito el padre del alcalde, quien, según el propio alcalde, «lo sabía todo sobre esta localidad»; quien supo comprender el motivo que originaba las luces; quien indudablemente se lo contó a su hijo; quien, por consiguiente, sabía que no había nada de sobrenatural en el tema de las luces, pero prefería actuar como si lo hubiera. Lo cual significaba que el alcalde había estado mintiendo durante todo el tiempo, con la esperanza de usar a Jeremy como cebo para atraer a un montón de visitantes curiosos.

Y Lexie...

La bibliotecaria, la mujer que le había dado pistas de que quizá podría encontrar las respuestas que buscaba en los diarios. Lo cual significaba que ella había leído el ensayo de Owen Gherkin. Lo cual significaba que ella también había estado mintiendo, prefiriendo jugar a la misma farsa del alcalde.

Se preguntó cuántos más en la localidad sabían la respuesta. ¿Doris? Quizá, pensó. No, mejor dicho, ella tenía que saberlo. En su primera conversación, le había dicho clara y llanamente que las luces no eran fantasmas. Pero al igual que el alcalde y Lexie, no había especificado lo que eran realmente, aun cuando seguramente lo sabía.

Y eso significaba... que toda la historia —la carta, la investigación, la fiesta— no había sido más que una broma pesada, una broma pesada dirigida a él.

Y ahora Lexie había tirado la toalla, pero no hasta que le había contado la historia de cuando Doris la llevó al cementerio a presenciar los espíritus de sus padres, y ese cuento agridulce acerca de cómo sus padres habían querido conocerlo.

¿Era una coincidencia, o acaso estaba todo planeado? Y ahora, el modo en que ella se estaba comportando...

Como si quisiera que él se marchara, como si no sintiera nada por él, como si hubiera sabido lo que iba a suceder...

¿Todo, absolutamente todo había estado planeado? Y si así era, ¿por qué?

Jeremy agarró el diario y se dirigió al despacho de Lexie con la determinación de obtener algunas respuestas. Ni siquiera se dio cuenta del portazo que dio al abandonar la sala de los originales; ni tampoco de las caras de los voluntarios que se volvieron para mirarlo. La puerta de Lexie estaba entreabierta, y Jeremy la abrió del todo con un fuerte empujón antes de entrar en el despacho.

Todas las pilas de libros y papeles estaban ocultas, y Lexie sostenía en las manos un limpiador de polvo en aerosol y una gamuza, con la que estaba sacando brillo al tablero de la mesa. Levantó la vista cuando Jeremy elevó el diario.

—Ah, hola —lo saludó esforzándose por sonreír—. Casi ya he acabado con esta habitación.

Jeremy la miró fijamente.

—No hace falta que sigas actuando —anunció él.

Incluso desde el otro extremo de la habitación, ella pudo notar su ira, e instintivamente se aderezó un mechón de pelo detrás de la oreja.

—¿A qué te refieres?

—A esto —espetó él, ondeando el diario como si fuera una bandera—. Tú lo habías leído, ¿no es cierto?

—Sí —contestó ella simplemente, reconociendo el diario de Owen Gherkin—. Lo he leído.

—¿Sabías que contiene un pasaje en el que habla de las luces de Cedar Creek?

—Sí —volvió a contestar.

—¿Y por qué no me lo dijiste?

—Lo hice. Te hablé de los diarios la primera vez que viniste a la biblioteca. Y si mal no recuerdo, te dije que igual encontrabas las respuestas que estabas buscando.

—Mira, se acabaron los juegos —soltó Jeremy con la mirada iracunda—. Tú sabías lo que estaba buscando.

—Y lo has encontrado —contraatacó ella alzando la voz—. No veo dónde está el problema.

—El problema es que he estado perdiendo el tiempo. Este diario contenía la respuesta. No existe ningún misterio. Jamás ha existido. Y tú has aceptado formar parte de este montaje desde el primer día.

—¿Qué montaje?

—No intentes negarlo —dijo él, apretando el diario que tenía en la mano—. Aquí está la prueba. Me has mentido. Me has mentido a la cara.

Lexie lo observó fijamente, sintiendo el calor de su rabia, y sintiendo cómo emergía su propia rabia a modo de respuesta.

—¿Ésta es la razón por la que has venido a mi despacho, para iniciar una retahíla de acusaciones contra mí?

—¡Tú lo sabías! —gritó Jeremy.

Lexie apoyó las manos en las caderas.

—No, no es verdad.

—¡Pero lo habías leído!

—¿Y qué? —se rebeló—. También leí el artículo que apareció

en el periódico, y los artículos de toda esa otra gente. ¿Cómo diantre iba yo a saber que Owen Gherkin tenía razón? Todo lo que sabía era que ese hombre había llegado a sus propias conclusiones, como el resto. ¡Pero si jamás he mostrado un interés especial por ese tema! ¿Por qué supones que habría dedicado más de un minuto a pensar en todo eso antes de que tú vinieras? ¡No me importa! ¡Jamás me ha importado! Tú eres el que está llevando a cabo una investigación. Y si hubieras leído ese diario hace un par de días, tampoco habrías estado seguro. Los dos sabemos que, de todos modos, igualmente habrías hecho tus propias indagaciones.

—Ésa no es la cuestión —objetó Jeremy, rechazando la posibilidad de que ella tuvieran razón—. La cuestión es que toda esta historia no es más que una patraña. La gira, los fantasmas, la leyenda son una miserable farsa, simple y llanamente una miserable farsa.

—¿De qué estás hablando? La gira va de los edificios históricos, y sí, han incluido el cementerio. Vamos, hombre; sólo se trata de pasar un agradable fin de semana en medio de la estación más aburrida del año. No se está tomando el pelo a nadie, ni provocando ningún daño. ¿De verdad crees que la mayoría de la gente opina que son fantasmas? La mayoría de la gente sólo dice eso porque es divertido.

—¿Lo sabía Doris? —inquirió él.

—¿Si sabía lo del diario de Owen Gherkin? —Lexie sacudió la cabeza enérgicamente, furiosa ante la negativa de Jeremy a escucharla—. ¿Cómo quieres que lo supiera?

—Mira, ésa es precisamente la parte que no comprendo —profirió él, alzando un dedo como un profesor que intenta enfatizar un punto a un alumno—. Si las dos no queríais que incluyeran el cementerio en la gira, ¿por qué no fuisteis directamente a la redacción del periódico y les contasteis la verdad? ¿Por qué quisisteis que me involucrara en vuestro ridículo juego?

—Yo no he querido involucrarte en nada. Además, esto no es un juego. Es únicamente un fin de semana inofensivo, pero tú te estás empeñando en conferirle una importancia desproporcionada.

297

—No quiero darle una importancia desproporcionada. Tú y el alcalde lo habéis hecho.

—¿Así que yo soy una de las malas de la película?

Jeremy no dijo nada, y ella achicó los ojos.

—Entonces, ¿por qué te di el diario en primer lugar? ¿Por qué no lo oculté para que no lo leyeras?

—No lo sé. Quizá porque tiene algo que ver con la dichosa libreta de Doris. Las dos habéis intentado que la leyera desde que llegué. A lo mejor pensasteis que no vendría a Boone Creek por esa razón, así que planificasteis todo este montaje para que viniera.

—¿No te has parado a pensar en lo ridículo que suena todo esto? —Lexie se apoyó en la mesa, con expresión azorada.

—Simplemente estoy intentando comprender por qué me habéis traído hasta aquí.

Lexie levantó los brazos, como si intentara detenerlo.

—No quiero escuchar más tonterías.

—No, claro que no.

—Mira, será mejor que te marches —le ordenó ella al tiempo que guardaba el aerosol en uno de los cajones de la mesa—. No encajas en este lugar, y me niego a continuar hablando contigo. Vete. Regresa a tu ciudad.

Jeremy se cruzó de brazos.

—Por lo menos has admitido lo que has estado pensando durante todo el día.

—¡Anda! Ahora resulta que puedes leer la mente de las personas.

—No, pero no tengo que leer las mentes para comprender por qué has estado actuando de ese modo.

—Pues bien, ahora deja que yo te lea los pensamientos, ¿de acuerdo? —musitó ella, cansada de la actitud de superioridad de Jeremy, cansada de él—. Deja que te diga lo que veo, ¿vale?

Lexie sabía que estaba alzando la voz lo suficiente como para que todo el mundo en la biblioteca la oyera, pero le daba igual.

—Veo a alguien realmente hábil a la hora de decir las cosas por su nombre, pero que en el momento de la verdad no piensa lo que dice.

—¿Y qué se supone que significa eso?

Lexie empezó a caminar hacia él desde la otra punta de la habitación, notando cómo la rabia iba tensando cada uno de los músculos de su cuerpo.

—¿Qué? ¿Piensas que no sé lo que opinas de nuestro pueblo, que no es nada más que un punto sin importancia en el mapa de Estados Unidos? ¿O que, en el fondo, no llegas a comprender cómo es posible que alguien quiera vivir aquí? ¿Y que, no importa lo que me dijeras ayer por la noche, el mero pensamiento de que tú pudieras vivir aquí es ridículo?

—Yo no dije eso.

—¡No hacía falta! —gritó ella, odiando la forma tan impasible con la que él le había contestado—. Ésa es la cuestión. Cuando te hablaba de sacrificio, sabía perfectamente que tú pensabas que era yo la que tendría que hacerlo; que yo debería abandonar a mi familia, a mis amigos, mi casa, porque Nueva York era mil veces mejor que este pueblucho; que yo debería comportarme como la mujercita sumisa que sigue a su hombre hasta allá donde él considere que hay que ir. Nunca pensaste que tú serías el que lo abandonaría todo.

—Estás exagerando.

—¿Ah, sí? ¿Sobre qué? ¿Sobre el hecho de que esperabas que fuera yo quien decidiera abandonar su mundo? ¿No me digas que estabas planeando comprar una casita en el pueblo mañana, antes de marcharte? Mira, deja que te ayude a hacerlo —lo apremió al tiempo que asía el teléfono—. La señora Reynolds tiene su inmobiliaria justo al otro lado de la calle, y estoy segura de que se sentirá más que contenta de mostrarte un par de casas esta noche. O ¿por qué no compras esa bonita casa georgiana que me señalaste desde lo alto de Riker's Hill? Aunque sea la casa de mis sueños, estaré encantada de cedértela.

Jeremy la observó sin decir nada, incapaz de negar sus acusaciones.

—¿No tienes nada que decir? —prosiguió ella, colgando el teléfono con un golpe seco—. ¿Se te ha comido la lengua el gato? Entonces por lo menos respóndeme a otra curiosidad que tengo: ¿A qué te referías exactamente cuando me dijiste que hallaríamos la forma de que lo nuestro funcionara? ¿Pensabas que yo

299

estaría dispuesta a esperar pacientemente tu visita una vez al mes, para darnos un rápido revolcón, sin la posibilidad de soñar un futuro juntos? ¿O estabas pensando en usar una de esas visitas para convencerme de lo equivocada que estaba, puesto que consideras que estoy malgastando mi vida aquí, y que sería mucho más feliz siguiendo tus pasos, accediendo a vivir contigo, eso sí, a tu modo?

La furia y el dolor en su voz eran irrefutables, así como el significado de cada una de sus palabras. Durante un largo rato, ninguno de los dos dijo nada.

—¿Por qué no me dijiste nada de eso ayer por la noche? —inquirió él, bajando un poco el tono de voz.

—Lo intenté, pero no quisiste escucharme.

—Entonces, ¿por qué…?

Jeremy dejó la pregunta abierta; las implicaciones eran obvias.

—No lo sé. —Lexie desvió la vista—. Eres un tipo agradable; habíamos pasado un par de días fabulosos. Quizá sólo es que tenía ganas.

Él la miró sin parpadear.

—¿Es eso todo lo que significó para ti?

—No —admitió ella, al ver un brote de dolor en su expresión—. Pero lo de ayer por la noche no cambia el que lo nuestro se ha acabado.

—Así que definitivamente tiras la toalla.

—No —repuso Lexie. Totalmente contrariada, no pudo hacer nada por contener las lágrimas que empezaron a manar de sus ojos—. No pongas esa carga sobre mis hombros. Tú eres el que se marcha. Eres tú el que has venido a mi mundo, y no al revés. Yo estaba satisfecha con mi vida hasta que tú llegaste. Quizá no era completamente feliz, quizá me sentía un poco sola, pero satisfecha. Me gusta mi vida aquí. Me gusta poder visitar a Doris cuando no tiene un buen día. Me gustan las sesiones de lectura con los niños. E incluso me gusta la «Visita guiada por las casas históricas», aunque pretendas convertirlo en un acto malintencionado y ridiculizarlo en televisión.

Los dos se quedaron mirándose fijamente, inmóviles; ya no tenían nada más que decirse el uno al otro. Después de haberse desahogado, la sensación que ahora ambos sentían era de un vacío absoluto.

—No te comportes así, por favor —le rogó él, finalmente.

—¿Cómo? ¿Como alguien que dice la verdad?

En lugar de esperar a que él respondiera, Lexie agarró su chaqueta y su bolso, y después se encaminó hacia la puerta. Jeremy se apartó a un lado para dejarla pasar, y ella avanzó sin decir ni una sola palabra. Cuando estaba a punto de llegar a la puerta, Jeremy se decidió a romper el terrible silencio.

—¿Adónde vas?

Lexie dio un paso adelante antes de contestar. Suspiró y se dio media vuelta.

—A mi casa —aclaró mientras se limpiaba una lágrima de la mejilla con el dorso de la mano—. Lo mismo que harás tú mañana.

301

Capítulo 18

Un poco más tarde, esa noche, Alvin y Jeremy se hallaban montando las cámaras cerca del paseo entarimado del río Pamlico. A lo lejos resonaba el sonido de la música del granero de tabaco. El resto de los establecimientos estaban cerrados hasta la mañana siguiente; incluso el Lookilu estaba vacío. Arropados en sus chaquetas, parecía que Alvin y Jeremy estaban totalmente solos.

—¿Y entonces qué? —preguntó Alvin.

—Se marchó —contestó Jeremy.

—¿Y no la seguiste?

—No quería que la siguiera.

—¿Cómo lo sabes?

Jeremy se frotó los ojos, rememorando la disputa por enésima vez. Las últimas horas habían sido como un mal sueño borroso. Recordaba vagamente cómo había vuelto a la sala de los originales antes de colocar la pila de diarios en la estantería y cerrar la puerta con llave tras él. Mientras conducía hacia el Greenleaf, le había dado mil vueltas a lo que Lexie le había dicho, y sus sentimientos de ofuscación y de haber sido traicionado se empezaron a mezclar con una terrible sensación de tristeza y de remordimiento. Se pasó las siguientes cuatro horas tumbado en la cama del bungaló, intentando imaginar cómo tendría que haber actuado para que la situación no hubiera desembocado en ese final tan desastroso. No debería haber irrumpido en el despacho de Lexie del modo en que lo hizo. ¿De veras estaba tan enfadado por lo del diario, por la sensación de que le habían tomado el pelo, o simplemente estaba furioso con Lexie e, igual que ella, únicamente buscaba una excusa para iniciar una disputa?

No estaba del todo seguro, y Alvin tampoco le ofreció ninguna respuesta después de relatarle lo que había pasado. Lo único que Jeremy sabía era que se sentía exhausto, y a pesar de que sabía que tenía que filmar, estaba intentando reprimir la necesidad que le invadía de salir corriendo y presentarse en casa de Lexie para ver si todavía podían arreglar las cosas. Eso si ella estaba allí, claro. Igual se había ido al baile con alguien.

Jeremy suspiró, y sus pensamientos recularon hasta los últimos momentos en la biblioteca.

—Tendrías que haber visto con qué cara de odio me miraba —musitó.

—¿Así que se acabó?

—Sí —afirmó Jeremy con la voz vencida.

En la oscuridad, Alvin sacudió la cabeza y se dio media vuelta. No lograba comprender cómo era posible que su amigo se hubiera enamorado tan perdidamente de esa mujer en tan sólo un par de días. Él no la encontraba tan encantadora, ni tampoco cuadraba con la imagen deferente que tenía de las mujeres sureñas.

Alvin pensó que al fin y al cabo sólo se trataba de un flechazo; seguramente su amigo se recuperaría del mal sabor de boca tan pronto como pusiera un pie en el avión que lo llevaría de regreso a casa a la mañana siguiente.

Jeremy siempre se recuperaba de los desengaños.

En el baile, el alcalde estaba sentado solo en una mesa apartada en una esquina, con la mirada taciturna y la barbilla apoyada en la mano.

Había supuesto que Jeremy se dejaría caer por allí, probablemente con Lexie, pero al llegar, oyó los cuchicheos de los voluntarios de la biblioteca sobre la bronca en la biblioteca. Según ellos, había sido una pelea sonada, y tenía que ver con uno de los diarios y con algo relacionado con un fraude.

Gherkin reflexionó sobre ello y decidió que no debería haber donado el diario de su padre a la biblioteca, pero en ese momento no le había dado importancia. Además, el relato contenía unas descripciones muy precisas sobre la historia del pueblo que podrían considerarse de interés local. La biblioteca era el lugar obvio para donarlo. Pero ¿quién iba a suponer lo que sucedería en los siguientes quince años? ¿Quién iba a pensar que el molino textil cerraría sus puertas, o que la mina quedaría abandonada? ¿Quién iba a saber que cientos de personas se quedarían sin trabajo? ¿Quién habría dicho que unas cuantas familias jóvenes se marcharían del pueblo para nunca más volver? ¿Quién se habría imaginado que el pueblo acabaría debatiéndose entre la vida y la muerte, luchando por sobrevivir?

Quizá no debería haber incluido la visita al cementerio en la gira. Quizá no debería haber hecho publicidad sobre los fantasmas cuando sabía que simplemente se trataba de las luces del turno de noche de la fábrica de papel. Pero la verdad era que el pueblo necesitaba un milagro, algo que atrajera a los turistas, que animara a los curiosos a pasar un par de días en Boone Creek con el fin de que se quedaran prendados de la magia del lugar. Con suficientes turistas, quizá lograrían salir del bache, quizá conseguirían mejorar la calidad de vida en la localidad. Gherkin se repitió que ésa era la única esperanza para el pueblo. Los ancianos retirados querían lugares acogedores donde poder comer y gastar su dinero, querían tiendas y centros comerciales. No sucedería de la noche a la mañana, pero ése era el único objetivo que tenía, y de algún sitio debía partir, ¿no? Gracias al cementerio y a las luces misteriosas, habían conseguido vender unos cientos de billetes extras para la gira, y la presencia de Jeremy les había ofrecido la oportunidad de soñar con dar a conocer el pueblo más allá de sus confines, por todo el país.

Desde el primer momento había pensado que Jeremy era lo suficientemente listo como para averiguar lo de las luces. Pero eso no le preocupaba. ¿Y qué si Jeremy exponía la verdad en un programa televisivo o en su columna? Por lo menos, a la gente le sonaría el nombre de Boone Creek, y seguramente eso atraería a más de uno. Cualquier publicidad era mejor que ninguna. A menos, claro, que Jeremy usara la palabra «fraude».

Qué palabra tan malsonante; además, no tenía nada que ver con lo que sucedía en el pueblo. De acuerdo, conocía el origen de las luces, pero prácticamente nadie más lo sabía, y de todos modos, ¿qué daño había en ello? La cuestión era que existía una leyenda, existían unas luces, y alguna gente creía que eran fantasmas. Otros simplemente se limitaban a seguir la corriente, pensando que esa historia confería al pueblo un aire diferente y especial. La gente necesitaba esa clase de historias más que nunca.

Si Jeremy Marsh se iba del pueblo con un dulce recuerdo de la localidad, lo comprendería. Pero si Jeremy Marsh se iba molesto y desalentado, no lo comprendería. Y en esos momentos el alcalde no estaba seguro de con qué impresión se marcharía Jeremy al día siguiente.

—¿No te parece que Tom tiene pinta de estar preocupado? —comentó Rodney.

Rachel levantó la vista, sintiéndose orgullosa de haber pasado prácticamente toda la noche con Rodney. Ni siquiera le molestaba que de vez en cuando él lanzara miradas furtivas hacia la puerta para ver si Lexie venía, por la sencilla razón de que él parecía estar a gusto a su lado.

—Sí, pero es que Tom siempre parece estar preocupado.

—No —replicó Rodney—. Esta vez no es lo mismo. Presiento que está muy preocupado por algo.

—¿Quieres hablar con él?

Rodney consideró la posibilidad. Al igual que el alcalde —al igual que todos los allí presentes, por lo que parecía—, se había enterado de lo de la bronca en la biblioteca, pero a diferencia de los demás, creyó comprender por dónde iban los tiros, especialmente después de ver la expresión en la cara del alcalde. De repente se dio cuenta de que a Gherkin le preocupaba la forma en que Jeremy pensaba exponer su pequeño misterio al mundo entero.

En cuanto a la pelea, ya había intentado prevenir a Lexie de lo que se le venía encima. Era inevitable. Pero Lexie era la mujer más testaruda que había conocido; jamás aceptaba ninguna clase de consejos, era necesario que experimentara las consecuencias en su propia piel para cambiar de rumbo. Podía ser volátil, y Jeremy finalmente lo había comprobado en primera persona. A pesar de que Rodney deseó que ella no se hubiera expuesto nuevamente a andar por la cuerda floja, se sentía aliviado al saber

305

que la aventura amorosa entre ella y Jeremy estaba a punto de tocar a su fin.

—No —dijo Rodney—. No hay nada que pueda hacer para ayudarlo. Ahora todo depende de él.

Rachel frunció el ceño y lo miró con una curiosidad latente.

—¿Qué es lo que depende de él?

—Nada, no es importante. —Rodney despachó el tema con una sonrisa.

Rachel lo estudió durante un momento antes de encogerse de hombros. La canción terminó, y la banda empezó a tocar una nueva melodía. Como la mayoría de los que ocupaban las sillas alrededor de la pista, Rachel comenzó a seguir el ritmo con los pies.

Rodney no parecía fijarse en las parejas que bailaban, preocupado como estaba. Quería hablar con Lexie. De camino hacia el granero, había pasado por delante de su casa y había visto la luz encendida y el coche aparcado en la acera. Un poco antes también había recibido un informe de uno de sus compañeros, según el cual el urbanita y su acólito —que parecía sacado directamente de un cómic— estaban organizando un tinglado con las cámaras en el paseo entarimado; lo cual significaba que Jeremy y Lexie no habían hecho las paces.

Si cuando acabara el baile y pasara por delante de la casa de Lexie veía las luces aún encendidas, llamaría a la puerta, tal y como había hecho la noche en que se marchó el señor sabelotodo. Tenía la corazonada de que ella no se sorprendería al verlo. Pensó que probablemente se lo quedaría mirando un momento antes de abrir la puerta. Le prepararía una taza de café descafeinado, y al igual que la vez anterior, él se sentaría en el sofá y escucharía durante horas cómo Lexie se desahogaba, maldiciéndose por ser tan estúpida.

Rodney asintió para sí mismo. La conocía mucho mejor de lo que se conocía a sí mismo.

Pero esta vez no se sentía listo para actuar del mismo modo. Sabía que ella necesitaría un poco más de tiempo para ordenar sus pensamientos. Y tenía que admitir que empezaba a sentirse cansado de que Lexie lo tomara por su hermanito mayor. Además, tampoco estaba de humor para escucharla. En esos instantes se sentía sumamente cómodo, y no tenía ganas de que la noche culminara de un modo deprimente.

Además, la banda no era tan mala. Era mucho mejor que la que habían contratado el año pasado. Con el rabillo del ojo contempló cómo Rachel movía las piernas al compás de la música, complacido de que ella lo hubiera escogido por compañía, igual que había hecho la otra noche en la fiesta. Se sentía a gusto con ella, pero lo más extraño era que últimamente, cada vez que la veía, le parecía más guapa de lo que recordaba. Seguramente sólo era su imaginación, pero no podía dejar de pensar que esa noche estaba especialmente atractiva.

Rachel se dio cuenta de que él la observaba y esbozó una mueca nerviosa al tiempo que decía:

—Lo siento, pero es que esta canción me gusta mucho.

Rodney carraspeó antes de decidirse a hablar.

—¿Quieres bailar? —le preguntó.

—¿Lo dices en serio? —exclamó ella abriendo bien los ojos.

—No se me da muy bien bailar, pero…

—¡Me encantaría! —lo interrumpió ella, y acto seguido lo cogió de la mano.

Mientras Rodney la seguía hasta la pista, se disiparon sus dudas sobre lo que haría con Lexie más tarde.

Doris se balanceaba lentamente en la mecedora del comedor, con la mirada perdida en dirección a la ventana, preguntándose si Lexie iría a visitarla. Ojalá esta vez le fallara la intuición. Sabía que Lexie lo estaba pasando mal —eso no era exactamente una premonición, sino simplemente una evidencia—, y todo porque Jeremy iba a marcharse del pueblo al día siguiente.

En cierto modo deseó no haber empujado a Lexie hacia él. Ahora se daba cuenta de que debería haber sospechado que la historia acabaría de esa forma, así que ¿por qué lo había organizado todo para iniciar el idilio entre ellos? ¿Porque Lexie estaba sola? ¿Porque Lexie estaba atrapada en un callejón sin salida desde que se había enamorado de ese joven de Chicago? ¿Porque creía que a Lexie la asustaba la idea de volverse a enamorar?

¿Por qué no había sido capaz de disfrutar de la compañía de

Jeremy? De verdad, eso era todo lo que quería que Lexie hiciera. Jeremy era inteligente y encantador, y Lexie simplemente necesitaba darse cuenta de que existían más hombres como Avery o como el joven de Chicago. ¿Qué apelativo utilizaba ahora para dirigirse a él? ¿El señor sabelotodo? Intentó recordar su nombre, aunque sabía que ese matiz no era importante. Lo que realmente importaba era Lexie, y Doris estaba realmente preocupada por ella.

No le cabía la menor duda de que no tardaría en recuperarse del mal trago. Sin duda acabaría por aceptar la realidad de lo que había sucedido y hallaría el modo de seguir adelante. Con el tiempo, posiblemente, incluso se convencería de que había sido una experiencia enriquecedora. Si algo había aprendido de Lexie, era que su nieta era una superviviente nata.

Doris suspiró. Sabía que Jeremy estaba sufriendo. Si Lexie se había enamorado de él, él había perdido la cabeza por ella, y Lexie había aprendido el arte de poner freno a cualquier relación que pareciera ir demasiado en serio y a vivir su vida fingiendo que esas relaciones jamás habían existido.

Pobre Jeremy, no era justo que le pasara eso.

En el cementerio de Cedar Creek, Lexie se hallaba inmóvil, rodeada por la niebla que cada vez se espesaba más, contemplando el lugar donde sus padres estaban enterrados. Sabía que Jeremy y Alvin estarían filmando el puente de caballetes y Riker's Hill desde el paseo entarimado, lo cual significaba que esa noche podría estar sola con sus pensamientos.

No tenía intención de quedarse demasiado rato, pero de repente había sentido unas inmensas ganas de ir a visitar la tumba de sus padres. Había actuado del mismo modo después de que su relación con Avery y con el señor sabelotodo se acabara, y mientras mantenía la vista clavada en los nombres inscritos de sus padres, deseó que estuvieran allí para hablar con ella.

Sabía que mantenía una visión romántica de ellos, una que variaba según su estado anímico. A veces le gustaba creer que eran unas personas alegres y parlanchinas; otras veces se los imaginaba fuertes y sabios, capaces de darle buenos consejos en el momento adecuado para que todo pareciera menos confuso. Estaba cansada de cometer fallos. Sintiéndose abatida, pensó que eso era todo lo que había hecho en su vida, y justo ahora sabía que estaba al borde de cometer otro, hiciera lo que hiciese.

Al otro lado del río, sólo las luces de la fábrica de papel eran visibles a través de la niebla, y el pueblo ofrecía un aspecto fantasmagórico en medio de la neblina. Con el tren a punto de aparecer —al menos según los cálculos de Jeremy—, Alvin echó un último vistazo a la cámara enfocada hacia Riker's Hill. Ésa era la filmación más complicada. Las imágenes que había tomado desde el puente de caballetes habían sido fáciles de grabar, pero puesto que Riker's Hill se hallaba demasiado lejos y casi oculto por la niebla, no estaba demasiado seguro de si la cámara funcionaría. No estaba diseñada para captar fotos a gran distancia, que era exactamente lo que la ocasión requería. A pesar de que había traído sus mejores lentes y películas de alta velocidad, deseó que Jeremy le hubiera mencionado este pequeño detalle antes de marcharse de Nueva York.

309

En los últimos días Jeremy no había estado pensando con claridad, así que decidió que era mejor no tenérselo en cuenta. Normalmente, en situaciones similares, Jeremy habría estado hablando y bromeando sin parar; en cambio, en las últimas dos horas apenas había abierto la boca. En lugar de resultar un trabajo ameno y relajado, como había imaginado que sería, las últimas dos horas habían resultado excesivamente pesadas, y más aún con el frío que hacía. No era precisamente lo que esperaba, pero hincharía un poco más la factura y se la pasaría a Nate.

Mientras tanto, Jeremy estaba de pie en la vía del tren con los brazos cruzados y la mirada fija en el horizonte.

—¿Te he dicho que Nate ha llamado antes? —le preguntó Alvin, intentando de nuevo que su amigo entablara conversación.

—¿Ah, sí?

—Me ha despertado de la siesta, y ha empezado a gritar como un energúmeno porque no tenías el móvil conectado.

A pesar de las preocupaciones que poblaban su mente, Jeremy sonrió.

—He aprendido que lo mejor es tenerlo apagado el mayor tiempo posible.

—Pues podrías haberme avisado.

—¿Qué quería?

—Lo de siempre: que le informaras de tus últimos movimientos. Pero no te lo pierdas: preguntó si podías conseguir una muestra.

—¿Una muestra de qué?

—Supongo que hablaba de los fantasmas. Si había espumarajos por el suelo o algo parecido. Pensó que podrías enseñárselo a los productores en la reunión de la semana que viene.

—¿Espumarajos?

Alvin elevó las manos.

—Oye, que no he sido yo quien lo ha propuesto, sino Nate.

—Pero si sabe que se trata sólo de las luces de la fábrica de papel.

Alvin asintió.

—Sí, lo sabe. Pero igual pensó que eso aportaría a la historia un toque de misterio. Ya sabes, algo para impresionarlos.

Desconcertado, Jeremy sacudió la cabeza. A Nate se le había ocurrido un sinfín de ideas esperpénticas a lo largo de los años, pero ésta superaba a todas con creces. Pero es que Nate era así. No se lo pensaba dos veces antes de soltar cualquier tontería que se le cruzara por la cabeza, y en más de la mitad de las ocasiones, después no se acordaba de lo que había dicho.

—También dijo que le llamaras —añadió Alvin.

—Lo haría, pero me he dejado el móvil en el bungaló —se disculpó Jeremy. Luego hizo una pausa—. No le habrás mencionado nada sobre el diario, ¿verdad?

—¡Pero si en ese momento no sabía nada de eso! ¿No te acuerdas? Me lo contaste cuando regresaste al Greenleaf. Y ya te he dicho que Nate me despertó de la siesta.

Jeremy asintió con aire pensativo.

—Si vuelve a llamar, de momento no le cuentes lo del diario.

—¿No quieres que se entere de que todo es un fraude montado por el alcalde?

—No, todavía no.

Alvin lo observó con curiosidad.

—¿Todavía no, o quizás estás pensando que no quieres que nunca se entere?

Jeremy no contestó inmediatamente. Era una pregunta difícil.

—Aún no lo he decidido.

Alvin manipuló las lentes una vez más.

—Sí, es una cuestión difícil. Podría ser el detonante para salvar la historia. Es decir, una cosa son las luces, pero no me negarás que la solución no es tan interesante como la leyenda.

—¿Qué quieres decir?

—Que estoy seguro de que los de la tele no se mostrarán interesados cuando sepan que el motivo de las luces es un tren que pasa cerca.

—No es sólo un tren que pasa cerca —lo corrigió Jeremy—. Es la forma en que las luces de la fábrica de papel se reflejan en Riker's Hill gracias al tren, y cómo la gran densidad de la niebla en el cementerio que se está hundiendo hace que aparezca el fenómeno de las luces.

Alvin bostezó aburrido.

—Lo siento, ¿qué decías?

—No es aburrido —insistió Jeremy—. ¿No te das cuenta del número de casualidades que confluyen para crear este fenómeno? ¿Cómo las canteras alteraron los niveles de agua subterránea y provocaron que se hundiera el cementerio? ¿La ubicación exacta del puente de caballetes? ¿Las fases de la luna, ya que sólo hay suficiente oscuridad como para poder ver las luces en determinados momentos? ¿La leyenda? ¿La posición de la fábrica de papel y la hora en que pasa del tren?

Alvin se encogió de hombros.

—Mira, Jeremy, es más que aburrido. En serio, habría sido mucho más interesante si no hubieras hallado la solución. A los telespectadores les encantan los misterios, especialmente en lugares como Nueva Orleans o Charleston o en algún sitio guay y romántico. Pero ¿unas luces reflejadas en Boone Creek, en Carolina del Norte? ¿De verdad crees que a la gente que vive en Nueva York o en Los Ángeles le va a interesar ese cuento?

Jeremy abrió la boca para decir algo, y de repente se acordó de que Lexie le había dicho exactamente lo mismo sobre el fe-

311

nómeno, y ella vivía ahí. En medio del silencio, Alvin lo miró fijamente.

—Si de verdad quieres vender a los de la tele esta historia, necesitarás echarle un poco más de imaginación al asunto, y el diario del que me has hablado podría ayudarte a conseguirlo. Podrías exponer el documental tal y como lo habíamos planeado, y al final soltar lo del diario de golpe y porrazo. Si lo haces bien, quizá sea suficiente para captar la atención de los productores.

—¿Crees que debería echar el pueblo a los leones?

Alvin sacudió la cabeza enérgicamente.

—Yo no he dicho eso. Y con franqueza, tampoco estoy seguro de que lo del diario sea suficiente. Sólo te digo que si no puedes presentar un par de espumarajos de los fantasmas como prueba, lo mejor que puedes hacer es ponerte a pensar en cómo puedes sacarle partido al diario si no quieres quedar como un idiota en la reunión.

Jeremy desvió la vista. Sabía que el tren sólo tardaría unos minutos en pasar.

—Si hiciera una cosa así, Lexie jamás volvería a dirigirme la palabra. Bueno, eso si es que todavía quiere hablar conmigo.

Alvin no dijo nada. Jeremy continuó con la mirada fija en un punto de la vía.

—¿Qué crees que debería hacer?

Alvin suspiró.

—Supongo —dijo— que tienes que hacer lo que creas que es más conveniente para ti. ¿No te parece?

Capítulo 19

Jeremy apenas durmió en su última noche en el Greenleaf. Él y Alvin habían acabado de filmar —mientras pasaba el tren, Riker's Hill sólo recibió un poco de la luz reflejada— y tras revisar la grabación, ambos decidieron que disponían de suficiente material como para probar la teoría de Jeremy, a menos que los de la productora estuvieran dispuestos a comprar unas cámaras de mayor precisión.

Sin embargo, de regreso al Greenleaf, Jeremy no pensó en el misterio ni tampoco centró su atención en la carretera. En lugar de eso, empezó nuevamente a darle vueltas a lo que le había sucedido en los últimos días. Recordó la primera vez que vio a Lexie en el cementerio, y su conversación exaltada en la biblioteca. Se acordó de la comida en Riker's Hill y su corto paseo por los confines del pueblo, rememoró su enorme sorpresa ante la extraordinaria fiesta en su honor, y cómo se sintió cuando contempló las luces en el cementerio. Pero sobre todo, recordó aquellos momentos en que empezó a ser consciente de que se estaba enamorando de Lexie.

¿Realmente era posible que hubieran sucedido tantas cosas en tan sólo un par de días? Cuando llegó al Greenleaf y entró en su habitación, estaba ofuscado tratando de averiguar en qué momento las cosas habían empezado a torcerse. Pero ahora tenía la impresión de que Lexie no sólo había estado intentando huir de él, sino también de sus propios sentimientos. ¿Cuándo se había dado cuenta de lo que sentía por él? ¿En la fiesta, igual que él? ¿En el cementerio? ¿Esa tarde?

No estaba seguro. Todo lo que sabía era que la amaba y que le resultaba imposible imaginar que no volvería a verla jamás.

Las horas pasaban lentamente. Su vuelo salía al mediodía desde Raleigh, lo cual quería decir que pronto se marcharía del Greenleaf. Se había levantado antes de las seis, había hecho las maletas y había cargado todo el equipaje en el coche. Tras asegurarse de que la luz de la habitación de Alvin estaba encendida, se dirigió al bungaló de recepción. El golpe del aire helado matutino acabó de despertarlo.

Jed lo miró con cara de pocos amigos, como ya esperaba. Su pelo estaba más enmarañado que de costumbre, y su ropa, notablemente arrugada, así que Jeremy supuso que el gigante se acababa de levantar hacía sólo unos escasos minutos. Jeremy depositó la llave sobre el mostrador.

—Vaya lugar tan especial. Se lo recomendaré a mis amigos —pronunció Jeremy, con afán de ser afable.

Aunque pareciera imposible, la expresión de Jed se tornó todavía más despreciativa, y Jeremy se limitó a sonreír. De vuelta a su habitación, distinguió los focos de un coche que se abría paso a través de la niebla por el camino de gravilla. Durante un instante pensó que era Lexie, y su corazón dio un vuelco súbitamente; cuando el coche estuvo finalmente a la vista, sus esperanzas desaparecieron también súbitamente.

El alcalde, arropado con una chaqueta gruesa y una bufanda, salió del coche. Sin mostrar la energía de la que había hecho alarde en los últimos encuentros, avanzó a tientas en la oscuridad hasta Jeremy.

—¿Qué, ya has hecho las maletas? —soltó a modo de saludo.

—Pues sí. Ahora mismo las estaba cargando en el coche.

—Supongo que Jed no te habrá cobrado la estancia.

—No —contestó Jeremy—. Muchas gracias por tu generosidad.

—No hay de qué. Tal y como te dije, es lo mínimo que podemos hacer por ti. Sólo espero que lo hayas pasado bien en nuestra apreciada localidad.

Jeremy asintió, fijándose en la cara de preocupación del alcalde.

—Sí, la verdad es que lo he pasado muy bien.

Por primera vez desde que Jeremy lo había conocido, Gherkin parecía no encontrar las palabras que buscaba. Mientras el silencio se tornaba incómodo, Tom introdujo la bufanda dentro de la chaqueta.

—Bueno, sólo quería pasar por aquí para decirte que a los del pueblo les ha encantado conocerte. Sé que no debería hablar en boca de todos, pero te aseguro que has causado una muy buena impresión.

Jeremy hundió las manos en los bolsillos.

—¿Por qué el engaño?

Gherkin suspiró.

—¿Te refieres a incluir el cementerio en la gira?

—No. Me refiero a que tu padre plasmó la respuesta en su diario y que tú me lo has ocultado.

Una expresión taciturna se apoderó de la cara de Gherkin.

—Tienes razón —repuso tras unos segundos, con la voz entrecortada—. Mi padre resolvió el misterio. —Miró a Jeremy directamente a los ojos—. ¿Sabías el motivo de su interés por la historia del pueblo?

Jeremy sacudió la cabeza lentamente.

—En la segunda guerra mundial, mi padre coincidió en el ejército con un hombre llamado Lloyd Shaumberg. Shaumberg era teniente, y mi padre no era más que un soldado raso. Ahora parece como si la gente no apreciara que en la guerra no sólo había soldados en la primera línea de fuego. La mayoría de los que tomaron parte en ese episodio eran personas normales y corrientes: panaderos, carniceros, mecánicos. Shaumberg era historiador. Por lo menos eso es lo que mi padre decía. De hecho, era un simple profesor de historia en un instituto de Delaware, pero mi padre aseguraba que no existía ningún oficial mejor que él en todo el ejército. Solía entretener a sus hombres contándoles historias del pasado, historias que casi nadie conocía, y eso ayudó a que mi padre no se muriera de miedo por las atrocidades que sucedían a su alrededor. Pues bien, después del penoso avance hasta la península de Italia, Shaumberg y mi padre y el resto del pelotón quedaron sitiados por los alemanes. Shaumberg ordenó a sus hombres que se retiraran mientras que él intentaba cubrirlos. «No me queda ninguna otra alternativa», les explicó. Era una misión suicida; todos lo sabían, pero así era Shaumberg. —Gherkin hizo una pausa—. Al final mi

315

padre sobrevivió y Shaumberg murió, y cuando mi padre regresó a casa después de la guerra, prometió que también se convertiría en historiador, como una forma de honrar a su amigo.

Gherkin no continuó, y Jeremy lo miró con curiosidad.

—¿Por qué me cuentas todo esto?

—Porque —respondió Gherkin— a mi modo de entender, yo tampoco tenía ninguna otra alternativa. Cada pueblo necesita un elemento distintivo, algo que sea capaz de transmitir a sus habitantes la poderosa idea de que viven en un lugar especial. En Nueva York no tenéis que preocuparos por esas tonterías. Están Broadway y Wall Street y el Empire State Building y la Estatua de la Libertad. Pero aquí, después del cierre de casi todas las fábricas, reflexioné y me di cuenta de que lo único que nos quedaba era una leyenda. Y las leyendas…, bueno, las leyendas sólo son reliquias del pasado, y un pueblo necesita algo más que eso para sobrevivir. Es todo lo que intentaba hacer: hallar una forma de mantener vivo este pueblo, de no dejarlo morir del todo, y entonces apareciste tú.

Jeremy desvió la mirada, pensando en los comercios cerrados que había visto la primera vez que pisó Boone Creek, y recordó el comentario de Lexie sobre el cierre del molino textil y de la mina de fósforo.

—Así que has venido para darme tu interpretación —dedujo Jeremy.

—No. He venido para que sepas que todo esto ha sido idea mía, sólo mía; ni de los del Ayuntamiento, ni de la gente que vive aquí. Quizá me haya equivocado. Quizá no estés de acuerdo con mis métodos. Pero quiero que sepas que lo he hecho porque pensaba que era lo mejor para el pueblo y para sus habitantes. Y ahora, todo lo que te pido es que cuando redactes tu artículo, recuerdes que no hay nadie más involucrado. Si quieres sacrificarme, adelante; podré vivir con esa pena. Además, tengo la seguridad de que mi padre me habría comprendido, y eso me llena de orgullo.

Sin esperar una respuesta, Gherkin dio media vuelta, regresó a su coche y desapareció en la niebla.

Y

La luz del amanecer confería al cielo unos tonos grises plomizos. Jeremy estaba ayudando a Alvin a cargar el resto del equipaje cuando apareció Lexie.

Se bajó del coche con el mismo porte enigmático que la primera vez que la vio, con sus ojos violetas inescrutables, incluso cuando lo miró directamente a la cara. En su mano sostenía el diario de Gherkin. Por un momento, se miraron en silencio, como si no supieran qué decirse.

Alvin, de pie cerca del maletero abierto, rompió el silencio.

—Buenos días —la saludó.

Ella se esforzó por sonreír.

—Ah, hola, Alvin.

—Caramba, estás muy madrugadora.

Lexie se encogió de hombros y volvió a fijar los ojos en Jeremy. Alvin miró primero a uno y luego al otro antes de señalar hacia el bungaló con la cabeza.

—Creo que será mejor que eche un último vistazo a la habitación —apuntó, a pesar de que nadie parecía prestarle atención.

Cuando hubo desaparecido, Jeremy suspiró profundamente.

—Pensaba que no vendrías.

—La verdad es que yo tampoco estaba segura de si lo haría.

—Me alegro de que te hayas decidido —dijo él—. La luz gris le recordó su paseo por la playa cerca del faro, y sintió un profundo pinchazo de angustia y desespero al reconocer lo mucho que la quería. Aunque su primer instinto fue romper la distancia que lo separaba de ella, la postura rígida de Lexie hizo que desistiera de la idea.

Lexie señaló hacia el coche.

—Veo que ya lo tienes todo listo para marcharte.

—Sí.

—¿Acabasteis de filmar las luces?

Jeremy dudó un instante, sintiendo una creciente irritación por la banalidad de la conversación.

—¿Has venido a hablar sobre mi trabajo o a averiguar si ya he hecho las maletas?

—No —dijo ella.

—Entonces, ¿por qué has venido?

—Para disculparme por la forma en que te traté ayer en la

biblioteca. No debería haberme comportado de ese modo. No te lo merecías.

Jeremy esbozó una sonrisa.

—No te preocupes. Es agua pasada. Yo también lo siento.

Lexie levantó el diario.

—He traído esto para ti, por si todavía lo quieres.

—Pensé que no querías que lo usara.

—Y así es.

—No lo entiendo. ¿Por qué me lo das?

—Porque soy consciente de que debería haberte comentado lo del pasaje del diario antes, y no quiero que creas que se ha tratado de alguna clase de montaje ni que hay alguien más implicado. Puedo entender que hayas llegado a pensar que todo el pueblo estaba detrás de una supuesta jugarreta, y esto es una forma de demostrarte que no es cierto. De veras, te lo aseguro, no hay ningún montaje...

—Lo sé —la interrumpió Jeremy—. El alcalde ha venido a verme esta misma mañana.

Ella asintió, y clavó los ojos en el suelo para recuperar fuerzas antes de volverlo a mirar a la cara. En ese instante, Jeremy pensó que Lexie iba a decir algo, pero fuera lo que fuese, al final se contuvo.

—Bueno, pues nada más —manifestó Lexie al tiempo que ocultaba las manos en los bolsillos de su abrigo—. Supongo que será mejor que me marche, para que puedas ponerte en camino. Jamás me han gustado las despedidas largas.

—¿Esto es un adiós? —inquirió él, intentando sostener la mirada.

Lexie parecía tener el semblante triste cuando apartó la vista hacia un lado.

—Es lo que toca, ¿no?

—¿Ya está? ¿Eso es todo? ¿Sólo has venido a decirme que se acabó? —Jeremy se pasó los dedos crispados por el pelo—. ¿Yo no puedo dar mi opinión sobre el tema?

Lexie respondió con voz calmosa.

—Ya hemos hablado de esto. Mira, no he venido aquí para pelearme contigo, ni tampoco para hacer que te enfades. He venido porque me arrepiento de cómo te traté ayer. Y porque no quiero que te vayas pensando que este fin de semana no ha significado nada para mí. Porque no es cierto.

Aunque le costó horrores, Jeremy consiguió expresar sus temores.

—Pero tu intención es poner punto y final a lo nuestro.

—Mi intención es ser lo más realista posible acerca de lo nuestro.

—¿Y si te digo que te quiero?

Durante un largo momento, Lexie lo miró sin decir nada, hasta que finalmente giró la cara.

—No lo digas.

Jeremy avanzó un paso hacia ella.

—Pero es la verdad. Te quiero. No puedo evitarlo; es lo que siento.

—Jeremy..., por favor...

Él se movió con más rapidez, notando que finalmente estaba logrando erosionar las defensas de Lexie, sintiendo cómo crecía su coraje a cada paso.

—Quiero que lo nuestro funcione, quiero que...

—No podemos —replicó ella.

—Claro que podemos —afirmó él, rodeando el coche—. Hallaremos una forma, ya lo verás.

—No —dijo ella tajantemente. Después retrocedió un paso.

—¿Por qué no?

—Porque voy a casarme con Rodney, ¿está claro?

Jeremy se quedó paralizado.

—¿Se puede saber de qué diantre estás hablando?

—Ayer por la noche, después del baile, Rodney vino a verme y estuvimos hablando durante mucho rato. Es un chico honesto, trabajador, me ama, y vive aquí. Tú no.

Él la miró boquiabierto, consternado por la revelación.

—No te creo.

Ella sostuvo la mirada, con expresión impasible.

—Es verdad.

Jeremy no consiguió encontrar las palabras adecuadas. Lexie le entregó el diario, después levantó una mano e hizo un breve saludo en señal de despedida, y empezó a andar hacia atrás, sin darse la vuelta, con la mirada fija en él.

319

—Adiós, Jeremy —se despidió, antes de darse la vuelta para entrar en el coche.

Todavía paralizado por el efecto de la noticia, Jeremy oyó el ruido del motor y vio cómo ella miraba por encima del hombro para dar marcha atrás. Intentó reaccionar, puso la mano sobre el capó para detenerla; pero mientras el coche se movía, dejó que sus dedos se deslizaran suavemente por encima de la superficie húmeda y finalmente retrocedió un paso al tiempo que el coche se incorporaba a la carretera.

Por un instante, a Jeremy le pareció ver lágrimas en las mejillas de Lexie. Pero entonces vio cómo ella apartaba la mirada, y de repente supo que no volvería a verla.

Deseó pedirle en voz alta que se detuviera. Deseó confirmarle que se quedaría, que quería quedarse, que si marcharse significaba perderla, entonces no tenía sentido regresar a Nueva York. Pero las palabras quedaron apresadas en su interior, y el coche de Lexie se fue distanciando de él lentamente, ganando velocidad a medida que se alejaba.

Jeremy se quedó de pie, en medio de la niebla, con la mirada fija en la carretera hasta que el coche se convirtió en una sombra y sólo los focos fueron visibles. Y entonces desapareció completamente; el sonido del motor quedó amortiguado por los susurros de la vegetación que lo envolvía.

320

Capítulo 20

*E*l resto del día pasó como si Jeremy lo estuviera contemplando a través de los ojos de otra persona. Apenas recordaba cómo había seguido a Alvin por la autopista de vuelta a Raleigh, y en más de una ocasión se sorprendió a sí mismo mirando por el retrovisor, esperando que uno de los coches que lo seguía a distancia fuera el de Lexie. Ella había sido perfectamente explícita en su deseo de dar por acabada la relación, pero incluso así, Jeremy podía sentir cómo le subía la adrenalina cada vez que veía un coche parecido al suyo; entonces aminoraba la marcha para poder verlo mejor. Alvin, mientras tanto, se alejaba considerablemente de él. Jeremy sabía que debería prestar atención a la carretera que tenía delante, pero en lugar de eso, se pasó casi todo el trayecto mirando hacia atrás.

Después de devolver el coche alquilado, enfiló hacia la terminal y se encaminó a la puerta de embarque. Mientras pasaba por delante de numerosas tiendas llenas de gente y se abría paso entre las personas que se desplazaban a toda prisa por el largo pasillo, se preguntó de nuevo por qué Lexie había decidido sacrificar todo lo que habían empezado a edificar juntos.

En el avión, sus pensamientos se vieron interrumpidos cuando Alvin ocupó el asiento contiguo.

—Gracias por reservarme un asiento a tu lado —le recriminó Alvin con un tono lleno de sarcasmo. Luego guardó su bolsa de mano en el compartimento superior.

—¿Cómo? —balbuceó Jeremy.

—Los asientos. Pensé que te ibas a encargar de reservar dos asientos juntos en el momento en que facturabas el equipaje.

Suerte que se me ocurrió preguntar cuando me dieron la tarjeta de embarque. Me habían dado un asiento en la última fila.

—Lo siento. Supongo que me olvidé —se excusó Jeremy.

—Ya, claro —contestó Alvin, dejándose caer en el asiento próximo al de su amigo. Acto seguido, miró a Jeremy—. ¿Quieres que hablemos?

Jeremy dudó unos instantes.

—No creo que haya nada de que hablar.

—Eso es lo que me has dicho antes. Pero tengo entendido que expresar los sentimientos abiertamente resulta una terapia muy efectiva. ¿No miras los programas de la tele? Sí, hombre, esos en los que la gente va y suelta sus penas delante de todo el mundo. Mira, se trata de expresar lo que sientes, de purgar tus sentimientos, de buscar respuestas.

—Quizá más tarde —lo interrumpió Jeremy.

—Muy bien; como quieras. Entonces aprovecharé para echar una siestecita. —Alvin se acomodó en el asiento y entornó los ojos.

Jeremy fijó la vista en la ventana mientras Alvin dormía durante casi todo el vuelo.

En el aeropuerto de La Guardia, Jeremy tomó un taxi y súbitamente se vio abordado por el barullo y el ritmo frenético de la ciudad: hombres trajeados y con maletines que caminaban por las aceras a grandes zancadas; mamás que arrastraban literalmente a sus hijos pequeños al tiempo que hacían malabarismos para no desparramar las bolsas de la compra; el olor del humo de los tubos de escape de los automóviles; el ruido de las bocinas, y de las sirenas de los coches de policía. Era perfectamente normal, el mundo en el que había crecido y que hasta hacía poco le había parecido absolutamente lógico. Lo que le sorprendió fue que mientras contemplaba la escena a través de la ventana del taxi, intentando orientarse de nuevo en su vida cotidiana, se acordó del Greenleaf y del absoluto silencio que había experimentado en ese lugar.

Cuando entró en el edificio donde residía, vio su buzón abarrotado de propaganda y de facturas. Agarró el fajo de papeles y subió las escaleras. En su apartamento todo estaba tal como lo había dejado: el comedor, inundado de revistas; su despacho, anegado de papeles como siempre; y todavía le quedaban tres botellas de Heineken en la nevera. Tras dejar la maleta en su habitación, abrió una botella de cerveza y llevó su portátil y su bolsa de mano hasta la mesa del despacho.

La bolsa contenía toda la información que había acumulado en los últimos días: sus notas y copias de los artículos, la cámara digital que contenía las fotos que había tomado en el cementerio, el mapa, y el diario. Mientras empezaba a separar los objetos, un paquete de postales cayó sobre la mesa, y necesitó un momento para recordar que las había comprado en su primer día en Boone Creek. La primera postal ofrecía una panorámica del pueblo desde el río. Rompió el envoltorio y empezó a ojear el resto. Encontró postales en las que aparecía el Ayuntamiento, una vista brumosa de una garza azul sobre las aguas poco profundas de Boone Creek, y unos veleros congregados en un atardecer tempestuoso. De repente se detuvo para contemplar una foto de la biblioteca.

Se sentó lentamente, pensando en Lexie y dándose cuenta de nuevo de cuánto la quería.

Pero tuvo que recordarse a sí mismo que todo se había acabado, y continuó ojeando las postales. Vio una fotografía del Herbs y otra de la localidad tomada desde Riker's Hill. La última postal presentaba una foto de la zona comercial de Boone Creek, y de nuevo se quedó mirándola con aire pensativo.

La postal, una reproducción de una foto en blanco y negro, mostraba el pueblo hacia 1950. En un primer plano se podía ver el teatro con unas personas elegantemente vestidas que hacían cola delante de la taquilla; al fondo se apreciaba un árbol decorado con adornos navideños en el pequeño parque que se extendía justo al final de la calle principal. En las aceras, las parejas contemplaban los escaparates ornamentados con guirnaldas y luces de colores, o paseaban cogidas de la mano. Mientras Jeremy se dedicaba a estudiar la foto con más detenimiento, se figuró cómo debían de haber sido las fiestas navideñas en Boone Creek cincuenta años antes. En lugar de tiendas vacías con escaparates empapelados con hojas de diario, imaginó un hervidero de gente pu-

323

lulando por las aceras, con mujeres ataviadas con bufandas y hombres luciendo sombreros y niños señalando hacia la bicicleta colgada a modo de poste de uno de los establecimientos.

Mientras contemplaba la postal, Jeremy se puso a pensar en el alcalde. La foto no sólo representaba cómo vivía la gente en Boone Creek medio siglo atrás, sino también el ambiente que Gherkin esperaba que el pueblo volviera a recuperar. Era una existencia plácida y serena, como una de las ilustraciones de una portada realizada por Norman Rockwell, si bien con un aire sureño. Durante un buen rato sostuvo la postal entre las manos, pensando en Lexie y preguntándose otra vez qué iba a hacer con la historia.

La reunión con los productores de televisión estaba programada para el martes por la tarde. Nate quedó con Jeremy unas horas antes en el asador Smith and Wollensky's, su restaurante favorito. Nate estaba tan boyante como de costumbre, contento de ver a Jeremy y aliviado de tenerlo de nuevo en la ciudad, bajo su atenta mirada. Tan pronto como se sentó, empezó a hablar de las imágenes que Alvin había filmado, describiéndolas como excepcionales, como «esa casa encantada en Amityville, pero real», y asegurándole que a los ejecutivos de la tele les encantarían. Jeremy se mantuvo todo el rato sentado, en silencio, escuchando la cháchara de Nate, pero de repente se fijó en una mujer morena que abandonaba el restaurante, con una melena muy parecida a la de Lexie; sintió un nudo en la garganta y se excusó para ir al lavabo.

Cuando regresó, Nate estaba repasando el menú. Jeremy añadió edulcorante al té helado que había pedido, acto seguido también se puso a consultar el menú y finalmente anunció que pediría pez espada. Nate levantó la vista.

—Pero hombre, si estamos en un asador —protestó.

—Lo sé. Pero hoy me apetece algo que no sea tan pesado.

La mano de Nate se deslizó ausentemente hasta la sección central, como preguntándose si seguir o no la iniciativa de Jeremy. Al final frunció el ceño, cerró el menú y lo apartó a un lado.

—Pues yo me decanto por un buen bistec de ternera. Llevo toda la mañana pensando en él. Bueno, ¿por dónde íbamos?

—La reunión —le recordó Jeremy, y Nate se inclinó hacia delante.

—Así que no se trata de fantasmas, ¿eh? Por teléfono mencionaste que habías visto las luces, pero que creías que sabías el motivo que las originaba.

—No, no son fantasmas —aclaró Jeremy.

—¿Qué son?

Jeremy sacó sus notas y se pasó los siguientes minutos relatándole a Nate todo lo que había averiguado, empezando por la leyenda y describiendo minuciosamente todo el proceso de su descubrimiento. Incluso él mismo podía oír el timbre monótono de su voz. Nate escuchaba y asentía sin parar, pero cuando terminó, Jeremy pudo ver las arrugas de preocupación en su frente.

—¿La fábrica de papel? —concluyó Nate—. Por lo menos esperaba que se tratara de algunas maniobras militares del Gobierno o algo parecido, como para probar algún avión o algo así. —Realizó una pausa—. ¿Estás seguro de que no es un tren del ejército? A los de la tele les encantan las noticias sobre armas secretas, pruebas clandestinas. ¡Qué sé yo! Quizás oíste un ruido extraño, algo que carece de explicación.

—Lo siento —dijo Jeremy con un suspiro—, sólo se trata de la luz que rebota del tren. No existe ningún ruido.

Jeremy observó a Nate. Podía ver cómo le salía el humo de la cabeza, de tanto maquinar posibilidades. A lo largo de los años, Jeremy se había dado cuenta de que, cuando se trataba de vender una historia, el instinto de Nate era más agudo que el de sus editores.

—¡Estamos apañados! ¿Descubriste qué versión de la leyenda era la verdadera? A lo mejor podríamos intentar sacar partido del tema del racismo.

Jeremy sacudió la cabeza.

—Ni siquiera he podido confirmar si Hettie Doubilet existió. Aparte de las leyendas, no aparece ninguna información sobre ella en los documentos oficiales. Y Watts Landing desapareció hace mucho tiempo.

—Jeremy, no quiero parecer quisquilloso, pero si de verdad

325

esperas que los de la tele se sientan atraídos por tu historia, tendrás que encontrar algún detalle más que sea suficientemente significativo, que tenga gancho. Si no te muestras entusiasta, no los convencerás. ¿Tengo o no tengo razón? Sabes perfectamente que la tengo. Vamos a ver, ¿por qué no me lo cuentas todo? Averiguaste algo más, ¿no?

—¿A qué te refieres?

—Alvin —apuntó Nate—. Cuando vino a dejarme los vídeos, le pedí su impresión acerca de la historia, y mencionó que habías encontrado algo más que era interesante.

Jeremy continuó mirándolo con cara impasible.

—¿Eso te dijo?

—Oye, que son sus palabras, no las mías —dijo Nate, con aire satisfecho—. Pero no me contó de qué se trataba. Dijo que eso era cosa tuya. Así que deduzco que debe de ser algo gordo.

Sin apartar la mirada de Nate, Jeremy podía notar el peso del diario dentro de la bolsa. En la mesa, Nate jugueteaba con el tenedor, esperando.

—Bueno —empezó Jeremy, consciente de que se le acababa el tiempo para tomar una decisión.

No continuó, y Nate se inclinó nuevamente hacia delante.

—¿Y bien?

Esa noche, después de que acabara la reunión, Jeremy se hallaba sentado solo en su apartamento, con la mirada extraviada hacia la ventana, contemplando el mundo exterior. Había empezado a nevar otra vez, y los copos esponjosos caían suavemente, en una danza hipnótica, bajo la luz de la farola.

La reunión había empezado con buen pie. Nate les había resumido los aspectos más intrigantes a los productores, y éstos se quedaron pasmados cuando vieron las imágenes. Nate hizo todo lo que estaba en sus manos para animar el ambiente. Después, Jeremy les relató la leyenda, notando cómo se incrementaba el interés de esos tipos al hablarles de Hettie Doubilet y de la concienzuda investigación que había llevado a cabo. Entrelazó la historia de Boone Creek con las pesquisas del misterio, y más de una vez vio que los ejecutivos intercambiaban miradas, como si estuvieran considerando la mejor manera de exponer la historia en su programa.

Pero ahora que estaba sentado solo, con el diario en el regazo, tuvo la certeza de que no acabaría trabajando con ellos. La historia —el misterio del cementerio de Boone Creek— era similar a una novela apasionante que al final quedaba en agua de borrajas. La solución era demasiado simple, carecía de fuerza; él había notado la clara decepción de los productores cuando se despidió de ellos. Nate les prometió que seguirían en contacto, pero Jeremy sabía que no volverían a llamar.

En cuanto al diario, ni lo había mencionado, al igual que había hecho antes con Nate.

Más tarde llamó a Gherkin. La petición de Jeremy fue clara: Boone Creek dejaría de hacer propaganda sobre la posibilidad de ver fantasmas en el cementerio durante la «Visita guiada por las casas históricas». Eliminarían la palabra «encantado» del folleto, así como cualquier referencia a que las luces estaban vinculadas a algo sobrenatural. En lugar de eso, darían relevancia a la historia de la leyenda, y se informaría a los visitantes de que iban a presenciar algo realmente espectacular. Si bien era posible que algunos turistas vieran las luces y se cuestionaran en voz alta si se trataba de los fantasmas de la leyenda, se pediría a los voluntarios que se encargaran de las giras que nunca sugirieran dicha posibilidad. Finalmente, Jeremy solicitó al alcalde que retirara las camisetas y las tazas de su bazar en la zona comercial.

A cambio, Jeremy prometió que jamás mencionaría nada sobre el cementerio de Cedar Creek en la tele, ni en su columna, ni en ningún otro artículo independiente. No expondría el plan del alcalde de convertir el pueblo en una versión de la localidad encantada de Roswell, en Nuevo México, ni tampoco le comentaría a nadie en el pueblo que el alcalde conocía la verdad desde hacía mucho tiempo.

Gherkin aceptó la oferta. Después de colgar el teléfono, Jeremy llamó a Alvin y le hizo jurar que jamás contaría a nadie el secreto.

327

Capítulo 21

*E*n los días que siguieron a la frustrada reunión con los productores, Jeremy centró toda su atención en intentar retomar sus antiguas rutinas. Contactó con su editor del *Scientific American*. Consciente de que iba retrasado respecto a la fecha de entrega de su artículo, y recordando vagamente algo que Nate le había sugerido, convino en redactar una columna sobre los posibles riesgos que conllevaban las dietas de bajo contenido en hidratos de carbono. Se pasó horas en internet, examinando un sinfín de periódicos, buscando historias que pudieran ser interesantes. Se sintió defraudado cuando se enteró de que Clausen —con la ayuda de una firma de publicidad de gran renombre en Nueva York— había sobrevivido a la tormenta de críticas tras la aparición de Jeremy en *Primetime*, y ahora estaba en negociaciones con una cadena televisiva para montar su propio espectáculo. A Jeremy no se le escapó la ironía de la situación, y se pasó el resto del día lamentando la fe ciega de los seguidores incondicionales.

Poco a poco iba retornando a sus hábitos. O, por lo menos, eso creía. A pesar de que todavía pensaba en Lexie con frecuencia, preguntándose si debía de estar muy ocupada con los preparativos de su boda con Rodney, puso todo su empeño en apartar esos pensamientos de su mente. Le resultaban demasiado dolorosos. Entonces adoptó la prudente determinación de intentar reanudar su vida, tal y como la había vivido antes de conocer a Lexie. Un viernes por la noche decidió ir a una discoteca. La experiencia no fue muy alentadora. En lugar de disfrutar con la ensordecedora barahúnda y tratar de captar la atención de las mujeres que estaban cerca de él, se sentó en la barra del local y se pasó casi todo el rato meciendo una única jarra de cerveza;

además, se marchó muy pronto. Al día siguiente visitó a su familia en Queens, pero la imagen de sus hermanos y esposas jugando con sus hijos sólo consiguió incrementar su tristeza al desear lo imposible.

El lunes al mediodía, mientras otra tormenta invernal amenazaba con descargar sobre la ciudad, se convenció a sí mismo de que todo había acabado. Lexie no había llamado, y él tampoco lo había hecho. A veces, esos exiguos días con Lexie le parecían un mero espejismo de la historia que había estado investigando. No podía haber sido real, se decía; pero sentado delante de la mesa de su despacho, se sorprendió de nuevo ojeando las postales, y finalmente separó una y la colgó en la pared situada detrás de la mesa. Era la postal con la foto de la biblioteca.

Por tercera vez en esa semana, llamó por teléfono al restaurante chino de la esquina y encargó la comida, después se acomodó en la silla, pensando en la selección de platos que acababa de solicitar. Por un instante se preguntó si Lexie estaría comiendo a esa misma hora, mas sus pensamientos se vieron truncados por el ruido del timbre del interfono.

Agarró el billetero y se dirigió a la puerta. Una voz femenina sonó a través del interfono.

—Está abierto. Sube.

Buscó entre los billetes, sacó uno de veinte dólares, y llegó a la puerta justo en el momento en que sonaba el timbre.

—¡Qué rápido! —exclamó—. Normalmente tardáis...

Su voz se quebró cuando abrió la puerta y vio a la persona que estaba de pie, delante de él.

En medio del silencio, miró boquiabierto a su visitante, antes de que Doris finalmente sonriera.

—Sorpresa —lo saludó ella.

Jeremy parpadeó varias veces seguidas.

—¿Doris?

Ella se sacudió la nieve de los zapatos.

—Vaya tormenta, ¿eh? Está todo tan helado que por un momento pensé que no conseguiría llegar a tu casa. El taxi ha patinado varias veces en la carretera.

Jeremy continuó mirándola pasmado, intentando comprender qué hacía ella allí, en su puerta.

Doris apretó las asas de su bolso y lo miró fijamente.

—¿Piensas tenerme aquí plantada en el pasillo mucho rato, o vas a invitarme a pasar?

—¡Ay! Perdona. Entra, por favor.

Doris pasó delante de él y depositó el bolso sobre la consola del recibidor. Echó un vistazo al apartamento y se quitó la chaqueta.

—Qué agradable —comentó, paseándose por el comedor—. Es más grande de lo que me había figurado. Pero no esperaba que tuviera que subir esa pila de escaleras. De verdad, tendríais que arreglar el ascensor.

—Sí, lo sé.

Doris se detuvo frente a la ventana.

—Pero la ciudad es preciosa, incluso con esta tormenta. Y es tan… bulliciosa. Ahora comprendo por qué tanta gente quiere vivir aquí.

—¿Qué haces aquí?

—He venido para charlar contigo.

—¿Sobre Lexie?

Doris no contestó rápidamente. En lugar de eso, suspiró, y luego se limitó a decir con un tono calmoso:

—Entre otras cosas.

Cuando vio que Jeremy enarcaba las cejas con expresión perpleja, se encogió de hombros.

—No tendrás un poco de té, ¿verdad? El frío me ha calado los huesos.

—Pero…

—Mira muchacho, tenemos mucho de que hablar —lo interrumpió con voz tajante—. Sé que debes de tener bastantes dudas, por lo que necesitaremos bastante tiempo; así pues, ¿qué tal si preparas un poco de té?

Jeremy se dirigió a la diminuta cocina y calentó una taza con agua en el microondas. Después de añadir un sobre de té, llevó la taza al comedor, donde encontró a Doris sentada en el sofá. Le pasó la taza, y ella tomó un sorbo inmediatamente.

—Siento no haber llamado para avisarte que venía. Supongo que debería haberlo hecho. Pero es que quería hablar contigo cara a cara.

—¿Cómo has averiguado dónde vivía?

—Hablé con tu amigo Alvin. Y él me lo dijo.

—¿Has hablado con Alvin?

—Ayer. Le dio su número de teléfono a Rachel, así que lo llamé, y fue lo suficientemente amable como para darme tu dirección. Me hubiera encantado conocerle cuando estuvo en Boone Creek. Por teléfono es todo un caballero.

Jeremy notó que Doris recurría a esa conversación tan trivial para aplacar los nervios, y decidió no decir nada. Supuso que la mujer debía de estar intentando aclarar las ideas sobre lo que pensaba decirle. El timbre del interfono volvió a sonar, y ella desvió la vista hacia la puerta.

—Es la comida que he encargado —explicó él, molesto por la distracción—. Dame un minuto, ¿vale?

Se levantó del asiento, pulsó el botón del interfono y abrió la puerta; mientras esperaba, vio cómo Doris se alisaba la blusa. Un momento más tarde, ella se revolvió nerviosa en el sofá, y por alguna razón, verla en ese estado logró apaciguar sus propios nervios. Tomó aire y respiró hondo antes de salir al pasillo a recibir al repartidor que acababa de asomar la cabeza por la escalera.

Jeremy regresó y, cuando estaba a punto de dejar la bolsa de comida en la encimera de la cocina, oyó la voz de Doris a su espalda.

—¿Qué has pedido?

—Ternera con brécol, y arroz frito con cerdo asado.

—Huele muy bien.

Quizá fue la forma como lo dijo lo que provocó que Jeremy sonriera.

—¿Te apetece un poco?

—Oh, no, no quiero quitarte parte de tu almuerzo.

—No te preocupes. Las porciones son enormes —señaló él al tiempo que asía dos platos—. Y además, ¿no me dijiste en una ocasión que te gusta charlar mientras saboreas una buena comida?

Cogió los cubiertos y llevó los platos hasta la mesa. Doris se sentó a su lado.

De nuevo, decidió dejar que fuera ella la que iniciara la conversación, y durante unos minutos se dedicaron a comer en silencio.

—Es delicioso —comentó finalmente Doris—. No he desayunado, y supongo que no me había dado cuenta de que tenía mucha hambre. Se necesitan bastantes horas para llegar hasta aquí. Me he ido antes de que amaneciera, y mi vuelo ha salido con retraso por culpa del mal tiempo. Por unos momentos he pensado que no nos permitirían despegar. Estaba muy nerviosa. Era la primera vez que subía a un avión.

—¿De veras?

—Sí. Nunca tuve ningún motivo para montarme en un trasto de ésos. Cuando Lexie vivía aquí, me pidió que viniera a verla, pero mi esposo no se encontraba demasiado bien de salud, por lo que decliné la invitación. Y luego ella regresó al pueblo, y no se movió de allí durante bastante tiempo. Sé que probablemente pensarás que Lexie es fuerte como un roble, pero eso es sólo la imagen que desea proyectar de sí misma. En el fondo es como cualquier otro ser humano, y lo que le sucedió con Avery la dejó sumida en una gran depresión. —Doris dudó un instante—. Supongo que te habrá hablado de él.

—Sí.

—Lexie sufrió en silencio, se mantuvo fuerte delante de todos, pero yo sabía que estaba fatal; sin embargo, no pude hacer nada para ayudarla. Lo superó sola, manteniéndose todo el tiempo ocupada, corriendo de un lado para otro, charlando con todo el mundo e intentando que todos tuvieran la impresión de que se encontraba bien. No puedes ni imaginar lo desalentador que fue para mí ver que no dejaba que la ayudasen.

—¿Por qué me cuentas todo esto?

—Porque ahora ella está actuando del mismo modo.

Jeremy removió la comida con el tenedor.

—No fui yo quien cortó la relación.

—Lo sé.

—Entonces, ¿por qué quieres hablar conmigo?

—Porque Lexie no me escuchará.

A pesar de la tensión, Jeremy soltó una carcajada.

—No sé por qué, pero tengo la sensación de que consideras que soy un tipo fácil de convencer.

—No —replicó ella—. Pero espero que no seas tan cabezota como mi nieta.

—Mira, Doris, aunque ardiera en deseos de volverlo a intentar, no conseguiría nada. Todo depende de ella.

Doris lo observó fijamente.

—¿De verdad crees eso?

—Intenté hablar con ella. Le dije que quería hacer todo lo posible para que lo nuestro funcionara.

En lugar de responder a su comentario, Doris preguntó:

—Estuviste casado, ¿no es cierto?

—Sí, hace mucho tiempo. ¿Te lo ha contado Lexie?

—No —respondió ella—. Lo supe la primera vez que hablé contigo.

—¿De nuevo tus dones de vidente?

—No, hombre; no tiene nada que ver con eso. Es por el modo en que tratas a las mujeres. Te comportas con una confianza abrumadora que a muchas mujeres incomoda. Pero al mismo tiempo, tuve la impresión de que comprendes lo que quieren las mujeres, aunque por alguna razón te niegas a entregarte completamente.

—¿Y eso qué tiene que ver con mi relación con Lexie?

—Las mujeres anhelan un cuento de hadas. No todas las mujeres, por supuesto, pero la mayoría ha crecido soñando con la clase de hombre que lo arriesgaría todo por ellas, aun sabiendo que podrían salir escaldados en la intentona. —Realizó una pausa—. Más o menos como lo que tú hiciste al ir a buscar a Lexie en la playa. Por eso se enamoró de ti.

—No está enamorada de mí.

—Sí que lo está.

Jeremy abrió la boca para negarlo, pero no pudo. En lugar de eso, sacudió la cabeza enérgicamente.

—De todos modos, ya no importa. Se va a casar con Rodney.

Doris lo miró fijamente.

—No es cierto. Pero antes de que pienses que te soltó esa excusa para hacerte daño, deberías saber que sólo lo dijo para que te marcharas, para evitar pasarse las noches despierta, soñando en que un día volverías a buscarla. —Se calló unos instantes, como si intentara darle tiempo a Jeremy a digerir lo que le acababa de contar—. Y además, tú no te lo creíste, ¿verdad?

Fue la forma en que Doris lo dijo lo que le hizo recordar su respuesta inicial cuando Lexie le comunicó su compromiso con Rodney. De repente se dio cuenta de que en ese momento no dio crédito a sus palabras.

Doris extendió el brazo por encima de la mesa y le cogió la mano.

—Jeremy, eres un buen chico. Y merecías saber la verdad. Por eso he venido a verte.

Acto seguido la mujer se levantó de la silla.

—Ahora tengo que marcharme. No quiero perder el avión. Y si no estoy de vuelta esta noche, Lexie pensará que pasa algo raro. Preferiría que jamás se enterara de que he venido a verte.

—Pues no es un viaje corto, que digamos. Podrías haberme llamado, simplemente.

—Lo sé. Pero quería ver tu cara.

—¿Por qué?

—Quería averiguar si también estabas enamorado de ella. —Le dio una palmadita en el hombro antes de dirigirse al recibidor, donde recogió su bolso.

—¡Doris! —la llamó Jeremy desde el comedor.

Ella se dio la vuelta.

—¿Sí?

—¿Y has encontrado la respuesta que buscabas?

Doris sonrió.

—Lo que verdaderamente importa es si tú la has encontrado.

Capítulo 22

*J*eremy deambuló por el comedor, arriba y abajo, con el pulso acelerado. Necesitaba reflexionar, pensar en las opciones, para estar seguro de lo que debía hacer.

Se pasó la mano por el pelo antes de sacudir la cabeza. No había tiempo para vacilaciones; no ahora, sabiendo lo que sabía. Tenía que volver. Se subiría al primer avión que pudiera e iría a verla. Hablaría con ella, intentaría convencerla de que jamás había estado más seguro de algo como cuando le había declarado que la quería. Le diría que no podía imaginar la vida sin ella. Le diría que estaba dispuesto a hacer cualquier cosa con tal de estar juntos.

Antes de que Doris hubiera tenido tiempo de parar un taxi en la puerta de su edificio, él ya estaba llamando por teléfono al aeropuerto.

Lo dejaron en espera durante un rato que le pareció eterno; cada segundo que pasaba, podía notar cómo se acrecentaba la ira y la crispación que sentía, hasta que finalmente lo atendió una operadora.

El último vuelo a Raleigh partía al cabo de noventa minutos. Con buen tiempo, el trayecto en taxi hasta el aeropuerto podía realizarse más o menos en tres cuartos de hora, pero con mal tiempo… Sin embargo, la alternativa no le parecía convincente: o se arriesgaba, o tendría que esperar hasta el día siguiente.

Necesitaba actuar con la máxima celeridad. Agarró una bolsa de mano del armario y lanzó un par de vaqueros, un par de camisas, calcetines y calzoncillos dentro. Luego se puso la chaqueta y se guardó el móvil en el bolsillo. Cogió el cargador, que estaba encima de la mesa. ¿Y el portátil? No, no lo necesitaría. ¿Qué más?

Ah, sí, claro. Se dirigió rápidamente al lavabo y revisó el contenido de su neceser. Faltaban la maquinilla de afeitar y el cepillo de dientes; los agarró atropelladamente y los guardó en el neceser. Apagó las luces, el ordenador, y asió el billetero. Echó un rápido vistazo a su interior y se cercioró de que disponía de suficiente dinero en efectivo para pagar el taxi que lo llevaría hasta el aeropuerto —por el momento eso era todo lo que necesitaba—. Con el rabillo del ojo vio el diario de Owen Gherkin medio enterrado entre una pila de papeles. Lo cogió y lo echó dentro de la bolsa de mano, a continuación hizo un rápido repaso mental por si necesitaba algo más, y se dijo que no. No había tiempo que perder. Agarró las llaves de la consola del recibidor, echó un último vistazo a su alrededor, y cerró la puerta con llave antes de volar escaleras abajo.

Tomó un taxi, le indicó al taxista que tenía muchísima prisa, y se desplomó en el asiento al tiempo que lanzaba un suspiro y entornaba los ojos, con la esperanza de llegar a tiempo. Doris tenía razón: a causa de la nieve, el tráfico era infernal. Cuando se pararon ante una señal de STOP en el puente que cruzaba el East River, no pudo contenerse y soltó un bufido y una maldición en voz baja. Para ganar tiempo en la zona de control de seguridad del aeropuerto, se quitó el cinturón con la trabilla metálica y lo guardó en la bolsa de mano, junto con las llaves. El taxista lo observó a través del retrovisor. Mostraba una expresión aburrida, y aunque conducía rápido, no lo hacía con una sensación de premura. Jeremy se mordió la lengua, consciente de que si intentaba acuciar al pobre hombre para que pisara fuerte el acelerador, no conseguiría nada más que irritarlo.

Los minutos pasaban. Las ráfagas de nieve, que habían desaparecido momentáneamente, volvieron a hacer acto de presencia, reduciendo todavía más la visibilidad. Quedaban cuarenta y cinco minutos para que despegara el avión.

El tráfico volvía a moverse con lentitud, y Jeremy lanzó otro bufido mientras echaba una mirada desesperada al reloj por enésima vez. Quedaban treinta y cinco minutos para que el avión despegara. Diez minutos más tarde llegaban al aeropuerto.

Al fin.

El taxi se detuvo delante de la terminal, y Jeremy abrió la

puerta apresuradamente y lanzó dos billetes de veinte dólares al taxista. Ya en la terminal, sólo dudó un instante antes de clavar la vista en el panel electrónico para averiguar la puerta que buscaba. Hizo cola para obtener su billete electrónico y luego enfiló a toda prisa hacia la zona de seguridad. Al divisar las largas filas que se abrían delante de sus ojos, notó cómo se le encogía el corazón, pero la espera se redujo cuando abrieron una nueva línea. La gente que llevaba rato esperando empezó a dirigirse hacia allí, y Jeremy, sin dudarlo ni un segundo, corrió y adelantó a tres pasajeros.

El tiempo para embarcar se agotaba. Le quedaban menos de diez minutos, y una vez hubo superado la zona de seguridad, se echó a la carrera como un loco, apartando bruscamente a la gente que encontraba a su paso. Buscó su carné de conducir y empezó a contar las puertas.

Respiraba con dificultad cuando alcanzó la puerta, e incluso podía notar cómo le caía el sudor por la espalda.

—¿Todavía estoy a tiempo para embarcar? —preguntó a la mujer que había detrás del mostrador.

—Ha tenido suerte. El avión lleva un leve retraso y todavía no ha despegado —respondió la mujer mientras tecleaba en el ordenador. La azafata situada al lado de la puerta lo miró con aire recriminatorio.

Después de aceptar su billete, la azafata cerró la puerta mientras Jeremy empezaba a descender por la rampa. Aún estaba intentando recuperar el aliento cuando llegó al avión.

—Vamos a cerrar las puertas. Usted es el último pasajero, así que puede sentarse en cualquier asiento libre que quede —le indicó otra azafata al tiempo que se apartaba para dejar pasar a Jeremy.

—Muchas gracias.

Avanzó por el pasillo, sorprendido de que lo hubiera logrado, y distinguió un asiento libre al lado de una ventana. Estaba guardando su bolsa de mano en el compartimento superior cuando divisó a Doris, tres filas por detrás de él.

Ella también lo miró, pero no dijo nada; simplemente sonrió.

Υ

El avión aterrizó en Raleigh a las tres y media, y Jeremy anduvo con Doris por la terminal. Cuando ya estaban próximos a las puertas de salida, él señaló por encima del hombro.

—Será mejor que vaya a alquilar un coche.

—De ningún modo. Estaré más que encantada de llevarte —comentó ella—. Después de todo, vamos al mismo sitio, ¿no?

Cuando Doris vio que Jeremy vacilaba, sonrió.

—Vamos, te dejaré conducir —agregó.

Durante todo el camino, Jeremy no permitió que la aguja del velocímetro marcara menos de ochenta, y tardó cuarenta y cinco minutos menos en realizar un trayecto que duraba casi tres horas. Empezaba a anochecer cuando se aproximó a los confines del pueblo. Con imágenes aleatorias de Lexie flotando en su cabeza, se dio cuenta de que el tiempo se le había pasado velozmente. Intentó ensayar lo que quería decirle a Lexie, o anticipar cómo respondería ella, pero pensó que no tenía ni idea de lo que iba a suceder a continuación. No importaba. Aunque actuaba guiándose por el instinto, no podía imaginar hacer otra cosa distinta.

338   Las calles de Boone Creek estaban silenciosas cuando el coche se deslizó por la zona comercial. Doris se dio media vuelta y lo miró.

—¿Te importaría dejarme en casa?

Él también la observó, y en ese momento se dio cuenta de que apenas habían conversado desde que habían salido del aeropuerto. Se había pasado todo el rato pensando en Lexie, sin prestar atención a Doris, sin fijarse en su presencia.

—¿No necesitas el coche?

—No lo necesitaré hasta mañana. Además, hace demasiado frío para salir a dar una vuelta.

Jeremy siguió las instrucciones de Doris hasta que se detuvo delante de un pequeño bungaló blanco. La luna creciente asomaba justo por encima del ala del tejado, y bajo la tenue luz, él se observó a sí mismo en el espejo retrovisor. Sabía que en tan sólo unos minutos iba a ver a Lexie, e instintivamente se pasó la mano por el pelo en un intento de acicalarse.

Doris notó el gesto de nerviosismo y le dio una palmadita en la pierna.

—Todo saldrá bien; ya lo verás. Confía en mí.

Jeremy se esforzó por sonreír, intentando ocultar sus dudas.

—¿Algún consejo de última hora?

—No —respondió ella, sacudiendo la cabeza—. Además, ya has seguido el consejo que quería darte. Estás aquí, ¿no es cierto?

Jeremy asintió, y Doris se inclinó hacia él, le dio un beso en la mejilla y después le susurró:

—Bienvenido a casa.

Jeremy dio marcha atrás; las ruedas chirriaron en el asfalto cuando puso rumbo a la biblioteca. Le pareció recordar que, en una de sus conversaciones, Lexie había mencionado que la biblioteca permanecía abierta hasta bastante tarde, para aquellos que decidían pasarse por allí después del trabajo. ¿Se lo comentó el día en que se conocieron, o fue al día siguiente? Suspiró, reconociendo que esa insistencia compulsiva en recordar esa clase de detalles irrelevantes se debía simplemente a una necesidad de aplacar los nervios. ¿Había hecho bien en venir? ¿Y cómo reaccionaría ella? ¿Se alegraría de verlo? Todo vestigio de confianza empezó a desvanecerse a medida que se acercaba a la biblioteca.

El centro del pueblo ofrecía un aspecto nada bucólico, en contraste con la imagen apacible y difusa —como en un sueño— que recordaba. Pasó por delante del Lookilu y se fijó en la media docena de coches aparcados delante del local; también avistó otro círculo de coches apiñados cerca de la pizzería. Un grupo de jóvenes charlaba animadamente en la esquina, y aunque al principio pensó que estaban fumando, después se dio cuenta de que el humo que los rodeaba no era más que el vaho que se escapaba de sus bocas a causa de la condensación de aire frío.

Giró por otra de las calles; en el cruce, a lo lejos, vio las luces de la biblioteca que iluminaban las dos plantas. Aparcó delante del edificio y salió del coche, notando la gélida brisa de la noche. Tomó aire lentamente, se dirigió con paso rápido hacia la puerta principal y la abrió sin vacilar.

No había nadie en el mostrador. Se detuvo para echar un vistazo a través de las cristaleras que separaban el área de recepción del resto de la sala en el piso inferior. Tampoco había señales de

Lexie entre los allí presentes. Barrió toda la estancia lentamente con la mirada, para asegurarse.

Supuso que Lexie debía de estar en su despacho o en la sala principal, recorrió el pasillo con premura y subió las escaleras, sin dejar de mirar a lado y lado mientras enfilaba hacia el despacho de Lexie. Desde lejos advirtió que la puerta estaba cerrada; no se veía luz por debajo de la puerta. Se acercó e intentó abrirla, pero estaba cerrada con llave. A continuación, buscó por cada uno de los pasillos delimitados por las estanterías llenas de libros hasta que llegó a la sala de los originales.

Estaba cerrada.

Regresó a la sala principal, caminando con paso ligero, sin prestar atención a las miradas de estupefacción de la gente que seguramente lo había reconocido; después bajó las escaleras de dos en dos. Mientras se dirigía hacia la puerta principal, se maldijo por no haberse fijado antes en si el coche de Lexie estaba aparcado delante del edificio.

«Son los nervios», le contestó una vocecita en su interior.

Bueno, no pasaba nada. Si Lexie no se hallaba allí, probablemente estaría en su casa.

Una de las voluntarias de más avanzada edad apareció portando una pila de libros entre sus brazos, y sus ojos se iluminaron cuando vio a Jeremy.

—¿Señor Marsh? —lo llamó con voz risueña—. Creía que no lo volveríamos a ver. ¿Se puede saber qué está haciendo aquí?

—Estoy buscando a Lexie.

—Se marchó hace una hora. Creo que se dirigía a casa de Doris, a ver cómo estaba. Sé que la llamó antes, y que Doris no contestó.

Jeremy mantuvo la expresión impasible.

—¿Ah, sí?

—Y Doris no estaba en el Herbs, eso es todo lo que sé. Intenté decirle a Lexie que probablemente Doris estaba haciendo recados, pero ya sabes cómo se preocupa por su abuela. A veces logra sacarla de sus casillas, aunque en el fondo Doris sabe que es su forma de demostrarle que la quiere.

La mujer hizo una pausa. De repente se dio cuenta de que Jeremy no le había explicado el motivo de su súbita reaparición.

Antes de que pudiera añadir ninguna palabra más, Jeremy se le adelantó.

—Mire, me encantaría quedarme a charlar un rato con usted, pero tengo que encontrar a Lexie.

—¿Es por lo de la historia, otra vez? Quizá yo pueda ayudarlo. Tengo la llave de la sala de los originales, si la necesita.

—No, no será necesario. De todas maneras, muchas gracias.

Jeremy ya había reemprendido la marcha hacia la puerta de salida cuando oyó la voz de la anciana a sus espaldas.

—Si Lexie regresa, ¿quiere que le diga que la está buscando?

—¡No! —dijo él en voz alta sin darse la vuelta—. No le diga nada. Es una sorpresa.

Fuera, Jeremy se estremeció ante la súbita bocanada de aire frío y aceleró el paso hasta el coche. Condujo por la carretera principal hasta la entrada al pueblo, maravillándose de la rapidez con que se oscurecía el cielo. Contempló las estrellas por encima de las copas de los árboles. Había miles de ellas, millones. Por un instante se preguntó cómo se verían desde la cima de Riker's Hill.

Entró en la calle de Lexie, distinguió la casa, y se sintió invadido por una sensación de desaliento cuando no vio ninguna luz en las ventanas ni el coche aparcado en la calzada. Como si no acabara de creerse lo que sus ojos le decían, pasó por delante de la casa, deseando equivocarse.

Si no se hallaba ni en la biblioteca ni en su casa, ¿dónde estaba?

¿Se habrían cruzado de camino a casa de Doris? Se concentró, intentando recordar si había visto algún coche. Le parecía que no, aunque lo cierto era que no había prestado la debida atención. De todos modos, estaba seguro de que habría reconocido el coche.

Decidió pasar otra vez por delante de la casa de Doris para confirmar sus dudas. Apretó el acelerador y condujo bajo los efectos de una creciente inquietud; entonces divisó el bungaló blanco.

Sólo necesitó un vistazo para cerciorarse de que Doris se había ido a dormir.

No obstante, se detuvo delante de la casa, abatido, y se preguntó dónde diantre podía estar Lexie. La localidad no era tan grande y, además, no ofrecía demasiadas opciones. Inmediatamente pensó en el Herbs, pero recordó que el local estaba cerrado por la noche. Tampoco había visto el coche en el Lookilu, ni en ningún otro lugar del centro del pueblo. Consideró la posibilidad de que Lexie estuviera haciendo algún recado, o devolviendo un vídeo, o recogiendo alguna prenda de la tintorería…, o…, o…

De repente, supo dónde encontrarla.

Jeremy dio un golpe seco de volante, intentando no caer en la desesperación ahora que se hallaba casi al final del trayecto. Sentía una ligera opresión en el pecho y notaba que le costaba respirar, igual que le había sucedido unas horas antes esa misma tarde, cuando se había sentado en el avión. Le costaba creer que hubiera iniciado el día en Nueva York, pensando que nunca más volvería a ver a Lexie, y que, en cambio, ahora se encontrara deambulando por Boone Creek, planeando hacer lo que le parecía imposible. Conducjo por las calles oscuras, procurando no perder los nervios, imaginando la reacción de Lexie cuando lo viera.

La luz de la luna iluminaba el cementerio aportándole un tono casi azulado, y las tumbas parecían brillar como si una lucecita las alumbrara desde su interior. La valla de hierro forjado añadía a la escena un toque fantasmagórico. Jeremy se acercó a la entrada del cementerio y vio el coche de Lexie cerca de la puerta.

Aparcó justo detrás. Al salir del coche de Doris, oyó el ruido del ventilador de la aireación del motor. La hojarasca crujió debajo de sus pies. Tomó aire lentamente y deslizó la mano por encima del capó del coche de Lexie, notando el calor del acero en la palma de su mano. Dedujo que no hacía mucho que había llegado.

Atravesó la verja y vio el magnolio, con sus hojas negras y brillantes, como barnizadas con aceite. Esquivó una rama y se acordó de cómo se había abierto camino a ciegas por ese mismo espacio la noche que Lexie y él se escaparon al cementerio a presenciar las luces. No muy lejos, un búho ululaba entre unos árboles.

Abandonó el sendero y anduvo alrededor de una cripta en ruinas, caminando lentamente para no hacer ruido. Sobre él, la luna colgaba del cielo como si alguien la hubiera pegado en una sábana negra. Le pareció oír un murmullo y, cuando aguzó el oído, notó una tremenda subida de adrenalina. Al fin la había encontrado, al fin se había encontrado a sí mismo, y su cuerpo ardía en deseos de saber qué sucedería a continuación. Ascendió por la pequeña colina, consciente de que los padres de Lexie estaban enterrados al otro lado.

Había llegado la hora. Estaba a punto de ver a Lexie, y de que ella lo viera a él. Zanjarían el tema de una vez por todas, en el mismo lugar donde había empezado todo.

Lexie se hallaba de pie, justo en el lugar donde él imaginó que estaría, bañada por una luz plateada. Su cara ofrecía una expresión abierta, casi dolorosa, y sus ojos despedían una luminosidad violeta. Iba vestida para combatir el frío, con una bufanda alrededor del cuello y unos guantes negros que le conferían a sus manos el aspecto de unas meras sombras.

Hablaba en voz baja, y Jeremy no alcanzó a oír lo que decía. Se quedó contemplándola en silencio, y de repente ella se calló y levantó la cara. Por un momento que pareció interminable, se quedaron quietos, mirándose sin parpadear, como si tuvieran miedo a cerrar los ojos ni aunque fuera un segundo.

Lexie parecía haberse quedado petrificada mientras lo miraba fijamente. Al cabo de un rato, apartó la vista. Sus ojos se detuvieron en las tumbas otra vez, y Jeremy se dio cuenta de que no tenía ni idea de lo que ella estaba pensando. De repente sintió que había sido un grave error desplazarse hasta allí. Lexie no quería que él estuviera en ese lugar, no lo quería en su vida. Sintió un nudo en la garganta, y ya estaba a punto de darse la vuelta para marcharse cuando se fijó en que Lexie esbozaba una mueca y sus facciones se relajaban.

—No deberías mirarme de ese modo tan descarado —dijo ella súbitamente—. A las mujeres nos gustan los hombres que saben comportarse con más sutileza.

La sensación de alivio que lo invadió fue indescriptible, y Jeremy sonrió al tiempo que se aventuraba a dar un paso hacia delante. Cuando estuvo lo suficientemente cerca de ella como para tocarla, deslizó la mano hasta ponerla en la espalda de Lexie. Ella no se apartó; en lugar de eso, se inclinó hacia él. Doris tenía razón.

Jeremy estaba en su casa.

—No —susurró él con una alegría incontenible—. A las mujeres os gustan los hombres capaces de seguiros hasta el fin del mundo, o hasta Boone Creek, que más o menos viene a ser lo mismo.

La atrajo hacia sí y la obligó a erguir la cabeza. Entonces la besó, con la absoluta certeza de que jamás volvería a separarse de ella.

Epílogo

Jeremy y Lexie estaban sentados juntos, arropados bajo una manta, contemplando el pueblo a sus pies. Era un jueves por la tarde, tres días después del regreso de Jeremy a Boone Creek. Las luces blancas y amarillas de la localidad, entremezcladas con ocasionales destellos rojos y verdes, titilaban graciosamente, y Jeremy podía ver las columnas de humo que emergían de las chimeneas. El río fluía lentamente como un carbón líquido, reflejando el cielo. A lo lejos, las luces de la fábrica de papel se propagaban en todas direcciones e iluminaban el puente del ferrocarril.

En los últimos dos días, él y Lexie se habían dedicado a hablar largo y tendido. Ella se disculpó por haberle mentido sobre lo de Rodney, y confesó que separarse de Jeremy en el camino de gravilla delante del Greenleaf había sido la decisión más difícil de toda su vida. Le describió lo que había sentido durante esa interminable semana que habían estado separados, unos sentimientos que Jeremy compartió por completo. Él, por su parte, le contó que aunque Nate se había mostrado reacio cuando le contó que quería marcharse de Nueva York, su editor en el *Scientific American* estuvo de acuerdo en continuar contando con su colaboración aunque viviera en Boone Creek, con la condición de que fuera a Nueva York con regularidad.

Jeremy no le mencionó la visita inesperada de Doris. En su segunda noche en el pueblo, Lexie lo invitó a cenar a casa de su abuela, y Doris lo apartó a un lado discretamente y le hizo prometer que no se lo contaría jamás.

—No quiero que Lexie piense que me entrometo en su vida —explicó, con un brillo inusitado en los ojos—. Aunque te cueste creerlo, ella opina que me inmiscuyo demasiado en sus cuestiones amorosas.

A veces a Jeremy le costaba creer que estuviera allí con ella; por otro lado, también le costaba creer que hubiera sido capaz de separarse de ella en primer lugar. Con Lexie todo era muy fácil, se sentía como si ella fuera el hogar que siempre había estado buscando. A pesar de que Lexie parecía sentir lo mismo, no le permitió quedarse en su casa.

—No quiero dar tema de conversación a los del pueblo —insistía. Sin embargo, Jeremy se sentía a gusto en el Greenleaf, a pesar de que Jed todavía no se decidía a sonreír.

—¿Así que lo de Rodney y Rachel va en serio? —preguntó Jeremy.

—Parece que sí. Últimamente siempre los veo juntos. Ella no puede disimular su enorme alegría cuando él aparece por el Herbs, e incluso diría que Rodney se sonroja. Creo que forman una pareja estupenda.

—Todavía no puedo creer que me dijeras que te ibas a casar con él.

Ella le dio un golpecito cariñoso con el hombro.

—No me apetece volver a hablar sobre esa cuestión, ¿vale? Ya te pedí perdón, así que preferiría que no me lo recordaras hasta el resto de mis días.

—Pero es que me parece una anécdota realmente divertida.

—Claro, porque tú quedas como un buen chico y en cambio yo quedo fatal.

—Es que soy un buen chico.

—Por supuesto —lo alentó ella, dándole un beso en la mejilla.

Jeremy la abrazó con ternura, contemplando una estrella fugaz que se abría paso por el firmamento. Se quedaron sentados en silencio.

—¿Mañana estás ocupada? —inquirió él.

—Depende. ¿En qué estás pensando?

—He hablado con la señora Reynolds. He quedado con ella para ver un par de casas, y quiero que vengas y me asesores sobre los distintos barrios del pueblo. Me niego a acabar viviendo en un mal vecindario.

Lexie lo abrazó con fuerza.

—Me encantará ayudarte.

—Ah, y otra cosa: también me gustaría que vinieras conmigo a Nueva York. A ver si puedes encontrar un hueco en tu agenda en las próximas dos semanas. Mi madre se muere de ganas por conocerte.

—Yo también tengo muchas ganas de conocerla. Siempre me ha seducido esa ciudad. Además, es la ciudad preferida de una persona muy especial, la persona que más quiero.

Jeremy la miró divertido y se echó a reír.

Por encima de sus cabezas, las nubes flotaban como enormes ovillos de algodón, desplazándose con parsimonia por el cielo, cubriendo la luna ocasionalmente, y en el horizonte, Jeremy pudo ver cómo se acercaba una tormenta. En unas pocas horas llegaría la lluvia, pero por entonces, él y Lexie estarían saboreando un buen vino en el comedor de la casa de Lexie, escuchando el ruido metálico de la lluvia sobre el tejado.

De repente, ella se dio la vuelta y lo miró con dulzura.

—Gracias por volver, por decidirte a vivir aquí..., por todo.

—No me quedaba ninguna otra alternativa. El amor puede hacer que las personas actúen de la forma más insospechada.

Ella sonrió.

—Te quiero, ¿lo sabías?

—Sí.

—¿Y tú? ¿Me quieres?

—¿Es necesario que te lo diga?

—Me gustaría oírlo. Pero hazlo con el tono adecuado, ¿eh? Tienes que decirlo como si realmente lo sintieras de todo corazón.

Jeremy la retó con una simpática mueca de fastidio, como preguntándole si a partir de entonces intentaría controlar siempre su tono.

—Te quiero.

En la distancia se oyó el silbido de un tren, y Jeremy distinguió un rayo de luz en medio del paisaje oscurecido. La niebla empezaba a espesar, por lo que las luces pronto aparecerían en el cementerio. Lexie pareció comprender sus pensamientos.

—Así que, dime, señor periodista, ¿todavía dudas de la existencia de los milagros?

347

—Ya te lo he dicho. Tú eres un milagro.

Lexie recostó la cabeza en su hombro por un momento antes de darle la mano.

—Me refiero a los verdaderos milagros, cuando pasa algo que jamás has creído que pueda ser posible.

—No —repuso él—. Sigo pensando que si uno escarba lo suficientemente hondo, siempre encuentra una explicación para cualquier misterio.

—¿Y si te dijera que nos ha pasado un milagro?

Su voz era aterciopelada, casi como un susurro, y él la miró con curiosidad. Podía ver el reflejo de las luces del pueblo en sus ojos.

—¿A qué te refieres?

Ella inhaló aire lentamente.

—Hoy Doris me ha dado una maravillosa noticia.

Jeremy la miró fijamente, sin comprender a qué se refería, incluso cuando la expresión en la cara de Lexie pasó de mostrar un cierto nerviosismo a una satisfacción plena. Ella lo observó con amor, esperando que él dijera algo, pero la mente de Jeremy se negaba a procesar sus palabras.

Existe la ciencia y también lo inexplicable, y Jeremy se había pasado toda la vida intentando reconciliar ambos mundos. Habitaba en un mundo real y lógico, se mofaba de la magia y sentía pena por aquellas personas que necesitaban aferrarse a los sueños y a la fantasía para dar sentido a sus vidas, los seguidores incondicionales, como él los llamaba. Sin embargo, mientras observaba a Lexie, intentando descifrar lo que ella trataba de decirle, notó que su férreo pragmatismo empezaba a resquebrajarse.

No hallaba explicación, y en el futuro tampoco la hallaría. Aquello desafiaba las leyes de la biología, hacía añicos la imagen que él tenía de sí mismo. Simplemente era imposible, pero cuando depositó la mano cuidadosamente sobre la barriga de Lexie, todas sus dudas se desvanecieron, y de repente creyó, con una certeza exultante, en las palabras que jamás pensó que llegaría a escuchar.

—Éste es nuestro milagro —susurró ella—. Es una niña.

Agradecimientos

Como siempre, quiero agradecer a mi esposa, Cathy, por su apoyo durante la escritura de la novela. Todo aquello que logro hacer se lo debo a ella. También a mis hijos: Miles, Ryan, Landon, Lexie y Savannah. ¿Qué puedo decir al respecto? Cada nacimiento de uno de vosotros ha sido para mí una bendición, y estoy muy orgulloso de los cinco.

A Theresa Park, mi agente, por toda su ayuda. Enhorabuena por tu nueva agencia, Park Literary Group (por todos los escritores noveles que ésta acoja). Es un honor para mí poderte llamar mi amiga. A Jaime Raab, mi editor, no sólo por cómo edita mis novelas, sino sobre todo por la confianza que deposita en mí. No sé cómo habría acabado mi carrera profesional sin ti, y te agradezco tu generosidad y amabilidad.

A Larry Kirshbaum y Maureen Egen, amigos y colegas, por concederme el privilegio de trabajar a su lado. Sencillamente son los mejores en aquello que hacen. A Denise DiNovi, tanto por las adaptaciones cinematográficas que ha realizado de mis novelas, como por todas esas oportunas llamadas telefónicas que han iluminado mis días. También a Howie Sanders y Dave Park, mis agentes en UTA, y Richard Green, de CAA. A Lynn Harris y Mark Johnson, quienes ayudaron a hacer de *El diario de Noa* la maravillosa película que es, por no haber perdido nunca la fe en la novela. Y muy especialmente a Francis Greenburger. Él sabe por qué…, y le debo una.

Y para acabar, gracias a todas aquellas personas que trabajan entre bambalinas y que con han acabado siendo como de la familia: Emi Battaglia, Edna Farley y Jennifer Romanello, del departamento de publicidad; Flag, que ha vuelto a hacer una estupenda portada; Scout Schwimer, mi abogado; Harvey-Jane Kowal, Shannon O'Keefe, Julie Barer y Meter McGuigan. Soy un afortunado por poder trabajar con unas personas tan maravillosas.

Este libro utiliza el tipo Aldus, que toma su nombre
del vanguardista impresor del Renacimiento
italiano, Aldus Manutius. Hermann Zapf
diseñó el tipo Aldus para la imprenta
Stempel en 1954, como una réplica
más ligera y elegante del
popular tipo
Palatino

* * *

* *

*

Fantasmas del pasado se acabó de imprimir
en un día de primavera de 2007, en los
talleres de Brosmac, Carretera
Villaviciosa – Móstoles, km 1
Villaviciosa de Odón
(Madrid)

* * *

* *

*